aufbau
AUFBAU VERLAGSGRUPPE

Goliarda Sapienza

Die Signora

Roman

Aus dem Italienischen
von Esther Hansen

Aufbau-Verlag

Die Originalausgabe unter dem Titel
»L'arte della gioia« (Parte terza e quarta)
erschien 1998 bei Stampa Alternativa in Rom.

ISBN-10: 3-351-03072-X
ISBN-13: 978-3-351-03072-8

1. Auflage 2006

Dieses Werk wurde durch die Literaturagentur
Schneider & Marcotti vermittelt
Einbandgestaltung Tanja Selzer, Berlin
Druck und Binden GGP Media GmbH, Pößneck
Printed in Germany

www.aufbau-verlag.de

ERSTER TEIL

1

Wer bereits den Gipfel der Dreißig überschritten hat, weiß, wie hart, beschwerlich und aufregend es ist, die steilen Hänge zu erklimmen, die von der Kindheit bis auf die Höhe der Jugend führen, und wie rasch man sie hinter sich läßt, ein Wasserfall, ein Vogelflug im Licht, wenige Augenblicke nur, und … Gestern noch hatte ich die vollen Wangen der Zwanzigjährigen, heute schon – war es nur eine Nacht? – hat mich die Zeit gestreift, kündet von der kurzen Spanne, die mir verbleibt, von dem letzten Ziel, das unerbittlich auf mich wartet. Der erste, trügerische Schrecken der Dreißig.

Was hatte ich getan? Hatte ich meine Zeit vergeudet? Sonne und Meer nicht zur Genüge ausgekostet? Erst später, im goldenen Jahrzehnt der Fünfzig, diesem von Dichtern und Biographen so geschmähten Alter, erst da erkennt man, wieviel Reichtum und Kraft in den heiteren Stunden der Zurückgezogenheit liegen. Doch das kommt später.

Damals packte mich jäh die Angst, das Gestern und das Morgen zu verlieren: Was tat ich hier in meinem Arbeitszimmer? Welchen Sinn hatten das Studium der Wörter und all diese Texte, Gedichte, Novellen, Notizen? Sollte ich etwa, ohne es zu bemerken, der mystischen Verdammnis anheimfallen, ein Dichter, ein Künstler zu werden? Hatte ich unwissentlich Beatrices* Pfad eingeschlagen, die sich, um vor den Blicken der anderen und ihren eigenen bestehen zu können, in eine Heiligenstatue der untröstlichen Witwe verwandelt hatte, wunderschön und geachtet? War ich unbewußt im Begriff, mit der gleichen Gnadenlosigkeit und

* Die mit einem Stern versehenen Personen und Begriffe werden in den Anmerkungen am Ende des Romans erläutert.

Willensstärke einen Tempel in mir zu errichten, und würde ich sterben wie sie, am subtilen Gift der Tradition?

Eingesperrt in den Kerker der Trauer, den diese Tradition ihr diktierte, erkrankte Beatrice ganz allmählich und mit erschreckender Sanftmut »auf der Brust« wie ihr Mann, und wenige Monate später blieb diese wächserne Aufziehpuppe, die jahrelang zwischen Blumen und Büchern hin und her marschiert war, plötzlich stehen: die Feder zerbrochen. Was tat ich nur hier an meinem Schreibtisch vor den aufgereihten Stiften? Oder war es ein Altar? Begonnen hatte alles wie ein Spiel ... Doch als ich in mich hineinsah, erblickte ich meine Zukunft: die Beine gebrochen und gefangen in der Falle, »jemand zu sein«. Nachdem ich dem Kloster entronnen war, kroch die Religiosität, die ich einst aus dem Fenster geworfen hatte, auf der Ratte der Ästhetik reitend wieder aus einer dunklen Ecke meines Zimmers hervor. Ich sah die mystische Ratte. In jedem Winkel glaubte ich plötzlich ihre roten Augen zu erkennen, die mich mit unersättlicher Gier anstarrten. Sie belauerte mein junges Fleisch, meine Brust, sie suchte einen Spalt, um in mich hineinzuschlüpfen und an meinem Skelett zu nagen, das die Freude fest zusammenhielt. Als ich ihr entgegentrat, erkannte ich, daß ich ihr zu Recht mißtraut hatte, daß ich nur wenige unaufmerksame Augenblicke später der Wirklichkeit entfremdet gewesen wäre als Opfer der Droge »Künstler«, die stärker ist als Morphium oder Religion. Sie verstand, wandte ihren Blick ab und floh.

Unter der Anstrengung, in meiner Zukunft zu lesen, hatte meine Narbe zu pulsieren begonnen, und ich sah im Spiegel, wie ihre rote Schlangenlinie aufleuchtete. Eine jahrhundertealte Botschaft aus meinem Innersten, die mir riet, vor mir selbst auf der Hut zu sein und schnell hinauszulaufen. Ich würde die Poetik-Studien nicht fortsetzen, bevor ich mir nicht selbst bewiesen hätte, daß es ein Spiel war und nichts als ein Spiel, so wie Blumen pflücken oder auf Morella reiten ...

Neben der alten Morella wartete geduldig Bambolina*. Ihr schwarzer Pony fiel leicht wie ein Schatten über die blauen Augen, die noch eine Spur intensiver strahlten als Beatrices. Ich suche sie auf der Wiese, vielleicht versteckt sie sich nur hinter einem Gebüsch, um dann hervorzuspringen und mich mit ihrem hellen Lachen zu erfreuen.

»Hast du keine Lust zu reiten, Tante, oder warum starrst du auf das Meer hinaus? Es macht nichts, wenn du keine Lust hast, vielleicht bist du ja müde.«

Die gleiche aufmerksame Stimme, die gleiche respektvolle Zurückhaltung wie bei Carlo* ... Die Stirnnarbe pocht, mühsam schlucke ich die Tränen hinunter, ich muß sie umarmen und hochheben. Ich will, daß sie lacht, will noch einmal Cavallinas* Lachen hören.

»Oh, wie schön, Tante, ich fliege! So lange hast du mich nicht mehr fliegen lassen! Aber wie kann es sein, daß du so stark bist? ... Haha! Hör auf, hör auf, das kitzelt, Modesta!«

Wenn ich ernst bin, nennt sie mich Tante, wenn ich mit ihr herumalbere, Modesta.

»Oh, ist das schön, Modesta. Wie stark du bist!«

»Nein, du bist leicht wie ein Spätzchen! Höchstens hundert Gramm wiegst du.«

»Aber Prando* kann mich nicht hochheben.«

»Warte nur ein paar Jahre. Wenn du dann nicht aufpaßt, schickt er dich auf direktem Weg zum Mond.«

»Oh, das wäre schön, Modesta! Und wenn ich groß bin, bringst du mir das Fliegen bei! Ich liebe Flugzeuge. Du bringst es mir bei, ja? Wie du mir auch reiten und schwimmen beigebracht hast.«

Jetzt, wo sie Carlos Zurückhaltung abgelegt hat, sprudelt es lebhaft und voller Begeisterung aus ihr heraus, wie aus Beatrice. Was sagt sie? Sie erzählt von Fotos, die sie gefunden hat ...

»Und wer ist der schöne Mann hier? Jacopo* und ich haben auf dem Dachboden einen alten Koffer gefunden. Er hat

Unmengen von Büchern mitgenommen und so ein … wie heißt das Ding, durch das man alles größer sieht?«

»Mikroskop.«

»Und ich die Fotos. Wer ist der schöne Mann da neben dem Flugzeug? Prando sagt, das sei mein Papa, aber das kann er nicht ernst meinen, denn der war doch kein Flieger, oder? Also, wer ist das?«

»Das ist Ignazio*, der Onkel deiner Mutter.«

»Und die ganzen Flugzeuge gehörten ihm?«

»Aber nein! Er flog sie nur, er war Pilot.«

»Wie schön! Wenn ich groß bin, will ich auch Pilot werden!«

»Natürlich, Bambolina, und jetzt los, bevor die Sonne zu hoch steht. Hü, Galopp!«

In meinem Arbeitszimmer erwartete mich Pietro*, die Mütze in den Händen, unverändert. Wie alt war er? Vielleicht so alt wie das Feuerrad, das Carmine* die Flanken des Berges hinabtrieb.

»Gott zum Gruße, Fürstin, und verzeiht Pietro, wenn er Euch stört. Aber es ist dringend.«

»Du brauchst dich nicht zu entschuldigen, Pietro. Ich weiß, daß du mich nur in dringenden Fällen aufsuchst.«

»Um gleich auf den Punkt zu kommen, das heißt auf zwei Punkte: Einer davon ist ein Quell großer Freude für Pietro und seine Frau. Der andre aber ist schmerzlich, er trübt die Freude meines Herzens.«

»Sprich, Pietro! Immer frei heraus mit dem Schmerz wie mit der Freude … Was ist, du schweigst und errötest?«

»Euer Durchlaucht haben schon verstanden: Quecksilber*, meine Frau, deren Hand Ihr mir großmütigerweise gewährt habt, nach zwei Jahren, wir hatten die Hoffnung schon fast aufgegeben, Mody … ist sie … sie …«

»Sie erwartet ein Kind, Pietro? Du kommst mir vor wie ein kleiner Junge!«

»Das stimmt, Mody, ein Kind läßt Tod und Alter vergessen. Wer einen Sohn aufzieht, hat mein Vater immer gesagt, verschließt seine Ohren leichter vor den Schmeicheleien der alten Weiber, der Lavageister, die davon singen, wie süß es ist, den Kampf aufzugeben und sich ganz der Ruhe des Sensenmannes zu überlassen.«

»Ich freue mich für dich, Pietro. Und wie geht es Quecksilber?«

»Bestens. Sie singt und trällert den lieben langen Tag, mein kleiner Spatz. Und gemeinsam mit Fräulein Inès*, die so reizend ist, ihr beim Sticken zu helfen, bereitet sie die Ausstattung vor … aber nun!«

»Warum schaust du jetzt so finster, Pietro? Gibt es irgendeinen Zweifel, einen Schatten, der dich daran hindert, dich an der frohen Botschaft zu erfreuen, die du mir überbracht hast?«

»Der zweite Punkt, wie angekündigt, Fürstin. Und es drängt mich und graut mir zugleich, davon zu sprechen, denn ich fürchte, unbedacht gehandelt zu haben, wenn auch nur aus Respekt vor Euer Durchlaucht und Eurem Schmerz.«

»Wir werden sehen, Pietro, schildere mir den Fall, und wir werden sehen.«

»Euer Durchlaucht erinnern sich an den Freund des seligen Herrn Carlo, an den Republikaner Bartolomeo Inzerillo, der am Herzen erkrankt war und den der Herr Carlo mit großer Sorgfalt und Fürsorge behandelte?«

»Was ist mit ihm?«

»Zwei Jahre nach dem Heimgang des Herrn Carlo ließ er mich rufen, er lag im Sterben. Das schlechte Gewissen erdrückt jeden, Mody, es sei denn, er ist ein Lavateufel.«

»Ich weiß, was du mir sagen willst, kurz vor seinem Tod hat er Reue gezeigt und gesagt, er habe sich von den Faschisten abgewandt, sie seien alle von Mussolini in die Irre geführt worden …«

»Das ist aber nicht alles! Er hat mir gebeichtet, daß er

unter den fünfen war, die Herrn Carlo überfallen haben, und er nannte mir den Namen des fünften, eines gewissen Serge Greco, Journalist.«

»Es muß wohl Grecò heißen, Pietro: ein Franzose.«

»Nein, kein Franzose, es war der Verräter Sergio Greco, der in der Verbannung lebte. Sein Vater war Giovanni Greco aus Piana dei Greci. Nun sage mir, Mody, was hätte ich tun sollen, herkommen und Euer Durchlaucht stören, die Ihr um unsere sich verzehrende Beatrice in Sorge wart? So hielt ich es für besser, aus sicherer Distanz seinen Schritten zu folgen, und als sich mir die Gelegenheit bot, nagelte ich ihn auf der Insel fest, drei Meter unter seiner Erde: Er reiste zuviel!«

Drei Meter unter meiner Erde liege ich keuchend im Dunkeln und versuche, den Lavamantel der Erinnerung abzustreifen, den Pietro über mich geworfen hat. Ich schaue ihn an und sehe die Ratte der Blutrache aus seinem Blick springen, aus dem Blick eines Menschen, der Sklave der Menschengesetze ist, Sklave eines unter den tausendjährigen Gesteinsschichten des Gebirges sedimentierten Seins. Ich will ihn nicht hassen, aber die Abscheu vor diesem Blick treibt mich unter der Lavaglocke hervor, weg von der Insel.

»Bist du verärgert, Mody, warum siehst du mich nicht an?«

»Waren drei Tote für einen nicht genug, Pietro?«

»Ein Leben, das erlischt, kennt keinen Preis, Fürstin, das haben Euer Durchlaucht selbst gesagt und mit großer Überzeugung!«

»Du bekommst ein Kind, Pietro, wenn du mir ergeben bist, vergiß alles, und erfreue dich an dem Glück, das das Schicksal dir schenkt.«

»Ich freue mich, doch zuerst muß die Kränkung gerächt werden.«

»Was denn noch, Pietro?«

»Ich habe von vertrauenswürdigen Leuten erfahren, daß dieser Pasquale, der sich immer für einen Freund unseres

Herrn Carlo ausgab und der nun von den Faschisten zum Präfekten befördert wurde, über den Überfall in jener verfluchten Nacht unterrichtet war. Er muß sterben, Mody, er muß sterben!«

»Es reicht, Pietro! Alle Freunde Carlos sind zu den Faschisten übergelaufen, außer denen, die getötet oder festgenommen wurden. Was Pasquale betrifft, so sage ich dir dasselbe, was auch Carlo gesagt hätte: Entweder wir erheben uns alle gemeinsam – denn wir sprechen hier von Politik und nicht von einer Familienfehde –, und vielleicht ist es in fünf oder zehn Jahren soweit, daß dies geschieht und alle aus dem Weg geräumt werden, oder es geschieht überhaupt nichts, schon gar keine private Vendetta! Damals waren jene Toten gerechtfertigt, weil es noch Hoffnung gab. Aber Pasquale heute zu ermorden wäre persönliche Rache ohne Sinn und Zweck. Und nicht nur das: Es würde die vielen, vielen Freunde gefährden, die innerlich noch Widerstand leisten. Denn das schlechte Gewissen treibt Pasquale dazu, diese Freunde zu beschützen. Laß uns wie echte Männer und nicht wie hysterische Weiber so tun, als glaubten wir seiner geteilten Treue zu unserer Idee, wir benutzen ihn, bedienen uns seiner für unsere Zwecke. Wer sonst hätte Maria vor dem Ucciardone gerettet, der fröhlichen Villa Mori, wie sie in Palermo heißt, wo ohne Prozesse gefoltert und hingerichtet wird? Es ist nicht die Zeit zu handeln, Pietro, es ist Winter, Zeit der Lethargie. Mach dir keine Sorgen, wenn der Frühling kommt, werden wir eine Gelegenheit finden, Pasquale seine Lektion zu erteilen, der glaubt, uns mit ein paar Gefälligkeiten auf ewig kaufen zu können. Unser Dank wird eine Kugel zwischen seine Augen sein, wie bei dem Tudia und den anderen, mach dir keine Sorgen.«

»Eine lange Rede, Mody, und vielleicht habe ich verstanden, was du meinst. Aber gleichwohl bist du Pietro böse, denn du hast mich beim Sprechen kein einziges Mal angeschaut.«

Aus den dunklen Tiefen der Insel nahm sein Herz jeden noch so schwachen Schatten wahr, jede leichte Veränderung von Venen und Nerven.

»Wenn ich einen Fehler gemacht habe, Mody, so sage es mir! Pietro verdient es nicht, schweigend verurteilt zu werden.«

»Vertraust du mir, Pietro? Dann hör zu. Die Zeiten ändern sich, und wir müssen vorsichtig sein: beobachten und abwarten, was zu tun ist.«

»Ah! Bist du deshalb so viele Male über das Meer gegangen? Ich hatte mir so etwas gedacht, auch weil Fürst Jacopo* es Euer Durchlaucht gleichtat. Und von diesen Reisen große Gelehrsamkeit mitbrachte.«

»Ja, Pietro, und ich gelange immer mehr zu der Überzeugung, daß sich die Insel, unsere Heimat, aus ihrer Isolation befreien muß.«

»Befreien, sagst du, Mody, von unserer Art zu denken? Moden und Bräuche des Kontinents übernehmen?«

»Durch Zug, Flugzeug und Radio ist die Welt kleiner geworden, und wenn wir nicht vorbereitet sind, wird sie über uns hereinbrechen und uns mit sich fortreißen.«

»Auch der Fürst sprach immer so, doch die selige Fürstin war nicht damit einverstanden.«

»Sie war eine große Frau, die alte Gaia*, aber aus einer anderen Zeit, Pietro, die Toten in allen Ehren, aus einer längst vergangenen Zeit! Der Faschismus kann hundert Jahre dauern, aber er kann auch im nächsten Moment vorbei sein, um Carlos Welt Platz zu machen. Und dann müssen unsere Kinder bereit sein, ihren Weg allein zu gehen, sich durchzuschlagen, materiell wie moralisch.«

»Deswegen schickst du sie auf öffentliche Schulen? Jetzt verstehe ich.«

»Und in den Sommerferien ins Ausland, Pietro. Sie müssen lernen.«

»Unsere Alten sagten, wer in die Welt zieht, verliert seine

Wurzeln. Fürst Jacopo kam immer gebeugter von seinen Reisen zurück.«

»Man verliert die fauligen Wurzeln, und er war gebeugt vor Gram über das Unverständnis, auf das er hier stieß.«

»Du hast mit mir geredet, und ich sehe, daß nicht Pietro dich verärgert hat, sondern Pietros altmodisches Herz. Und ich gebe dir recht. Ich bin alt, ich zittere, wenn ich an den bevorstehenden Kampf denke. Ich verstehe deine Absicht, doch ich sehe keinen Weg, sei es aus Unwissenheit oder aufgrund meiner Jahre. Aber ich vertraue dir. Erstens, weil du gebildet bist. Und zweitens, weil du die *padrona** bist und ich deine Befehle ohne Einwände hinnehme.«

»Dann sind wir uns also einig, Pietro? Pasquale bleibt, wo er ist. Es ist nicht die Zeit zu handeln, verstanden?«

Betroffen, aber ergeben beugt sich Pietro über meine Hand, um sie zu küssen. Ich muß ihm einfach in die Augen sehen, unmöglich, seinem Blick zu entfliehen, weder indem man über das Meer geht, wie er es nennt, noch indem man durch ein Zugfenster auf die endlosen Wälder und Anpflanzungen starrt, die sich in öder Gleichförmigkeit aneinanderreihen: Dörfer und Städte, quadratisch und sauber, weiße, ausdruckslose Gesichter ohne ein Lächeln. Zahnlose Münder, die das Brot nicht beißen können. Ich hatte gehofft ... ich hatte gehofft, auf der anderen Seite des Meeres zu finden, wovon Tuzzu* immer geredet hatte: »Dort gibt es reiche Städte mit allem, was das Herz begehrt, große Häfen, wo Schiffe ein- und auslaufen, vollbeladen mit Reichtümern.«

Doch hinter dem schönen Anstrich der prachtvollen Paläste dieselben hungergekrümmten Gassen, dieselbe erbärmliche Litanei aus Armut und Entbehrung, nur ein klein wenig unauffälliger und noch schicksalsergebener. Auf den Spuren seiner gebeugten Gestalt folgte ich den Stationen von Onkel Jacopos Reisen, um mit einem Theaterprogramm, einem neuen Buch oder einem Haarband und Stoff für Stella* zurückzukommen, die nach jahrelanger Trauer, zuerst um den Bräutigam und dann um den Vater, zärtlich über Samt und Seide streicht, dürstend nach Farben. Die Trauer hatte ihre starken und vollen Glieder wie ausgedörrt und ihren langsamen Bewegungen die Unsicherheit einer Heranwachsenden verliehen. Nun, nach dem gramvollen Abschied von ihren Toten, lebte Stella neu auf. Oder war es der tägliche Umgang mit den Kindern, die Gewohnheit, ihnen jeden Wunsch von den Augen abzulesen, die ihren Blick, ihre Stimme mit kindlicher Begeisterung und Staunen erfüllten? Nie zuvor hatte Modesta eine so umfassende Verwandlung erlebt. Erstaunt betrachtet sie diese neue Stella, die auf dem Teppich lachend den fließenden Glanz türkiser Seide entrollt, auf der unzählige goldene Sonnen strahlen.

»Wie schön! Da wird Bambolina sich aber freuen, wenn sie zurückkommt.«

»Eigentlich habe ich sie dir mitgebracht, Stella.«

»O Mody, glaubst du, ich darf? Könnte ich ...«

»Natürlich kannst du.«

»Aber meinem älteren Bruder geht es nicht gut, vielleicht lohnt es sich gar nicht, die Trauer abzulegen, weil er ...«

»Ach, Unsinn! Du hast lange genug Trauer getragen! Du mußt auch an die Kinder denken.«

»Das stimmt. Prando hat gestern noch gesagt: ›Entweder du ziehst jetzt das schwarze Zeugs aus, oder ich gehe.‹ Und ich: ›Wohin willst du denn gehen?‹ Und er: ›Mit Mody ins Ausland, wo die Frauen hundert Farben tragen!‹«

»Siehst du, Stella?«

»Ja, ja, natürlich ... Aber noch mehr überrascht hat mich Jacopo. Er scheint doch solchen Dingen keinerlei Beachtung zu schenken, immer über seine Bücher gebeugt, der *picciriddu**.«

»Was hat Jacopo getan?«

»Mit todernster Miene meinte er: ›Ja, Stella. Wurde auch Zeit, daß Prando mal was sagt. Ich gehe nämlich dann auch.‹«

»Meuterei, kurz gesagt?«

»Was bedeutet das, Mody?«

»Ein Aufstand.«

»O ja, und sogar mein 'Ntoni*: ›Ich will keine Mama, die immer schwarz herumläuft. Schau mal das Foto, so will ich dich haben.‹ Aber stell dir vor, Mody, das war das Bild von einer Schauspielerin, blond und mit ganz tiefem Ausschnitt. Jessesmaria, die Kinder gehen zuviel ins Lichtspieltheater! Ob ihnen das nicht schadet, Mody? Ich weiß nicht, was ich davon halten soll. Aber schön ist sie schon, diese Seide, wie ein Stück Himmel!«

»Gut, dann nähst du dir aus diesem Stück Himmel ein Kleid für das Mittsommerfest, du wirst schon sehen, was für ein Erfolg das bei den Kindern wird!«

»Ja, Mody. Ich nehme all meinen Mut zusammen und denke nicht an die Blicke meiner Schwägerinnen ... Oh, ich sehe sie schon vor mir, aber ich denke nicht dran. Stella ist ganz mutig und nimmt den Stoff. O Mody, mir zittern die Hände beim Zusammenlegen, ob das etwas Böses bedeutet?«

»Etwas Böses, Stella? Was kann an Farben schon böse sein?«

»Und was ist böse an der Freude meiner Kinder? Wie meine Mutter immer sagte: ›Mach den Kindern eine Freude, und sie geben sie dir hundertfach zurück.‹ Elena* war glücklich hier mit ihnen.«

»Na, jetzt hat sie wohl ein neues Glück, nehme ich an.«

»Glück, Mody? Du meine Güte! Gestern kam sie und weinte, nicht ein Jahr verheiratet und schon am Weinen. Traurig, ängstlich, fürchtete sich vor allem und jedem. Ich glaubte mich selbst zu sehen, wie ich früher war, mich selbst zu berühren. Das war ein Schreck! Und die, also meine Brüder, die wollen, daß ich wieder heirate. Jeden Monat kommen sie mit einer neuen guten Partie, sie sind so stur, und sie behaupten, ich hätte mich verändert, daß ich komisch rede, daß ich ... Was wollen die bloß von mir?«

»Sie wollen nur dein Bestes, du bist noch jung …«

»Niemals! Einmal einem Mann dienen, das reicht! Und ein Stiefvater für meinen 'Ntoni, ich …«

»Schon gut, Stella, beruhige dich, die Zeit wird es weisen. Und warum errötest du nun wie ein kleines Mädchen?«

»Weil du jetzt böse sein wirst, Stella weiß das. Noch keine Stunde zurück, und schon wirst du böse werden.«

»Warum sollte ich böse werden?«

»Da ist dieses Mädchen … Mela, der die Faschisten Mutter und Vater umgebracht haben.«

»Ja, ich weiß, die Pasquale zu uns geschickt hat. Und?«

»Oh, das war gut, daß Pasquale sie aus diesem Kloster geholt hat, in das sie sie gesteckt hatten, sie hat mir da ein paar Dinge erzählt! Und das, obwohl dort nur Nonnen sind, oh, man glaubt es ja nicht!«

»Ich weiß das alles, Stella. Aber bitte, worum geht es? Warum redest du um den heißen Brei herum?«

»Hörst du das Klavier?«

»Was hat das Klavier damit zu tun, Stella?! Jetzt werde ich doch langsam böse! Natürlich höre ich es, ich bin ja nicht taub. Das ist ein Freund von Prando, so gut, wie er spielt, sicher nicht Bambú* oder 'Ntoni, die wenig musikalisch sind.«

»Es ist Mela.«

»Mela? Sie ist immer noch hier? Aber Pasquale hatte doch gesagt …«

»Ja, aber es ist schwierig, ohne Geld ein ordentliches Internat zu finden, Mody.«

»Eben. Wir haben kein Geld mehr, Stella. Alles geht den Bach hinunter, auch deswegen bin ich zurückgekommen … und wer weiß, wann ich wieder loskann! Zieh nicht so ein Gesicht. Glaubst du etwa wie Prando, daß ich geizig bin?«

»Nein, Mody, nur umsichtig.«

»Wer hätte das gedacht, was, Stella, daß es eines Tages schon ein Luxus sein würde, jemandem ein Stück Brot anzubieten? Und dieses Klavierspiel hört gar nicht mehr auf!«

»Eben hast du noch gesagt, daß sie gut spielt.«

»Allerdings!«

»Also, was meinst du, sollen wir zu ihr gehen? Sie und Bambú sind dicke Freundinnen geworden, Bambú hat ein Mädchen gefehlt. Immer nur Jungs. Möchtest du sie kennenlernen?«

»Nein, ich will sie nicht sehen! Sie muß weg, keine Diskussion!«

»Was tust du, gehst du einfach?«

»Natürlich gehe ich.«

»Reist du wieder ab?«

»Aber nein, ich gehe auf mein Zimmer. Bei all dem Reden vom Geld ist meine Stimmung umgeschlagen. Ich muß Geld auftreiben!«

»Ich habe es dir ja schon einmal gesagt, Mody, ich besitze das Haus, das Land, ich könnte ...«

»Red keinen Unsinn! Dein und Bambolinas Geld wird nicht angerührt. Bis später, Stella.«

»Mody!«

»Was denn noch?«

»Warte, ich ... ich habe noch nicht alles gesagt. Ich muß dir noch etwas erzählen, das geschehen ist, als du weg warst ...«

»Was denn noch, laß hören.«

»Es ist nämlich eine andere Frau da, eine Dame, die ...«

»Eine andere Frau?«

»Ja, sie ist vor vier Tagen angekommen. Ich habe sie in Fräulein Elenas Zimmer einquartiert.«

»O nein, jetzt reicht es! Ich rufe sofort Pasquale an, er soll aufhören, uns Leute zu schicken. Der Teufel soll ihn holen, er geht wirklich zu weit!«

»Aber das ist es ja gerade. Nicht Herr Pasquale hat sie geschickt, sondern Herr Jose.«

»Jose?«

»Das hat zumindest die Dame gesagt. Sie hat gesagt: ›Ich habe einen Brief des Herrn Jose Giudice für die Fürstin.‹«

Jose! Obwohl ich an jenem lang zurückliegenden Abend in seinem Abschiedslächeln gelesen hatte, daß wir uns nicht wiedersehen würden, hatte ich ihn auf meinen Reisen gesucht, ununterbrochen, war häufig viele Kilometer von meiner Route abgewichen, um jedem Hinweis auf ihn nachzugehen. In Basel, in diesem staubigen Zimmer voller Zeitungen, die Luft gesättigt von Blei und Öl, vom Lärm der Rotationsmaschine:

»Der Direktor ist abgereist, Signora. Sie kommen aus Italien? Bedaure, aber wir dürfen Ausländern nichts sagen … Bedaure, Signora!«

In Paris, im Friseursalon des Genossen Reggiani aus Padua:

»Ach, du bist die berühmte Fürstin? Dann stimmt es also! Wir wollten es fast nicht glauben. Entschuldige, Genossin, aber wer glaubt schon an sizilianische Prinzessinnen! Da hast du Pech, er ist vor einer Woche abgereist. Wohin? Das fragt sich so leicht, wer weiß schon, wo Jose sich immer herumtreibt!«

»Willst du den Brief denn gar nicht lesen, Modesta?«

»Doch, Stella, natürlich.«

In dem Umschlag nur wenige Zeilen: »Liebe Freundin, ich schicke Dir meine Quasi-Schwester Joyce. Sie hat viel gelitten nach dem Verlust ihrer Eltern, das wird sie Dir selbst erzählen. Kümmere Dich um sie, liebe Freundin. Deines Verständnisses gewiß, verbleibe ich mit aller Zuneigung und Hochachtung Dein brüderlicher Freund, Jose.«

»Verzeih mir, Mody, du bist in Gedanken. Vielleicht steht es mir nicht zu, aber ist es wirklich die Handschrift des Herrn Jose?«

»Ja, Stella, ja.«

»Gewiß, es steht mir nicht …«

»Was steht dir nicht zu, Stella?«

»Es ist nur, diese Dame ist merkwürdig, ganz merkwürdig.«

»In welcher Hinsicht?«

»Ich weiß nicht, komisch. Wenn man sie anschaut, wird man ganz wirr im Kopf. Ich weiß nicht, wie ich sagen soll ... O Gott, da ist sie! Sieh nur, sieh! Jeden Tag, wie ein Uhrwerk. Tagsüber schließt sie sich in ihr Zimmer ein und kommt erst um diese Zeit heraus, um im Dunkeln spazierenzugehen.«

»Ruf sie her.«

»O nein, Mody, schau sie an, schau sie dir an.«

»Ja, und? Was ist so komisch an ihr, Stella? Du weißt, daß mir Vorurteile zuwider sind. Wie oft soll ich dir das noch sagen? Sie ist lediglich um einiges größer als die Frauen hierzulande. Ist es das, was dich verwirrt?«

2

War es der perlgraue Hosenanzug mit den feinen Nadelstreifen, aufgelockert durch eine elegante weiße Seidenkrawatte, der Stella so einschüchterte? Oder der ausladende Schlapphut, der auf diese Entfernung ihre Augen verdeckte, so daß ihre Miene nicht zu erkennen war?

»Wenn's nur der Hut wäre, Modesta, aber sie trägt Hosen!«

Unter der schweren Hutkrempe aus braunem Filz glitten die Augen – zwei große, schräg stehende Augen – schwarz in das Dunkel der Schläfen. Diese Augen lächelten nicht, nicht als sie auf mich zukamen, nicht als sie Stellas Platz einnahmen, die eilig und von uns unbeachtet entfloh. Für den Bruchteil einer Sekunde schien es, als habe ein kostbares Objekt aus jenen Pariser Salons vor mir Gestalt angenommen, in denen unsere politischen Emigranten zwischen zwei Drinks ihre diskrete und höfliche Bitterkeit pflegten, unter den freudig erregten Blicken der Damen, die glücklich waren, endlich eine Zerstreuung vom ewigen Einerlei gefunden zu haben … Ich bemühe mich, den Klang zu hören, der von ihren Lippen ausgeht, aber meine Sinne nehmen nichts wahr als die langsame, elegant verhaltene Mundbewegung. Entweder spricht sie ganz leise, oder ein fernes Gewitter stört den imaginären, kilometerweit gespannten Draht, der Bambolinas zitternde Stimme überträgt, um Atem ringend ob der Sensation, ein Telefon zu haben … »Du bist in Rom! Oh, Tante, ich kann nicht glauben, daß ich dich von so weit weg höre! Ein Wunder! Das ist fast beängstigend. Jacopo und 'Ntoni sind auch hier, sie wollen dich unbedingt sprechen. Komm bald zurück, wir langweilen uns ohne dich!« Bald, in zehn, zwanzig Jahren … bestimmt würde man dann auch das Gesicht sehen, Tausende Kilometer weit herübergeflogen, auf einem kleinen Bildschirm, der zwischen Aschenbecher und Lämpchen auf dem Nachttisch stand … Die Welt wurde klein wie eine Faust, während der bittersüße Duft des türkischen Tabaks den großen Tisch aus rohem Holz fortwischte und den Messingglanz von den Töpfen der flüchtenden Stella. Ich könnte Stella folgen und den Salon vergessen mit seinen nackten Frauenfigurinen, die auf ihren wohlgestalteten Armen lustlos Lampenschirme in dunkel glänzenden Farben balancierten oder mit langen, schlanken, übereinandergeschlagenen Jungmädchenbeinen bewegt und gespannt den Wechselfällen unserer gepeinigten Heimat lauschten, vorgetragen von der melancholischen Stimme eines blassen Jacopo Ortis …

»Wer hat dich bloß zu uns geführt? Wer wagt sich hierher? Höchstens irgendeine vorgeblich antifaschistische Laus im Dienste der Bourgeoisie. Du hast recht, sie spielen die Helden, ohne sich in Gefahr zu begeben. Aber laß dich nicht beirren, Modesta, es gibt ihn, den antifaschistischen Widerstand! Er ist hier, in den Fabriken, in unseren Friseurläden und Backstuben! Laß es dir vom Genossen Reggiani gesagt sein.«

Vor dem Genossen Reggiani konnte ich fliehen, doch es nützte nichts, niemals würde ich Jose begegnen. Jose sagte mir statt dessen, ich solle dieser Frau antworten, auch wenn ihre langen Zigaretten einen benebelnden Duft verströmten. In dem Aschenbecher, den Stella aus einem Untersetzer improvisiert hatte, lagen drei weiß-goldene Zigarettenstummel. Und schon tasteten die langen Finger bedächtig, fast ehrfürchtig nach der nächsten. Wie hieß sie noch? In Joses Brief dort auf dem Tisch war der Name dieser Frau genannt, aber es wäre unhöflich gewesen, den Bogen in ihrer Anwesenheit noch einmal zu entfalten.

»Ihr seid genau so, Fürstin, wie Jose Euch beschrieben hat. Ich sehe, daß er es zu meinem Vorteil getan hat. Stets vorausschauend, Jose!«

»Zu Eurem Vorteil?«

»Eine knappe, aber äußerst hilfreiche Nachricht an mich: ›Achte nicht auf Modestas plötzliche Abwesenheiten, Joyce, sonst läufst du Gefahr, im Meer der Gleichgültigkeit zu versinken, den diese kleine Fürstin zwischen sich und ihrem Gegenüber auftun kann, wenn man es am wenigsten erwartet.‹ Entschuldigt meine Hartnäckigkeit, aber Ihr habt mir noch nicht geantwortet, und das stürzt mich in unerträgliche Sorge. Ist es, weil Ihr glaubt, daß es nunmehr unmöglich sei, eine Überfahrt nach Südamerika zu bekommen wie vor zwei Jahren für den Genossen Alessandro Giudice? Glaubt Ihr, daß mittlerweile …«

»Wenn es einmal möglich war, wird es auch ein zweites Mal gehen, keine Sorge! Immer vorausgesetzt, daß die nötigen Mittel vorhanden sind. Damals war ich in der glücklichen Lage, Alessandro in seiner Not unterstützen zu können, doch heute ist mir das nicht mehr möglich, unsere Mittel schwinden, und ich muß haushalten.«

»Ach, daran soll es nicht liegen. Alessandro ist arm und hatte einen Auftrag in Italien. Mein Fall ist weniger erbaulich: Ich bin reich, und meine Entscheidung, nach Italien zu gehen, war rein emotionaler Natur und als solche falsch.«

»Wenn Geld da ist, gibt es kein Problem. Dann müssen wir nur noch auf das passende Schiff warten.«

»Wird es viel kosten? Ich sitze wie auf heißen Kohlen, und wenngleich ich Eure Diskretion zu schätzen weiß, habe ich doch ein so schlechtes Gewissen, glaubt mir, daß ich klarmachen möchte, wo ich stehe: Ich hatte trotz Joses Warnungen gehofft, das Land unbemerkt verlassen zu können. Der Umstand, daß ich keine Vorstrafen in Italien habe ... ich meine: Ich lebe in Paris und bin erst vor zwei Jahren in die Partei eingetreten. Ich hatte geglaubt, an das Krankenbett meiner Schwester eilen zu können, die im Sterben lag. Ich hatte sofort wieder abreisen wollen, wie Jose es mir geraten hatte, doch Jolands Tod ... Entschuldigt, Fürstin, es ist nicht meine Art, von mir zu reden, aber ich muß mich vor Euch rechtfertigen, da ich Euch durch meine Anwesenheit wohl oder übel in Gefahr bringe.«

»Beruhigt Euch, Joyce! Jose weiß, sonst hätte er Euch kaum zu mir geschickt, daß die Lage hier auf Sizilien nicht ganz so angespannt ist.«

»Das ändert nichts daran, daß ich sofort nach Jolands Tod hätte verschwinden müssen! Doch der Anblick ihres Leids, das Wissen um die Einsamkeit, in der sie im vergangenen Jahr ihre Krankheit erdulden mußte ... oder vielleicht, ich weiß nicht ... das alles hat mich wie in einen Schraubstock gezwungen, drei Monate war ich wahnsinnig vor Schmerz und Reue, ich konnte nicht mehr klar denken! Erst die Nachricht, daß ich gesucht wurde, hat mich wachgerüttelt, und die Angst vor meiner Schwäche. Mir wurde klar, daß ich, wenn sie mich ergreifen würden, nicht die Kraft hätte, ihren Methoden zu widerstehen. Und bedauerlicherweise kenne ich viele Namen und Fakten. Die Geheimpolizei konnte ich abschütteln, doch nur aus Angst, das sage ich Euch ganz offen. Allein diesem Gefühl verdanke ich es, der lähmenden Schwermut entronnen zu sein, in der ich zu versinken drohte und durch die ich viele wertvolle Menschen gefährdete.«

»Doch die Angst, der Schrecken, die Ihr so zu verachten scheint, Joyce, bergen in sich das Samenkorn des Muts.«

»Auch wenn dieser Gedanke mich nicht überzeugt, vermag er mich doch ein wenig zu beruhigen, Fürstin. Ich danke Euch.«

»Ich sagte das nicht, um Euch zu beruhigen, ich habe kein Talent zum Trösten. Es ist nur so, daß ich nicht an Helden glaube.«

»Genau wie Jose mir erzählt hat.«

Schatten und Hutkrempe wurden eins, als ihre Lippen sich plötzlich zu einem ungeahnten Lächeln öffneten, das Licht in das Dunkel des Filzes, der Augen, des Schattens brachte. Stella hatte recht: Diese Frau konnte einen verwirren. Ich mußte Stella folgen und vor der tiefen Stimme fliehen, die voll warmer Pausen und langer, abwesender Blicke war, welche mir die Plumpheit meiner eigenen Gesten und meiner Ausdrucksweise vor Augen führten. Als sie wieder zu ihrem »Glaubt Ihr, Fürstin …« ansetzte, erschien mir dieser Titel angesichts ihrer Eleganz in einem Maße unpassend, daß ich mich am Stuhl festkrallte und mit schriller Stimme entgegnete:

»Um Himmels willen, Joyce, nennt mich nicht Fürstin! Ich ertrage das schon kaum in der Bank und der Anwaltskanzlei.«

»Das verstehe ich … Auch in meinen Ohren klang es unpassend, wenn Jose mir von Euch erzählte. Doch wie Jose sagte: ›Bei ihr verliert der Titel seine häßliche Konnotation, den Usus und Tradition dem Wort gegeben haben, um statt dessen alles Märchenhafte der Kindheit heraufzubeschwören.‹«

Machte sie sich über mich lustig? Oder stand sie so unter Joses Einfluß – plötzlich glaubte ich ihn und die Macht, die er offensichtlich über sie besaß, zu hassen –, daß ihr meine abgewetzten Kleider, meine ungepflegten Haare, meine schreckliche Stimme nicht auffielen? Ich sah ihr ganz offen verstimmt in die Augen. Nein, sie machte sich nicht über mich lustig, doch dafür betrachtete sie mich wie ein ungewöhnliches Spielzeug.

Voller Haß auf sie und ihren Jose schwieg ich. Ich stand auf, nickte ihr zum Abschied zu, ohne dieses schwachsinnige Lächeln zu zeigen, das seit Stunden um meine Lippen spielte. »Ich rate dir, weniger zu lächeln, Mody. Du hast ein wunderschönes Lächeln, aber wenn du übertreibst und es bei jeder Gelegenheit hervorholst, offenbarst du deine plebejischen Wurzeln. Sei vorsichtig!«

»Es stimmt, Modesta, mir ging es genauso. Vom ersten Tag an hatte ich das Gefühl, daß wir uns schon ewig kennen.«

Zum ersten Mal hatte sie mich Modesta genannt, und aus ihrem Mund klang dieser häßliche Name beinahe schön. Tja, lieber Carmine, ich bin deinem Rat gefolgt, einem Gesicht auszuweichen, indem ich einfach den Kopf abwende oder die Gasse meide, wo ein halbgeöffnetes Fenster von verlockenden Schatten kündet. In Palermo hatte ich es geschafft, den immerblühenden Rosen zu entgehen, die jeden Morgen im Hotel ihren roten Sonnengesang anstimmten. In Paris unter dem smaragdgrünen Blick Michels war es leicht gewesen, die irgendwann bevorstehende Abreise vorzuziehen. Und auch jetzt hätte ich ihr nur Pietros Billett geben müssen, das auf meinem Schreibtisch lag, wo der Name eines Schiffes und ein Datum die Stimme zum Schweigen bringen würden, die jeden Nachmittag das Haus mit ihren Märchen, Landschaften und Geschichten erfüllte, spannender als die Abenteuer der heiligen Agate und der heiligen Rosalia. Doch wie konnte man sich dem Bericht von jener mit Schnitzereien verzierten weißen Holzvilla entziehen, die sich, kehrte man bei Sonnenuntergang von einer langen Ruderfahrt heim, groß und leuchtend in den grauen Fluten des Bosporus spiegelte?

»… Um uns Angst einzujagen, flüsterte Nazim immer,

daß um diese Zeit der Hausgeist dem Meer entstieg, um sich von der untergehenden Sonne zu verabschieden.«

Nein, sie würde Pietro nicht das Zeichen geben. Später vielleicht, beim nächsten Dampfer.

»Ich sehe Euch in Gedanken, Modesta, langweile ich Euch vielleicht mit meinen Geschichten aus der Kindheit?«

Und dann erkundigt auch sie sich nicht mehr nach der Abreise. Auch nicht bei Stella. Und fügt, ohne meine Antwort abzuwarten, hinzu:

»Es ist merkwürdig, Modesta, aber seit ich hier bin – ich weiß nicht, ob dank Eurer Heiterkeit oder Stellas oder der des Hauses –, ist jede Sorge von mir abgefallen. Ich schäme mich fast, aber hier geht es mir so gut wie damals mit Nazim in dem Haus unserer Kindheit.«

Seht ihr? Sie selbst will nicht mehr abreisen, und innerlich zerreiße ich Pietros Billett mit dem Namen des Schiffes, des Kapitäns und allem anderen.

»O ja, glücklich wie damals! Und vielleicht verstehe ich im Gespräch mit Euch allmählich auch den Grund dafür. Nie zuvor war ich auf Sizilien, und niemals hätte ich das für möglich gehalten.«

»Was denn, Joyce?«

»Wie ähnlich Euer Land dem meinen ist. Das Licht, die ernsten Mienen der Bauern, die Geister!«

»Die Geister?«

»Ja, jedes Gäßchen, jeder Palast hier, vielleicht liegt es an eurem strengen, strahlend weißen Barock, obwohl sich das zu widersprechen scheint, eure Brunnen, die alten Volksweisen, ich weiß nicht, alles weckt Erinnerungen an Geister und vertraute Stimmen. Bei meinen Spaziergängen habe ich oft das Gefühl, den Klagegesang des Muezzins zu hören, und ertappe mich dabei, wie ich den Blick hebe und nach dem steinernen, gen Himmel gerichteten Ruf suche, den das Minarett für die Gläubigen in der Türkei darstellt. Für mich sind sie nichts anderes als Stein gewordene Angstschreie, erstarrt in der Furcht vor dem gnadenlosen Himmel, der die bange Seele zu Boden drückt ... Wie gern würde ich ein Schiff besteigen, Modesta, und Euch Anatolien zeigen!«

Seht ihr? Sie spricht sogar das Wort Schiff aus, ohne auch nur im geringsten auf die »San Giovanni Decollato« anzuspielen, die am Samstag im Morgengrauen sicher nach Südamerika ausläuft, wie ich ihr angedeutet habe.

»Euch Istanbul zeigen! Erlaubt mir zu träumen, Modesta, was ich so lange nicht mehr tat, zumal die Schuld, wie gesagt, bei euren Bäumen liegt, eurem Himmel, eurem Licht. Zwanzig Tage Istanbul, ein Abstecher nach Edirne, wo die schönsten Moscheen der Türkei stehen. Und dann weiter, monatelang durch das große, rauhe und epische Herz Anatoliens. Anatolien! Ein Landstrich ohne Sentimentalitäten. Istanbul? Nein, Istanbul verrät wie jede Hauptstadt das wahre Wesen des Landes, das sie repräsentiert. Erst jetzt verstehe ich, was Nazim damit meinte, daß Hauptstädte zu einem anderen Leben verurteilt seien, welches sie, wie soll ich sagen, der Natur, den Bergen und Flüssen des Landes entfremdet. Vielleicht hat Atatürk deshalb nach der Revolution von 1923 Ankara zur Hauptstadt gemacht ... vielleicht. Ich habe niemals mit Nazim darüber gesprochen, und nun ist es zu spät. Er durchwandert die schrecklichen türkischen Gefängnisse, immer hinein und hinaus, wie im übrigen alle Genossen. Wir können kein Schiff nach Istanbul besteigen, Modesta! Zumindest ich nicht, die ich nicht nur aus Italien, sondern auch aus meiner anderen Heimat verbannt bin.«

Ihre Stimme verlischt mit dem letzten Licht in einer Traurigkeit, die mich weinen läßt wie Bambú, wenn sie abends Stellas bitter-süßen Geschichten lauscht. Doch wie Bambú entschließe ich mich, zu schlafen, um im Traum das leidvolle Schicksal meines Helden Giufà-Joyce zu wenden ... Wie Bambú werde ich es sein, die durch den Wald läuft und den Fuchspelz zurückerobert, den die bösen Menschen Giufà geraubt haben, als er sich gerade für ein Nickerchen niedergelegt hatte. Ohne den Fuchspelz, der ihn im Wald tarnt, kann Giufà sich nicht seine Nahrung erjagen, die aus Fliegen, Mücken und kleinen Würmern besteht ...

»Bambú hat zwei Leben, Mama, eins am Tag und eins in der Nacht. Deswegen tue ich auch immer, was sie sagt ... Wenn du wüßtest, was sie in der Nacht alles leistet! Sie löst jedes Problem: Es ist nur gerecht, daß sie die Bestimmerin ist. Ich schlafe nachts. Wenn sie nicht wäre, würde ich immer nur die Figuren anschauen oder lesen. Mir fällt nie etwas ein, kein einziges Spiel. Während ihr tausend und eins einfallen!«

Jacopo hat recht. Bambolina ist wie ihre Mutter. Wer weiß, was Cavallina von dieser Mela hält, die all die Stücke spielt, welche ich auf dem Carmelo immer für sie gespielt habe. Das Mädchen ist gut! Man brauchte nur Stella zu sagen, wie gut sie spielt, und schon wurde ihr Anschlag sicherer und kräftiger, von heute auf morgen. Was soll ich tun, Beatrice, soll ich sie in ein Internat schicken? Wir müssen sparen, wie Anwalt Santangelo ganz richtig feststellt.

»Und du, Modesta, unterwirfst dich der Vernunft eines alten Bourgeois? Das wundert mich aber.«

Mit gespielter Empörung umarmt mich Cavallina von hinten und flüstert mir ins Ohr:

»Der Dachboden und die Flure hängen voll mit Onkel Jacopos Bildern. Weißt du, daß sie ein Vermögen wert sind, Mody? Deshalb habe ich sie damals aufgehoben.«

»Ich weiß, ich weiß, Cavallina, aber um sie ins Ausland zu schaffen, bräuchten wir einen gewieften Verkäufer von sicherem und zugleich diskretem Auftreten. Einen Fachmann, kurz gesagt. Wer könnte das sein, Anwalt? Finde mir einen solchen Mann.«

»Aber das ist Schmuggel, Modesta! Ich weiß nicht, warum du dich mit dem Gesetz anlegen willst, wo doch noch all die Ländereien da sind, die Carlo Ida* hinterlassen hat.«

»Nein, Bambolinas Geld wird nicht angerührt! Ohne Geld ist eine Frau verloren.«

»Aber warum, zum Teufel! Auch sie trägt doch ihr Scherflein dazu bei, dein Geld zu verschwenden, oder? Und worum sorgst du dich überhaupt? Ida ist ein Bild von einem Mädchen, sie wird eine gute Partie machen.«

»O nein, mein guter alter Liberaler, sie wird sich nicht auf diese Art verheiraten.«

»Dann wird sie eben arbeiten gehen. Du hast doch immer gesagt, eine Frau müsse arbeiten, oder irre ich mich?«

»Früher, mein Lieber, früher, als man noch glaubte, die Revolution stünde vor der Tür, doch wie die Dinge nun liegen, nein! Bambolina wird nur arbeiten, wenn sie es selbst wünscht.«

»Oho, na gut! Das ist neu. Ist das etwa auch die Idee eines deiner Anarchisten? Willst du, daß sie eine träge Müßiggängerin wird?«

»Denke, was du willst, dann wird Bambolina eben faul und träge!«

»Wie auch immer, ich kann dir jedenfalls nicht helfen, du mußt dir diesen Mann alleine suchen!«

Ein Fachmann! Es muß ein Fachmann sein. Oder soll ich selbst losziehen? Ein Abenteuer mehr oder weniger. Doch zuerst muß ich mich über die Techniken des Schmuggelns kundig machen ... die Technik ... die Kunst ... Die Kunst des Klavierspiels, die Kunst des Schmuggelns, die Kunst, schnell einzuschlafen ... Wenn ich nicht wieder meine Kunst des Zählens aufnehme – nicht der Schäfchen, versteht sich, sondern der schönen Dinge des Tages: Wolken im Sonnenuntergang, wilde Brecher, die an den Klippen zerschellen ... Stellas oder Bambolinas Blicke ... wie viele bizarre Mienen Bambolina machen kann! Und Stella, die sich bei Hitze die Haare hochbindet und damit unbewußt ihre antiken Schwestern auf den syrakusischen Münzen nachahmt. Auch die Münzen ... sie allein sind schon ein Vermögen wert.

3

Wie Stella war ich kaum verwundert, als ich die Augen aufschlug und sie mir sagte, daß ich fast zwei Tage geschlafen hatte.

»Ein Segen ist es, Mody! Warum quälst du dich deswegen? Auch Carlo sagte immer, der Schlaf tue dir gut. Aber welch ein Schock beim ersten Mal! Ich sah dich schon verhungern! Und er lächelte nur ... Weißt du noch, was er immer sagte, wenn etwas Unbekanntes mich erschreckte? ›Tja, die Unwissenheit, Stella, die Unwissenheit!‹ Wie recht er doch hatte! Oh! Beinah hätte ich Frau Joyce vergessen ... Sie läßt fragen, ob sie kurz heraufkommen darf.«

»Frau Joyce?«

»Ja, ich habe auch nachgefragt. Sie war verheiratet und ist nun Witwe: Das hat sie mir selbst gesagt. Und sie hat auch gesagt, daß sie ihren Ehering nicht immer trägt, weil sein Anblick ihr in gewissen Stunden den Schmerz in Erinnerung ruft, der ... Die Arme, wie sie redet! Gestelzt wie ein Buch, aber sie ist netter, als wir dachten, Mody! In den letzten Tagen ist sie immer in die Küche gekommen für ihren Kaffee, wie du es sonst tust, und weißt du, was sie gesagt hat? ›Ist es dir recht, wenn ich für ein Weilchen Modestas Platz einnehme, Stella?‹ Wenn sie wenigstens den Hut abnehmen würde! Warum sie ihn nur immer aufhat? Ach, weißt du, was Bambú meint? Daß sie vielleicht kahl ist! ... Ojemine! Bambú wartet auf mich! Ich muß los ... Soll ich sie nun hochschicken oder nicht?«

Und ich hatte mir wochenlang den Kopf zerbrochen, wie ich sie zu mir herauflocken könnte. Sollte ich diese einmalige Gelegenheit ungenutzt verstreichen lassen? Ich klammerte mich an die Bettdecke und schrie Stella geradezu hinterher, die schon durch die Tür war:

»Nein, Stella, schick sie hoch, sonst ist sie womöglich beleidigt.«

Hatte Stella mich noch gehört? Blieb mir genug Zeit, ins Badezimmer zu gehen und mir wenigstens die Zähne zu putzen und die Haare zu kämmen? Plötzlich wurde ich mir meines Aufzuges bewußt. Stella hatte mich mühsam auf das Bett gehoben und mir den Rock und die engeren Sachen ausgezogen, so wie Carlo es empfohlen hatte. Aber nun lag ich seit zwei Tagen in demselben Pullover unter den Decken ... Mit den Händen fuhr ich mir durch das verschwitzte und klebrige Haar. Ich war ja so schon schrecklich und plump genug, auch gewaschen und mit sauberem Pullover, wie mußte ich dann erst nach zwei Tagen im Bett aussehen! Fast hätte ich welchen Gott auch immer angefleht, daß Stella mich nicht mehr gehört hätte. Aber Stella besaß ein feines Gehör, und da ging die Tür auch schon auf. Das war's dann wohl! Ich zog mir die Decke über den Kopf – sowenig wie möglich sollte sie von mir sehen! – und schloß die Augen. Im Dunkeln spürte ich, wie »die Stimme«, wie ich sie insgeheim nannte, da der ihren allein dieser Name gebührte, warm über meinen erbärmlichen Körper lief.

»Gott, Stella, sie ist wieder eingeschlafen. Seid Ihr sicher, Stella, daß dieser lange Schlaf normal ist? Passiert ihr das oft? Ich mache mir wirklich Sorgen!«

»Nein, sie schläft nicht, meine Mody, aber das ist nun mal ihre Art. Entweder sie ist den lieben langen Tag auf den Beinen wie ein Brummkreisel, oder sie igelt sich ein ... Nehmt doch einfach Platz und wartet. So, das Tablett lasse ich hier.«

»Die Stimme« machte sich also Sorgen um mich! Bei dieser Entdeckung vergaß ich jegliches Hungergefühl. Und ich so plump und schlampig, ihrer nicht würdig, mit diesem häßlichen Pullover und den ungepflegten Fingernägeln! Sobald Stella das Zimmer verlassen hatte, öffnete ich die Augen, um einen Blick auf sie zu werfen. Ich starrte sie an, als hätte ich sie jahrelang nicht gesehen. Doch manchmal ist der Wunsch, ein geliebtes Gesicht nach zu langer Abwesenheit wiederzusehen, so stark, daß er blind macht, und so bin auch ich erblindet, starre sie an, ohne sie zu erkennen.

Raucht sie? Die weißen Hände steigen langsam wie aus einem Nebel auf. Nein, sie steigen nicht auf, sie ruhen auf einem Samtkissen. Feingliedrig und groß zugleich, an den Gelenken abgeschnitten, die Fingernägel so vollkommen wie die von Heiligenstatuen. Wie zum Teufel heißt diese Heilige? Agate? Nein. Der heiligen Agate wurden die Brüste abgeschnitten, nicht die Hände. Und doch hatte Madre Leonora* mir viele Male die Geschichte der zerbrechlichen und kräftigen Hände erzählt, so kräftig, daß sie allen Torturen widerstanden, ohne daß die Knöchel brachen, die Nägel einrissen. Meine, die die Decke umklammert hielten, waren sicher schmutzig.

»Ich hätte Stella nicht so bedrängen dürfen. Wie ich sehe, störe ich Euch, Modesta, entschuldigt bitte, aber ich war ein wenig traurig. Wir sehen uns später.«

Das Kissen wollte sich schon meinem Blick entziehen ... Zwei schwarze Höllenhunde, schwärzer als der Teufel selbst, hoben es auf, um es dem Großen Hund zu bringen, der noch schwärzer als seine Diener ist und mit schrecklichen Klauen aus Pech die keuschen Finger zuschanden machen würde.

Ohne länger auf meine schmutzigen Nägel zu achten, warf ich mich über das Kissen und hielt es zurück.

»Gott, Modesta! Ihr leidet und wollt es nicht zugeben. Fürchtet Ihr Stellas Sorge? Doch wenn es Euch ein Trost ist, Euch an meinem Rock zu halten, bleibe ich hier, keine Angst! Und dennoch, entschuldigt meine Hartnäckigkeit, solltet Ihr lieber einen Arzt konsultieren.«

Was redete sie da? Noch nie hatte ich solchen Unsinn gehört. Wann hätten Ärzte schon einmal einen Verliebten kuriert? Auch Mimmo* hatte immer gesagt, daß kein Kraut gegen diese bösartige Pest gewachsen ist, die man Liebe nennt, um niemanden zu verschrecken. Ich hörte, wie Mela auf dem Klavier die Baßläufe hinauf und hinunter spielte. Die klare

Ordnung der Noten und das tiefe, federleichte Gelächter »der Stimme« vertrieben den Schleier vor meinen Augen. Und ich sah sie. Wie dumm Stella war! Nicht nur, daß sie nicht kahl war, wenngleich sie auch kahl wunderschön gewesen wäre, lachend strich sie sich eine weiche Masse schwarzer Haare aus dem Gesicht. Das war also der Grund: »Die Stimme« hatte schwärzeres und schöneres Haar als Stella, und Stella war eifersüchtig.

»Aber sicher, sicher, ich bleibe noch, Modesta! Nun, da Ihr wieder zu Scherzen aufgelegt seid, nehmt Ihr mir meine Sorge. Wie recht Ihr habt! Kein Arzt, keine Wissenschaft kann diese fürchterliche Krankheit heilen, die von den Dummen, wie Ihr sagt, Liebe genannt wird.«

Nicht nur die Haare neidete Stella ihr, sondern auch die Waden, die, von der Hose befreit, schlank und wohlgeformt in so zarte Fesseln übergingen, daß sie wie aus Glas erschienen. Ich ließ ihren Rock fahren und wollte gerade nach einem Bein greifen und sehen, ob es wirklich aus Glas sei, als die eifersüchtige Stella wieder eintrat und mich in die Wirklichkeit zurückholte. Sie war eifersüchtig, doch sie mochte mich. Und mit ihrem »Möchten die Damen nun den Kaffee serviert haben?« bewahrte sie mich davor, weiter einen Unsinn nach dem anderen von mir zu geben.

Der Beweis kam prompt, gerade als ich mich dank der heißen, realen Tasse in meiner Hand wieder unter Kontrolle hatte, in Form eines zarten, mitleidigen Lächelns auf Joyces Lippen, die wieder ernst geworden waren. Als sei dieses neue Lächeln noch nicht genug, fügte sie hinzu:

»Verzeiht mir, Mody, doch seit ich Euch kenne, verleitet meine Neugierde mich zu einer indiskreten Frage. Es ist Joses Schuld und sein Unvermögen, das Äußere einer Person oder eines Landes oder einer Sache wahrzunehmen. Joses Worte machen aus allem ein Abstraktum. Nur um Euch ein Beispiel zu nennen: Fragt man ihn nach einer bestimmten Person, die ihn beeindruckt hat, nach ihren Haaren, der Farbe ihrer Augen, erwidert er: ›Woher soll ich das wissen? Diese unnützen Details interessieren mich nicht. Ich habe doch gesagt, sie ist schön und intelligent, genügt das nicht? Du willst immer nur Weibertratsch hören!‹ Er hat mir also von Euch erzählt, aber nur von Eurer Kraft, Eurer Intelligenz. Und ich hatte eine Frau erwartet, die zwar nicht unbedingt alt, aber doch reif ist und keineswegs jung. Verzeiht mir, Mody, aber wie alt seid Ihr?«

Voller Scham, da ich offensichtlich nur Dummheiten von mir gegeben hatte, hörte ich meine unsichere, dünne Stimme – oder war es Carlos Stimme? – sagen:

»Ich bin am 1. Januar 1900 geboren. Das rechnet sich leicht, hat die Schwester im Kloster immer gesagt.«

Und zwar so leicht, daß Joyce mit überrascht aufgerissenen Augen, als sähe sie einen Zwerg oder die böse Hexe, ausrief:

»Aber nein, Modesta! Ihr wollt mich wohl auf den Arm nehmen! Das freut mich, weil es Euch dann so schlecht nicht gehen kann. Doch Ihr könnt unmöglich schon dreiunddreißig sein.«

Die Scham war vergangen – ich war nicht Carlo, der sich niemals aufregte und sich immer mit dem absurden Umstand aufziehen ließ, daß er achtundzwanzig war und höchstens wie neunzehn aussah – ich war nicht Carlo und beteuerte wütend:

»Das ist kein Scherz, ich bin dreiunddreißig und mache keine Scherze!«

»Aber das ist unglaublich, Ihr wirkt nicht älter als zwanzig! Und mit ernster Miene wie jetzt höchstens fünfundzwanzig.«

Glücklicherweise mündete ihr Erstaunen dann ohne Umschweife in den Bericht dessen, was Jose über mich erzählt hatte, und dabei fixierte sie wie immer irgend etwas über meinem Kopf, das sie wahnsinnig zu interessieren schien. Glücklicherweise, da es mir einfach nicht gelang, die achtjährige Modesta zum Schweigen zu bringen, welche »die Stimme« in mir wachgerufen hatte und die jetzt – was tat die Kleine nur? – in Tränen ausbrach vor lauter Scham, nicht alt genug zu sein für Tuzzu, der noch erwachsener und dünkelhafter geworden war, seitdem er rauchte. Ich versuche, Modesta zu beruhigen, aber sie weint weiter wie Bambú – sie sind doch alle gleich, diese Picciriddi –, wenn Prando mit seinen Freunden Fahrrad fahren geht und sie allein zurückbleibt:

»Ich weine nicht, weil er geht, Stella, ich weine, weil ich, seit er von Mama das Rennrad bekommen hat, auch zu Hause Luft für ihn bin.«

»Aber er mag dich doch, Bambolina, das sagt Prando immer wieder.«

»Mag sein, aber nicht so sehr, wie ich ihn mag.«

»Was soll das heißen? Sind wir hier etwa im Laden und wiegen Zucker gegen Kaffee ab? Weißt du, was Jacopo erwidert hat, als diese dumme Gans von einer Köchin ihn damit aufzog, daß du, ja du, Prando lieber hättest als ihn?«

»Nein, weiß ich nicht. Was hat er gesagt?«

»Er hat gesagt: ›Entscheidend ist, wie gerne ich Bambolina habe. Lassen Sie mich in Frieden!‹ Beängstigend, Modesta, wie diese Picciriddi von heute so reden! Wie die Großen!«

»Und wie hat Bambolina reagiert, Stella?«

»Sie hat sich sofort beruhigt und ist losgelaufen, um Jacopo zu suchen.«

Jacopo hat recht, und auch Modesta weint nicht mehr. Sie hat beschlossen, ihre Liebe zu dieser Frau zu genießen, selbst wenn diese sie niemals würde lieben können, eingenommen, wie sie war, von ihrem Freund Nazim, dem türkischen Dichter und Helden, von Silone, dem Schriftsteller und großen Antifaschisten, von Jose … Dauernd spricht sie nur von ihm. Ob sie vielleicht in diese hakennasige Bohnenstange verliebt ist?

Mela hat ihre Etüden wiederaufgenommen. Diesem Mädchen gelingt es, die mechanischen Tasten des Klaviers in lebendige Saiten einer Harfe zu verwandeln.

Joyce lacht zum zweitenmal und nimmt dabei einen Moment lang die Zigarette von den Lippen.

»Jose verheiratet? Verliebt? Um Gottes willen, Modesta! Ihm graut vor diesen Worten noch mehr als Euch und mir. Und wenn Ihr die Liebe als Krankheit bezeichnet, geht er noch weiter, indem er behauptet, sie sei eine Droge, stärker als die Religion. O mein Gott, ich erinnere mich noch an Angelicas irritierten Gesichtsausdruck, als er ...«

»Wer ist Angelica?«

Wenn mich schon die Vorstellung all ihrer männlichen Freunde verrückt machte, ließ mich die Nennung einer Frau wie zur Flucht hochschnellen. Glücklicherweise hatte ich mich nur in den Kissen aufgesetzt und schaltete zur Rechtfertigung der plötzlichen Bewegung die Lampe an. Sie lächelte wieder, drehte ihren Kopf jedoch von dem hellen Kegel weg, der blendend auf das weiße Laken fiel, und betrachtete den Sonnenuntergang. Versteckte sie sich? Was verbarg sie, wenn sie sagte:

»Kennt Ihr Angelica Balabanoff nicht? Ich dachte, Ihr würdet sie kennen, sie ist eine gute Freundin Maria Giudices.«

»Nein, ich habe sie nie kennengelernt. Ist sie so schön wie Maria?«

»O nein, ich bin versucht zu sagen, im Gegenteil, aber dafür ist sie sehr interessant und so intelligent, daß es bei einer Frau fast schockierend ist, wie Jose immer sagt.«

Von dem »im Gegenteil« beruhigt, ließ ich mich wieder in die Kissen zurücksinken.

»Aber ja, besonders wenn sie zornig wird, und Jose versteht es, sie regelmäßig zornig zu machen.«

»Und wie?«

»Indem er sie mit ihrer Prüderie aufzieht. Ihr kennt Maria und werdet verstehen. Es sind ganz außergewöhnliche

Frauen, aber aus einer anderen Generation; und wie ich Euch gerade erzählte, hat Jose eines Tages – Gott, wie lange das schon wieder her ist – auf irgendeine Frage Angelicas im Stile von: ›Na, mein Junge, hast du denn keine Neuigkeiten für deine Angelica, die nichts lieber sähe, als daß du nicht mehr alleine wärst? Du siehst immer schlampiger aus. Wie ist es möglich, daß du immer noch keine Gefährtin gefunden hast, die dir die Knöpfe annäht?‹, klipp und klar geantwortet: ›Ach komm, Angelica, es geht dir doch gar nicht um die Knöpfe, du machst dir nur Sorgen, daß mein Gerät Rost ansetzt wie alle Maschinen, die nicht regelmäßig gebraucht werden.‹ Und sie, du hättest sie sehen sollen, Modesta, empört und knallrot wie ein kleines Mädchen: ›Ich sprach von Liebe, Jose!‹ – ›Vergiß die Liebe, Angelica! Zum Glück gibt es ja noch die wunderbaren Hetären, die einzig wahren Frauen, die alleinigen Rebellinnen, die geben und nehmen können, wie ein Mann es will, ohne falsche Gefühle und Schmeicheleien.‹ Armer Jose! Mit seinem Humor widersetzt er sich, so gut er kann, Angelicas freier Liebe und auch der legalisierten Liebe der Bourgeoisie, aber letztlich fällt auch er darauf herein: Ich habe ihn gesehen, und wie ich ihn gesehen habe!«

Nun gab sie es ja sogar zu. Selbst wenn sie nicht in ihn verliebt war, er war es mit Sicherheit! Wie auch konnte man Joyce begegnen, ohne sich in sie zu verlieben? Zum ersten Mal in meinem Leben schlief ich mit dem nagenden Gefühl der Eifersucht im Kopf ein, das auch im Schlaf wie ein inneres Feuer in mir brannte, bis ich des Morgens endlich die Stunden zählen konnte, die mich noch von ihr trennten.

4

Als der Morgen graute, den ich im Dunkeln so sehnsüchtig erwartet hatte, schliffen seine Strahlen die Umrisse der Möbel und der Bücher Onkel Jacopos, die nun, da sie nicht mehr hinter Glas gesperrt waren, befreit ihre heiteren Geschichten erzählen konnten. Seit er wieder bei uns war, hatte auch ich mir angewöhnt, ihn Onkel zu nennen, um nicht unseren kleinen Jungen und seinen nachdenklichen Erwachsenenblick mit diesem gequälten Gesicht zu verwechseln, das mich von der Fotografie herab ansah. Doch immer noch nagte es in dem knöchernen Gebälk meines geistigen Kämmerleins und trieb mich aus dem Bett durch das Zimmer, wo ich Schubladen und Fenster öffnete und schloß. Drinnen war es stickig, doch wenn ich die Fensterläden öffnete, überfiel mich die kompakte Eisfläche des wolkenlosen Himmels, der im tiefsten Winter ebenso klar und blank ist wie im Sommer. Wie sehr hatte ich mich nach dieser blankgeschliffenen Bläue gesehnt, während der langen Winter meiner Reisen durch den Norden! Nein, nicht noch einmal würde ich aufbrechen. Sie war diejenige, die gehen und das lästige Nagen mit sich forttragen mußte; auch wenn ich es nicht auszusprechen wage, weiß ich doch, daß es einen Namen hat: Eifersucht. Nun habe ich es doch gesagt, und das Wort, dessen Bedeutung ich früher nicht kannte, löst sich für einen Moment von meinen Gefühlen, so daß ich es anschauen, anfassen kann wie eine Vase, ein Glas, ein Ding, das man dreht und wendet und von allen Seiten betrachtet. Darin liegt also der Sinn, die Dinge beim Namen zu nennen: Dieses Nagen, dem meine Stimme Gestalt gegeben hat, ist viel hinterlistiger, formloser und unfaßbarer als jedes Gefühl, das ich bisher kannte. Und es war, was ich niemals geglaubt hätte, geradezu physisch, ein dumpfes, anhaltendes Stechen wie von spitzen Nadeln, wie Zahnschmerzen ... Dieser Türke Nazim, Held des Proletariats trotz seiner adligen Herkunft, arm und gefangen trotz einer in Reichtum und Machtfülle in der Villa am Bosporus verbrachten Kindheit, gemeinsam mit seiner kleinen Freundin Joyce, Tochter eines italienischen Botschafters und einer türkischen Adeligen ... Wenn ihr so viel daran liegt, unerreichbar zu sein, soll sie gehen!

Sie weiß nicht, daß der Dampfer, für den ich das Billett schon zerrissen habe, noch nicht abgelegt hat. Und schnell ist Pietro herbeigerufen, um sie zum Hafen zu bringen.

»Herein, Joyce, es ist offen.«

»O Modesta! Nur ganz kurz, ich muß dringend mit Euch reden. Ich muß abreisen, verzeiht, wenn ich darauf bestehe, ich muß wirklich gehen! Irgendwie muß ich zu Jose nach Paris gelangen. Das körperliche und geistige Wohlleben hier, die Fröhlichkeit Eurer Kinder – ganz wunderbarer Kinder! Selbst Stellas 'Ntoni, so elegant und klug, all das ist der lebende Beweis für die marxistische Grundüberzeugung, daß das Umfeld den Menschen prägt –, die Sanftheit Stellas und der Pinien und des Meeres hätten mich beinah meine Pflichten gegenüber Jose und den Genossen vergessen lassen. Bis zu dieser schrecklichen Nacht voller Alpträume! Immer noch kann ich Joses gequältes Gesicht nicht vergessen, das mich ansieht … Nie könnte ich es mir verzeihen, in diesem Moment, wo der Kampf unsere eigene Partei spaltet, nicht an seiner Seite gewesen zu sein. Silone, Tresso, Leonetti ausgeschlossen! Die Unversöhnlichkeit, das Sektierertum gegenüber den Sozialisten haben die antifaschistischen Kräfte gespalten und damit dem Kapitalismus Vorschub geleistet, den wir beim 5. Kongreß aufgrund der großen Krise schon überwunden glaubten. Wie viele neue Hoffnungen, wie viele mögliche Eroberungen in ganz Europa erblühten vor unserem inneren Auge! Alles dahin, in wenigen Jahren! Der Abfall Atatürks, die Spartakisten vernichtet, Rosa Luxemburg ermordet! Und dann dieser Kleinbürger Hitler, den alle auslachten und der nun die Wahlen gewinnt und ›demokratisch‹ an die Macht kommt. Eine Höllennacht, Modesta! Als hätte mir jemand in einem einzigen Traum meine ganze lange Vergangenheit vor Augen führen wollen, meine gesamten vierzig Jahre! Ich sah die Freude meiner Mutter, als sie mich umarmte und wiederholte: ›Zumindest du wirst frei sein, mein Kind! Die türkischen Frauen stehen auf der

Schwelle zu einer neuen Ära. Von heute an wirst du wählen und dein Schicksal selbst in die Hand nehmen können.‹ Und im selben Moment ihre gealterten, eingefallenen Gesichtszüge im Pariser Exil, und daneben das gequälte Gesicht von ... Oh, Modesta, ich muß aufbrechen! Die Ruhe und Heiterkeit dieses Hauses sind nicht für Überlebende wie uns, entwurzelt und vielleicht besiegt. Für uns, deren Seinsgrund, wie Jose sagt, allein im Kampf liegt.«

»Ich könnte ein Schiff für Euch auftreiben, Joyce, doch nur, wenn ich den wahren Grund für Eure Eile erfahre. Ihr habt von vielen Dingen gesprochen, doch ohne mir zu erklären, wer Ihr seid, ich meine, Ihr als Person. Und dieses ›unser Seinsgrund liegt allein im Kampf‹ drängt mich dazu, Euch nicht gehen zu lassen. Ihr behauptet, alt zu sein, Joyce, dabei seid Ihr nur müde und, verzeiht meine Offenheit, außer Euch. Wie könnte ich es verantworten, Euch in diesem Zustand ein Schiff besteigen zu lassen? Wir schreiben nicht mehr das Jahr '22 oder '24, sondern das Jahr '33. Ich lasse Euch nur abreisen, wenn Ihr mir sagt, daß Ihr von jemandem erwartet werdet, der sich um Euch kümmert.«

Zum ersten Mal blickt Joyce mir lange in die Augen. Nun, wo ihr Schutzwall aus Worten gefallen ist, senkt sie den Kopf und verbirgt das Gesicht in den Armen. Die schwarze Masse ihrer Haare flutet zwischen uns über den Tisch: eine glänzende Sommernacht ...

»Woraus besteht die Nacht, Tuzzu?«

»Woher soll ich das wissen?«

»Wenn du mich auf deine Schultern hebst, kann ich sie anfassen und es dir sagen.«

»Na, dann laß mal hören, jetzt hast du sie angefaßt, woraus besteht sie?«

»Wenn Ihr von niemandem erwartet werdet, Joyce, lasse ich Euch nicht abreisen.«

Ihr Haar läßt meine Liebkosung zu, oder ist es nur mein Arm, der sie an einer Geste der Abwehr hindert? Ich ziehe die Hand zurück, und sofort rührt sie die befreiten Schultern. Meine Hand bleibt enttäuscht auf dem Schreibtisch liegen.

»Was für schöne Hände Ihr habt, Modesta, das war mir noch gar nicht aufgefallen. Nein, laßt sie hier, Eure Liebkosung spendet mir Trost, genau wie damals als Kind, wenn meine Mutter mich streichelte.«

Ohne es zu merken, hatte ich den weiten Weg um den Tisch zurückgelegt, bis ich neben ihr saß und beobachtete, wie auch meine zweite, eiskalte Hand zwischen den ihren verschwand.

»Und wie klein sie sind, so aus der Nähe betrachtet! Ihr seid merkwürdig, Modesta, manchmal scheint Ihr so groß und stark, dann wieder schmächtig und zart wie ein kleines Mädchen. Als Ihr mir vorhin sagtet: ›Ich lasse Euch nicht gehen‹, fühlte ich mich geradezu befreit, wie in meiner Kindheit, als ich mich auf die Entscheidung der Älteren und Stärkeren verlassen konnte. Lange ist es her, daß ich mich jemandem anvertrauen konnte. Natürlich sind da die Genossen, Jose war immer an meiner Seite. Aber eine Frau zur Freundin zu haben ist etwas anderes, und Ihr seid für mich wie eine Freundin, Modesta.«

Meine Hände waren zwischen den ihren zu neuem Leben erwacht und sammelten Kraft und Entschlossenheit. Ich entzog sie ihren Handflächen, schlang sie um ihre Taille und sagte mit einem Nachdruck, den sie im Moment brauchte (oder übertrieb ich es und würde sie damit erschrecken?):

»Freundin, Joyce, gewiß. Ihr müßt mir vertrauen und Euch entspannen, Euch ausruhen.«

Ergeben ließ sie den Kopf auf meine Schulter sinken.

»Aber Jose wartet doch auf mich. Was wird er von mir denken? Ich müßte ihm Bescheid geben, aber wie nur?«

»Ich werde Jose schreiben.«

»Aber das ist gefährlich, die Post …«

»Nein, nein, ich werde einen anderen Weg finden, ihm den Brief zukommen zu lassen.«

»Welch ein Friede, Modesta, nach all den argwöhnischen Gesichtern, den nicht ausgesprochenen Worten, dem alarmierten Zusammenfahren bei jedem Telefonklingeln, dort, in Mailand, bei den wenigen Freunden, die mir nicht die Tür vor der Nase zuschlugen. Es war schrecklich! Lediglich zwei der alten Genossen und Freunde ließen mich noch ein … und einer von ihnen nur für wenige Sekunden! Das werde ich nie vergessen, es war ein Samstag, er im Schwarzhemd, bebend vor Angst, ein kurzer Abschied, bevor er zur Zusammenkunft ging.«

»Ihr dürft sie nicht verurteilen. Der Duce hat sie alle bezwungen, mit Unterstützung seiner Geheimpolizei und ihres feinen Arturo Bocchini. Kein Tag vergeht, an dem nicht ein Freund, ein Bekannter vor deinen Augen seine Meinung ändert. Oder an dem du ein Geschäft betrittst und am entschlossenen Blick des Verkäufers erkennst, daß er auf die andere Seite übergelaufen ist.«

»Auch hier auf Sizilien?«

»Ja, auch hier, wenngleich nicht so auffällig wie im Norden.«

»Aber Ihr seid so ruhig, so gelassen!«

»Es gibt keinen Grund, seine Kräfte mit nutzloser Angst zu vergeuden. Man muß eben vorsichtig sein …«

»Vorsichtig sein? Ihr habt mir mißtraut, stimmt's, Modesta?«

»Natürlich, und ich mißtraue Euch noch immer, denn heutzutage kann jeder Besucher – selbst mit Empfehlungsschreiben eines Freundes – ein Abgesandter unseres guten Bocchini sein.«

Sie erwiderte nichts, doch ihr Kopf sank noch schwerer auf meine Schulter. Ich verstand diese stumme Zeichensprache nicht. Nie zuvor hatte jemand so zu mir gesprochen. Entweder war diese Frau, die vielleicht eine Spionin war, listiger, als ich gedacht hatte, oder ihre Ermattung war ehrlich. Um diesem nach Jasmin duftenden Schweigen zu entrinnen, drückte ich sie an mich, sie sollte etwas sagen oder gehen.

»Ihr habt mir nichts von Carlo erzählt, Modesta.«

»Ihr habt mich nicht nach ihm gefragt, Joyce.«

»Jose hatte mir gesagt, ich solle mich zurückhalten, um keine alten Wunden aufzureißen. Er sagte, daß Ihr sehr gelitten hättet nach Carlos Tod. Von seinen Mördern weiß man noch immer nichts?«

»Jose hatte recht, es ist zu bitter, darüber zu sprechen.«

»Mißtraut Ihr mir noch immer, Modesta?«

»Es sind doch kaum ein paar Sekunden vergangen, Joyce, warum sollte ich Euch nicht mehr mißtrauen?«

»Verzeiht meine Hartnäckigkeit, aber Ihr seid mir vom ersten Moment mit solcher Freundlichkeit begegnet, daß ich es einfach nicht glauben kann, und erst jetzt fällt mir auf, daß Euch in all unseren Gesprächen kein einziger Name über die Lippen gekommen ist.«

»Und es wird mir auch niemals ein Name über die Lippen kommen, da könnt Ihr ganz beruhigt sein. Wärt Ihr tatsächlich eine Spionin, Ihr bekämt nicht mehr heraus, als daß ich vielleicht eine Antifaschistin bin, weil ich Euch Unterschlupf gewähre und im ganzen Haus weder ein Bild vom Duce noch vom König hängt und meine Kinder nicht zu den Zusammenkünften am Samstagabend gehen und keine Uniform tragen. Aber das ist in Catania kein Geheimnis, auch daß ich ein wenig seltsam und vielleicht nicht ganz richtig im Kopf bin. Das ist das Vorrecht der Brandiforti.«

»Und trotz Eures Verdachts haltet Ihr mich umschlungen und liebkost meinen Kopf wie eine Schwester?«

»Ich wüßte nicht, warum eine Spionin keine Schwester haben sollte.«

Wie ein jäher Wind fegte ihr langes, tiefes Lachen den Jasminduft hinfort. Nein, es war nicht der Wind. Sie war aufgestanden und hinterließ in meinen Armen den warmen Abdruck ihres Oberkörpers, der mich verwirrte. Auch ich erhob mich, blieb jedoch auf meinem Platz stehen. Während Joyce lachte und ans Fenster trat, wurde sie wieder groß, streng, unerreichbar.

»In Eurer Nähe, Modesta, überkommt mich eine Fröhlichkeit, die ich für immer verloren geglaubt hatte. ›Auch Spione haben eine Schwester!‹ Was für ein Romantitel! Jose hat mir erzählt, daß Ihr schreibt.«

»Ja, aber nicht über Politik. Tut mir leid, Euch jede Hoffnung nehmen zu müssen, auch dort fändet Ihr nichts, weder Namen noch Fakten. Mehr noch, Ihr fändet unzählige Abstrusitäten, die nur ein weiterer Beleg meiner Absonderlichkeit wären.«

»Wie Eure Art zu leben, nicht wahr? Was könnte ich letztlich berichten? Weder mittags noch abends wird das Essen serviert, jeder kommt und geht, wie er will. Reiche und adlige Kinder, die sich eigenhändig den Tisch decken und sich selbst bedienen, ja manchmal sogar selbst kochen müssen, wenn sie aus irgendeinem Grund außerhalb der Arbeitszeiten der Köchin essen wollen … Und dann Mela mit ihrem Vogelgesichtchen, mager wie ein Krückstock, ganz große Augen, immer am Rockzipfel dieser eleganten kleinen Dame Bambú, und Ihr, die Ihr sie auf eigene Kosten bei hervorragenden Pianisten ausbilden laßt. O Modesta, außer der Fröhlichkeit packt mich jetzt ein ganz schrecklicher Hunger!«

»Hunger nach Informationen oder nach Nahrung?«

»Hunger, echter Hunger, wie ich ihn seit Jahren nicht mehr verspürt habe! Lassen wir die Arbeit für heute ruhen und essen wir gemeinsam, Modesta, ich bitte Euch. Oh, seht nur, was für ein außergewöhnlicher Anblick! Schaut, wie das Gewitter herannaht.«

»Das ist die Tropea, die ihren Zorn herausschreit, die Tropea mit zerzausten Haaren, aus denen Blut und Wind tropfen.«

Ich mußte die Fenster fest verschließen, sonst würde der Sturm sie aufreißen, und keiner wäre vor dem Regen sicher, den die Sonne vor sich hertrieb: Feuer und Wasser mähten die Pinien nieder, köpften Vögel und Blumen. Gerade noch rechtzeitig und unter Aufbietung all meiner Kraft gelang es mir, die Läden, die Fenster, die Blenden und Vorhänge zu schließen. Wir standen nun im Dunkeln, doch von draußen trommelte und kratzte die wütende Dame an den Fenstern und verlangte Einlaß.

»Wie stark Ihr seid, Modesta! Ihr überrascht mich immer wieder.«

»Ich scheine dazu geboren zu sein, andere zu überraschen, das ist ein ewiger Kehrreim seit ich auf der Welt bin. Bitte wundert Euch nicht länger und macht das Licht an.«

»Oh, Modesta, seht nur der Kronleuchter: Das Haus bebt ja!«

»Der Zorn der Tropea geht schnell vorüber, gerade eine Zigarettenlänge. Wollt Ihr nicht rauchen?«

»Es ist schrecklich ... Ihr habt recht, es klingt wie das Geschrei einer Geisteskranken.«

»Die Bäume und das Meer erwidern ihre Schreie, und vielleicht gab es einen leichten Erdstoß. Aber seid gewiß, in wenigen Minuten ist alles vorbei.«

»Passiert das häufiger, da Ihr so ruhig seid?«

»Mindestens einmal im Jahr erinnert sich die Dame an das Unrecht, das ihr vor Urzeiten widerfahren ist, und zieht gegen den Berg in die Schlacht. Hier auf der Insel lebt die Erinnerung an die Kriegerinnen weiter, an jene Frauen, die mit einem Schwert jeden niedermetzelten, der sie beleidigt hatte.«

»Heilige vielleicht?«

»Nein, keine Heiligen! Echte Ritterinnen ohne Furcht und Tadel, die im Schwingen der Schwerter einem Orlando nicht nachstanden.«

»Die Marionetten? Aber natürlich, Jose hat mir von ihnen erzählt. Aber nicht von weiblichen Figuren.«

»Ich werde mit Euch die kleinen Heldinnen anschauen

gehen, deren Profile so sanft sind wie Stellas und die dabei Nerven wie Drahtseile haben. Dann seht Ihr, wie furchterregend sie in ihrer Kriegswut sind! Die Kirche versucht seit Jahrhunderten, sie zu vertreiben, wie unser Marionettenspieler Insanguine sagt. Genau wie der Faschismus uns unsere Toten nehmen will und mit ihnen die Erinnerung an unsere ureigensten Traditionen.«

»Eure Toten, Modesta? Das verstehe ich nicht.«

»Ja, es wurde verkündet, daß allein das Fest der faschistischen Befana im Januar für die Kinder erhalten bleiben soll, wie im Norden. Das hat unsere Leute tief getroffen, die um des lieben Friedens willen äußerlich eingewilligt haben. Aber sie erinnern sich trotzdem und schließen in der Nacht des ersten November unseren Toten weiterhin die Türen auf, damit sie auf Zehenspitzen in die Häuser schleichen und unseren Kindern Geschenke und kleine Botschaften bringen können. Süßigkeiten und Spielzeug, damit sie nicht vergessen, daß es den Tod gibt und daß sie auch im Tod weiterleben.«

»Darum gab es zu Weihnachten keinen Baum! Als ich Jacopo fragte, ob er das nicht schade finde, hat er gesagt: ›Das sind doch alles Ammenmärchen, wir bekommen die Geschenke von unseren Toten.‹ Ich muß gestehen, Modesta, daß ich mich so vor diesen Worten aus einem Kindermund fürchtete, daß ich mich nicht traute, weiter nachzufragen. Ich dachte, er mache Spaß. Jacopo kann so ironisch sein, daß es einen in Verlegenheit bringt. Und jetzt fällt mir wieder ein, daß auch Bambú auf meine Frage, wer ihr denn die schöne Bernsteinkette geschenkt habe, die sie so oft um den Hals trägt, geantwortet hat: ›Die haben mir Papa und Mama dieses Jahr gebracht.‹«

»Gewiß, so erinnert sich Bambolina an ihren Vater und daran, wer ihn ermordet hat, aber ohne sich zu fürchten.«

»In der Tat war sie ganz heiter dabei.«

»Alle Kinder auf der Insel erzählen am zweiten November beim Spielen von ihren Toten, die weder in der Hölle noch im Himmel sind, sondern bei ihnen. Selbst die Kirche hat vor diesem heidnischen Brauch stets ein Auge zugedrückt. Und es ist das erste Mal, daß ein fremder König oder Führer versucht, diese Tradition abzuschaffen. Aber wenn ich und Ihr im November nicht im Gefängnis sitzen, nehme ich Euch mit nach Catania, und dann werdet Ihr die große Chiana dei Morti sehen, das Totenfeld, das jedes Jahr neu erstrahlt und in einem Lichtermeer aus Fackeln zum Leben erwacht, mit Bergen von Keksen und Spielzeug, und wo man für Fremde und den Tod nur ein Lachen übrig hat.«

»O mein Gott, Modesta, was ist diese Chiana dei Morti?«

»Der große Platz im Zentrum Catanias, auf dem alle Eltern, Brüder, Onkel, ob reich oder arm, die ganze Nacht lang zwischen bunten Ständen, hell erleuchteten Geschäften, in Cafés und überfüllten Restaurants bei dem ein oder anderen Glas Wein im Auftrag der lieben Toten die Geschenke für die Kleinsten zusammensuchen.«

»Zu gern würde ich mit Euch die Marionetten anschauen gehen und auch dieses merkwürdige Totenfest. Vorausgesetzt, sie sperren uns nicht vorher ein! Auch wenn der Gedanke an den Tod, wie ich zugeben muß, mich sehr erschreckt. Genau wie Ihr, Modesta. Ich will ehrlich sein, seitdem das Gewitter über uns hereingebrochen ist, verhaltet Ihr Euch mir gegenüber anders. Ich habe Eure Geschichten sehr genossen, dennoch empfand ich eine gewisse Feindseligkeit. Oder ist es die Tropea, die Euch Sorgen bereitet?«

»Nein, Joyce. Wir sind hier an Sturmfluten und Erdbeben gewöhnt. Ein Satz von Euch hat mich getroffen, so wie er Stella und jede andere Frau auf der Welt getroffen hätte. Aber vielleicht übertreibe ich auch, macht Euch nichts daraus. Wir Insulaner sind ein wenig mißtrauisch.«

»Ich verstehe nicht, habe ich etwas gesagt, das Euch und Stella beleidigt hätte?«

»Dieses künstliche Licht ist so düster, Joyce. Wenn Ihr wollt, könnt Ihr jetzt das Fenster wieder aufmachen.«

»Aber der Sturm?«

»Öffnet, sage ich.«

»O Gott, Modesta, woher wußtet Ihr das? Jetzt ist wieder alles blau und ruhig. Diese Stille ist beängstigender als Blitz und Donner. Ich werde niemals Ruhe finden, Modesta, weder hier noch anderswo!«

Ich hatte sie noch nie zittern sehen. Vielleicht ist ihr nur kalt. Auch das Weiß ihrer Bluse zittert.

»Euch ist kalt, Joyce, kommt hierher ans Feuer.«

Sie kauert sich auf dem Sofa zusammen, als wolle sie sich verkriechen. Und ich quäle sie seit Stunden mit düsteren Geschichten und Verdächtigungen. Ihre Verzweiflung durchrieselt mich in vielen kleinen Freudenschauern. Ich muß sie wenigstens umarmen.

»Ich bin Eurer Schwesternliebe nicht würdig, Modesta!«

Was meint sie damit? Das Kaminfeuer brennt auf meinem Mund. Nein, es ist nicht das Feuer, es sind ihre Lippen, die sich auf meine pressen, und ihre Zunge, die von meinem Speichel kostet. Ich will diese Zunge mit den Zähnen festhalten, aber:

»O Modesta, ich bin Eurer nicht würdig, nein, ich bin es nicht!«

Was redet sie nur? Ich versuche ihr zu folgen, doch sie hat bei ihrer Flucht die Tür hinter sich zugeworfen. Mein Kopf, meine Stirn stehen in Flammen, und ein freudiges Lächeln steigt mir von der Brust in die Wangen. Das also war das ganze Geheimnis, die halben Geständnisse, die Aufregung. Und ich hielt sie für eine Spionin!

5

Ich weiß nicht mehr, wie lange ich dort gestanden hatte, den Kopf an die Tür gelehnt und aufgewühlt über meine Einfalt lachend, als eilige Schritte auf der Treppe mich aus meinen

Träumereien rissen. Kam sie etwa zurück? Ich hätte dasselbe getan. Doch die Hand rutschte mir vom Türgriff, als ich Stellas Stimme hörte, die um Einlaß bat. Bestimmt hatten Jacopo und Bambú sich beim Nachlaufen verletzt. Nein, nicht Bambú, Jacopo! Er ist der Zerbrechlichere der beiden. Den lieben langen Tag in seinem Zimmer über die Bücher gebeugt.

»Mody, Mody, ich bin's, Stella, mach um Himmels willen auf!«

»Was ist denn, Stella? Sag bloß nicht, daß Jacopo sich weh getan hat, denn dann bekommt er es mit mir zu tun! Wir werden ja sehen, ob er endlich ein bißchen Sport treiben will und nicht immer an Bambú klebt!«

»Nein, Mody, nein! Es geht um die ausländische Dame, es ist etwas mit ihr, und ich, ich ... hätte ich doch bloß niemals etwas Schlechtes über sie gedacht!«

»Was ist passiert?«

»Ich weiß es nicht! Sie hat mich zu sich gerufen und schien ganz ruhig. Und weil im Zimmer die gepackten Koffer standen, dachte ich: ›Wahrscheinlich soll ich ihr helfen, sie wird wohl abreisen wollen.‹ Sollte sie nicht abreisen, Mody? Aber dann sagt sie mir, daß sie schlafen möchte und bis zum Morgen keine Störung wünscht. Doch als sie unter die Decke schlüpft, sehe ich, daß sie weint. Zurück in der Küche, geht mir dieses Weinen einfach nicht aus dem Kopf. So bin ich also noch einmal hin und habe geklopft, ob sie vielleicht etwas Heißes wolle.«

»Red schon, Stella, was ist passiert?«

»Sie hat mir nicht geantwortet. Ich klopfe und klopfe, hundertmal, nichts. Ich habe Angst, Mody! Vielleicht geht es der Dame schlecht.«

»O Gott, Fürstin, das Wasser ist ja ganz rot, das ist Blut!«

Nunzio* schreit wie ein Besessener. So habe ich ihn noch nie erlebt. Er hat zwei Türen eingetreten: Zimmer und Bad. Während ich Joyces Kopf halte, trägt Nunzio, der sie aus dem Wasser gezogen hat, sie vorsichtig zum Bett und murmelt:

»Nun schau mal einer an, so eine bildschöne Frau und will nicht mehr leben! Wenn die Fürstin es erlaubt, zerreiße ich dieses Laken und mache einen Verband daraus. Er muß fest sitzen ... so! Der Farbe des Wassers nach hat sie nicht viel Blut verloren ... Mein Gott, sie hat kräftig mit der Klinge gefuhrwerkt ... Wie einmal an der Front, ein Mailänder, der sich eines Nachts, wer weiß, warum, den gleichen Dienst erwiesen hat, nur ohne Bad natürlich. Er lag auf der Pritsche über mir, und sein Blut hat mich geweckt, weil es mir ins Gesicht tropfte. Das wünsche ich wirklich niemandem! Im Schützengraben habe ich so manches erlebt, aber dieses Erwachen ist mir stärker ins Gedächtnis gebrannt als der Lärm der Granaten.«

Dann war ich also nicht die einzige, die Joyce schön fand durch den Filter der Liebe, der sich vom ersten Augenblick an über meinen Blick gelegt hatte, wenn auch Nunzio wiederholte: »Schön, bildschön ...«, während er Stella half, ihr das vom blutigen Wasser triefende Nachthemd auszuziehen.

»So, und jetzt unter die Decke! Oder besser, zuerst noch die Haare trocknen ...«

Stella rubbelte ihr Haar, das, da es leicht gewellt war, im nassen Zustand noch länger wirkte.

Sie öffnete die Augen, kaum daß Doktor Licata den Raum verlassen hatte.

An ihrem klaren Blick, der über Wände, Vorhänge und die geschlossenen Koffer in der Mitte des Raumes glitt, um schließlich bei Stella innezuhalten, erkannte ich, daß von Abreise keine Rede mehr sein würde, leider auch nicht von Küssen, unter uns gesagt. Aber was bedeutete das schon für die kleine Modesta in mir, die jubelnd beobachtete, wie sie lebendig und entspannt Stellas Lächeln erwiderte? Bei diesem Lächeln fühlte ich, wie ich in dem großen Sessel, wo ich Stunde um Stunde gewartet hatte, noch kleiner wurde. War es, weil sie ausgestreckt und nackt unter dem Laken größer und voller aussah, als sie gewirkt hatte, wenn sie in ihren Hosen neben mir hergegangen war, in denen sie unverdächtig dünn wirkte? Die vollen Brüste und die runden Hüften formten die Statur einer erwachsenen Frau. Das war es: Angezogen sah sie aus wie eine leichte Diana, liegend wie eine Venus. Diese Göttin hatte zwei Antlitze, zwei Wesensarten, zwei Denkarten, wie jeder Mensch. Meine Narbe unter dem Pony pulsierte und erinnerte mich daran, daß es sogar drei Antlitze sein konnten, wie es auch dreigesichtige Vasen gab …

»Oh, Modesta, auch Ihr seid hier? Was ist denn passiert?«

»Nichts, gnädige Frau, Euch ist bloß beim Baden unwohl geworden.«

Niemals hätte ich Stella soviel Takt zugetraut, und ich sah sie dankbar an. Auch sie hoffte, daß Joyce sich an nichts erinnern würde. Doch wie der Arzt vorausgesehen hatte, war dem nicht so, und schon schielte Stella nach der Spritze, die griffbereit auf dem Nachttisch lag: »Sollte sie nach dem Aufwachen eine Krise bekommen, gebt ihr dieses Beruhigungsmittel und schickt nach mir.«

»O Gott, Fürstin, Stella, meine Handgelenke …«

»Laßt es gut sein, gnädige Frau, behaltet Eure Hände einfach unter der Decke, es ist nichts!«

Doch sie hatte die Arme schon unter den Laken hervorgezogen und ließ sie nun auf das Bettzeug sinken, um die schneeweißen Verbände zu betrachten. Stella und ich erwarteten nun die von Licata angekündigte Krise. Aber als Joyce wieder sprach, ließ Stella die Spritze wieder sinken, die sie schon aufgenommen hatte.

»Diese Verbände stammen von einem Arzt. Sogar einen Arzt mußtet ihr rufen! Ich schäme mich so!«

»Grämt Euch nicht, gnädige Frau, der Arzt ist ein brüderlicher Freund Modys und des Hauses.«

»Ich verdiene euer Vertrauen nicht, ebensowenig wie das von Jose. Mein Gott! Wie konnte ich in meiner Verzweiflung vergessen, daß mein Tod euch in Gefahr bringen würde?«

»Gefahr, sagt Ihr? Schämen? O Heilige Jungfrau, warum leidet Ihr stumm vor Euch hin? Wir sind doch Frauen, Freundinnen ...«

Dies war der Moment, Stella hinauszuschicken. Doch während ich noch nach einer Ausrede suchte, sagte sie schon:

»Redet mit meiner Mody, die versteht einfach alles ... Ich gehe nun, ich muß noch kurz zu den Kindern, bevor sie einschlafen, vor allem Jacopo nimmt es mir am nächsten Morgen übel, wenn ich ihm am Abend keinen Kuß auf die Stirn gegeben habe. Gute Nacht Euch, gnädige Frau, und dir auch, Mody.«

Als Stella weg war, bekam das Kind in Modesta, das jahrelang geschlummert hatte und das ich immer zu ignorieren versuchte, einen großen Schrecken, so plötzlich allein mit dieser großen Frau, die immer noch mit schmerzvollem Blick ihre Verbände musterte.

»Ich sollte auch lieber gehen, Joyce, der Doktor meint, Ihr müßt Euch ausruhen, er wird mit mir schimpfen, wenn er morgen hört, daß ich Euch wach gehalten habe.«

»Mit Euch schimpfen, Modesta?«

Verlegen versuchte ich den Fauxpas des kleinen Mädchens in mir wieder auszubügeln.

»Er ist ein alter Genosse, und hin und wieder erlaube ich ihm, mit mir zu schimpfen.«

»Endlich erwähnt Ihr jemanden, der in diesem Haus ein und aus geht. Dann mißtraut Ihr mir nicht mehr, Modesta?«

»Nein, Joyce.«

»Wegen der Dummheit, die ich begangen habe? Kommt her zu mir, wo Stella stand, warum bleibt Ihr so fern?«

»Der Arzt hat präzise Anweisungen gegeben.«

»Nur ganz kurz, nur damit ich merke, daß Ihr mir nicht böse seid, obwohl Ihr allen Grund dazu hättet.«

»Ich bin nicht böse, Joyce. Ihr hört doch, daß ich es nicht bin.«

»Ja, das höre ich. Danke.«

In dem schwachen Lichtschein wartete ich, daß sie weiterspräche, daß sie mir sagte, welcher Schmerz – und es mußte ein großer Schmerz sein – sie dazu getrieben hatte, sich das Leben nehmen zu wollen, doch sie schwieg. Ich erhob mich aus dem Sessel und sah sie an: Sie schlief. Ihr Atem ging beruhigend gleichmäßig und tief. Sollte ich die Nachttischlampe löschen oder nicht? Besser nicht. Licata hatte gesagt, daß sie zumindest diese Nacht nicht allein bleiben durfte: »Manchmal wird die Verzweiflung so übermächtig, daß sie sogar die Angst besiegt, dann denkt man, wie leicht und bequem der Tod doch ist, und man bekommt Lust, es noch einmal zu versuchen. Es sei denn, der Betroffene hat nach dem Aufwachen eine spontane Angstreaktion gezeigt dem gegenüber, was er getan hat.« Doch Joyce hatte keine Angst gezeigt. Nur Scham und Bedauern uns gegenüber.

»Mody, hallo Mody? Soll ich kommen und bei ihr wachen?«

»Nein, Stella. Du hast morgen viel zu tun. Im Sessel habe ich es sehr bequem, ich wäre beinahe eingeschlafen.«

»Wie du willst, Mody, aber …«

Mehr hörte ich nicht. Ich sank in den Schlaf. Jemand deckte mich warm und sicher zu, wie ich es vor Jahren oder Jahrhunderten – vielleicht vor meiner Geburt – gekannt und in der Hast des Lebens wieder vergessen hatte.

Als ich die Augen aufschlage, wundere ich mich nicht darüber, wie gut ich im Sessel geschlafen habe oder wer die Decke über mich gebreitet hat, auch nicht über die wilde Freude, die mich erfaßt, als ich Joyces lächelndem Blick begegne. Dieses Lächeln gilt mir, denke ich. Und vor lauter Freude will ich von meinem Lager aufspringen und sie mit

Küssen bedecken. Einen Moment lang hält mich das Bewußtsein meines reifen Körpers zurück, doch sie lächelt immer weiter. Und so vergesse ich meine Arme und Beine, die viel zu schnell gewachsen sind, stürze mich auf den schmalen Pfad, den das Lächeln mir weist, und bedecke sie mit wilden Küssen – so erzählte sie mir später – auf Augen, Stirn und Wangen. Sie läßt mich gewähren, lächelt immer noch mit den Augen, doch das genügt mir nicht. Ich möchte, daß sie glücklich ist, und ich höre erst auf, als auch ihre Arme sich leicht wie ihr Blick öffnen, ihre Stirn und ihr Hals, in dem schon ein stummes Lachen pocht. Nun kennt mein Glück keine Grenzen mehr, und ich kann in meinen Sessel zurückkehren.

»Nein, Modesta, nein! Bleibt hier! In Eurer Nähe verspüre ich eine Freude, wie ich sie noch nie erlebt habe.«

Nachdem sie mich aufgefordert hat – nicht nur mit Worten, sondern indem sie zur Seite gerückt ist –, kann ich mich hinlegen: ich auf der Decke, sie darunter.

»Ihr müßt eine glückliche Kindheit verbracht haben, wenn Ihr mir und Euren Kindern soviel Heiterkeit schenken könnt … Ihr antwortet nicht, Modesta. Ihr wart glücklich als Kind, nicht wahr? Wenn Ihr so seid wie jetzt, glaube ich ein Kind zu sehen in einem glücklichen Haus wie diesem, mit einer heiteren Mutter wie Stella.«

»Nein, Joyce, nein. Meine Mutter ist früh gestorben, und ich war bitter arm, bevor ich in das Haus Brandiforti kam.«

»Aber wie ist das möglich?«

Das Lächeln erstarb, ich durfte sie nicht mit traurigen Geschichten quälen und sagte schnell:

»Die Umstände zählen nicht so sehr. Ich war immer glücklich, das habt Ihr ganz richtig vermutet, zumindest bis heute. Wenn Ihr möchtet, erzähle ich Euch irgendwann einmal meine Geschichte.«

»Ihr habt recht, die Umstände zählen nicht so sehr. Ich war immer reich. Meine Mutter ist erst vor zwei Jahren gestorben, als ich schon erwachsen war und den Verlust verkraften konnte. Seht Ihr, Modesta, ich fühle mich verpflichtet, Euch zu versichern, daß sich meine Schwäche von gestern nicht wiederholen wird, zumindest nicht in diesem Haus. Aber ich muß Euch auch warnen, Ihr müßt Euch vor mir in acht nehmen. Seit dem Tod meiner Schwester bin ich …«

»Joland?«

»Ja, meine Schwester, wenn auch nicht leiblich. Seht Ihr, mein Vater und meine Mutter … Aber reden wir nicht von mir, Ihr seid es, die mich interessiert. Sagt, hattet Ihr trotz der Armut vielleicht Brüder, Schwestern …«

»Nein, ich war allein.«

»Unglaublich! Ganz allein, Ihr Arme! Dabei seid Ihr so gesellig und selbstbewußt inmitten all dieser außergewöhnlichen Kinder, dieser würdevollen Eleganz. Eines Tages erzählt Ihr es mir, einverstanden? Ihr würdet sehr einen alten Freund und Lehrer von mir erstaunen, dem ich – zumindest bis zu meinem beschämenden Akt gestern – meine geistige Gesundheit verdanke, die mich in den letzten Jahren aufrecht gehalten hat. Ich muß Euch gestehen, Modesta, daß ich in der frühen Jugend, als ich bei meinem Vater und meiner Mutter lebte, schon einmal einen Versuch zu sterben unternommen habe. Jener Selbstmordversuch wies mir den Weg zu meinem Studium, ich wollte den Grund des Leidens erfahren, nicht nur des körperlichen, sondern auch des seelischen. Ich studierte Medizin und dann Psychologie in Mailand. An der medizinischen Fakultät begegnete ich Carlo.«

»Ach! Wieso hat Carlo mir nie von Euch erzählt?«

»Wir sind nicht gerade in Freundschaft auseinandergegangen … ein Zwist um Überzeugungen. Hat er Euch nie von Jò erzählt?«

»Aber ja, Jò! Ich dachte immer, es handele sich um einen Mann! Er erwähnte jemanden, der dann für weiterführende Studien nach Deutschland ging. Dann wart Ihr diese Jò?«

»Ja.«

»Aber warum Jò?«

»Weil ich, wie gesagt, immer nur Männer zu Freunden hatte. Darin ähneln sich Carlo und Jose sehr, beide sind abgehoben oder zerstreut, wie Ihr es nennen wollt. Mit der Zeit jedenfalls sahen sie mich wahrscheinlich ebenfalls als Mann an.«

»Aber warum habt Ihr mir das nicht sofort gesagt? Jetzt erinnere ich mich an dieses Jò ... Er paßt gut zu Euch, der kurze Name.«

»Ah, da kommt Stella mit dem Frühstück. Modesta, ich bitte Euch, kehrt in Euren Sessel zurück.«

»Warum werdet Ihr so blaß? Was ist denn dabei? Wir sind doch Frauen ...«

»Also, ehrlich gesagt ... ich ... Guten Morgen, Stella.«

»Euch auch einen guten Morgen, gnädige Frau. Ach, da liegst du, Mody! Zum Glück, im Sessel wollte ich dich mir überhaupt nicht vorstellen. Schön ist das, meine Mody und meine Gnädigste schwatzen ein bißchen wie zwei Schwesterherzen! Es erleichtert mich sehr, meine Dame, wieder etwas Farbe in Eurem Gesicht zu sehen, ich wette, Ihr habt Hunger?«

»Großen Hunger, Stella.«

»Die zweite gute Nachricht! Dann verlasse ich euch jetzt. Ach, wie sehr habe ich mir immer eine Schwester gewünscht. Aber meine gute Mutter, Gott hab sie selig, hat immer nur Jungs hervorgebracht.«

Die mir so unerklärliche Röte entstellt Joyces Gesicht. Dabei will ich, daß sie immer schön ist, das klare Elfenbein ihrer Stirn weder in Freud noch Leid von Falten oder Schamesröte getrübt. Plötzlich verstand ich, was ein vollkommenes Gesicht häßlich machte, ein unregelmäßiges Gesicht schön. Es war das Gesamtbild, das zählte. Wenn sich Melas schiefes Dreieck, in dem man nur die Augen als schön bezeichnen konnte, mit Röte überzog, machte dies ihre ganze

Erscheinung anziehender. Die Röte stellte in gewisser Weise die logische Fortsetzung von Zaghaftigkeit und Unsicherheit dar, die das Mädchen in sich trug.

»Warum entfernt Ihr Euch, Modesta?«

»Ich entferne mich nicht. Ich wollte nur das Meer sehen. Es ist ganz ruhig und heiter, als hätte es das Unwetter von gestern nie gegeben. Die Unbeirrbarkeit der Natur oder das Fehlen von Reue. Sie bringt Schrecken und Tod, und dann ...«

»Eure Fähigkeit auszuweichen, obwohl Ihr nur zwei Schritte von mir entfernt steht, ist erschütternd, das habe ich gestern während des Gewitters schon bemerkt, Modesta. Habe ich vielleicht erneut etwas gesagt, das Euch beleidigt hat?«

»Nein, Joyce.«

»Oder seid Ihr über meine Entscheidung enttäuscht, wie Carlo und Jose?«

»Welche Entscheidung? Ich verstehe nicht ...«

»Sie konnten sich nie damit abfinden, daß ich die Politik vernachlässigt habe, um mich mit Leib und Seele dem Studium der Psychoanalyse zu verschreiben. Vor allem Jose tobte. Er sagte, nur die Revolution könne die Seelen heilen, und diese mehr poetischen als wissenschaftlichen Phantastereien seien nur eine weitere geniale Erfindung der Bourgeoisie, um die Intelligenzia von dem eigentlichen Problem abzulenken. Nun verkündet er, wo immer er hinkommt, daß Reich erst letztes Jahr eine Arbeit veröffentlicht hat, in der er die Meinung vertritt, daß das, was wir Psychoanalytiker Todesinstinkt nennen, ein Produkt der kapitalistischen Gesellschaft sei. Noch ein Schüler, der seinen Lehrer verrät. Wie haben wir darüber gestritten! Mir war schon immer klar, daß Marxismus und Psychoanalyse unvereinbar sind. Und doch habe ich es versucht, sowohl in meinen Studien als auch privat, und dabei Jahr um Jahr meines Lebens verschwendet. Und heute, mit fast vierzig, bin ich weder in der

Lage, Politik zu machen noch zu heilen. Ich hätte nur studieren sollen. Oh, Modesta, lehrt mich, wie man glücklich ist! Denn Ihr habt Euch dafür entschieden, glücklich zu sein. Als Ihr sagtet: ›Die Umstände zählen nicht so sehr‹, hörte ich heraus, daß Eure Ausgeglichenheit das Ergebnis eines Willensaktes ist. Wie könnte es auch anders sein? Vielleicht mußtet Ihr Verluste verkraften, die weit härter waren als meine ... Prando hat mir erzählt, daß Euer Gatte, der Fürst, nach wenigen Ehejahren schwer erkrankte und Euch allein zurückließ. Woran starb er? Ich habe Prando nicht gefragt, er ist noch so jung, aber ich dachte sofort an Syphilis. Nach allem, was man hört, war er ein Schürzenjäger ... Progressive Lähmung, nehme ich an. Aber warum seht Ihr mich so an? Bin ich vielleicht zu weit gegangen?«

Zum ersten Mal in meinem Leben packte mich das wilde Verlangen, mich jemand anderem als mir selbst auszuliefern. Joyce sah mich abwartend an, und einen Moment zögerte ich: Sollte ich mich bei ihr genauso geben wie bei den anderen? Wollte sie selbst mich vielleicht so? Oder sollte ich ihr sagen, wer ich in Wirklichkeit war, und sie damit verlieren? Ich schloß die Augen.

»Warum schließt Ihr die Augen, Modesta? Aber was rede ich da? Ihr müßt müde sein nach der Nacht im Sessel ...«

In der Dunkelheit meiner geschlossenen Lider maß ich jede Nuance, jede Pause oder leichte Beschleunigung ihrer Stimme und beschloß, daß diese klangvolle, zerklüftete Tiefe zumindest in mir keine halben Sätze, Versteckspiele oder andere Kindereien zuließ.

Entschlossen öffnete ich die Augen, und in ihren Blick, der wie ein weites Gefäß Gefühle, Tränen, Freud und Leid aufnahm, ohne zu brechen, ergoß ich all die schönen und schmerzlichen Stationen meines, wie mir damals schien, langen Lebens.

6

Als meine Stimme verstummte, überfiel mich eine solche Mattigkeit, daß ich mitten im Raum stehenblieb und mit dem Blick nach Halt suchte. Während der Erzählung war ich wohl herumgewandert, immer auf und ab zwischen dem Fenster und dem nun leeren Bett, auf dem nur ein Abdruck noch an Joyces Körper erinnerte. Auch sie hatte sich erhoben und starrte mich aus einer so undurchdringlichen Entfernung an, daß ich einen Moment dachte: Ich habe sie verloren. Doch nach diesem Augenblick des Zagens entreißt mich schon die Wärme ihrer Wange an meiner der schwindelerregenden Ferne.

»Ich kann Euch nicht umarmen, Modesta.«

Kann sie mich nicht umarmen, weil ihre Handgelenke sie noch schmerzen? Dafür kann ich meine Handflächen auf die zarten Schultern legen, an den weich geschwungenen Rükken, kann die Arme um ihre Taille schlingen und sie so fest an mich ziehen, daß ich sicher bin, sie nie mehr zu verlieren.

»Leider verliert man sich immer, Kleines! Das Leben reißt sogar jene auseinander, die sich ähneln wie nichts sonst. So wie man sich auch manchmal von sich selbst entfernt, *déchiré* … Ihr werdet mich verstoßen, Modesta.«

»Warum sagt Ihr das, Joyce, warum?«

»Wenn Ihr erst einmal wißt …«

»Aber ich vertraue Euch nun, das habe ich doch schon bewiesen.«

»Habt Ihr etwas von den Genossen gehört?«

Die Frage nach den Genossen irritiert mich. Ich habe ihr alles von mir erzählt. Warum tut sie es mir nicht gleich? Sie spricht immer nur von anderen, von draußen. Warum? Warum sage ich ihr nicht einfach, was mir der Genosse Cianca empfohlen hat, der diesmal noch ein anderes Anliegen hatte, als bei mir das übliche Geld abzuholen:

»Sieh einmal, Modesta, hier im Lebenslauf unserer Frau

Joyce gibt es keinen Hinweis auf Schwächen oder Aussetzer jedweder Art. Sie wird als eine Frau mit außergewöhnlichem Mut und Kraft beschrieben. Es ist beeindruckend, wieviel sie für die Sache getan hat. Wir haben überschlagen, daß sie, mal hier, mal dort, insgesamt doch recht lange Zeit im Gefängnis verbracht hat. Der Selbstmordversuch zeigt, daß sie sich aufgerieben hat, daß sie nicht mehr kann ... Zehn Jahre Klassenkampf und Verfolgung sind lang. Da haben wir schon so einiges erlebt! Du erinnerst dich doch an Franco? Wer hätte gedacht, daß er, kaum daß er wieder frei ist, bei der ersten Aufforderung, außer Haus zu schlafen, weil ihm dort Gefahr drohe, nicht nur die Warnung in den Wind schlägt, sondern auch noch im Morgengrauen bei einem falschen Alarm aus dem Fenster springt und sich alle Knochen bricht ... Also, vorausgesetzt natürlich, daß sie es überhaupt ist ... Aber der Beschreibung nach sieht es ganz so aus. Hier steht, daß sie Narben an der Brust hat, weil sie gefoltert wurde: diese Spielchen, während eines Verhörs Zigaretten auf dir auszudrücken.«

»Ja, Joyce, und hier habe ich den Zettel mit dem Namen des Schiffes, das am Montag in Richtung Buenos Aires ausläuft. Sie wollen, daß Ihr abreist, Joyce.«

»Oh, Gott sei Dank, Modesta. Das ist ein wahres Glück, seit einem Jahr bin ich nicht mehr ich selbst. Ihr mögt mir nicht glauben, aber früher war ich eine andere! Es ist, als sei etwas in mir zerbrochen. Ich bin nicht mehr Herr über meine Nerven. Doch all die Worte sind nutzlos. Fakt ist, daß ich für alle zur Gefahr geworden bin und abreisen muß.«

»Und ich sage Euch, daß Eure Worte nicht nutzlos waren. Hier steht, daß Ihr Montag früh abreisen sollt, den anderen zufolge ... und wie ich sehe, auch der absurden Forderung zufolge, die Ihr an Euch selbst stellt.«

»Welche absurde Forderung?«

»Koste es, was es wolle, die Heldin zu spielen oder zu sterben.«

»Unsinn!«

»Von wegen Unsinn. Ich selbst, das habe ich bereits gesagt, glaube nicht an Helden, seien sie tot oder lebendig, und ich lasse Euch nicht abreisen. Nicht nur, wie Ihr meint, weil ich Euch mittlerweile liebe, Joyce, sondern weil ich keinen Genossen in Eurem Zustand gehen lassen würde. Wenn Ihr mir helft, seid Ihr hier in Sicherheit. Ihr kommt wieder zu Kräften, Ihr werdet sehen, und wenn Euch mit der Zeit Euer Pflichtgefühl wirklich dazu drängt, Euch wieder dem Kampf anzuschließen, werde ich Euch begleiten. Aber nur, wenn Ihr mir den Beweis liefert, daß Ihr wieder die Kraft und die Ruhe von einst habt.«

»Ich fürchte mich, Modesta, ich fürchte mich vor mir selbst!«

»Helft mir, Joyce, dem Urteil zu trotzen, das die wahren oder weniger wahren Gefährten über Euch gefällt haben. Trotzen wir ihnen gemeinsam, ich stehe Euch zur Seite. Zeigen wir ihnen, daß sie nicht unfehlbar sind, enttäuschen wir ihre Gier, ihrer allzu langen Liste von Märtyrern einen weiteren Namen hinzuzufügen. Hört nicht auf ihre Schmeicheleien: Auch ein Carlo und eine Joyce bekommen nicht mehr als einen kleinen Namen auf einem Grabstein. Wenn Ihr aber lebt, weiß ich, daß irgendwann alles ein Ende haben wird, daß Ihr den Kampf wiederaufnehmen könnt, als Lebende, um diejenigen zu entlarven, die sich, ich kann sie schon hören, Carlos Namens bedienen, oder Gramscis oder manches anderen. Den Toten geschieht Unrecht, wenn niemand sie nach ihrem Tod verteidigt!«

»Ihr seid schonungslos, und vielleicht habt Ihr recht, aber ich bin mir meiner selbst nicht mehr sicher. Jetzt fühle ich, daß ich mir von Euch helfen lassen könnte, wenn ich Euch helfe, wie Ihr sagt, aber wenn ich allein bin, nachts oder gestern abend … Ich schaffe es nicht, Modesta! Wenn ich hier in einem Moment der Schwäche … Euch, Stella, die Kinder … alle würde ich mit hineinreißen.«

»Auch dieses Risiko nehme ich auf mich. Seht mir in die Augen. Wenn Ihr mich verratet, nicht als Genossin, sondern als Mensch, indem Ihr Euch umbringt, werde ich Euch wie einen Verräter im Garten drei Meter unter meiner Erde begraben, ohne Totengräber und Genossen.«

»Das würdet Ihr tun, Modesta, allein?«

»Ich bin nicht allein. Pietro ist stets bei mir, achtsam und ergeben.«

»Und mein Gepäck, die ganzen Beweise, daß ich hier war?«

»Gepäck läßt sich leicht verbrennen, und Ihr: ein Gast, der abgereist ist und nichts mehr von sich hat hören lassen.«

»Und Stella? Was würde Stella sagen?«

»Stella stellt keine Fragen. Sie sagt höchstens wie in Joses Fall: ›So ein wohlerzogener junger Mann! Wer hätte das gedacht, daß er uns nicht einmal mehr eine Postkarte schreibt.‹«

»Seit ich hier bin, verstehe ich die Welt nicht mehr. Wenn in der Vergangenheit jemand so mit mir geredet hätte, wie Ihr es jetzt tut, hätte ich ihm nicht geglaubt und es mit der Angst zu tun bekommen. Eure unverständliche Entscheidung hingegen gibt mir Sicherheit.«

»Weil ich es Euch überlasse, zu leben oder zu sterben. Wenn man uns die Freiheit nimmt zu sterben, wird der Zwang zu leben ein grausamer Kerker. Hier seid Ihr frei, Joyce, in diesem Haus fallt Ihr niemandem zur Last, weder lebendig noch tot. Zerreißen wir dieses Schiff, den Kapitän, der zum Leben zwingt. Ab in die Flammen damit! Kommt ans Feuer, schaut, wie schnell das Papier verbrennt, das Holz, der Zwang! Wie viele Schiffe habe ich so schon mit Mann und Maus verbrannt!«

»Ist das wahr, Modesta?«

»Mindestens vier! Das letzte zusammen mit Pietro. Ich hasse Schiffe! Das Meer mag ich, ich habe schwimmen gelernt, aber im Herzen bin ich immer noch ein Mensch aus dem Inselinneren, und niemand wird mir jemals weismachen können, daß ein Stahlkoloß, so groß wie ein Wohnhaus, schwimmen kann … Helft Ihr mir, Joyce?«

»Dann wolltet Ihr also nie, daß ich abreise?«

»Nie!«

»Wenn du mir hilfst, Modesta, fühle ich, daß ich es schaffen kann.«

»Jetzt, wo du mich duzt, schaffen wir es ganz gewiß, Jò. Darf ich dich Jò nennen?«

»Natürlich.«

»Du mußt mir deine Brüste zeigen, Jò.«

»Ich verstehe nicht?«

»Sie müssen doch Narben haben.«

»Oh!«

»Aber nein, du darfst nicht zurückweichen und dir den Morgenmantel zuhalten.«

»Ich schäme mich aber!«

»Wer sagt mir, ob es Scham ist oder ob du in Wirklichkeit vielleicht doch nicht Jò bist?«

»O Gott, Modesta, nein, das kann ich nicht! Noch nie hat mich jemand nackt gesehen!«

»Aber die Agenten müssen dich nackt gesehen haben, Jò.«

»O ja! Und es war so beschämend, Modesta! Die Scham brannte heißer als ihre Zigaretten!«

»Warum weinst du? Wer würde sich denn eines so schönen Körpers schämen? Oder weißt du nicht, daß er schön ist? Sieh doch nur die zarte Haut an Hüften und Bauch. Warum schämst du dich?«

»Ich weiß es nicht. So war es schon immer. Auch mit meiner Mutter, immer.«

»Laß mich deine Brüste sehen. Ich kann deine Arme nicht auseinanderzwingen, aus Sorge um deine Handgelenke … So, weg mit dem Morgenrock, dem Nachthemd, es passiert doch nichts. Wieso verbirgst du dein Gesicht wie ein kleines Mädchen? Ich möchte lediglich liebevoll die Male betrachten, die mir beweisen, daß du meine Jò bist. Da sind die Narben! Liegt es an den Narben, daß du dich so schämst?«

»Nein, nein! Es war schon immer so, immer, auch vorher.«

»Hattest du vielleicht Angst, daß du häßlich bist?«

»O ja, so weiße Haut. Und dann all die Wunden ...«

»Sie sind schön, Jò! Sie sind wie die Maserungen des Marmors, eine Verführung der Lippen ... jedes Brandmal ein Kuß ... ein Kuß auf jeden Schnitt, wo die heilende Wunde die Lust noch verstärkt.«

»O Modesta, deine Lippen ...«

»Ich habe auch eine Wunde. Seit sie mir zugefügt wurde, ist sie die sensibelste Stelle meines Körpers.«

Jetzt, da sie alarmiert die Lider hebt, wißbegierig, erwärmt sich das erst noch fremde Du auf seinem Weg in ihre Augen, die meinen Blick zu durchdringen suchen. Meine Kleider brennen, schneiden mir in die Hüfte, in die Taille.

»Ja, ja. Wo? Du auch ... Aber wo nur?«

»Nein, Jò, nicht der Busen ... Unter dem Pony findest du sie, aber sie ist alles andere als heldenhaft.«

»Oh, schau! Ein langer, dünner Schnitt, wie von einem Messer.«

»Es war nur der Schuß aus dem Revolver eines Liebhabers, wie man so sagt.«

»Und ich küsse sie trotzdem, wie du es bei mir getan hast. Hundert, tausend Küsse auf diese Schlange des Schmerzes.«

Ich verliere mich im Küssen ihrer Wunden. Sich einen Moment lang vergessen und im nächsten die geliebten Formen noch klarer wahrnehmen. Tiefer den Duft ihrer Haut einatmen. Einander nach langer Abwesenheit wieder umarmen. Beruhigend legt sie ihre Hand auf meine Stirn. Ich nehme ihre Finger in meine ... sie niemals mehr verlieren! Erst als ich mein Gesicht zwischen ihren Brüsten vergrabe, beruhige ich mich.

»Wie hübsch du als Mädchen gewesen sein mußt, Modesta!«

»Das glaube ich nicht.«

»Ich aber. Hast du denn keine Fotografie?«

»Nein, ich hasse Fotos.«

»Warum? Ich hätte dich gerne als kleines Mädchen gesehen.«

»Stell es dir vor, das ist dasselbe. Ich brauche das nicht: Ich schließe die Augen und sehe, wie du früher warst.«

»Und wie war ich?«

»Nimm mich in den Arm, dann zeige ich es dir ... Nein, nein, warum weichst du zurück, willst du nicht?«

»Doch, es ist nur, daß ...«

»Ist dir kalt?«

»Nein.«

»Schämst du dich? Ist es dir wieder peinlich? Na gut. Ich will nicht, daß du rot wirst. Keine Sorge, ich schaue dich nicht an, ich helfe dir, dich wieder anzuziehen, und sehe dabei weg.«

»Du hast mir nicht von diesem Liebhaber erzählt, Modesta.«

»Ich hatte ihn vergessen wie viele andere. Ich habe dir nur die wichtigen Dinge erzählt, alles andere ist überflüssig: Episoden, die vielleicht nützlich, aber nicht notwendig waren.«

»Episoden! Du bist wirklich sonderbar, einen Schuß aus einer Pistole, der dich hätte töten können, bezeichnest du als Episode?«

»Er konnte mich nicht töten. Ich wußte, daß er mich nicht töten würde. Wie ich auch wußte, das habe ich dir erzählt, daß mich Carlos Tod und Beatrices Wahn danach nicht vernichten würden.«

»Aber du mußt doch zugeben, daß man schon neugierig wird auf einen Mann, der fähig ist, dir solch eine Wunde zuzufügen, was für eine Wunde!«

»Oh, was das angeht, stand ich ihm in nichts nach.«

»Hast du ihn umgebracht?«

»Nein! Das gelang nicht einmal mir. Ich habe ihm nur ein kleines Souvenir hinterlassen. Mir wurde erzählt, daß er rund ums Handgelenk eine Wunde hat und daß ihm ein Finger fehlt.«

»Und da lachst du?«

»Soll ich etwa weinen?«

»Aber wie hieß er, wer war es?«

»Ich habe keine Lust, mich daran zu erinnern. Ich habe dir alles gesagt, Jò, alles. Warum interessiert dich das überhaupt? Wir werden ihn sowieso niemals wiedersehen. Ich habe keine Lust zu reden. Ich habe nur Lust, deine Stimme zu hören. Wenn du erzählst, hat man das Gefühl, einem Märchen zu lauschen. Was für ein abenteuerliches Leben du hattest! Du sagst nichts? Bist du eifersüchtig auf diesen Burschen?«

»Ach! Dann war er also jung. Das dachte ich mir.«

»Oh, das gefiele mir, wenn ich dich auch einmal eifersüchtig machen könnte, so wie ich es war.«

»Du, eifersüchtig?«

»Natürlich, bei all den wichtigen Menschen, die du kennst. All die Länder, die du gesehen hast. Wer weiß, wie viele Männer und wie viele Frauen dich schon geliebt haben. Und dieser Jose? Ich hasse ihn! Du hast ihn geliebt, sei ehrlich?«

»Von wegen viele! Mich und mein Selbstbild einer gescheiterten Revolutionärin zu lieben wäre wirklich der Gipfel. Es gibt ja so manchen Masochisten, ja, aber nicht bis zu diesem Punkt.«

»Dann hat er dich geliebt und liebt dich immer noch, ich weiß es. Allein die Vorstellung, ein anderer könnte dich begehren, ist mir unerträglich.«

»Jose in mich verliebt? In die Tochter eines Botschafters und einer türkischen Adeligen? Jose strebt nach Höherem, Heroischerem. Wenn du wüßtest, wie er sich immer über mich lustig gemacht hat. Freundschaftlich, natürlich, aber es verging keine Zusammenkunft, bei der er mich nicht mit den Worten begrüßt hätte: ›Oh, da ist ja auch unsere Jò, die zwischen einem Duftbad und dem Besuch einiger Ateliers im Faubourg Saint-Honoré auf wunderbare Weise Zeit findet, sich mit uns zu befassen.‹ Es war witzig gemeint, und gleichzeitig war er der einzige, dem der Schnitt eines Kleides oder die Form eines Hutes auffiel.«

»Siehst du, daß er verliebt war? Das sind die typischen Reden eines verliebten Mannes, der hinter der Verachtung seine Gefühle verbergen will.«

»Warum ziehst du dich zurück, Kleines? Dein Kopf hat mich gewärmt. Komm wieder in meinen Schoß. Deine Augen funkeln im Schatten wie Mehmets Augen.«

»Wer ist Mehmet?«

»Meine Siamkatze. Wenn es dich beruhigt, das einzige Lebewesen, das ich jemals wirklich geliebt habe. Komm wieder her, kleine Mehmet, und laß dich kraulen. Aber auch er hat seine Fehler.«

»Wer, Mehmet?«

»Nein, Jose.«

»Ach, erzähl!«

»Jose wettert immer gegen die Liebe, gegen Gefühlsduselei, gegen die Idealisierung der Frau, gegen diese Schnulze ›Herz‹ ... Gott, wie er dieses Buch haßte! Jose behauptete immer, die einzigen Frauen, die es verdienten, Rebellinnen genannt zu werden, seien solche wie La Belle Otero, manche Schauspielerinnen, Tänzerinnen, Femmes fatales, die die Männer ausnutzen und sie bis in den Selbstmord treiben. Interessante These mit einem wahren Kern, wenngleich eher anarchistischer als kommunistischer Natur. Ihm zufolge sind diese Frauen die einzigen, die sich erheben, indem sie die bestehende Ordnung untergraben.«

»Na ja, irgendwie hat ja auch Gramsci ...«

»Ja, ja. Wenn es darum geht, könnte man auch aus Stendhals Heldinnen etwas Derartiges herauslesen. Denk nur an die Sanseverina, an die Äbtissin von Castro oder Madame de Rênal, die sich erst dadurch, daß sie sich in Julien verliebt, der gesellschaftlichen Zwänge bewußt wird. Nur daß Jose sich nicht mit Theorien zufriedengibt, er will die Ideen in die Praxis umsetzen und trifft dabei, der Arme, auf eine andere Realität als die, die er sich ausmalt. Man wäre geneigt, darüber zu lächeln, hätte er nicht seit seiner Jugend in der schönen Villa in Parma so darunter gelitten. Er begann die Mädchen aus seiner Welt zu verbannen, zu *girlish*, wie er immer sagte, und suchte Inspiration und Unterstützung in Bordellen oder auf der Straße. Und fatalerweise verliebte er sich, den Kopf voll romantischer Vorstellungen, in eine gewisse Moira – ein Künstlername, denke ich –, auf die er in einem Freudenhaus in Ferrara gestoßen war. Zehn Kilo nahm er ab zwischen Studium, Politik und immer wieder dieser Moira, die von frühester Kindheit an – sie mußte gut zehn Jahre älter sein als er – Demütigung und Unrecht erfahren hatte, bis sie Jose begegnet war: ›Sie hat alles überstanden, ist unvoreingenommen ihrer Arbeit nachgegangen, ohne sich zu schämen, hat ohne Klagen den Lebensunterhalt für ihre beiden Kinder verdient …‹ usw. usw. ›Ich habe meine Frau gefunden!‹, so lief er jubelnd durch die Straßen. Und kaum hatte er ein bißchen Geld beisammen, ging er zu ihr, nahm sie mit und machte sie zu seiner Lebensgefährtin, wie er sagte, aber Carlo und ich glaubten, daß er sie freigekauft hat. Wenn ich dir das jetzt erzähle, Modesta, merke ich, daß seine gesamte Generation diese romantisierende Sympathie für Prostituierte hegt. Das muß an der großen Verbreitung und der Begeisterung für russische Literatur liegen, die nach dem Krieg bei uns ausbrach.«

»Aber selbst heute noch …«

»Ja, natürlich, aber mit mehr Zurückhaltung. Damals tauschten die Jugendlichen die Übersetzungen slawischer Autoren untereinander wie Bonbons. Ach ja, der russische Romantizismus, nicht nur die weniger bekannten wie Arzybaschew, Kuprin, sondern auch Dostojewski mit seinen reinen, heiligen Prostituierten. Und Tolstoi? … Wie gut es tut, mit dir zu reden, Modesta. Erinnerst du dich an ›Auferstehung‹? Ich hatte es fast vergessen. Wie gerne würde ich es noch einmal lesen. Nichts zu machen, sagte meine Mutter immer, die Bücher, die uns geprägt haben, muß man alle zehn Jahre wiederlesen, wenn man sie ergründen will.«

»Du warst gerade bei Jose. Was wurde aus ihm und Moira?«

»Tja, Moira …«

»Ließ sie sich auslösen?«

»Liebend gern! Nur daß sie eine totale und offizielle Auslösung erwartete, ohne revolutionäre Abstriche, sondern komplett kleinbürgerlich mit kirchlicher Trauung und allem Drum und Dran.«

»Ach was! Und Jose?«

»Er ließ sie reden und wandte sich dann mit einem ›Ich habe mich geirrt, Moira‹ von ihr ab, so erzählte er es jedenfalls allen.«

»Und weiter?«

»Nichts weiter, glaube ich, bis er Olga aus Padua begegnete, vor fünf Jahren, auf dem Trottoir von Paris. Olga ist wunderschön, rund und zart, wie es die Mädchen italienisch-französischer Abstammung manchmal sind. Langer Hals, perfekt geformtes Gesicht, zwei feurige Augen und ein Lächeln wie in Italien gemacht. Du weißt schon, eine dieser *vendeuses**, die ihr Gehalt mit einem abendlichen Treffen hier und da etwas aufbessern, und die, wenn man sie in der Metro sieht, immer in irgendwelche Gedichte vertieft sind, vielleicht nur französische Gedichte, nie aber in diese Schmachtfetzen für junge Fräulein.«

»Ach! Dann war es diesmal wohl eine gute Begegnung?«

»O ja! Ein, eineinhalb Jahre lang war Olga die perfekte Verkörperung des Traums vom Huren-Proletariat, dem Jose seit frühester Jugend anhängt. Bei diesem Mädchen stimmte einfach alles, Vergangenheit und Gegenwart: der Vater Eisenbahner, also echter Arbeiteradel und keines dieser unbequemen, undurchschaubaren Elemente des Lumpenproletariats, die die Städte nach den Abfällen des geballten, nachlässigen Wohlstands durchforsten. Sie folgte Jose mit verzücktem Blick, lauschte geduldig unseren Diskussionen, während sie die Aschenbecher leerte und hin und wieder mit einem zustimmenden Blick oder einem seltenen, anerkennenden Lächeln kundtat, daß auch sie nun endlich auf dem Weg der Emanzipation und des Kampfes sei. Wenn Jose sie als ›meine Gefährtin‹ vorstellte, errötete sie voll Stolz ... Und ich muß sagen, daß wir alle baß erstaunt waren, als wir erfuhren, daß sie sich mit François Gidot verlobt hatte, dem zukünftigen Mode-Zahnarzt, Sohn des sowieso schon steinreichen Zahnziehers Albert Gidot.«

»Und wie war sie an den gekommen?«

»Über Jose ... Hast du François nicht kennengelernt? Du hast nichts verpaßt, obwohl Jose ihn jahrelang für einen seiner besten Freunde hielt, aus dem Umfeld jener stolzen Pariser Demokraten, die zwar keine Genossen sind, aber immerhin doch die Revolution akzeptieren und über eine unnachahmliche *clarté* verfügen, welche ihnen erlaubt, jedes Problem bis ins Detail und mit sicherer Hand auszuweiden, sei es nun ethischer, ästhetischer oder meist önologischer Art.«

»Das ist ja unglaublich! Und Jose?«

»Oh, nichts weiter, er akzeptierte die Realität mit nicht minder olympischer, revolutionärer Klarsicht: Clarté gegen Clarté. Und obwohl er nicht zur Trauung ging, schickte er der jungen Madame Gidot einen großen Blumenstrauß. Jetzt träumt er sicherlich wieder zwischen zwei Versammlungen oder zwei Artikeln von wer weiß welchem Mädchengesicht, das die gesellschaftliche Ungerechtigkeit gezeichnet hat. Wir Neurotiker sind eben nicht zu ändern. So wie ich einfach nicht davon lassen kann, die giftige Milch der Zigarette in mich einzusaugen – hypothetische Brust einer noch hypothetischeren Mutterliebe, die ich nie erfahren habe –, so läuft er immer noch hinter seinem kindischen Traum her, der es ihm wahrscheinlich erlaubt, nur der leichten Liebe zu frönen als einer, wie soll ich sagen, bekannten und daher gut kontrollierbaren Nebensächlichkeit. Da kann man nichts machen, bei derlei Charakterneurosen ist es ratsam, nichts ändern zu wollen, denn das Risiko, das ein Heilungsversuch mit sich brächte, ist einfach zu groß, da arrangiert man sich lieber mit den kleinen Schäden, solange der Motor mehr oder minder rundläuft ... Was ist, kleine Mehmet, dir sträubt sich das Fell, und du siehst mich aus glänzenden Augen an? Bist du wie Jose über meine ganz eigenen Theorien entsetzt, oder stört dich der Gedanke, daß auch ein Held wie er Schwächen hat?«

»Ich sagte ja schon, daß ich nicht an Helden glaube. Und was du von Jose erzählst, entsetzt mich beileibe nicht, vielmehr klingt es wie etwas, das ich schon immer geahnt habe. Es ist, als hättest du mir die Aussicht auf eine Landschaft eröffnet, die ich einst kannte und nur vergessen hatte. Allerdings verwendest du Wörter und Ausdrücke, die mir neu sind ... Ich bin so ungebildet, Jò!«

»Du und ungebildet, Mehmet? Sag das nicht! Ich bin es, die hier fachsimpelt und dabei langweilig wird. Außerdem sind das alles ganz neue Theorien. Freud hat entdeckt, daß die Seele kein Fixstern in unserem Innern ist, sondern ein sich wandelndes Licht, das dem Pulsieren der Venen und Nerven folgt, sich verdunkelt und aufhellt und wie das Herz, der Sehsinn und die Leber heilbaren oder tödlichen Krankheiten unterworfen ist. Seine Entdeckung ist ein beängstigender Angriff auf alle bisherigen Sicherheiten des Menschen. Deshalb wird er auch von Intellektuellen, Politikern und selbst Ärzten mit allen zu Gebote stehenden Mitteln bekämpft: der Verleumdung, der Leugnung, und, ich wage gar nicht daran zu denken, es könnte noch bis zur Folter kommen, wie bei Galileo. Bisher begnügen sie sich damit, seine Bücher zu verbrennen. Doch dieser Scheiterhaufen aus lebendigen Worten und Ideen ist nichts anderes als der Prolog zur künftigen echten Folter. Freud hat gesagt, Europa sei zu einem großen Gefängnis verkommen und er könne nur hoffen, daß die Zelle Österreich verschont bleibe. Aber wir sprachen von etwas anderem. Gott, ich bin schrecklich! Wenn ich erst einmal mit einem Thema anfange, kann ich nicht mehr aufhören.«

»Aber ich bin doch froh darüber! Oh, Joyce, sag mir, wer dieser Freud ist. Ich will ihn kennenlernen, erzähle mir von seinen Theorien, von ihm.«

»Wir werden seine Bücher suchen. Du kannst ja Französisch, und ich sehe, daß hier in der Bibliothek Marx und Lenin stehen. Im Norden wird man eingesperrt, wenn man diese Bücher besitzt.«

»Hier noch nicht, zumindest nicht wir Reichen.«

»Eben! Du sagst das ohne Scham, Modesta.«

»Und du bist rot geworden. Warum?«

»Dann bleibt dir nichts anderes übrig, als sie in Catania zu suchen, oder du läßt sie dir aus Paris schicken.«

»Oh, ich werde sie schon finden! Du schreibst mir eine Liste, ja? Und wenn ich beim Lesen etwas nicht verstehe, wirst du es mir erklären, ja?«

»Natürlich, Kleines, natürlich ...«

7

Wenn »die Stimme« Kleines sagt, wird Modesta ganz winzig und muß sich schnell in Joyces Arme flüchten. Oder wenn sie nebeneinander in den raren Büchern schmökern, welche die lange, mühevolle Jagd nach ihnen noch kostbarer macht wie auch die Gefahr, die allein von ihrem Besitz ausgeht, und Modesta ein Wort nicht begreift, wischt Joyce mit ihrer melodischen Stimme jedes Hindernis fort und eröffnet ihr ein ungeahntes Universum neuer Wörter, neu interpretierter

Mythen, Gefühle, Erlebnisse, Passionen, die der alten Kultur entrissen und unter die klare wissenschaftliche Linse der Freudschen Analyse geschoben werden ... Mit dem Gedächtnis als Schlüssel zu einer neuen Sichtweise wird eine Reise zurück in die unterirdischen Wälder scheinbar vergessener Erinnerungen angetreten, die, ans Licht gezogen und neu geordnet, von Staub und Krusten befreit, eine Vielzahl glänzender Juwelen offenbaren, die ein besseres Verständnis des eigenen Lebens und des der Mitmenschen erlaubt. Modesta, enttäuscht von der alten idealistischen Ordnung und dem jüngeren, gleichwohl schon hinfälligen Positivismus, kann nicht anders, als der Neuheit und Wahrheit zu lauschen, die Joyce auf die Insel gebracht hat, und sie sich zu eigen zu machen, um in einer Welt zu überleben, wo der alte Gott auf den Plätzen, in den Straßen und Parks durch verlogene Barbarenidole ersetzt wird. Hinausgehen, reisen heißt nun nichts anderes mehr, als das Gift der leeren Phrasen zu schlürfen, das Gift der trügerischen Ordnung und heroischen Triumphe, während dort, neben dem neuen Licht der Intelligenz, das von Joyces reglosem Gesicht ausgeht, die Stunden, Monate, Jahre über geschmierte Gleise dahineilen auf einer noch spannenderen Reise als der der körperlichen Fortbewegung.

Auf dieser Reise war Modesta stets darauf bedacht, jede noch so leichte Andeutung eines Lächelns oder eines Schattens in dem geliebten Gesicht wahrzunehmen. Und jeder Wunsch von ihr, jede Geste, jeder Gedanke ging auf in dem Versuch, Sehnsüchte vorauszuahnen und den Schmerz, der stets unter der Oberfläche lauerte, zu vertreiben, sobald er das Gesicht der Liebe überzog. Nein, Carmine, es reichte eben nicht, dem eigenen Vergnügen zu frönen und ansonsten frei über den materiellen und geistigen Besitz zu galoppieren. In dem Wort Liebe schwangen Bedeutungen mit, so unaufschiebbar und gewiß wie Geburt und Tod, die Liebe mußte man akzeptieren, ohne je zu wissen, warum es sie gab, wann und wie und wo sie uns treffen und an welche kahlen Ufer oder grüne Auen sie uns spülen würde.

Wohin führte Joyces sanftes und verheißungsvolles Lächeln, das die Tage und Monate mit einer nie gekannten Herrlichkeit erfüllte? Wohin strebte dieser so schmeichelnde wie sichere Unterton, wenn sie »Kleines« sagte, manchmal derart autoritär, daß er tiefe Verwirrung und ausweglosen Schrecken verbreitete? Was trieb sie, wenn sie sich wortlos aus einer Umarmung löste? Oder diese jähe Rückkehr der Schamhaftigkeit, die sie so heftig weinen ließ, daß sie Modesta gar nicht mehr wahrnahm? Oder wenn sie wieder da war und die große Mondsichel ihrer Stirn sie aufforderte, sich zu erinnern, Bilder, Wörter und Dinge zusammenzufügen, den Bilderfluten eines Traums, die scheinbar der Laune eines erregten Geistes entsprangen, ihren Sinn zu geben?

Im warmen Sand wurde bei Sonnenuntergang ein Loch gegraben, bis die Finger auf Meerwasser stießen.

»Gold, Gold! … Bambú hat es zuerst berührt!«

»Ja, aber Mela hat mehr gegraben, Joyce! Schau dir nur den Stollen an. Wenn du deine Hände in das klare Wasser tauchst, wirst du immer reich sein!«

Mittlerweile errötet Joyce nicht mehr bei diesem Wort, doch das Gold des Meeres will sie trotzdem nicht berühren.

»Du möchtest wohl nicht für immer reich sein? Los, nur Mut! Die Hände müssen bis zu den Handgelenken im Wasser sein … so: Ich und Mela wollen, daß du auch ein Stück von dem Schatz bekommst, nicht wahr, Tante? Jetzt aber los, wir müssen uns für die große Vorführung heute abend zurechtmachen. Die weltbekannte Pianistin Mela Bruno … Bruno, was für ein häßlicher Nachname, Mela. Nicht böse sein. Wir müssen einen Künstlernamen für dich finden. Eine Pianistin wie du kann bei Gott nicht Bruno heißen, oder? Bruno, Bianchi, Smith! Wir müssen einen Namen für Mela finden … Euch ist das egal? Na gut, dann finde ich eben alleine einen. Immer muß Bambú an alles denken! Und seid so freundlich, in Abendgarderobe zu erscheinen. Alles soll so sein wie im Konservatorium. Was für ein Erfolg, stimmt's, Tante? Jacopo kümmert sich um die Beleuchtung. Wir müssen für Joyce alles genau so herrichten, wie es war, weil sie nicht dabeisein konnte.«

Europa ist ein großes Gefängnis, und wenn Jò sich in der Villa und ihrer Umgebung frei bewegen kann, so nur mit äußerster Vorsicht. Bis nach Palermo zu fahren, zum Konservatorium, wäre reiner Wahnsinn gewesen. Wird ihr Gesicht deshalb immer trauriger und blasser? Oder weil sie auch im Sommer nie ohne Kopfbedeckung in den Garten geht? Die breiten Filzkrempen des Winters hat sie durch ein leichtes Geflecht aus hellem Stroh ersetzt. Doch der Schatten auf ihrem Antlitz entfremdet sie uns: ein unergründlicher Schatten, umgeben von Gesichtern und Schultern im hellen Licht der Augustsonne. Nachdem Modesta mit Jacopo und 'Ntoni im Schlepptau über den Strand gelaufen ist, bewegt die Sehnsucht nach diesem Schatten sie zur Umkehr, um erneut den Blick zu erforschen, der jeden Moment in die Ferne zu fliehen droht.

»Wohin gehst du, Jò, wohin?«

»Ich habe mich keinen Zentimeter fortbewegt, Kleines.«

»Sie haben mich nicht gekriegt, hast du gesehen? Sieh nur, wie 'Ntoni keucht, und Jacopo erst! Nach zehn Metern hat er aufgegeben. Und das trotz meiner sechsunddreißig Jahre, Jò! Ich fordere sie gerne heraus. Ich bin sehr stolz auf meine Beine und meine Kondition.«

»Zu Recht. Ich habe dich beim Laufen beobachtet, du sahst aus wie ein junges Mädchen.«

»Ach, du hast mich beobachtet? Dann warst du also nicht weg? Sag noch einmal, daß du mich beobachtet hast.«

»Voller Bewunderung, wenn du es genau wissen willst.«

»Sechsunddreißig! Es kommt mir vor, als sei ich gestern erst aus Catania zurückgekehrt, mit all den Büchern von

Freud, weißt du noch? Was hatte ich für eine Angst, du könntest nicht mehr dasein, wenn ich käme.«

»Aber ich war noch da.«

»Ja, ja, aber die Angst ist geblieben.«

»Das liegt an deiner Kindheit, nicht an mir.«

»Vielleicht, aber ich bin nicht mehr so ganz überzeugt, Jò, von den Theorien der Psychoanalyse. Du brauchst nicht böse zu werden, aber manches paßt einfach nicht zusammen, und nicht nur bei mir. Hast du gerade Bambú gehört? Sie redete genau wie ihre Großmutter Gaia, und dann diese Stimme! Sie bekommt dasselbe Timbre wie die große Alte. Und dabei hat sie sie überhaupt nicht gekannt.«

»Du wirst ihr von ihr erzählt haben.«

»Niemals! Seit ich mich entschlossen habe, mit den Traditionen zu brechen, und das heißt, seit ich Carmelo verlassen habe, niemals! Mit Beatrice könntest du recht haben: Sie war das Opfer ihrer Kindheit oder, wie ihr sagt, ihres Zwangsschicksals ... das wäre ein schöner Titel für einen Roman.«

»Sehr schön. Aber du arbeitest ja nicht, Modesta! So viele wunderbare Ideen, und du arbeitest nicht.«

»Ich arbeite nicht? Aber ich liebe dich, ich renne mit Jacopo um die Wette, wenn das keine Arbeit ist! Ich arbeite hart, aber voll Freude. Du lachst? Endlich! Mach mir keine Vorwürfe, Jò, ich bin so glücklich. Und jetzt zieh dich um, ich möchte nicht, daß Bambú sich wieder beklagt, wo sie doch selbst immer so elegant ist, wer weiß, welchen Namen sie sich für Mela einfallen läßt ... Dieses Mädchen ist einfach ein Genie.«

Bambolina wartet an der Tür. Die schmale Taille leicht gereckt vor Empörung, lehnt sie wie ein gespannter Bogen im Rahmen, doch Prando senkt den Kopf mit den Locken, so dicht und kompakt wie bei einem Denkmal, und flüstert:

»Diese Verspätung werde ich mir nie verzeihen, Ida, nie!«

»Hör schon auf, Prando, mach es nicht noch schlimmer.«

»Ich bin mit dem Motorrad liegengeblieben.«

»Du bist ölig und verdreckt wie ein ...«

»Bambú, bitte ...«

»Aber du bist der Schönste von allen und ich verzeihe dir.«

»Danke, Cousinchen, aber ich werde es mir trotzdem nie verzeihen!«

»Los, schnell, setz dich. Siehst du nicht, daß alle schon ihre Plätze eingenommen haben und der arme Jacopo dort oben hockt und uns ganz zu Recht den Scheinwerfer auf den Kopf fallen lassen könnte?!«

Doch Jacopo ist sich seiner Verantwortung voll bewußt, nun endlich ist er der Mann für das Licht und nicht länger nur Statist, ein stummer Bote in der »Hamlet«-Aufführung, die wenige Monate zuvor so großen Erfolg hatte, und so löst er den Blick nicht von 'Ntonis Hand, die in Kürze den Vorhang heben wird. Nur er kann aus dem Schweigen des Publikums den richtigen Augenblick herauslesen, um die Vorstellung zu eröffnen. 'Ntoni weiß mittlerweile alles über das Theater:

»Nein, ich habe den richtigen Moment verpaßt, Bambolina!«

»Aber sie haben doch wie verrückt gelacht!«

»Es war zuviel! Maestro Musco hat recht, sie haben zuviel gelacht, ich habe sie überfordert, und so konnten sie nicht mehr klatschen wie zuvor.«

»Puh, 'Ntoni! Seit du diese Witzfigur kennst, bist du eine pedantische Nervensäge geworden.«

»Angelo Musco ist keine Witzfigur, frag doch Modesta und Joyce, die sind nicht so dumm und provinziell wie du. Angelo Musco ist ein großer Künstler! Und wenn du das noch einmal sagst, gehe ich auf der Stelle weg, dann will ich mal sehen, was für ein tolles Spektakel das wird. Dilettanten!«

Sie mußten sich schneller als sonst versöhnt haben. Normalerweise sprachen Bambú und 'Ntoni nach einem Streit zwei, drei Tage nicht miteinander. Oder lag es an der bevorstehenden Aufführung, daß sie sich schon nach wenigen Stunden wieder angenähert hatten? 'Ntoni hatte sich als Giufà verkleidet und Bambolina um ihre Meinung gebeten, und Bambolina hatte ihn auf die Stirn geküßt, bevor der erste Zuschauer den Saal betreten hatte. Als dieser dann kam, rasiert und in eng anliegenden Festtagskleidern, war es Pietro. Und vielleicht wegen seiner massigen Statur hatte er sich sofort in die letzte Reihe gesetzt mit seiner Tochter neben sich.

Wie sollte das arme Mädchen nur die Bühne sehen, mit dieser Mauer aus Jungen- und Mädchenköpfen vor sich? Jedes Jahr wuchs der Freundeskreis, es gab keinen freien Platz in dem kleinen Theater, obwohl viele Freunde fehlten ... Paolo, Andrea, Franco, die einberufen worden waren, um in Abessinien für das Reich zu kämpfen. Nur die Differenz weniger Jahre hatte Prando davor bewahrt, ihnen zu folgen, doch nichts konnte ihn über den Tod von Franco hinwegtrösten, auch nicht die goldene Gedächtnismedaille, die die Mutter des Jungen ihm mit den Worten gezeigt hatte:

»Ein Held! Du hattest einen Helden zum Freund, Eriprando, darauf kannst du stolz sein.«

»Eine dumme Gans ist diese Donna Emanuela di Valdura, keine Frau, daher ist es keine Beleidigung, wenn ein Brandiforti ihr den Gruß verwehrt. Und wenn doch, soll sie ihren anderen Schwachkopf von Sohn zu mir schicken, um die Beleidigung reinzuwaschen.«

Der Pfarrer hatte Modesta aufgesucht, um zu berichten und Protest einzulegen, doch erst der Klang der Messer konnte die Gemüter beruhigen. Vor ihr in der ersten Reihe saß Prando, quer über der Wange vom Auge bis zum Kinn die frische Wunde, doch der Schnitt ließ sein marmornes Profil nur noch vollkommener erscheinen. Die Narbe unter Modestas Pony pulsierte angesichts der Brutalität, die in diesem Profil lag. Prando wurde erwachsen, ihrem Leben fremd und kostbar zugleich. Bambú wuchs heran, und selbst der süße Jacopo war schon zu groß, um ihn noch in den Arm zu nehmen …

»Warum drehst du dich dauernd um, Modesta?«

»Ich schaue mir Pietros Tochter an, Joyce, die dort hinten sitzt. Sieh nur, sieh, nun hat er sie sich auf die Schultern gesetzt. So sieht sie natürlich besser als in der ersten Reihe … Wie nett Pietro mit seiner Tochter ist!«

»Mir macht er angst.«

»Ich würde wer weiß was dafür geben, ihn zum Vater zu haben.«

»Weil du keinen Vater hattest.«

»Ich hatte einen, und ich möchte wieder einen haben. Und weißt du was: Von heute an ist Pietro mein Vater, und dieses kleine Wesen … auf seinen Schultern sieht sie aus wie ein Püppchen … ist meine Schwester.«

»Komm, sei still, Kleines, und schau nur, wie wunderschön Mela in dieser Tunika aussieht. Wer hätte das gedacht?«

»Und wenn du sie erst hörst …«

Wie Modesta einst in Melas Augen vorausgesehen hatte, verwandelte sich das schiefe Dreieck ihres Gesichts im Scheinwerferlicht in eine abstrakte und intensive Größe. Ein musizierender Engel? Ein aus der Idee entstehendes Bild? Joyce hätte gesagt: »Ein Traumengel, der Räume und Gefühle aus dem tiefsten Innern heraufbeschwört.« Modesta ist nicht verwundert, als der Applaus in die vollkommene Stille der Hände bricht, die reglos auf den Tasten liegen, sicher wie eine Lavablüte. Sie wunderte sich damals nicht und auch nicht im Konservatorium von Palermo. Denn als sie sich damals trafen, verstanden die Nerven und Venen ihres Körpers es, in der Zukunft zu lesen, während Modesta heute verstört auf Prandos Wunde starrt, auf Jacopos Lächeln, auf Bambús vor Stolz auf ihren erfolgreichen Schützling gerötetes Gesicht, ohne daß sich ein Bild oder eine Intuition den Weg durch ihre melancholiegetrübten Sinne bahnt, sie nicht mehr in den Armen halten zu können. Sie gehen fort, die Kinder, sie festzuhalten würde nur ihre Ablehnung heraufbeschwören. 'Ntoni haßt Stella seit langem und geht ihr aus dem Weg.

»Verzeih, Modesta, aber mit dir kann ich reden ... Es ist nicht, daß ich sie nicht sehen wollte, aber mich bedrückt ihr ewiges ›Mein Picciriddu ... mein Picciriddu!‹ Gestern habe ich ihr einen Jungen meines Alters vorgestellt, keinen Mann, sondern einen Junge wie mich. Und Teufel noch eins, da sagt sie doch tatsächlich zu ihm: ›Gebt acht, daß 'Ntoni sich nicht erkältet, so empfindlich am Hals, wie er ist!‹ Unerträglich! Bei der ersten Gelegenheit werde ich abhauen, ich weiß nicht, wohin, aber ich haue ab.«

Dann war die Gelegenheit da: das Ensemble von Angelo Musco. 'Ntoni wurde für die Tournee engagiert und reiste im September ab. Besser ein Trupp Schauspieler als ein Kriegsregiment. Ciro, der unglücklich in Bambú verliebt war, hatte sich freiwillig für den Spanischen Bürgerkrieg gemeldet, nur um der dummen Gans zu entkommen, die seine Mutter war. So nannte Prando fast alle erwachsenen Frauen, Stella eingeschlossen: »Du bist ja nett und lieb, Stella, aber eine dumme Gans wie die meisten Frauen deines Alters! Mama sagt, das sei eine Frage der Bildung, aber ich bezweifle das.«

»Was ist los, Kleines, warum klatschst du nicht?«

»Bitte, Joyce, nenn mich nicht Kleines, schon gar nicht in aller Öffentlichkeit.«

»Aber es hört uns doch niemand. Warum klatschst du nicht? Sag bloß, daß sie in Palermo besser war.«

»Nein, nein, nur ...«

»Warum drehst du dich denn dauernd zu Pietro um? Das ganze Konzert über schon. Das ist nicht gerade höflich Mela gegenüber.«

»Gleich beginnt die Posse, Jò. Du glaubst nicht, wie komisch 'Ntoni ist. Jetzt kommt endlich die Geschichte von

Giufà, mal sehen, wie Pietros Kleine darüber lachen wird ... Sieh nur, wie sie auf den zugezogenen Vorhang starrt, wahrscheinlich hat Pietro ihr gesagt, daß gleich Giufà kommt.«

Pietro hat meinen durch die Menge schweifenden Blick schnell bemerkt. Nach einer kleinen Ewigkeit der Unentschlossenheit, die ihm Schweißausbrüche bereitet, stemmt er seinen schweren Körper hoch, sorgsam darauf bedacht, nicht auf all die feinen, um seine Füße raschelnden Kleider zu treten.

»Schau, Jò! Der arme Pietro, er sieht aus wie ein Elefant, der im Garten zwischen Blumenbeeten läuft.«

»Und du lachst ihm ins Gesicht. Ihr seid schon merkwürdig, er wird beleidigt sein, ich verstehe euch wirklich nicht!«

»Pietro und beleidigt? Was redest du da?«

»Eure Verbundenheit ist beängstigend.«

»Euer Durchlaucht, Mody, kann ich Euch irgendwie dienlich sein?«

»Wie ich sehe, ist es dir gelungen, keine Blume zu zertreten, Pietro!«

»Tja, nur Gott weiß, wie ich das geschafft habe! Draußen hilft mir dieser Riesenkörper, Verräter und Schlangen fernzuhalten, aber hier mitten in dieser Kinderschar ist es ein Fluch. Wie kann ich Euch dienen?«

»Du mußt umkehren und mir eine Kostbarkeit bringen.«

»Wollen Euer Durchlaucht einen Fächer? Seid Ihr durstig?«

»Nein! Was ist für dich das Kostbarste auf der Welt?«

»Crispina ist das Kostbarste für Pietro! Ach, Ihr wollt sie auf den Schoß nehmen? Oh, natürlich, Mody, sie wird sich freuen. Ich bin sofort zurück.«

Pietro tritt ergeben den beschwerlichen Rückweg an. Diesmal stolpert er ... fast wäre er gefallen!

»Hier ist sie, Mody, das jüngste Mitglied dieser hübschen Versammlung.«

»Und, wer ist die Schönste hier, kleine Crispina, hm, wer ist die Schönste?«

»Ich bin schön, und du bist schön, und Mama ist schön.«

»Und dein Papa, wie ist der?«

»Stark.«

»Weil er dich auf seinen Schultern reiten läßt?«

»Nein, ich bin klein, und mein Papa ... ähm, mein Papa ... weiß nicht ... Wann kommt Giufà?«

»Jetzt gleich. Und ist Giufà so stark wie dein Papa?«

»Nein, er ist dumm!«

»Warum ist er dumm?«

»Er ist dumm, und die Vögel haben keine Angst vor Giufà. Und er lernt vom Lamm und vom Fuchs und vom Spatz.«

»Dann stimmt es also, Mody, daß du ein Herz für Crispina hast und dein Versprechen hältst?«

»Hast du daran gezweifelt, Pietro?«

»Ich habe nicht an dir gezweifelt, Mody, aber die Natur ist manchmal launisch. Und ohne etwas dafür zu können, hättest du vielleicht keine Zuneigung für meine Picciridda verspürt. Da hab ich mich gesorgt! In einem Jahr kommt sie in die Schule. Glaube mir, Mody, wär sie ein Junge, würd ich dich nicht damit belästigen: Ich hätt ihn mit auf die Felder genommen. Aber für ein kleines Mädchen ist es besser, sich zu wappnen und lesen und schreiben zu lernen, das weißt du. Oh, es geht los! Ich nehm sie dir ab, sonst wird dir zu warm.«

»Nein, nein, laß sie mir, Pietro, ich gebe sie dir nach der Vorstellung wieder, keine Sorge. Von morgen an wird Crispina jeden Tag zu uns kommen, Jacopo kann sich um das kleine Fräulein kümmern, ich habe schon mit ihm gesprochen ... Crispina, schau nur, schau, wie Jacopo dich ansieht.«

»Ist das Giufà?«

»Nein, Giufà ist noch hinter dem Vorhang. Still jetzt, still, ich höre ein Klagen. Hörst du, wie er weint und seufzt?«

»Weint Giufà immer?«

»Nein, jetzt weint er, aber warte einmal ab ... Schau da, wie er sich die Haare rauft und gegen Bäume und Mauern stolpert.«

»Da sind keine Bäume.«

»Gewiß, er tut nur so, siehst du die Kleiderständer? Das sind die Bäume und die Laken Mauern. Armer Giufà! Aber still jetzt, gleich fängt er an zu sprechen.«

8

Giufà-'Ntoni: O Unheil! O Unheil! Als ob eines nicht reichte, folgt stehenden Fußes gleich ein zweites. Und aller schlechten Dinge sind drei, wie man weiß.

Baum-Bambú: Von welchem Unheil sprichst du denn, Giufà? Du siehst doch gesund und munter aus, so elegant in deinem kuhfladenfarbenen Anzug mit einem Tupfer gelben Spatzenschisses am Hut.

Giufà: Der Hut war einst von strahlendem Grün. Dann hat mir eine Kuh daraufgekackt, nicht etwa eine Amsel oder ein Kanarienvogel ... eine Kuh!

Baum: Von Anbeginn der Welt steht die Kuh fest auf der platten Erde. Wie konnte sie dir da auf den Kopf machen?

Giufà: Ich leide! Ich leide! Und davor litt ich noch mehr, und beim Leiden bin ich in der Nähe vom Stall eingeschlafen, und mit diesem Hut auf dem Kopf hat mich die Kuh mit einer Wiese verwechselt.

Baum: Und das ist das Unheil, das dich so bedrückt?

Giufà: Wenn's nur das wäre! Ganz andere schmerzvolle Dinge lasten auf Giufàs Seele. Und sie lasten dort schon so lange, daß ich nun mit größtem Schrecken merke, daß ich erblindet bin.

Baum: Aber du bist gar nicht erblindet, Giufà. Das ist die Nacht, die hereingebrochen ist.

Giufà: Du willst mich wohl verulken, Fremdling. Ich bin blind. Und der Beweis ist, daß du mit mir redest und ich dich nicht sehen kann. Jawohl! Giufà hat einen scharfen Verstand. Und der Verstand sagt mir, daß, wenn du mich siehst, die Sonne scheinen muß.

Baum: Es ist Nacht, Giufà, glaube mir.

Giufà: Meinst du? Aha, also Nacht, wie? Und wie kann es sein, daß Giufà in seinem Schmerz zehn Stunden geschlafen hat?

Baum: Du kleingläubiger, dummer Junge. Du siehst mich und erkennst mich nicht. Ich bin der Baum und habe die Fähigkeit zu trösten, wie alle Wesen aus grauem Stein oder grünem Blatt. Ich gehöre zur Rasse derer, die beobachten, und nicht der Rasse der Menschen, die herumrennen und Wind machen und niemals Ruhe finden.

Giufà: Oh, Baum, verzeih. Aber häufe nicht noch mehr Unheil auf mich. Du darfst mich ruhig einen dummen Jungen nennen, nicht aber einen kleingläubigen Menschen, weil Giufà ganz Glaube und Vertrauen in dich ist, Baum, und in den Fels, in die Quelle. Überlaß mich einfach meiner Verzweiflung. Ich möchte alleine leiden, auch wenn ich nicht blind bin. Ich glaube dir, daß es Nacht ist und nicht Tag, doch will ich mich in diesem hoffnungslosen Schmerz suhlen.

Baum: Jetzt begehst du schon wieder so einen typischen Menschenfehler. Die Heilkräuter ließen dich einschlafen, um deinen Kummer zu lindern.

Giufà: Oh, erstaunliche Wundertat! Das schätze ich wohl, doch Giufà vermag nichts zu trösten.

Baum: Ist es wegen deines gehörnten Vaters, daß die Kräuter nicht die Kraft haben, dir Ruhe zu schenken?

Giufà: Schlimmer, schlimmer.

Baum: Dann also der Gendarm?

Giufà: Schlimmer, noch schlimmer.

Baum: Ich sehe, daß dein Leid wahrlich groß ist. Wir müssen sofort jemanden zu Hilfe rufen, der noch größere Fähigkeiten besitzt als unsereins.

Giufà: Und wer wäre das?

Baum: Da kommt er und öffnet sich mit der Sichel einen Spalt in der Mauer der Nacht.

Giufà: Oh, Baum! Du willst doch nicht etwa den Sensenmann rufen, damit er mich tröstet? Wir wollen es nicht übertreiben, Giufà leidet, aber den Sensenmann mag er trotzdem nicht.

Baum: Was sagst du da? Der unsterbliche Baum hat mit diesem Zauberer nichts zu schaffen. Der Baum ruft den Mond oder die Sterne oder die Sonne. Da kommt schon der Mond! Er ist kaum geboren und hat schon die Weisheit von Jahrtausenden. Sprich mit ihm.

Mond-Mela: Giufà, Giufà, du kannst nicht immer meine nächtliche Reise stören. Rundherum muß ich kontrollieren! Ich gebe dir eine Minute, bevor ich weiterwandere zum Kometen und zum Delphin.

Giufà: Oh, Mond! Was hast du für eine zarte Stimme!

Mond: Ich bin gerade geboren und habe viel zu tun.

Giufà: Verzeih, Mond, aber eine große Schmach läßt Giufà leiden.

Mond: Wie damals mit den Feigen und der Madonna?

Giufà: Schlimmer!

Mond: Ich muß mich wohl mal eine Nacht mit deiner Mutter unterhalten.

Giufà: Oh, dann unterhalte dich, und leg ein gutes Wort für mich ein. Denn sie erteilt Befehle, sie sagt Giufà Wort für Wort, was er zu tun hat, aber wenn Giufà sorgsam Wort für Wort ausführt, ist sie unzufrieden und wird zornig wie eine Furie.

Mond: Sie ist ein wenig zu kleinlich. Ich werde ihre Gedanken wohl mal etwas zerzausen müssen. Aber was ist passiert, erzähle.

Giufà: Heute im Morgengrauen putzt sie sich eifrig heraus und sagt mir wortwörtlich: »Bring das Haus in Ordnung, gieß das Gemüsebeet, dann zieh dich schön und sauber an – mach mir keine Schande –, und komm in die Kirche, denn heute ist der Tag der heiligen Rosalia und die gesamte Verwandtschaft geht in die Messe. Aber vergiß nicht, Giufà, beim Hinausgehen die Tür hinter dir ins Schloß zu ziehen, Gesindel und Diebe sind unterwegs! Vergiß also nicht, die Tür hinter dir ins Schloß zu ziehen.«

Mond: Und dann?

Giufà: Drei Stunden habe ich gebraucht, um die Tür aus den Angeln zu heben, und habe sie dann mühsam hinter mir hergezogen auf der Suche nach dem Schloß. Und als sie mich so sieht, bekommt sie einen Tobsuchtsanfall und schreit mich an, und schreit zum Himmel in größter Wut! Sicher, ich kam drei Stunden zu spät, und die Messe war lange vorbei. Aber die Tür war schwer, bei Gott, und weit und breit kein Schloß zu sehen! Warum also zeterte sie so? Da verstehe einer die Frauen! Mond, ich bin verzweifelt.

Mond: Ach, Giufà! Armer Giufà!

Giufà: Den eigenen Sohn wegen einer Verspätung verstoßen! Sie hat gedroht, mir den Schädel einzuschlagen.

Mond: Und was hast du gemacht?

Giufà: Voll Kummer habe ich die Tür, die sie so unbedingt haben wollte, auf die Piazza gedonnert! Mehr als den Kummer fürchtete ich ihre Fäuste und scharfen Fingernägel. Findest du das richtig?

Mond: Wenn ich ein voller und starker Mond bin, werde ich sie im Traum besuchen und ihr ein wenig den Kopf verwirren. Los, ich möchte dich trösten, spring auf meinen Buckel und vergiß das ganze. Heute nacht kommst du mit mir zu den Sternen.

Giufà: O wie schön ist es hier auf deinem Rücken, Mond. Ich fühle mich schon ganz und gar getröstet!

Mond: Wir heben jetzt von der Erde ab. Winke dem Freund Baum zum Abschied zu.

Giufà: Oh, Mond, wie hoch es geht. Das ist ja schon ein ganzer Meter, zwei Meter! O Gott, Mond, und wenn ich falle?

Mond: Man fällt, wenn man mit den Füßen auf der Erde steht und zuviel nachdenkt, doch nicht mit mir, der ich die Augen voller Wolken und Kometen habe.

Giufà: Oh, der Komet! Lebt wohl, Freund Baum, lieber Wald! Und was sind das für Lichter, die dahinten im Meer so schön flirren?

Mond: Das sind die Delphine, die in meiner Spur springen, voll Freude über meinen silbernen Schein ...

Ganz gefangen von Crispinas kleinem Körper, der sich dem aufsteigenden Giufà nachreckt, bemerkt Modesta nicht die Stille neben sich, bis Crispina wieder in ihren Schoß zurückfällt und seufzt:

»Giufà ist verschwunden! Dort hinten ist er verschwunden, warum?«

Wie hatte es mir nur entgehen können, daß Joyce aufgestanden war? Das Kind wiegt schwer, und sein warmer kleiner Körper bringt Modesta zum Schwitzen.

»Ja, hier, Pietro, nimm sie.«

»Ich gehe nicht mit Giufà, Vater, ich bleibe bei dir!«

»Du bleibst bei mir, natürlich. Was für ein schönes Schauspiel! Ich habe zwar noch nie ein Theater gesehen, aber ...«

»Laß mich vorbei, Pietro.«

»Oh, Durchlaucht, verzeiht mir! Seid Ihr wegen der Dame so besorgt? Sie ist schon lange weg. Vielleicht wegen der Hitze, Mody. Und wegen Giufà und all der Picciriddi.«

Modesta kann nicht in den Applaus einstimmen, der abebbt und anschwillt wie eine warme Welle. Energisch zerteilt sie das ihre Bewegungen hemmende Meer und steht wenige Sekunden später vor Joyces Zimmertür. Die Handflächen an die Tür gelegt, hält sie inne. Und wenn sie auch hier nicht ist?

»Joyce, darf ich hereinkommen?«

Sie ist da und raucht. Vielleicht hat ihr Verschwinden nichts zu bedeuten, vielleicht wollte Joyce nur rauchen, da die Kinder, damit alles »wie im richtigen Theater« sei, große Schilder aufgehängt hatten mit der Aufschrift: »Rauchen strengstens verboten«.

»Komm herein, Kleines, die Tür ist offen.«

Sie sitzt in ihrem Sessel, den sie zum Fenster gedreht hat, den Kopf leicht nach links geneigt, wie immer, wenn sie raucht. Auf dem niedrigen Tisch liegen vier oder fünf angefangene und gleich wieder ausgedrückte Zigaretten. Ihr langes schwarzes Haar zeichnet sich reglos gegen die vom Sonnenuntergang entflammte Scheibe ab. Sie raucht und sieht hinaus, während Modesta noch zittert wegen des leeren Platzes neben sich.

»Was ist los, Kleines, setz dich. Du verdeckst mir die Sicht auf den Himmel: ein großartiger Sonnenuntergang.«

»Warum bist du einfach verschwunden? Ich habe dir gesagt, daß ich das nicht ertrage. Bist du böse auf mich? Warum schreist du mich nicht an, wirst wütend, anstatt einfach zu verschwinden. Das machst du absichtlich, du weißt, wie mich das quält, und tust es trotzdem. Dabei habe ich dir doch erklärt, daß seit dem Tag, an dem wir dich gefunden haben …«

»Ach komm, Modesta, das liegt nun schon so viele Jahre zurück. Seitdem ist nichts mehr vorgefallen. Und außerdem …«

»Aber ich ertrage es nicht, wenn du das tust!«

»Ich kann es nicht ändern, glaube mir. So bin ich nun mal, es ist stärker als ich.«

»Obwohl du weißt, daß ich mich zu Tode erschrecke, daß ich …«

»Du kannst es natürlich nicht wissen, aber ich nehme mich bei dir schon zusammen, das schwöre ich dir, und versuche, diesem Impuls nicht zu folgen. Aber glaube mir, hinter diesem Verschwinden, wie du es nennst, steckt nichts

Schlimmes. Höchstens kleine Überempfindlichkeiten, die in meinem Wesen liegen oder vielleicht meiner fürchterlichen Erziehung zu schulden sind.«

»Aber kannst du es nicht für mich tun? Ich habe für dich so vieles in meinem Leben geändert.«

»Offenbar nicht.«

»Siehst du, daß es sich um etwas Schwerwiegendes handelt und nicht nur um kleine Überempfindlichkeiten, wie du es nennst. Was habe ich getan? Habe ich dich beleidigt? Warum sprichst du nicht mit mir? Mir wäre es lieber, wenn du schreien würdest, mich ohrfeigen würdest, lieber als dieser Krieg des Schweigens, dieses scheinheilige Gerede. Ich habe dir alles gesagt, alles über mich erzählt, du kennst mich wie niemand sonst.«

»Es ist das erste Mal, daß du mich scheinheilig nennst, Modesta. Das ist ein hartes Wort.«

»O Jò, verzeih mir. Das wollte ich nicht. Ich schwöre dir, daß ich es nicht so gemeint habe. Ich bin so verwirrt! Nimm mich in den Arm, Jò, fühlst du, wie ich zittere?«

»Ich weiß, daß du es nicht so gemeint hast, Kleines, doch das Wort schmerzt trotzdem.«

»Oh, verzeih mir, ich werde mich für dieses Wort bestrafen und dich so lange küssen, bis die Wunde verheilt ist. Ach, Jò, halte mich fest, ganz fest, tu mir weh, aber bitte verschwinde nicht.«

»Nun tust du mir weh, Kleines, mit deinen Bissen.«

»Ja, ja, ich beiße dich … in den Hals, die Lippen … Tu ich dir wirklich weh? So, in den Hals, so mußt du dich ganz bedecken, damit es niemand sieht. Tut es weh, ja? Tut es weh?«

»O Modesta, ja, aber es ist auch so süß … Beiße nur, beiße!«

»Ich esse dich auf, Jò, von Kopf bis Fuß, auch die Brüste. Dann kannst du nie mehr verschwinden, bist komplett in mir drin, nie mehr.«

Versunken in der Umarmung, bemerken Jò und Modesta nicht die schwarzen Schwingen, die sich über den Horizont breiten.

»Es ist schon Nacht, Modesta.«

»Und jenseits der Nacht fliegt Giufà rittlings auf dem Mond.«

»Wir sind auf dem Teppich gelandet. Wie schnell der Tag hier in die Nacht übergeht!«

»Nur in deinen Armen habe ich keine Angst, dich zu verlieren, Jò, warum?«

»Ich kann mich immer noch nicht an diese plötzliche Dunkelheit gewöhnen. Ich sehe, wie die Sonne untergeht, und werde dennoch immer wieder von der Nacht überrascht, als liege die Dunkelheit im Hinterhalt und warte nur auf einen unachtsamen Moment, um über mich herzufallen. In der Türkei ist das nicht so, zumindest nicht in Istanbul.«

»Wir sind viel weiter südlich, Jò ... näher am glühenden Herzen Afrikas. Zwischen den Blättern des Maulbeerbaums kann man bei Nacht Afrika riechen, einen trockenen, messerscharfen Geruch wie von einer Klinge, die den Lorbeer schneidet.«

»Hast du die Tür geschlossen, Modesta?«

»Ja, außerdem würde sowieso niemand wagen, einzutreten, das weißt du. Hier bin ich die Herrin.«

»Aber sie könnten uns belauschen.«

»Keiner belauscht die Herren, hier auf der Insel.«

»Ihr seid unglaublich. Und die Kinder? Vielleicht suchen sie uns.«

»Aber nein. Sie haben uns in ihrer Freude bestimmt vergessen.«

»Wie kannst du das sagen, Modesta?«

»Weil es stimmt.«

»Sie sind undankbar.«

»Wofür sollten sie dankbar sein?«

»Du nährst sie, beschützt sie.«

»Das ist der Punkt, würde Pietro sagen. Durch mein Vermögen, sie zu ernähren, fällt mir die Rolle der Herrin zu, der Pa-dro-na, Jò! Warum sollten sie ihrer Herrin dankbar sein? Du wirfst mir vor, daß ich Pietro bevormunde, und verlangst dann von mir, es bei den Kindern zu tun. Junge Menschen, die sich nicht wehren können, von sich abhängig zu machen, nur weil man sie ernährt, wäre die grausamere Bevormundung.«

»Aber ich höre doch, wie jemand zu uns heraufkommt. Das wird Bambú sein oder Prando, der dich vermißt.«

»Nein, sie würden mich nur vermissen, wenn ich sie ohne Brot und Spiele ließe.«

»Was du sagst, ist schrecklich.«

»Es ist die Natur. Das Kind muß dich lieben, weil du seinen Hunger stillst. Carlo wollte eine Gewerkschaft der Enkel gegen scheußliche Großeltern gründen. Ich plädiere für eine Kinder-Gewerkschaft gegen dieses schreckliche Duo von Vater und Mutter, die für ein Stück Brot und ein Spielzeug einen Liebespreis verlangen, der jedes normale Individuum überfordert.«

»Du übertreibst, Modesta. Es klopft. Du wirst sehen, es ist Bambú.«

»Nein, das waren Pietros Schritte.«

»Dein Diener.«

»Fürstin, Euer Durchlaucht, verzeiht ...«

»Geh ins Bad, Jò. Ich fürchte, dein Kleid ist zerrissen.«

»Das warst du, Modesta.«

»Geh dich umziehen.«

»Einen Moment, Pietro, ich ziehe mir etwas über und öffne.«

»Wie, geht's Euch etwa nicht gut, Fürstin?«

»Nein, Pietro, nur arge Kopfschmerzen, aber ich habe geschlafen und danach war es besser.«

»Wie gut ich Euch verstehe, sie stellen ein Durcheinander

an, diese Kinder! Es ist schön, ihre Freude zu sehen, aber anstrengend ... Stella hat mich hergeschickt, um Euch mitzuteilen, daß unsere Bambolina beschlossen hat, das Abendessen am Meer einzunehmen. Genau wie ihre Mutter, immer für eine Überraschung gut. Jetzt sind sie losgezogen, um in der Bucht des Propheten alles vorzubereiten. Und Bambolina hat auch beschlossen, bis zum Morgen auszuharren und zu sehen, ob aus den Haaren des Propheten* Blut tropft, wenn die Sonne aufgeht. Es ist die richtige Jahreszeit für dieses Spektakel! Stella wollte wissen, ob Euer Durchlaucht einverstanden sind.«

»Aber natürlich. Sie haben Ferien, und es ist ihr Fest. Stella weiß, daß sie tun dürfen, was sie wollen.«

»Dann gehe ich mal und beruhige sie, sie macht sich Sorgen.«

»Geh.«

»Wir sehen uns in der Bucht, wie, Mody? Es geht dir nicht mehr schlecht, oder?«

»Es geht mir bestens, Pietro. Bis gleich.«

9

Anstelle des leichten Voilekleides bedeckte nun ein seidener Schal Joyces Schultern und Arme. Unter dem weißen Stoff pulsierten die Male meiner Bisse. Modesta stellt sich auf die Zehenspitzen und küßt Joyce ... küßt ihre vollen, brennenden Lippen, die in den Mundwinkeln in zwei kleine, weinende Kommata auslaufen.

»Du hast ja links und rechts ein Komma in den Mundwinkeln, Jò. Oder ist es eine Satzklammer?«

»Es sind Falten, Modesta.«

»Das ist nicht wahr! Es ist eine Klammer, die dem Satzgefüge deines Gesichts eine zusätzliche Bedeutung verleiht.«

»Welche Bedeutung denn?«

»Ich weiß nicht. Das versuche ich herauszufinden, aber ohne Erfolg.«

»Es ist nur eine Warnung der Zeit, daß ich bald alt sein werde.«

»Das ist nicht wahr, du wirst niemals alt.«

»Man kann die Zeit nicht anhalten.«

»Warum hast du keine Kinder, Jò? Oder hast du etwa welche und versteckst sie vor mir wie fast alles andere?«

»Was haben Kinder damit zu tun?«

»Daß wir, wie schon Shakespeare sagte, die Zeit zwar nicht anhalten können, sie aber in unseren Kindern fortführen, die der Welt im Guten wie im Bösen Zeugnis über uns ablegen.«

»Die Welt ist mir gleichgültig.«

»Oder bist du geizig wie die dunkle Dame aus den Sonetten oder der schöne Jüngling ihrer Träume? Bist du geizig, Jò? Manchmal habe ich fast den Eindruck.«

»Im Vergleich zu dir mag ich geizig wirken.«

»Wieso, wie bin ich denn?«

»Mein Vater, ein Gutsbesitzer im kargen Todi, hätte gesagt, verschwenderisch.«

»Das mir, der mir alle Geiz vorwerfen! Der arme Prando, wie mußte er sich für sein Motorrad abrackern … Wie schön Prando ist! Ich erkenne in ihm weder Carmine noch mich wieder. Aber trotzdem gefällt er mir nicht, er wirkt wie eine Statue. Hältst du ihn für intelligent? Er ist so verschlossen, daß ich manchmal glaube, er sei dumm.«

»Er ist nicht dumm, ein so leidenschaftlicher und zielstrebiger Junge kann nicht dumm sein.«

»Du hast recht. Es ist die Mutter in mir, die seine Intelligenz nicht anerkennen will, nur weil sie sich von ihrer eigenen unterscheidet. Aber Teufel noch eins, Mutter oder nicht, wer kann denn auch eine Intelligenz oder Leidenschaft – denn du hast ganz recht, Leidenschaft ist Intelligenz – für Motoren und Geschwindigkeit nachvollziehen?«

»Aber er erforscht sie richtiggehend, und er zeichnet Autos, unwahrscheinliche Autos zwar, aber immerhin ...«

»Und liest ausschließlich Comics. Comics, Kino und Geschwindigkeit! Ich habe unrecht, stimmt's? Deine Nähe tut mir so gut, Jò!«

»Ich hingegen fürchte, daß sie dir schadet.«

»Wie kommst du denn darauf? In diesen Jahren ist mir dank deiner Hilfe der Kopf aufgegangen, wie Mimmo gesagt hätte. Oder wie 'Ntoni es ausdrückt: ›Der Vorhang vor meinem Gehirn hat sich gehoben.‹ Wann hat er das bloß gesagt? Ach ja, als er nach Palermo ging, um Zacconi in ›Gespenster‹ zu sehen. Seitdem liest er nur noch Ibsen.«

»Wie sonderbar 'Ntoni ist! Und wie genial! Hast du gesehen, wieviel Gefühl in seinem Giufà steckte? Schade, daß Stella das nicht verstehen kann. Sie hört nicht auf zu weinen, seitdem 'Ntoni beschlossen hat, Komiker zu werden. Sie glaubt, alle Schauspieler seien Gesindel und Diebespack. Und auch du zweifelst an Prandos Intelligenz, nur weil er sie auf Motoren anstatt auf Bücher anwendet.«

»Du hast recht, Jò. Wunderschöne Jò! Was sitzen wir hier und reden über 'Ntoni? Ich habe Lust bekommen, ihn zu sehen, wer weiß, wen er gerade wieder imitiert. Los, komm!«

»Sieh nur, sieh, wie komisch er ist!«

»Er spielt ja Mussolini!«

»Ja, ja, hast du das noch nie gesehen? Die Rede über das Reich. Mit dieser Rolle hat er es in das Ensemble von Angelo Musco geschafft.«

»Ist Angelo Musco denn kein Faschist?«

»Nein, er läßt zwar zu, daß sie vor seinen Aufführungen den Königsmarsch und die faschistische Hymne spielen: ›Sonne, erstanden aus der Scheiße‹, wie er sagt. Und dabei, um weiter mit seinen Worten zu sprechen, ›beherrscht er sich‹... Nur so kann man in solchen Zeiten die eigene Haut retten.«

»Eine abscheuliche Haltung.«

»Sie mag abscheulich sein, aber dieselbe Haltung vertreten auch Petrolini, Pirandello, Croce und wer weiß wer noch alles … Ach, Jò, du hast recht, aber jetzt laß mich 'Ntoni zuhören. Und abscheulich hin oder her, es ist mir lieber, im Publikum weiterhin einem Musco oder Pirandello lauschen zu können, als sie schweigend unter einem prachtvollen Alabastergrabstein zu wissen. Was tust du? Willst du schon wieder fliehen?«

»Ich fliehe nicht, Modesta, ich …«

»Was ist los?«

»Ich halte das nicht aus! Dieser falsche Frieden, die Ausgelassenheit, die Scherze über Mussolini, während der Faschismus allerorten triumphiert.«

»Was wäre dir denn lieber? Ein Haus in Trauer und die Kinder niedergeschlagen oder vielmehr vollauf damit beschäftigt, mit uns zu weinen? Warum waren wir, und damit meine ich uns: dich, mich, Jose, Carlo, warum waren wir nicht in der Lage, die Revolution durchzusetzen?«

»Es ist schrecklich, selbst Rußland liebäugelt mit Mussolini. Vergessen wir Chamberlain, aber Stalin …«

»Und? Hast du das erst heute abend entdeckt?«

»Nein, nein. Aber Witze reißen, Feste feiern …«

»Sie reißen keine Witze, Jò, sie machen ihn lächerlich! Das ist für die Jüngeren ein Mittel, den Mythos zu entthronen, eine Art Exorzismus, um sich nicht von ihm einfangen zu lassen, und gleichzeitig die Vorbereitung darauf, ihn eines Tages zu zertreten. Ein Tag, fürchte ich, den wir nicht mehr erleben werden. Und warum beleidigst du sie, Jò? Du weißt genau, daß sie alle, auch Bambú, sich nicht damit begnügen, ihn lächerlich zu machen, sondern … Joyce, warte! Was ist denn los, was hast du?«

»Laß mich, Modesta! Laß mich gehen, mir ist nicht gut.«

»O nein!«

»Du tust mir am Handgelenk weh.«

»Ich werde dir das Handgelenk brechen, wenn du nicht aufhörst, davonzulaufen und zu schweigen.«

»Laß mich los, man kann uns sehen.«

»Und wenn schon? Du hast dich wie eine Mumie eingepackt wegen der paar Küsse.«

»Modesta!«

»Oh, es reicht! Ich hätte gute Lust, dir diese Schleife eines schamhaften Kätzchens vom Hals zu reißen und allen die Male meiner Küsse zu zeigen.«

»Siehst du, daß ich recht habe?«

»Was sehe ich? Womit hast du recht? Sprich! Wie soll ich sonst wissen, was du denkst?«

»Ich glaube, daß hinter diesem Drängen, mich allen vorzuführen, der Wunsch steckt, eine Beziehung zu legalisieren, die niemals legalisiert werden kann.«

»Aber zusammen mit anderen gelebt werden kann ohne diese Scham, die dich so verunstaltet. Was ist es, Scham oder Angst? Weg mit dem Halstuch! Alle sollen es wissen, oder besser noch, sie sollen gezwungen werden auszusprechen, was sie längst wissen.«

»Aber deine Kinder, Modesta!«

»Meine Kinder! Meine Kinder sind erwachsen, und es wäre eine Art, sie mit der Realität zu konfrontieren und zu sehen, ob sie diese Realität aushalten oder ob ich sie verliere.«

»Du bist verrückt!«

»Ich bin nicht verrückt, Jò, und ich würde es niemals tun, wenn du diese Scham nicht auch dann empfinden würdest, wenn wir alleine sind. Wenn du dich nicht immer schämen würdest, sogar vor dir selbst. Zuerst verstand ich nicht den Grund für die Tränen nach unseren Küssen und Zärtlichkeiten. Dieses Weinen, das ewige Ausweichen, dein Fliehen vor mir, all das hat aus meinem Leben eine Achterbahnfahrt der Angst gemacht. Aber jetzt weiß ich es: Du selbst fühlst dich schuldig in unserer Beziehung, und kaum hast du bekommen, was du brauchst, läufst du vor mir davon, als sei mein

Gesicht das Symbol deiner Schuld. Du selbst bist es, die, ganz bewußt – und das macht es noch schlimmer – unsere Beziehung legalisieren möchte. In einer Nacht hast du dich verraten, mit diesem: ›Wärst du doch nur ein Mann!‹«

»Hör auf, Modesta, hör auf!«

»Wärst du doch nur ein Mann! Geh schon, geh weinen auf dein Zimmer. Ich muß lachen bei dem Gedanken, daß du ein Mann wärst oder daß Beatrice ein Mann gewesen wäre. Ich liebe dich, weil du eine Frau bist, und ich liebe dich als Frau. Was stehst du jetzt da? Ich habe dein Handgelenk losgelassen, oder? Geh! Ich möchte 'Ntoni zuhören oder wenigstens zu Abend essen, Teufel noch eins!«

»Aber für mich ist es das erste Mal, Modesta, das erste ...«

»Das erste Mal, daß was? Ich verstehe dich nicht.«

»Das erste Mal, daß ... ich eine intime Beziehung zu einer Frau habe.«

Wilder Applaus steigt aus der Bucht auf. Der Duce hat seine Siegesrede beendet, und mit zum Faschistengruß erhobenem Arm dreht er sich langsam um die Achse seines stählernen Rückens. Wie auf den Bildern der Wochenschau geht der letzte Satz seiner Rede unter in dem aus tausend und abertausend hysterischen Kehlen aufsteigenden Begeisterungssturm ... Diese Kinder, selbst die Massen ziehen sie ins Lächerliche. Oder ist dies nur eine Vorübung – ein weiterer Sieg der »Ruten der Partei« –, um selbst auf die Straße zu gehen und endlich ihren Durst zu stillen, wie alle zu sein, mit ihnen zu lachen oder zu weinen und nicht immer anders und allein sein zu müssen?

»Es ist hart! Ich kann Cesare einfach nicht hassen, obwohl er mit den anderen *avanguardisti** in den Zug nach Rom gestiegen ist, um Mussolini zuzujubeln. Aber er ist arm, und die Reise war kostenlos.«

In den Städten und Dörfern wachsen Heere von Kindern mit den Namen Italo, Benito, Edda oder Romana auf. Neue Heilige nehmen die Plätze Rosalias, Agates und Giuseppes ein. Manch ein übriggebliebener »Libero« bittet mit dem Personalausweis in der Hand darum, »Ardito« heißen zu dürfen, sich vom freien Menschen in einen heldenhaften Kämpfer zu verwandeln …

Joyce bindet sich das Halstuch wieder um. Was hat sie gesagt? Der prasselnde Applaus hat ihre letzten Worte verschluckt.

»Wie hast du unsere Liebe genannt, Jò? Habe ich da etwas wie ›intime Beziehung‹ gehört, oder irre ich mich?«

»Es ist das erste Mal für mich, Modesta.«

»Was heißt das? Wenn man liebt, ist es immer das erste Mal.«

»Oh, Modesta, laß mich, es geht mir schlecht.«

»Ich halte dich nicht, du bist frei.«

»Aber du fragst!«

»Mich selbst, Jò, achte nicht darauf.«

»Du bist bleich wie der Tod.«

»Für mich ist es das erste Mal, daß ich in unserer Beziehung, wie du es nennst, unglücklich bin.«

»Wie das! Gerade noch hast du gesagt, wegen mir sei dein Leben eine Achterbahn der Angst gewesen.«

»Das Seil der Liebe zittert immer straff gespannt zwischen dem Baum der Sorge und dem Baum der Angst. Wie das Leben birgt sie in sich die ständige Erinnerung an den Tod, den es zu besiegen gilt, und nicht diese Leere dir gegenüber, die mich nun ergriffen hat. Hilf mir, Joyce!«

»Aber wie, Kleines, wie?«

»Nenn mich nicht Kleines. Früher rührte es mich, doch jetzt, wo ich verstanden habe, demütigt mich deine Röte nur noch.«

»Oh, Modesta, was kann ich tun, wenn ich mich doch schäme? Ich schäme mich sogar, auf der Welt zu sein, zu leben. Warum wurde ich nur geboren, warum?«

»Sollte dir nicht der Gedanke genügen, daß du auf der Welt bist, um mich zu bereichern, um mir die Freude zu schenken, dich in den Armen zu halten? Du antwortest nicht? Mir hat er in diesen Jahren der Gefangenschaft genügt.«

»Dann empfindest also auch du sie als Jahre der Gefangenschaft!«

»Wie könnte ich anders? Jedoch immer in dem Bewußtsein, daß die wahren Gefängnisse andere sind: Sie reißen Menschen wie uns zu Hunderten hinab in ihre dunklen Gedärme.«

»Komm mit mir nach oben, Modesta.«

»Nein! Ich beginne jetzt, dich zu verstehen. Du willst, daß ich oben mit dir weine, um der Ausgelassenheit der Kinder etwas entgegenzusetzen. Du strebst nach der wahren Zelle, aber ich habe Hunger! Und die Stille, die nun herrscht, bedeutet, daß Bambolina mit heller Stimme alle zu Tisch gerufen hat. Ich sehe sie vor mir! Wie ihre Mutter, mit erhobenem Zeigefinger, die schmale Taille bebt … Sie hinkt nicht wie Beatrice, doch ihre Bewegungen haben die gleiche Anmut. Siehst du, wie sie mit Gaslampen alles hell erleuchtet hat? Und über die Kisten hat sie ganz sicher die bestickten Leinendecken gebreitet, die sie so liebt und die das Silberbesteck und die Kristallgläser erst richtig zur Geltung bringen. Ich mache mir nichts aus dem Prunk, wohl aber aus dem fröhlichen Lichterglanz, der die Dunkelheit erhellt, die Verdunklung unserer Jahre. Und ich habe Hunger! Entschuldige, Joyce, aber Beatrice wird böse, wenn man zu spät zum Essen kommt, und zu Recht. Das Fest kann erst richtig beginnen, wenn alle Stühle besetzt sind.«

Bambú: »Was für eine Freude, Tante, dich mit so gutem Appetit essen zu sehen. Ist Joyce nicht hier? Hat sie wieder ihre Kopfschmerzen? Prando, warum gehst du nicht nachsehen, ob sie etwas braucht?«

Prando: »Komm schon, mein schönes Cousinchen. So schön, daß ich dir verspreche – vorausgesetzt, du kommst nicht auf den Hund wie Teresa, die in deinem Alter ein ätherisches Wesen war und jetzt dick und plump ist wie ein Sack Mehl –, ich verspreche dir also, daß ich dich heirate, wenn dich sonst niemand will. Oder ist das verboten unter Cousins? Jacopo, du weißt doch immer alles, ist das verboten?«

Jacopo: »Ich glaube, man benötigt den Dispens der Kirche.«

Bambú: »Puh, was für gemeine Reden! Ich werde sowieso niemals heiraten. Ich hatte dich gebeten, nach Joyce zu sehen …«

Prando: »Ach! Ich sehe, daß Mamas Buch ins Schwarze getroffen hat, Cousinchen.«

Jacopo: »Welches Buch?«

Prando: »Ein gewisses Büchlein von achthundert Seiten über die Frauen und den Sozialismus.«

Bambú: »Ich hatte dich lediglich gebeten, mal nach Joyce zu sehen …«

Prando: »Aber Bambú! Es bringt nichts. Du weißt doch, wenn sie Kopfschmerzen hat … Und wann hat sie die nicht? Was meinst du, Jacopo, über den Daumen gepeilt jeden zweiten Sonntag? Vorausgesetzt natürlich, es ist nicht zu hell oder zu dunkel oder zu heiß oder zu kalt.«

Bambú: »Sprich nicht so von Joyce, Prando! Du bist gemein, wenn du so redest.«

Prando: »Seht nur, wie sie sich für die gnädige Frau ins Zeug legt, unsere Bambú! Wieso? Könnte es etwa sein, daß auch du wie alle Frauen dieses Hauses in die schöne Fremde verliebt bist? He, Jacopo, wußtest du, daß sie von allen nur Greta Garbo genannt wird? Die Femme fatale, die uns die Mütter und Cousinen raubt.«

Jacopo: »Und auch die Cousins, wenn es darum geht.«

Prando: »Ah, auch du, mein lieber Jacopone, wirfst dich ihr zu Füßen? Das kann nicht sein.«

Jacopo: »Ich verehre sie, Prando.«

Prando: »Trotz ihrer ewigen Blässe und Leidensmiene?«

Jacopo: »Vielleicht genau deswegen.«

Prando: »Wie romantisch!«

Jacopo: »Und ich finde, Bambú hat recht. Was meinst du, Mama, soll ich mal nach ihr sehen und sie fragen, ob sie nicht zu uns stoßen möchte?«

»Modesta: »Nein, Jacopo, bleib sitzen. Joyce wird nicht kommen, sie möchte nicht gestört werden. Obwohl Bambolina recht hat und Prando gemein und langweilig ist, wenn er so redet.«

Prando: »Danke, Mama.«

Modesta: »Bitte. Und sieh mich nicht so an.«

Prando: »Ich gefalle dir nicht, stimmt's, wenn ich mich so aufführe?«

Modesta: »Nein.«

Prando: »Dabei mache ich das absichtlich.«

Modesta: »Und warum?«

Prando: »Weil du mir gefällst, wenn du wütend bist. Stimmt's, Bambú, sie ist wunderschön, wenn sie zornig ist? Weißt du noch, als wir einmal stritten und sie herunterkam wie eine Furie und uns mit Ohrfeigen eindeckte? Selbst Cesare und Ciccio bekamen ihr Fett weg.«

Bambú: »Und ob ich das noch weiß! Ich spüre ja heute noch das Brennen ihrer Finger auf meinen Wangen, wenn du davon redest.«

Jacopo: »Ich erinnere mich nicht daran.«

'Ntoni: »Ich auch nicht.«

Prando: »Wie auch, ihr wart ja noch ahnungslose Milchgesichter!«

Jacopo: »Ich habe Mama noch nie jemanden schlagen sehen, du, 'Ntoni?«

'Ntoni: »Hör nicht auf ihn, Jacopo, vergiß es.«

Prando: »Natürlich läuft sie nicht herum und schlägt Schäfchen wie euch, aber Wölfe wie Bambú und mich schon.«

Bambú: »Ich bin kein Wolf.«

Prando: »Du bist wölfischer als ich, schönes Cousinchen!

Nur daß du als Frau weiche Stoffe trägst, unter denen du das rauhe Fell versteckst, das deine Seele umgibt.«

Bambú: »Oh, Prando, es reicht. Warum tust du das? Immer mußt du alles verderben.«

Mela: »Laß Bambú in Ruhe, Prando! Siehst du nicht, daß sie weint?«

Prando: »Da ist ja auch die stumme Musikerin, die ihrer kleinen Freundin flugs zu Hilfe eilt. Hier sind eindeutig zu viele Frauen versammelt, mein Jacopo. Was soll nur aus dir werden, wenn ich und ’Ntoni erst einmal weg sind?«

Bambú: »Willst du jetzt endlich damit aufhören? Was ist nur in dich gefahren?«

Prando: »Seht nur die feurigen Augen des Cousinchens! Das waren keine Schafstränen, stimmt’s?«

Bambú: »Tränen der Wut, Prando, der Wut! Ich hasse dich, wenn du so bist. Und warum schaust du zu Mama, wenn ich mit dir rede?«

Prando: »Weil ich sie eine Ewigkeit nicht mehr gesehen habe.«

Prandos Wunde leuchtet violett. Ein Donnern zieht vom Meer herüber und zeichnet eine leuchtende Sichel in das Schwarz des Himmels.

Bambú: »Ein Flugzeug! Ein Flugzeug ist vorbeigeflogen. Wie ein Blitz, Tante, hast du das gesehen?«

Prando: »Du brauchst keine Angst zu haben, Bambú. Im Himmel öffnen sich jetzt breite Straßen. Du kommst mir vor wie Stella, die sich noch vor der Eisenbahn fürchtet.«

Bambú: »Aber in letzter Zeit werden es immer mehr.«

Prando: »Komm, komm, gib mir die Hand, und hab keine Angst mehr. Verzeih, daß ich eben so gemein war, Cousinchen, aber ich bin eben einfach schlechter Laune, seit …«

Bambú: »Seit wann, schöner Prando?«

Prando: »Ach! All die Schwarzhemden! Auch heute morgen, ich wollte euch nichts sagen, um das Fest nicht zu verderben, aber selbst Carlo …«

Bambú: »Carlo, der Sohn von Lo Preti? Aber der war doch immer Sozialist!«

Prando: »Das ist es ja, Bambú, sogar der! Er sagt, ohne Parteiausweis kann er nicht an dem Mille-Miglia-Rennen teilnehmen, er sagt, innerlich lache er darüber, aber ...«

Bambú: »Aber was?«

Prando: »Ich glaube allmählich nicht mehr an das ganze Gelächter. Sie lachen, aber unterdessen konnte noch nie eine fremde Besatzungsmacht so viele Wurzeln in unsere Heimat graben wie dieser verfluchte Dux! Los, kommt schon. Schluß mit dem ewigen Rumgesitze. Ich habe eine Überraschung für dich, Bambú, und für dich, Mela.«

Bambú: »Was denn für eine Überraschung?«

Prando: »Wie könnte auf der Insel ein Mitternachtsfest gefeiert werden ohne ...«

Bambú: »Mandolinen, ich glaube es nicht!«

Prando: »Sondervorstellung von Barbier Don Ciccio und seinen Gesellen: Mazurka gegen Mazurka, Walzer gegen Walzer, ein Wettstreit der Melodien. Und wem am meisten einfällt, der darf an den Sternen zupfen und gewinnt einen keuschen Kuß von der Schönsten im Kreise!«

Jacopo: »Und wer soll die Schönste sein, Prando? Wer?«

Prando: »Wer weiß! Die Mandoline, die gewinnt, darf die strahlendste Gardenie auswählen, welche die Hitze der Nacht hervorgebracht hat. Da sind sie, laßt uns den Musikanten entgegengehen.«

10

»... und da kommt Don Donato aus Santa Ninfa mit seinen Jungs, jetzt sind wir komplett. Er ist der Älteste und hat sich ganz der Gitarre verschrieben. Schau, Alberto, drei Geschäfte sind hier versammelt ...«

Prando erläutert die Vorgänge einem aufmerksam blickenden jungen Mann mit feinen Gesichtszügen, wohl einem neuen Freund von der Universität:

»... Der Friseur und seine Lehrlinge sitzen im Kreis, wie an den einsamen Nachmittagen vor dem leeren Geschäft ... Das ist das Schöne an dem Beruf: Morgens stutzt du ein wenig Haarspitzen und Schnurrbärte, schleifst deine Klingen – auf das Geschick kommt es an, nicht auf die Kraft –, um anschließend bis abends in Erwartung der Kundschaft auf dem Bürgersteig im Schatten der Akazien und Eichen zu sitzen und die Finger über die Saiten der Mandoline gleiten zu lassen, die empfindlich und dünn sind wie Rasierklingen. Ein Maurer, ein Packer, ein Hafenarbeiter können ihre derben Handgelenke kaum über die Saiten beugen. In Catania, Palermo, Messina gibt es die Tradition nicht mehr, die nur unter hundertjährigen Eichen erblüht. Die Bäume dort wurden gefällt, mußten einem Palast nach dem nächsten weichen, aber hier bei uns ...«

In Grüppchen stehen die drei Geschäfte sich einen Moment gegenüber. Auf ein unsichtbares Zeichen hin schallt der große Wettstreit aus improvisierten Tönen und Rhythmen durch die Nacht, während ein aufgescheuchter Vogelschwarm den Melodien hinterherflattert und den Blick zum Silberglanz der Sterne entführt.

Mela: »So viele Sterne, Bambú, ich hatte sie noch gar nicht bemerkt.«

Bambú: »Der Legende nach hat die Mandoline die Macht, sie zu vervielfachen.«

Mela: »Und wie sie spielen, so ganz anders als am Konservatorium. Ich glaube, ich hätte lieber bei ihnen Unterricht nehmen sollen.«

Bambú: »Was redest du da, Mela?!«

Mela: »Still, Bambú, still. Ich möchte diese Leichtigkeit in mich aufsaugen. Oh, wenn ich sie ihnen entreißen und mein Klavier damit füllen könnte! Das Klavier ist taub, bei Gott!«

Bambú: »Was meinst du damit?«

Mela: »Still, Bambú! Woher nehmen sie nur die vielen Motive?«

Bambú: »Aus ihrem Gedächtnis, sagt Prando, aus ihrem Gedächtnis. Sie vererben sich vom Vater auf den Sohn.«

Wenn Mela und Bambú morgens am Meer sind, müssen sie nicht mehr um ihre anziehende Blässe fürchten oder darum, »unschicklich« zu erscheinen, wie es früher hieß: Dort, an ihrem Privatstrand, in der kleinen Republik, wo nur die Männer aus der Umgebung hingehen, manchmal mit ihren Schwestern, reiche und arme Studenten, die es als aufgeklärte Burschen wagen, der öffentlichen Meinung durch ihr Kommen zu trotzen. Und dies auch nur dank des Geldes … »Das Geld macht den Mann. Kein Armer wird jemals geschätzt oder geehrt werden.« Carlo lachte und Alceo zitierte Platon: »Die Republik! Wie leicht ist es, sie auf den Rücken der Heloten zu errichten. Weißt du was, Modesta? Dieser Platon ist reaktionärer als …«

Jacopo: »Mama, bist du traurig?«

Modesta: »Nein, Jacopo, ich höre der Musik zu.«

Jacopo: »Dann bin ich still. Ich wollte dich nur etwas fragen. Von welchem Buch sprach Prando eben mit Bambú?«

Modesta: »Ach, das ist nichts … nein, besser gesagt, es ist ein für Frauen grundlegendes Buch.«

Jacopo: »Ja? Ist es von einem Italiener?«

Modesta: »Nein, es ist von August Bebel, einem deutschen Sozialisten, weißt du, aus dem Dunstkreis Rosa Luxemburgs.«

Jacopo: »Aha. Und er spricht über die Frauen?«

Modesta: »Wie der Titel sagt: ›Die Frau und der Sozialismus‹.«

Jacopo: »Und wer hat es dir gegeben? Deine Mutter?«

Modesta: »O nein. Meine Mutter konnte weder lesen noch schreiben, das weißt du doch. Ich habe es bei Onkel Jacopos Büchern gefunden. Ich habe dir von Onkel Jacopos Schatz erzählt, erinnerst du dich?«

Jacopo: »Ach ja, klar. Aber ich dachte ... also ... Hast du es mir nie gegeben, weil ich ein Mann bin?«

Die schmerzerfüllten Klänge der letzten Mandoline spiegeln sich in Jacopos betrübtem Blick, und Modesta erkennt ihre Ungerechtigkeit. Modesta und ungerecht! In ihrer Sorge, die zukünftige Frau in Bambú zu schützen, hat sie Jacopo, Prando und 'Ntoni vernachlässigt.

Jacopo: »Warum antwortest du nicht, Mama? Ist das Buch nur für Frauen geschrieben?«

Modesta: »Nein, Jacopo, ich bin bloß bestürzt. Deine Worte haben mir klargemacht, daß ich einen schweren Fehler begangen habe. Natürlich wendet sich das Buch an die Frauen, doch es ist von einem Mann geschrieben, und ich hätte es auch Prando und dir ans Herz legen sollen.«

Jacopo: »Das wollte ich nur wissen, Mama. Du hast immer gesagt, daß Männer und Frauen dieselben Bücher lesen müssen, dieselben Zeitungen ... Ich weiß noch, wie du einmal auf Stella zornig warst, weil sie nicht wollte, daß Mela den ›Abenteurer‹ las und ...«

Modesta: »Stimmt, Jacopo ... Es war ein Fehler von mir. Aber wir können ihn wiedergutmachen. Du findest den Bebel bei Onkel Jacopos übrigen Büchern, den alten in meinem Arbeitszimmer, aber nimm ihn nicht mit in die Schule oder sonstwohin, denn er ist verboten.«

Jacopo: »Ach, dieses Buch auch?«

Modesta: »Aber ja! Und zu Recht ... aus ihrer Sicht ... Es stehen ein, zwei Fakten über die Lage der Frau darin, die den Faschisten und Nationalsozialisten gar nicht gefallen.«

Jacopo: »Ist es eines der vielen Bücher, die verbrannt wurden? Wie viele das waren! Ich will es auch deshalb lesen, weil ich dann vielleicht Bambolina und Stella besser verstehe. Tja, ich verstehe die Frauen wirklich nicht, aber anders als Prando, der behauptet, die Frauen seien ein unlösbares Rätsel. Mir machen sie manchmal angst ... keine Ahnung, zum

Beispiel wenn Stella mit 'Ntoni schimpft ... Sie schreit dann zwar nicht oder so etwas, aber sie macht mir angst.«

Modesta: »Mache ich dir auch angst, Jacopo?«

Jacopo: »Bei dir ist das etwas anderes, du machst mir, wenn überhaupt, eher angst wie Pietro oder Prando. Weißt du, daß 'Ntoni immer sagt, er fühle sich hundertprozentig als dein Sohn und nicht als der von Stella?«

Modesta: »Vielleicht, weil Stella ungebildet ist. Vergiß das nicht, Jacopo: Bildung ist ein Privileg, und für Stella ist er mittlerweile zu gebildet und für sein Alter auch.«

Jacopo: »Vielleicht stimmt das. Aber da ist noch etwas anderes, glaube ich. Ich verehre Stella und möchte sein wie 'Ntoni.«

Modesta: »Warum denn wie 'Ntoni?«

Jacopo: »Also, weißt du, Mama, ich habe oft geträumt, du wärst nicht meine Mutter, also ... wie sagt man ... die Mutter, die mich gemacht hat, so wie Stella 'Ntoni gemacht hat.«

Modesta: »Ja und? Sprich weiter, warum zitterst du?«

Jacopo: »Ich schäme mich ... Ich träume, daß du mich als kleines Kind gefunden hast, in eine Decke gewickelt ... manchmal in einem Keller im Civita-Viertel, manchmal am Strand.«

Modesta: »Und macht dich der Traum traurig?«

Jacopo: »O nein! Im Gegenteil, er gefällt mir. Ich denke dann, daß du mich auserwählt hast, mich nicht einfach so bekommen hast ... Ich weiß nicht, wie ich sagen soll: Ich denke, daß du mich lieber hast als die anderen. Ist das schlimm, was ich gesagt habe?«

Modesta: »Warum schlimm, Jacopo? Träume sind etwas Schönes. Und außerdem steckt in jedem Traum ein Stückchen Wahrheit, denn wenn ich dich nicht auf die Welt gebracht hätte, hätte ich unter Tausenden dich gewählt.«

Jacopo: »O Mama, ich wollte dir schon so lange davon erzählen, aber ich hatte immer Angst. Darf ich meinen Kopf auf deine Schulter legen? Man bekommt Kopfweh von dieser Mandoline, oder?«

Modesta: »Lehne dich an und schließe die Augen, das dämpft den Klang ein wenig.«

Noch wenige Töne, ein Freudenwirbel darüber, als einzige Mandoline das Sternenziel zu erreichen, und Jacopos Kopf wird schwer. An seinen Atemzügen merkt Modesta, daß er eingeschlafen ist wie Crispina, die, in ihren Schal gewickelt, an Pietros Brust schläft, dort, wo der Sand aufhört und die Felsen beginnen. Reglos wie Fels auf Fels sitzt Pietro da und beobachtet hypnotisiert das Feuerwerk der Töne ... Das ist seine Musik. Er weiß, wie man sich vom *marranzano** in den Bann schlagen läßt, wie auch Modesta, nun, da Jacopo schläft.

Der letzte Ton löst sich von der schwarzen Himmelsscheibe und stürzt herab – eine Sternschnuppe –, alles wird still.

Jacopo: »Wie ärgerlich, Mama, ich bin eingeschlafen. Wer ist die Schönste? Hat die erste Mandoline sich schon entschieden?«

Modesta: »Nein, wir werden es gleich erfahren. Siehst du, wie er sich umschaut?«

Jacopo: »Aber warum braucht er so lange? Es ist doch kinderleicht!«

Modesta: »Das gehört zum Ritual, Jacopo, und vielleicht ist er ja wirklich unentschlossen. Schau sie dir an: Ich wüßte nicht, wen ich wählen sollte. Bambú hat einen ihrer feenhaften Momente, wie du es nennst, aber Emanuela ... Wer hätte das gedacht? Innerhalb eines Jahres ist sie sogar noch schöner geworden als ihre Mutter.«

Jacopo: »Kann auch eine erwachsene Frau gewählt werden, Mama?«

Modesta: »Natürlich. Du warst noch zu klein, um dich daran zu erinnern: Stella wurde drei Jahre hintereinander gewählt.«

Jacopo: »Und vielleicht ist sie auch jetzt noch die Schönste, aber ich wüßte trotzdem …«

Modesta: »Still, Jacopo, wir müssen ganz leise sein. Pietro sieht uns schon schief an. Die richtige Entscheidung reift in der Stille, sagt er. Komm, wir gehen näher heran, er trifft seine Wahl nicht, bevor der Kreis um die Musiker nicht geschlossen ist.«

Die Siegermandoline zieht eine, zwei Runden. Bei der dritten Runde bleibt er vor Bambú und Mela stehen, die sich an den Händen halten. Dann tritt er einen Schritt zurück, doch nur, um seine Entscheidung deutlicher zu machen, nimmt sich die Gardenie aus dem Knopfloch und streckt mit einer langsamen Bewegung den Arm aus. Alle folgen stumm der Bahn, die der weiße Stern beschreibt, bis er unter Melas Kinn innehält. Bambú läßt ihre Hand los und tritt mit den anderen zurück.

Erste Mandoline: »Mit Gewißheit und nach reiflicher Überlegung sage ich euch, daß Mela die Schönste von allen ist!«

Alle außer Mela applaudieren zu seiner Wahl. Jacopo springt vor Freude in die Luft und ruft:

»Das wußte ich! Ich wußte es! Bravo, Mandoline!«

Mela flüstert:

»Warum denn ich? Warum? Wo tue ich denn nur die Gardenie hin, wo muß ich sie hinstecken?«

Erste Mandoline: »An die Brust, schließe sie in dein Musikantenherz ein, und spiele für uns und unsere Kinder und Enkelkinder in alle Ewigkeit!«

Crispina lacht, ihre Augenlider sind vom Schlaf ganz schwer, doch sie lacht wegen des Freudenapplauses. Diese Ausgelassenheit, die sie später wieder vergessen wird, ist dazu bestimmt, ihr Innerstes zu nähren, für immer.

Im Salon formt sich der Kreis nun um das Klavier und um Mela, die an den Tasten allein gegen drei Geschäfte antritt. Kein Scheinwerfer setzt sie ins Licht, und dennoch ist sie die

Schönste. Die Arme und der zerbrechliche Rumpf haben dank der guten Ernährung ihre unheimliche Magerkeit von einst verloren. Gekleidet von Joyce, frisiert von Bambolina, gesättigt von Modesta, ist die graue Kittelschürze, die über der dürren Spindel von einst hing, mitsamt der Vergangenheit verschwunden.

»Oh, Tante, erinnerst du dich noch an diesen schrecklichen Kittel? Mir waren die Waisenkinder vorher nicht aufgefallen, aber du hattest wirklich recht: Sie sehen aus wie Sträflinge! Seit Mela bei uns ist, bin ich aufmerksamer geworden und beobachte sie, wenn ich auf der Straße ihren grauen Kolonnen begegne, sie tun mir so leid! Und wie sie in der ersten Zeit aß! Weißt du, daß sie manchmal nachts aufwachte und mich bat, in die Küche gehen zu dürfen? Einmal hat sie ein ganzes Marmeladenglas auf einmal geleert, mit dem Suppenlöffel, kannst du dir das vorstellen?«

Pietro: »Eine große Ehre für unsere Mela, was, Mody? Du siehst traurig aus, oder ist es die Müdigkeit?«

Modesta: »Nein, Pietro. Ich mache mir Sorgen wegen des Geldes, wir haben keinen Heller mehr. Ich habe den Verkauf der Immobilien gestoppt. Verkaufen ja, aber nicht, ohne ein Dach über dem Kopf zurückzubehalten. Damit hat Anwalt Santangelo ganz recht. Wir müssen diesen Mann finden, Pietro ...«

Pietro: »Es gibt nur einen, der dafür in Frage kommt. Doch die Fürstin will nichts davon hören, oder ist die Melancholie, die dich gepackt hat, vielleicht von der Weisheit diktiert?«

Modesta: »Ich weiß es nicht, Pietro ...«

Pietro: »Diese Ungewißheit sagt mir, daß Pietro recht daran getan hat, deiner Entscheidung nachzuhelfen ... Ich bringe Crispina zu Bett, wie ein Lämmlein ist sie eingeschlafen, und danach komme ich zurück und wir sehen weiter.«

»Wie hast du uns aus dem Feuer gerettet, Tuzzu?«

»Eine unter jeden Arm geklemmt, wie zwei müde Lämmlein.«

Pietro durchpflügt die Welle aus Klängen und bringt Crispina in Sicherheit. Modesta folgt ihm. Doch an der großen Fensterfront muß sie innehalten. Es war keine Erscheinung, gerade steigt Mimmo die Stufen des Carmelo hinauf ... den großen Leib in dunkelgrünen Samt gehüllt ...

Bambú: »Wer ist das, Tante?«

Modesta: »Der Gärtner Mimmo, siehst du nicht seine kräftigen Knochen und das dunkle Samtkleid, wie es die Leute aus dem Inselinnern tragen?«

Bambú: »Du machst dich immer lustig. Das ist doch kein Gärtner! Stella würde sagen, daß er wie ein echter Herr gekleidet ist.«

Mattia*: »Küß die Hand, Fürstin, ich hoffe, ich komme nicht ungelegen bei all dieser Fröhlichkeit.«

Modesta: »Herzlich willkommen! Die Heiterkeit soll wie das Brot allen gehören. Ich darf dir meine Nichte Ida vorstellen, Mattia.«

Mattia: »Es ist mir eine Ehre, mein Fräulein. Die Fröhlichkeit, wie das Brot und die Tränen, soll man mit allen teilen. Das ist es, was Pietro mir vor einer Minute gesagt hat. Nur deswegen habe ich mir erlaubt, mich der Gesellschaft anzuschließen.«

Modesta: »Du hast recht daran getan, Mattia. Was führt dich hierher?«

Mattia: »Um ehrlich zu sein, habe ich die Villa bereits einige Male umrundet, seit ich aus Amerika zurück bin, doch ich wußte nicht, ob die Zeit die Brandiforti und die Tudia versöhnt hat.«

Modesta: »Die Zeit war uns Brandiforti immer wohlgesonnen.«

Mattia: »Das freut mich. Und ich freue mich auch zu sehen, daß die Zeit und die Natur die Tochter der seligen Fürstin Beatrice mit Gesundheit und Schönheit bedacht haben.«

Bambú: »Ich gehe dann mal. Sie haben aufgehört zu spielen und werden hungrig sein oder es bald werden, uns bleiben noch viele Stunden. Ich werde Stella helfen. Es war mir eine Freude, Euch kennenzulernen, mein Herr.«

Mattia: »Ganz meinerseits, wertes Fräulein … Ich sehe, daß du nach alter Gepflogenheit die Picciriddi zur Höflichkeit erzogen hast.«

Modesta: »Den guten Traditionen muß man treu bleiben und die schlechten abschaffen.«

Mattia: »Das ist richtig. Da kommt Pietro … Seine Gegenwart ist irgendwie tröstlich, nicht wahr, Modesta?«

Modesta: »Möchtest du dich der Gesellschaft anschließen und mit uns auf den Morgen warten?«

Mattia: »Mit Vergnügen, Fürstin.«

Modesta: »Hoffen wir, daß der Prophet sich zeigt, damit alles in Wohlgefallen endet. Was meinst du, Pietro, wird die Hoffnung der Kinder in Erfüllung gehen?«

Pietro: »Der Himmel ist glasklar, das ist ein gutes Zeichen, doch ist der Wahn der Raserei über die Welt gekommen. Einer dieser schlimmen Stahlvögel genügt, um den Himmel zu verschrecken, die Amseln und die Gewissen … Da kommt ja schon wieder so ein verfluchtes Ding!«

Tod durch Raserei. Prando, das Motorrad. Mattias stählernes Roß. Die Narbe pulsiert. Ist es der feurige Blick Mattias, der Schuß, in dem sich der Sensenmann einnistet? Wenn er tatsächlich in dem kupferdurchzogenen Blau dieser Augen lauert, muß Modesta den Blick heben und ihm entgegentreten.

Mattia: »Endlich siehst du mich an, Modesta, und jetzt weiß ich, wie sehr ich dich geliebt habe. In all den Jahren habe ich immer an deine Augen gedacht … Die Jugend verwirrt. Damals verwechselte ich Leidenschaft mit Gefangenschaft, ich kämpfte gegen dich an, anstatt mich der kostbaren Süße des Liebens hinzugeben.«

In diesem gelassenen Blick, der sich über Augen, Wangen

und Lächeln breitet, gibt es keinen Tod mehr. Prandos Lächeln wird im Laufe der Jahre die Ruhe annehmen, die Carmine als Erwachsener ausstrahlte. Auch Prando wird bald weiße Sprenkel in den Locken haben, Zeichen dafür, daß das Feuer sich beruhigt hat. Dankbar für diese Erkenntnis, streckt Modesta Mattia ihre Hände entgegen. Sie spürt, wie sie in den warmen, großen Handflächen ganz klein werden … Crispinas Hände?

Mattia: »Danke, Modesta. Aber jetzt müssen wir über die Bilder reden. Pietro hat angedeutet …«

Modesta: »Aber hieß es nicht, daß dir ein Finger fehlte?!«

Mattia: »Ein Finger? Auch mir wurde das zugetragen. Kaum ist man mal eine Weile weg, sprießen die Legenden. In Wirklichkeit drohte ich nicht einen Finger, sondern die ganze Hand zu verlieren. Doch ist mir nur ein Armband geblieben als Erinnerung an deine Wut. Schau, siehst du hier, unter der Manschette?«

Modesta: »Und ich drohte den Kopf zu verlieren! Sieh her, hier unter dem Pony.«

Mattia: »Sieht aus wie eine kleine Schlange.«

Modesta: »Es ist eine Schlange, Mattia. Die Schlange in meinem Körper, wie du sagtest, du hast sie ans Tageslicht gebracht.«

Mattia: »Und hat sie sich beruhigt?«

Modesta: »Im Gegenteil, sie zappelt wie wild und läßt mich bei jedem Schritt taumeln. Sie wird sich niemals beruhigen, Mattia, es ist hoffnungslos. Laß uns zum Strand gehen. Bis eben hatte ich keine Lust, den Sonnenaufgang zu sehen, aber jetzt schon. Komm!«

Mattia. »Und die Bilder?«

Modesta: »Darüber sprechen wir morgen: Näheres bei Tageslicht. Jetzt möchte ich dir Prando und Jacopo zeigen … Oh, entschuldige, du hast keine Kinder?«

Mattia: »Nein.«

Modesta: »Und tut es dir leid?«

Mattia: »Näheres, wie du sagst, bei Tageslicht, Modesta, laß uns gehen.«

Jacopo: »Wie ärgerlich, Mama, ich bin eingeschlafen! Und dann hat mich das Licht geweckt, wie ärgerlich! War er da?«

Modesta: »Das ist Jacopo, Mattia. Jacopo, ich darf dir Mattia vorstellen.«

Jacopo: »Sehr erfreut, der Herr ... War er da? He, 'Ntoni, war er da?«

'Ntoni: »Nein.«

Jacopo: »Schade!«

'Ntoni: »Du hast ja eh geschlafen.«

Jacopo: »Na und, du hättest es mir erzählen können. Du kannst doch alles nachspielen.«

'Ntoni: »Ich bin noch nie auf die Idee gekommen, eine Luftspiegelung darzustellen. Kein schlechter Einfall!«

Prando: »Ja klar! Vielleicht mit Mela am Klavier, wo hat man so was je gehört!«

'Ntoni: »Warum eigentlich nicht, Prando, hm? Immer mußt du den Defätisten markieren.«

Prando: »Also, defätistisch ist viel eher, wie egal mir das alles ist. Faschistische und vulgäre Ausdrücke sollten wir, sagt Mama, lieber gar nicht in den Mund nehmen. Wie sagst du noch, Mama? Ach ja: Wer das Vokabular der Faschisten gebraucht, macht es sich irgendwann zu eigen, und nach und nach arbeitet es in deinem Innern, bis du eines schönen Morgens bereit bist für sie, mit Schwarzhemd und Kniebundhose. Ich fand das immer übertrieben, aber ... Warum antwortest du nicht, Mama? Oder habe ich deine Meinung etwa falsch wiedergegeben?«

Mattias Lächeln hat in Modesta jeden Zorn über dieses auch nach der durchwachten Nacht immer noch makellose steinerne Antlitz ausgelöscht. 'Ntonis Züge wirken ausgezehrt wie nach einem Fieber. Mela, mit ganz kleinen Augen, scheint wieder ihre plumpe Kittelschürze von einst zu tragen. Eine blasse, halb schlafende Bambolina lehnt an einem Boot und zittert ein wenig. Prandos gleichmütiges Profil und seine harte Stimme hingegen strotzen vor Kraft. Vielleicht war der Zorn, den sie ihm gegenüber hegte, in Wirklichkeit nur Angst.

Prando: »Wie es scheint, mein lieber 'Ntoni, hat unsere schöne Frau Mama, nachdem sie uns erst keines Blickes würdigte, aber immerhin noch mit uns sprach, nun beschlossen, uns komplett zu ignorieren.«

Modesta: »Du hast meine Meinung ganz richtig wiedergegeben. Worte nähren uns, und wie unsere anderen Nahrungsmittel muß man sie genau auswählen, bevor man sie in den Mund nimmt.«

Prando: »Heute morgen scheint Mama ganz besonders sanft erwacht zu sein! Oder liegt es daran, daß sie nicht geschlafen hat?«

Prando muß Modestas zornverhüllte Angst gespürt haben, schon als Kind muß er sie wahrgenommen haben, wenn er sich so weit vorwagt. Es ist in der Natur nicht vorgesehen, innerhalb einer Stunde wiedergutzumachen, worin man jahrelang gefehlt hat, und Modesta ist auch dieses Mal gezwungen zu warten, daß die Zeit ein gutes Wort für sie einlegt.

Modesta: »Du bist unerträglich, Prando, und ich verbiete dir, den Miesepeter zu spielen, wie Bambú sagt!«

Bambú: »Egal, Tante, laß ihn einfach! Mir gegenüber ist er auch immer so, er mimt eben gern den Bösewicht.«

'Ntoni: »Du meinst wohl, den harten Mann, Bambolina. Das kommt vom Kino. Er hat sich in Jean Gabin verliebt.«

Bambú: »Oh, das ist wahr! Hätte er nicht dieses vollkommene Gesicht, sähe er tatsächlich ein bißchen aus wie Jean Gabin.«

'Ntoni: »Ja sicher! Ich habe ihn vor dem Kino gesehen, wie er versucht hat, seinen Gang nachzuahmen.«

Prando: »Blödmann! Ich ahme niemanden nach.«

Bambú: »Du bist viel zu schön, um so hart zu sein wie er.«

Prando: »He, jetzt reicht's aber, Ida, mit diesem ewigen ›schön‹! Das ist eine Beleidigung für einen Mann.«

Bambú: »Seit wann denn das?«

Prando: »Zum Teufel mit euch und mit mir, was gebe ich mich auch mit Kindern ab! Ich drehe eine Runde auf dem Motorrad.«

Bambú: »Ich komme mit, Prando.«

Prando: »Du fällst doch gleich um vor Müdigkeit.«

Bambú: »Das ist schon vorbei, nimm mich mit.«

Prando: »Aber du zitterst am ganzen Leib.«

Bambú: »Weil mir kalt ist, bleib stehen. Mir ist kalt, trägst du mich?«

Prando: »O Mama, ich fürchte, dieses Fest endet im Krankenhaus. Morgen liegen wahrscheinlich alle mit Fieber im Bett.«

'Ntoni: »Die Fischer! Da kommen die Fischer!«

Jacopo: »Laßt uns ein Feuer machen. Wer weiß, wieviel Fisch sie gefangen haben! Hab ich einen Hunger! Du wirst sehen, was für eine leckere Fischsuppe sie kochen.«

Prando: »Hört euch unseren kleinen Jacopuccio an, wie er mir etwas von Fischsuppe erzählt, als wüßte ich das nicht selbst! Man braucht wirklich Geduld mit den Picciriddi, was, Pietro? Und du, schönes Cousinchen? Weißes Täubchen, hast du dich aufgewärmt? Kannst du laufen?«

Bambú: »Klar kann ich das! Mela, Stella, die Fischer!«

Modesta: »Da gehen sie, Mattia, sieh nur ... sie gehen!«

Mattia: »Sie schwärmen zum Horizont aus wie die Spatzen, wenn sie flügge werden. Aber du hast sie genährt, das muß dir als Trost genügen. Sag mir die Wahrheit, du Lavateufelin, ist Prando Carmines Sohn?«

»Ja.«

»Er sieht mir nicht ähnlich, aber er ist das Abbild meines Vaters, als er jung war.«

»Auch dir ähnelt er.«

»Findest du?«

»Es war ein Wagnis, dich ihnen vorzustellen. Ich habe alle genau beobachtet, um zu sehen, ob jemand etwas merkt, auch Stella. Aber keinem ist die Ähnlichkeit aufgefallen.«

»Du liebst wohl das Risiko, was?«

»Ja, ich liebe es ... Keiner hat es bemerkt, das ist unglaublich.«

»Wenn man es nicht weiß, sie sind ja keine Hellseher, es gibt keine Hellseher ... Also, wie gesagt, wir müssen lediglich die Rahmen entfernen und die Leinwände aufrollen – ich schicke dir einen Fachmann –, jede einzelne muß in einen Stab wie diesen passen. Wie du weißt, bin ich in der Vergangenheit viel durch jenes Land gereist, und, noch wichtiger, es waren saubere Reisen.«

»Aber du hattest auch gesagt, du wollest nie mehr nach Amerika zurückkehren.«

»Ich wollte nicht, weil in der Vorstellung meine Trauer zu eng damit verbunden war, aber im tiefsten Innern habe ich nur auf eine Gelegenheit gewartet. New York ist die schönste Stadt der Welt, wenn man Geld hat.«

»Aha! Antonia starb, während du dort warst?«

»Ja, damals blieb ich zu lange fort, und meine Frau wollte mich bestrafen, vielleicht aus Kummer, doch das mag auch Einbildung sein, indem sie mitsamt ihrem Kind verstarb. Vielleicht war es auch Schicksal, wie bei meinem Vater. Immer auf Reisen, traf ihn der Verlust ebenso überraschend wie mich. Oder aber wir Tudia-Männer – hast du deinen Prando gehört? – tragen einen Egoismus in uns, der in seiner Absolutheit jeden umbringt, der nicht stark genug ist, der Furie zu begegnen, die uns umtreibt.«

»Carmine befreite sich erst kurz vor seinem Tod von dem, was du Furie nennst, und es war eine große Erleichterung für ihn.«

»Willst du mir damit sagen, Modesta, daß der Sensenmann neben mir steht, wenn ich die Furie in Zweifel ziehe?«

»Nein, dein Vater hat niemals ein Wort des Zweifels geäußert, und der Tod war für ihn eine Befreiung von seinen Pflichten. Du bist weder krank noch alt wie er.«

»Und dennoch zweifle ich, wie du jetzt weißt.«

»Zu Recht, Mattia.«

»Mir hat man beigebracht, daß in der Seele eines Mannes kein Platz für Zweifel ist.«

»Das bringen sie den Jungen bei, um euch einzuschließen in einen Panzer aus Pflichten und falschen Gewißheiten. Genauso wie uns Frauen, Mattia: andere Pflichten, der Panzer aus Seide, aber letztlich ist es dasselbe.«

»Da hast du wohl recht, denn von dem Augenblick an, da ich den Zweifel kennengelernt habe, hat mich eine ungeahnte Melancholie gepackt und hält mich gefangen.«

»Es ist aus Furcht vor jener Melancholie, daß der Mensch sich mit Gewißheiten und Glaubensbekenntnissen umgibt. Aber der Mensch ist noch zu klein, um etwas zu wissen, er hat gerade mal lesen und schreiben gelernt. Und die, die er für Götter hält, sind Götzen, die ihm nur Opfer abverlangen.«

»Diesen Winter war ich in Berlin. Seit Jahren bin ich nicht dort gewesen, Modesta, und ich sah Männer und Frauen, die auf der Straße liefen, obwohl der Bürgersteig frei war. Zuerst beachtete ich es nicht, aber dann fiel mir auf, daß sie alle ein Zeichen am Arm trugen. Gekennzeichnet waren sie, wie man bei uns das Vieh kennzeichnet. Eingezwängt zwischen Verkehr und Bürgersteig huschten sie dahin … Ich war im Krieg, und mir macht keiner etwas vor. Wohin wollen sie diese gezeichnete Herde treiben? Ich fragte nicht weiter, als ich das gleiche Zeichen an Türen und Geschäften wiederfand, doch stieg ich in den erstbesten Zug, um niemals in dieses Land zurückzukehren, das ich sauber und unbeschwert in Erinnerung hatte.«

»Und das ließ dich zweifeln?«

»Unter anderem … oder vielleicht, wie du gesagt hast, weil ich lesen und schreiben gelernt habe, während Carmine nur seine Abrechnungen und seine Unterschrift beherrschte ... Meinst du, ich habe Frau und Heim und Sohn verloren, weil man sie, wie es heißt, Hagel und Sturm und dem Sensenmann aussetzt, wenn man sich nicht eigenhändig und mit wachem Auge um sie kümmert?«

»Vielleicht, Mattia, vielleicht.«

11

Vielleicht hat Joyce in ihrem Zimmer, allein mit ihrem Schmerz, den Schmeicheleien des Sensenmannes nicht widerstanden. Noch nie war es Modesta passiert, daß sie ihre Freundin so ganz und gar vergessen hatte. Als sie es merkt, treibt die reuevolle Sorge sie die Treppe hinauf. Die angelehnte Tür bestätigt ihr, daß Joyce auf sie gewartet hat. Der Schein des kleinen Halbmonds aus rosafarbenem Opalglas auf dem Nachttisch beleuchtet ein regloses weißes, versteinertes Gesicht. Voller Sorge wegen der unnatürlichen Blässe beugt Modesta sich über das Bett, bis sie den leichten, duftenden Atem wahrnimmt, der sie weit zurück in die Vergangenheit trägt, als Prando noch ein weiches, kleines Knäuel Mensch war. Bei dieser Erinnerung steigen ihr unbegreiflicherweise die Tränen in die Augen ... Jò atmet leise, während sie innerlich einem heiteren Traum zu folgen scheint. Warum schiebt sich dann, sobald die Sonne aufgeht, eine stumme Maske der Traurigkeit über ihr Gesicht? Warum?

»Die Sphinx, Mody, die Sphinx! Wenn du genau hinsiehst, verbirgt sie hinter ihren lebendigen Lippen ganz bestimmt die Goldzähne mit dem in den langen Eckzahn eingelassenen Diamanten.«

Eine unsinnige Angst läßt mich ins Freie flüchten. Nur fern von diesem Zimmer, am leeren, von den ersten Sonnenstrahlen gestreiften Strand, wo ich auf und ab laufe, kann ich über diese kindische Angst vor Monstern lachen, vor Sphinxen, vor all den Zauberwesen, die laut Tuzzu im Morgengrauen die

Weinberge, die riesigen, steil abfallenden Lavafelsen, die schuppigen Rücken der blauen Meeresungeheuer bevölkern ... Auch jetzt, zwischen Myriaden hungriger, schlafloser Möwen, sieht die kleine Insel des Propheten aus wie ein großer, von Krämpfen geschüttelter Kopf, der schon halb in den Wellen versunken ist ... Er ertrinkt oder wird, wie Stella erzählt, von der Mutterinsel zurückgesogen. Mit dem Rücken an die Holzhütte gelehnt, kann Modesta sich von ihren Gedanken lösen, von Vergangenheit und Zukunft, und sich ganz den Klagen der Möwen hingeben, dem dumpfen Raunen der Brandung, dem weißgoldenen Schein der ersten Sonnenstrahlen. Und fast hätte sie das unterdrückte Zischeln hinter der Bretterwand überhört. Das müssen die Möwen sein, denkt sie, doch dann nähert sie ganz vorsichtig den Kopf der Hüttenwand. Ist das nicht die Stimme von Bambolina?

»Hast du keine Schritte gehört, Mela?«

»Nein, wahrscheinlich sind es die Möwen, die mit den Resten unserer Tafel ein Festmahl veranstalten.«

»Aber ich ...«

»Sie haben doch auch das Recht zu feiern, oder?«

»Wie schön du bist, Mela, wenn du lachst!«

»Du bist immer schön! Wahrhaft schön, auch wenn du nicht lachst.«

»Nein, du bist immer schön, immer.«

»Egal, komm her zu mir, dann verschmelzen wir miteinander und werden zu einer einzigen Schönheit, Bambú.«

»Glaubst du, wenn man sich ganz fest umarmt, kann man eine einzige Person werden? Wie oft haben wir das getan, und nichts ist passiert, Mela!«

»Wer sagt denn, daß nichts passiert ist? Ich habe es gespürt.«

»Wie schön, Mela, halt mich fest, ganz fest, ich will es auch spüren.«

»Du mußt die Augen schließen und an mich denken, nur an mich.«

»O ja, ich spüre dich, Mela, ich spüre dich.«

Modesta friert, aber Beatrice deckt sie mit ihrem seidigen Haar zu: »Weißt du, Mody, Seide wärmt noch besser als Wolle. Aber all das kannst du nicht wissen. Ich wette, daß ihr im Kloster nicht einmal davon sprechen durftet.«

»Ja.«

»Aber habt ihr euch umarmt? Habt ihr euch geküßt, wie wir es tun? Warum antwortest du nicht? War das auch verboten?«

»Strengstens.«

»Ihr Armen! O Mody, geh nicht weg ... Komm, wir spielen die Szene mit dem Pagen Fernando: Du bist der Page Fernando und siehst mir in die Augen, so, sieh mich an, dann wirst du merken, daß wir uns spüren können, auch ohne uns zu küssen. Das ist schön, oder, Mody? Jetzt umarme mich, ich muß dir so viel erzählen.«

»Das ist schön, Mela! Ich habe dich genau hier drinnen gespürt, weißt du? Nein, zieh dich noch nicht an, es ist noch früh. Bleib, wie du bist, ich streichele dich, und du erzählst mir etwas.«

Warum kann man nicht immer glücklich sein? In Beatrices Tagebuch, das sie gefunden hat, steht immer dieselbe Frage: »Warum kann man nicht immer glücklich sein? Ist das etwa das Schicksal der Brandiforti, Modesta?«

»Das ist kein Schicksal. Es liegt daran, daß jeder in diesem Haus versucht, unglücklich zu sein, manchmal habe ich den Verdacht, daß sie, auch wenn sie glücklich sind, es nicht zugeben wollen.«

»Aber wir zwei sind glücklich, stimmt's, Modesta? Auch wenn die Großmutter schreit und wir nicht nach Catania fahren können, ich bin glücklich, glücklich bei dir!«

Ja, Beatrice, auf immer glücklich wie diese leisen Stimmen, die hinter der Tür flüstern.

Vielleicht vor lauter Anstrengung, den Atem anzuhalten, kommen Modesta, die an dem Holz kauert, die Tränen: Ein stummes Weinen bahnt sich langsam seinen Weg zu ihren Lippen und wird bald ein Schrei sein. Um den stillen Flug der Möwen nicht zu stören, entfernt sich Modesta langsam. Erst als sie über die Schwelle ihres Zimmers tritt, im Schutz ihrer vier Wände, kann sie sich gehenlassen.

»Wo warst du? Es ist fast sieben Uhr ... und warum schluchzt du so?«

»O Jò, entschuldige.«

»Du siehst aus wie eine Wahnsinnige, warum schluchzt du so?«

»Aus Sehnsucht, Jò, nur aus Sehnsucht.«

»Sehnsucht? Ich verstehe nicht, du wirkst, als seist du gefoltert worden.«

»Nein, hilf mir, Joyce! Bist du glücklich mit mir? Wir waren doch glücklich, oder? Warum sagst du nichts?«

»Ich habe die ganze Nacht wach gelegen und auf dich gewartet.«

»Das stimmt nicht. Als ich vorhin heraufkam, habe ich gesehen, wie du schliefst, ganz ruhig und entspannt. Was soll jetzt die Verstellung?«

»Was redest du da? Komm, leg dich hin, du bist müde.«

»Hilf mir, Jò.«

»Bei deinen Tollheiten? Ich habe es versucht. Du verschwendest deine Kraft, Modesta. Du verschwendest Geld und Zeit. Du weißt, wie oft ich versucht habe, dich zur Vernunft zu bringen. Du hast es nicht einmal geschafft, deine Gedichte zu sammeln, sonst könnten wir jetzt wenigstens einen Gedichtband herausgeben.«

»Was haben die Gedichte damit zu tun? Ich habe dir immer wieder gesagt, Jò, daß das geschriebene Wort für mich nur ein Spiel ist.«

»Und warum hast du Mela dann zum Studium gedrängt?«

»Weil sie arm ist! Und als armes Mädchen kann sie nur auf ihr Talent setzen, wenn sie nicht als Ehefrau eines niederen Angestellten enden will oder ...«

»Du hingegen bist reich und verschwendest dein Talent.«

»O Jò! Mit zwanzig habe ich mich von meinen Ländereien befreit, weil ich nicht zur Sklavin meines Besitzes werden wollte. Mit dreißig habe ich mich von dem Wort ›Künstler‹ befreit, weil ich nicht zur Sklavin meines Talents werden wollte. Das habe ich dir gesagt und sage es noch einmal, und außerdem habe ich heute morgen herausgefunden, warum Mela so heiter ist und Bambú ebenso, seitdem wir Mela im Haus haben.«

»Was hast du herausgefunden?«

»Wenn du mich umarmst und mich anlächelst, sage ich es dir.«

»Es ist unglaublich, nach all den Tränen hast du nicht einmal rote Augen, und dein Gesicht ist so frisch, als hättest du die ganze Nacht geschlafen.«

»Weil du mich in den Armen hältst und mich anlächelst.«

»Dann laß mal hören, was hast du herausgefunden?«

»Küß mich zuerst, küß mich. Ich möchte deine nackte Haut spüren. Wenn wir uns nackt aneinanderschmiegen, sind wir wie eine Person. Heute morgen hatte ich eine Erscheinung, die Bäume haben mir gesagt, daß ... na, komm schon zu mir, halt mich fest, ganz fest.«

»Was haben dir die Bäume gesagt, Kleines?«

12

» ... Sie haben sich in der Hütte geliebt? Und was hast du gemacht?«

»Nichts. Warum wirst du so blaß, Jò? Keine Sorge, ich habe alles getan, um nicht entdeckt zu werden, und bin dann ins Haus gegangen.«

»Aber wenn du mir jedes Wort berichten kannst, das sie gesagt haben, mußt du sie belauscht haben.«

»Belauscht? Was heißt das? Ich war wie vom Blitz getroffen von ihrem Glück, sie waren wunderschön, wie sie einander nackt in den Armen lagen.«

»Dann hast du sie also auch gesehen?«

»Ganz kurz, bevor ich wegging.«

»Pfui Teufel!«

»Pfui Teufel was, Jò? Daß ich sie belauscht habe, wie du es ausdrückst, oder daß sie sich umarmten?«

Die rätselhafte Maske aus Schmerz zerbricht unter der Schamesröte, die vom Hals bis zur Stirn hinaufflutet und Modestas Blick mit sich reißt, der an den zerbröselnden und herabrutschenden Marmorzügen haftet. Früher hätte sie die Stille respektiert, die das Antlitz brauchte, um sich langsam wieder zusammenzufügen.

»Pfui Teufel was, Joyce? Pfui Teufel wir beide, die wir uns eben noch nackt in den Armen lagen?«

»Oh, wir! Wir sind verloren, Modesta, aber Bambolina ist noch so jung ... Oh, diese Mela! Ich habe sie nie gemocht, nie! Sie muß weg!«

Zerrissen der schützende Mantel des Schweigens, bricht nun auch die Stimme.

»Wir, verloren? Was redest du da? Verloren wofür?«

»Für die Normalität, die Gesetze der Natur ...«

»Was redest du da bloß, Jò? Wer kennt schon die Natur? Wer hat die Gesetze geschaffen? Der christliche Gott? Oder Rousseau? Antworte mir, Rousseau, der den Gott vom Himmel herabgeholt hat, um ihn in einen Baum zu setzen?«

»Was haben Rousseau oder Gott damit zu tun, ich fürchte um Bambú! O Modesta, du hast ja keine Ahnung. In Paris, in diesen Treffpunkten für Homosexuelle ... Dürre, übereinandergeworfene Leiber, gelbe Gesichter, abgezehrt, gezeichnet von der Scham, in der rauch- und alkoholgeschwängerten Luft ... ein wahres Vorzimmer zur Hölle, wenn es die Hölle gäbe! Du hast ja keine Ahnung.«

»Habe ich doch, weil ich da war und ...«

»Warst du? Ich nie … nur ein einziges Mal, und da bin ich sofort wieder geflohen.«

»Das war ein Fehler, weil ich erst bei ihnen und im Gespräch mit ihnen verstanden habe, was sie in diesem Vorzimmer zur Hölle, wie du es nennst, suchen.«

»Was können sie schon suchen? Sie vermengen sich und nehmen Drogen, um zu vergessen.«

»Nein, Jò! Sie suchen die echte Hölle, um ihre Schuld zu sühnen.«

»Was sonst sollen sie auch tun, wenn die Gesellschaft sie zurückweist und mit dem Finger auf sie zeigt?«

»Sie können nichts tun. Aber nur weil sie ebenso dumm und voreingenommen sind wie die Gesellschaft, die auf sie zeigt. Und sie stellen ihre Wunden nur zur Schau, um die Gesellschaft um Milde anzuflehen, weil auch sie, gerade sie, jene als heilig und gerecht ansehen, anstatt sie zu bekämpfen. Jò, komm wieder zu dir! Worüber haben wir denn in all den Jahren geredet? Wie ich sehe, haben wir nett über den Fortschritt geplaudert, über die Wissenschaft wie in den progressiven Salons, aber beim ersten Zusammenprall mit der Realität willst du mich in dieselbe Panik versetzen, die dich wie alle Intellektuellen erfaßt, wenn ihre heißgeliebten Theorien auf die Praxis treffen.«

»Ich verstehe nicht.«

»Du verstehst ganz genau! Du willst, daß ich Mela fortschicke, oder?«

»Ich will nicht …«

»Das hast du gesagt. Aber siehst du denn nicht, daß ich damit den Mädchen vermitteln würde, daß sie gesündigt haben? Daß ich sie brandmarken würde, ich, die ich für sie die Gesellschaft repräsentiere, wie dein Freud sagt? Und was bliebe ihnen dann übrig, als in einem dieser Lokale zu enden? Und da kommt mir ein Zweifel, Jò … Wer hat dir diese Schamesröte eingeimpft? Du warst in keinem Kloster.«

»Nein, ich war in keinem Kloster, das weißt du.«

»Ja, eines der wenigen Dinge, die ich von dir weiß. Dann war es deine Mutter?«

»Nein!«

»Also dein Vater?«

»Mein Vater! Mein Vater hielt sich für einen Freidenker und kümmerte sich nicht um uns.«

»Wer also war es?«

»Oh, laß mich, Modesta, ich halte das nicht aus!«

»Nein! Die Zeit des Schweigens und Verdrängens ist vorbei. In mir ist sie vorbei, und du mußt mit mir reden. Du hast dich einer Psychoanalyse unterzogen, die dich gerettet hat, hast du mir erzählt.«

»Oh, vergiß die Freudsche Analyse, hier geht es um Bambolinas Zukunft.«

»Hängt Bambolinas und Melas Zukunft etwa nicht von unseren Einstellungen ab und unseren wenigen Errungenschaften? Oder soll ich ihnen beibringen, daß Reden und Handeln zwei verschiedene Dinge sind, so wie wir es erfahren mußten?«

»Aber Bambú wird ein ebenso nutzloses Wesen werden wie ich, Kleines.«

»Und wie ich, sprich es ruhig aus, wenn du das denkst.«

»Oh, bei dir ist das etwas anderes, dich verstehe ich nicht, und manchmal jagst du mir Angst ein. Du hast einen Sohn, hattest Männer ...«

»Auch du warst verheiratet.«

»Nein, Schluß! Schluß mit diesem Verhör, oder ich bringe mich um, ich bringe mich um!«

»Und ich sage, Schluß mit diesen Selbstmorddrohungen.«

»Wäre ich doch an jenem Abend gestorben!«

»Du bist nicht gestorben, und ich liebe dich, Joyce! Rede, was bedeutet der Ehering an deinem Finger?«

»Er ist eine Lüge, Modesta, wie die gefälschten Papiere, um über die Grenze zu gelangen.«

»Verstehe, aber hattest du ...«

»Pssst, pssst! Sprich das Wort nicht aus, ich hasse die Männer, ich hasse sie!«

»Aber du hast es versucht.«

»Nein! Ich hasse sie! Sie machen mir angst, schon immer, schon als kleines Mädchen. Quäl mich nicht länger, Modesta. Seit meiner Kindheit habe ich sie gehaßt.«

»Wie du auch die Frauen haßt. Das hast du einmal gesagt.«

»Ich habe sie gehaßt, bis ich dich kennenlernte, du bist eine Ausnahme.«

»Aber du hattest doch Freunde wie Carlo, Jose ...«

»Genau, du bist wie sie.«

»Dann bin ich für dich wie ein Mann, meinst du das, wenn du mich eine Ausnahme nennst?«

»Oh, ich weiß nicht, ich weiß es nicht!«

»Und wenn ich wie ein Mann bin, eine Ausnahme, dann bist du wohl auch so, wenn ich das richtig verstehe. Eine Ausnahme mag ja noch angehen, aber zwei bestätigen nicht mehr die Regel. Zwei in diesem Haus, zwei weitere in einem anderen Haus, und wer weiß wie viele in zahllosen anderen. Carlo hat mir einmal gesagt: ›Versuche niemals, uns nachzuahmen, Modesta.‹ Sagt dir das nichts?«

»Nein.«

»Mir jetzt schon. Du möchtest sein wie ein Mann, du ahmst sie nach, wie er sagte, und das gibt dir das Gefühl, amputiert zu sein. Das tut mir so leid, Jò. Jò! Nie mehr werde ich dich bei diesem amputierten Namen nennen. Joyce, du bist vollständig und eine Frau.«

»Ich bin keine Frau. Ich bin eine abweichende Persönlichkeit. Jahrelang habe ich versucht, mit Hilfe der Analyse diese Abweichung zu beheben, aber wir haben versagt, er und ich ...«

»Wer er? Dein Arzt? Dein Arzt hat versucht, eine Abweichung zu korrigieren?«

»Ja, von den gesunden Regeln der Natur, das sagt auch Freud.«

»Aber Joyce! Abgesehen davon, daß es sich nur um eine Andeutung handelt, betrachtet dein Freud seine Arbeit nicht als abgeschlossen, er will durchaus korrigiert werden und hat sich selbst oft widerrufen. Immerzu betont er, daß er nur Wege eröffne, unvollkommene Wege für andere, die nach ihm kommen. Joyce, du verwechselst ihn mit einem Gott, ihn, der selbst die Philosophie haßt. Dein Freud ist ein guter, alter, müder Arzt, der seit Jahren an einem Krebsgeschwür im Mund leidet. Wollen wir ihn mal von seinem Podest herunterholen und dieses Geschwür genauer betrachten und vielleicht seine eigenen Theorien darauf anwenden, wie er es mit Michelangelo getan hat? Wer weiß, ob er sich mit diesem Krebs nicht dafür bestraft, daß er den Mund zu voll genommen hat, daß er an Tabus gerührt hat, an Kodizes, an Religionen. Du starrst mich an und weichst zurück wie Madre Leonora, als sie stumm in meinen Gedanken las, daß ich mich ihrem Gott verweigerte. Ihr könnt tatsächlich nicht ohne Religion leben ... Wohin gehst du? Dich umbringen? Tu es nicht. Ich liebe dich, Joyce, aber denke immer daran, daß ich dich von heute an belauern werde, jede einzelne deiner Bewegungen, Mela und Bambolina dürfen nicht mit deinem Leiden in Berührung kommen, weil es eine ansteckende Krankheit ist.«

»Du liebst mich nicht mehr, Modesta, wenn du so sprichst.«

»Man kann sich lieben und trotzdem belauern, ich strebe nicht nach dem Absoluten.«

»Du liebst mich nicht mehr!«

Joyce steht neben der Tür, die Hand schon auf der Klinke. Außerhalb des von der Nachttischlampe beleuchteten Runds sieht Modesta kaum mehr als einen etwas dunkleren Schatten im Schwarz der künstlichen Nacht. Hinter den geschlossenen Vorhängen wäscht die Sonne wohl schon das Blut von den langen Haaren des Propheten, um dann seine nachdenklichen Züge neu zu formen. In einer oder zwei

Stunden können wir mit ein paar kräftigen Zügen zu der kleinen Insel hinüberschwimmen, stimmt's, Tuzzu?, diesem Töchterchen der großen, das wie seine Schwestern an der riesigen Brust gestillt wird, die mit dem Feuer nährt, der Milch der Sonne.

»Und wie viele Töchter hat die große Insel, Tuzzu?«

»Viele, viele, sie ist ein einziger, riesiger Bauch. Und dort oben, wo zwischen Wolken und kahlen Bergen Castrogiovanni liegt, ist ihr Nabel, der langsam ringsherum herabsteigt bis zum Ursprung von Leben und Tod.«

»Und hast du ihn gesehen, Tuzzu, den Nabel?«

»Nein, das kann niemand. Selbst dem tapfersten Mann würde schwindelig dabei. Dort oben herrscht sie allein, und niemand kann ihre Entscheidungen verstehen.«

»Aber warum?«

»Weil die Insel eine Frau ist wie die Sonne. Wie deine Mutter und meine Mutter, die es verstehen, dir den Samen zu entreißen und ihn in ihrem Fleisch keimen zu lassen. Zu Recht haben mein Vater und mein Großvater uns beigebracht, sie zu fürchten.«

»Ich habe keine Angst vor meiner Mutter.«

»Welch eine Entdeckung, eine echte Giufà-Entdeckung! Du hast keine Angst, weil du eine Frau bist, und auch als Picciridda kennst du deine Macht.«

Tatsächlich schützt Joyces heiteres Gesicht bei Tisch Freundlichkeit vor, doch sie weiß um ihre Macht, Jacopo fürchtet sich vor ihr. 'Ntoni erschrecken Stellas Tränen. Und vielleicht versteckt Prando hinter dem Zorn seine Angst vor mir.

Warum, Joyce, willst du dir deine Macht nicht eingestehen?

»Modesta, endlich bist du aufgewacht! Diese merkwürdige Angewohnheit, so lange zu schlafen, macht mir angst.«

»Aber ich bin doch gerade erst eingenickt.«

»Du hast den ganzen gestrigen Tag verschlafen, und jetzt ist es fast Mittag.«

»Es kommt einem vor wie gestern, was, Joyce, daß mich der Schlaf überfiel und du zu mir nach oben kamst. Wenn ich bedenke, daß ich mir seit Wochen den Kopf zerbrochen hatte, wie ich dich in mein Zimmer locken könnte. Es war wie ein Traum. Man schläft mit einem Wunsch ein, und beim Aufwachen bekommt man das Geschenk ... ein Traum. Und ach, jetzt wache ich auf, und du bist zurückgekehrt.«

»Dieser Schlaf ist nicht gesund.«

»Wie kann er nicht gesund sein, wenn er mir Geschenke und Hunger beschert? Ich habe einen Bärenhunger.«

»Ich meinte, er ist psychisch nicht gesund.«

»Es ist das erste Mal, daß du mir sagst, an mir sei etwas nicht gesund. Und mit einer Ernsthaftigkeit, daß ich erschrecken würde, wenn ich nicht so hungrig wäre.«

»Stella hat mir das Tablett gegeben.«

»Oh, welch ein Glück! Dann muß ich nicht erst warten.«

»Dann laß ich dich mal in Ruhe frühstücken.«

»Aber nein, bleib doch hier, trink eine Tasse Tee mit mir. Außerdem ist es nicht nett, mich allein zu lassen, nachdem du mir gesagt hast, daß ich krank bin. Das hast du mir noch nie gesagt.«

»Und auch wie du dich an mich klammerst, wie ein kleines Kind, ist nicht gesund.«

»Wieso ist es nicht gesund, wenn ich dich liebe?«

»Liebe! Vielleicht gibt es sie nicht einmal zwischen Mann und Frau, wie dann zwischen Menschen desselben Geschlechts?«

»Was redest du da, Joyce?«

»Die Liebe ist eine Illusion.«

»Nun gut, ich komme dir entgegen: ›La vida es sueño‹, das Leben ist ein Traum, aber das schließt nicht aus, daß wir es leben, dieses Leben, und ich dich liebe.«

»Du glaubst mich zu lieben, doch es ist die reine Übertragung. Du identifizierst mich mit deiner Mutter. Und nicht nur das, da du sie so früh und durch eigenes Zutun verloren hast, fühlst du dich schuldig und lebst in der ständigen Angst, mich zu verlieren.«

»Und wenn es so wäre? Was ist krank an der Suche nach einem Glück, das man einst kannte, sei es real oder in der Vorstellung? Auch die Harmonie, die zwischen mir und Beatrice herrschte, habe ich in dir gesucht und gefunden. O Joyce, wo kommt plötzlich dieser sachliche Ton zwischen uns her?«

»Es ist nur zu deinem Besten, Modesta. Ich war schwach, ich gebe es zu, und ich habe dir Jahre deiner Jugend gestohlen, indem ich dich in eine Beziehung hineingezogen habe, die keine Zukunft für dich hat und als solche ungesund ist.«

»Aber die Zukunft existiert nicht, zumindest existiert die Angst vor der Zukunft für mich nicht. Ich weiß, daß nur ein Tag nach dem anderen, eine Stunde nach der anderen Gegenwart werden. Und in dieser Gegenwart, die wir hatten – und haben –, hast du mir Glück geschenkt, neue Einsichten, du hast mich geistig wachsen lassen und ... Warum sagst du ›ungesunde Beziehung‹? Joyce, du wirst doch nicht wieder von Mela und Bambolina anfangen? Du sagst nichts? Schau, jetzt ist mir sogar der Appetit vergangen, und das ist wirklich ungesund! Laß mich nachdenken, du hast noch gesagt: eine Beziehung ohne Zukunft, oder?«

»Ja.«

»Also, damit wir uns richtig verstehen ... denn für mich ist sowieso klar, daß jede Beziehung ohne Zukunft ist, weil wir uns ändern und die Beziehungen dabei in uns altern, wir neue Emotionen brauchen. Vielleicht, wenn ich recht darüber nachdenke, werden die Menschen vorzeitig alt, weil sie sich auf wenige, abgesegnete Beziehungen reduzieren und auf wenige, immer gleiche Landschaften. Aber um dich zu verstehen ... warum hat unsere Beziehung keine Zukunft?«

»Keine homosexuelle Beziehung hat eine Zukunft.«

»Da wären wir wieder! Das hätte ich mir denken können. Du setzt genau am Ende unserer Unterhaltung von gestern an.«

»Von vorgestern.«

»Vorgestern, einverstanden. Und während ich schlief, hast du sie in andere Worte gefaßt beziehungsweise mit psychoanalytischer Farbe überpinselt, damit du deine Grundüberzeugung nicht aufgeben mußt, die ich heute klarer sehe als zuvor: Die homosexuelle Beziehung hat keine Zukunft, weil man sie nicht bekanntgeben kann mit Hilfe der kirchlichen Trauung. Und sie trägt keine Früchte, gebiert keine Kinder, richtig?«

»Zum Teil.«

»Aber Joyce, das ist purer Konformismus!«

»Du hast diese Sicherheit, weil du Männer und Söhne hattest.«

»Einen Sohn.«

»Einen Sohn, und nun ...«

»Und nun liebe ich dich, eine Frau. Und kümmere mich weder um meine Vergangenheit noch um meine Zukunft.«

»Du bist eine Ausnahme.«

»Und Beatrice? Jahrelang haben wir uns geliebt, und danach hat sie Carlo geliebt. Und so geschieht es wer weiß wie vielen anderen Frauen und Männern. Von vielen weiß ich es, und einen hast du auf dem Fest kennengelernt.«

»Wen?«

»Die erste Mandoline, er liebte einen Cousin und hat jetzt einen Sohn und auch ...«

»Nein, hör auf, mit dir kann man nicht reden. Es ist schrecklich!«

»Aber hast du jemals versucht, einen Mann zu umarmen?«

»Auch wenn ich diese Art des Verhörs verabscheue, will ich dir antworten: Nein, nie! Allein die Vorstellung ekelt mich an.«

»Du hast mich jahrelang verhört, Joyce, und das hat mir geholfen, meine Vergangenheit zu verstehen, die logischen Konsequenzen daraus zu ziehen und darüber zu reden. Warum also diese Distanz, seit ich angefangen habe, dir ein paar Fragen zu stellen?«

»Weil du krank bist, mindestens so krank wie ich, und ich habe die Pflicht, es dir zu sagen, weil eines Tages diese Krankheit ausbrechen wird wie …«

»Wie denn, durch einen Selbstmordversuch? Wie bei dir?«

»Wenn dir bewußt wird, daß du deine Zeit verschwendet hast, daß du dein Talent nicht genutzt hast, daß du nichts erreicht hast.«

»Vielleicht hast du recht, wenn du sagst, ich sei krank, Joyce, aber es ist eine andere Krankheit als die deine. Jetzt bist du es, die sich mit mir identifiziert, doch deine Krankheit hat andere Wurzeln.«

»Und welche sollen das sein?«

»Macht, Joyce, Macht, die du erworben hast, indem du die Männer nachahmtest. Deine Geringschätzung für Frauen, die ich zunächst für die übliche, anerzogene hielt, die Verachtung der alten Gaia, Beatrices und Stellas, hat sich bei dir in Haß verwandelt, indem du die Männer imitiert hast und dich in den Chor der gelehrten Herren eingereiht hast.«

»Und? Ich verstehe nicht, worauf du hinauswillst.«

»Ganz einfach, du hast dich in ihre Elite eingereiht, die dir immer wiederholt hat: ›Du bist die Ausnahme, du bist würdig, in unseren Olymp aufzusteigen …‹«

»Ich weiß trotzdem nicht, worauf …«

»Du bist zu ihnen übergelaufen, und das alte Vorurteil, diktiert von der Norm unserer Mütter und Schwestern, hat sich in dir in Haß verwandelt auf deine weibliche Seite, weil du wohl oder übel einen Busen hast und deine Tage bekommst, in einen Haß, der dir die Brust und den Bauch unfruchtbar gemacht hat.«

»Ich ertrage dieses anatomische Vokabular nicht.«

»Dabei müssen wir uns dieses Vokabulars bedienen, es ist derzeit das einzig präzise. Ich habe gründlich darüber nachgedacht, sieh mal an! Du hast dich unfruchtbar gemacht, verstümmelt. Aber jede Verstümmelung braucht eine Kompensation. Und dir ist nichts anderes übriggeblieben, genau wie den Männern, als zum Ausgleich deine Macht auszuspielen, zu formen, Befehle zu erteilen. Denn nicht nur die Frau beneidet den Mann, fühlt sich versehrt. Auch der Mann hat eine Verstümmelung.«

»Und die wäre?«

»Er kann mit seinem Leib kein Leben schenken. Deshalb versucht er, Ideen Leben zu geben. Denk nur an Pygmalion, an Zeus, der versucht, seine Verstümmelung wettzumachen, indem er etwas in seiner Schädeldecke ausbrütet, nicht etwa ein nacktes, unförmiges Wesen, sondern eine mit Schild und Helm bewehrte, strahlende Kriegerfrau. Denn der Mann ist Mutter genau wie die Frau, nur daß ich niemals eine so machtvolle Mann-Mutter wie dich gesehen habe. Dir gegenüber schrumpft selbst Carmine zu einem zarten Mütterchen.«

»Und darüber lachst du?«

»Mütterliche Übertragung! Schön wär's, Mama Jò, schön wär's!«

»Hör auf zu lachen! Du gehst mir auf die Nerven und deine dilettantischen Theorien auch.«

»Und was willst du jetzt tun, Mama Jò, weglaufen?«

»Du widerliche, dumme Kuh!«

»Endlich! Zum ersten Mal verlierst du die Beherrschung, was wird das, willst du mich beschimpfen?«

Joyce stürzt sich auf Modesta und trommelt mit den Fäusten auf sie ein. Noch nie hat eine Frau mich geschlagen, Beatrice zitterte und weinte unter meinen Ohrfeigen, aber dieser sanfte Schmerz auf den Wangen läßt mein Lachen nur noch lauter erschallen.

13

Als Joyce all ihren Zorn herausgelassen hat, sinkt sie auf den Teppich und preßt die Hände ineinander, Modesta folgt ihr und umarmt sie. Vielleicht tun Joyce die Hände ebenso weh wie ihr damals, als sie auf Carmines Gesicht und Schultern einschlug.

»Hast du dir weh getan, Joyce?«

»O ja.«

»Deine Hände sind zu zart, um damit um sich zu schlagen.«

»Und dein Kopf ist hart wie Marmor.«

»Die Knochen der Menschen aus dem Inselinneren. Köpfe und Herzen und Gedanken aus Stein. Wie Tuzzu immer sagte: ›Wer weiß, mit wem deine Mutter dich gezeugt hat.‹ Deine Hände sind kalt wie Eis, ich reibe sie dir.«

»Sie tun so weh!«

»Ich bin ganz vorsichtig ... Und du? Wer weiß, mit wem deine Mutter dich gezeugt hat.«

»Mit einer eiskalten, eleganten Kleiderpuppe. Wenn man bedenkt, daß man im Ausland immer nur von der Wärme, der Menschlichkeit der Italiener spricht. Im Vergleich zu meinem Vater wirkte jeder Engländer, den ich getroffen habe, wie ein Neapolitaner.«

»Man kann nie ganz sicher sein, wessen Kind man ist, Joyce. Allein die Mütter wissen es, doch meistens schweigen sie.«

»Oh, bei mir und Renan bin ich sicher.«

»Und wer ist Renan?«

»Meine Schwester.«

»Aber hieß sie nicht ... Entschuldige, sonst hast du sie immer anders genannt, oder wart ihr drei Schwestern?«

»Nein, nein, Modesta! Fang nicht wieder mit dem Verhör an, nicht schon wieder!«

»Ich verhöre dich nicht, Joyce, ich liebe dich nur. Wenn

man jemanden liebt, will man wissen, wie derjenige früher war, vor zehn, zwanzig Jahren, das ist alles, glaube mir. O Joyce, das habe ich schon einmal erlebt.«

»Was?«

»Wir zwei, hier auf dem Teppich am Reden, der Lichtstrahl im Dunkeln und ... Dir passiert es doch bestimmt auch manchmal, daß dir Situationen bekannt vorkommen? Wenn wir uns nur besser erinnern würden, könnten wir vielleicht all die Fehler vermeiden, die wir immer aufs neue machen, ich bin mir sicher, daß diese schon einmal erlebten Momente Hinweise für uns sind.«

»Märchen, Modesta.«

»Kann sein ... Aber um auf deine Schwester zurückzukommen, Renan hast du gesagt? Bei ihr bist du dir sicher?«

»Sicher worüber?«

»Komm schon, nur aus Spaß ... sicher, daß sie die Tochter deines Vaters ist?«

»Ja.«

»Und die andere, die in Mailand gestorben ist? Wie hieß sie noch? Ach ja ... Joland.«

»Ja ... sie auch.«

»Nein, was für eine anständige Familie! Eine vorbildliche Mutter! Drei Töchter von demselben Mann. Es waren aber auch andere Zeiten damals. Da hatten die Frauen noch eine Engelsgeduld!«

»Bei Timur bin ich mir auch sicher. Er ist nicht der Sohn meines Vaters.«

»Timur? Hast du etwa noch einen Bruder?«

»Er ist gestern angekommen.«

»Wo ist er?«

»Ich habe ihn weggeschickt.«

»Warum denn das? Warum hast du mir nichts gesagt?«

»Hast du mir denn gesagt, daß dieser Mattia zurückgekehrt ist? Kompliment, Modesta, du hast wirklich Talent darin, Leute zu beschreiben, du wärst eine tolle Schriftstellerin, wenn du nur wolltest, er ist genau so, wie du ihn geschildert hast.«

»Oh, hör auf, Joyce, das gleiche Talent, das du im Verschweigen hast. Wie hätte ich dir von Mattia erzählen sollen, wenn du seit meinem Erwachen auf mich einredest und mich beschimpfst! Oder liegt es an Mattias Rückkehr, daß du so zornig bist?«

»Da du die ganze Nacht mit ihm verbracht hast, scheint es mir …«

»O Joyce, ich bin aber auch zu dumm! Deshalb bist du so anders, wegen Mattias Rückkehr? Natürlich, ich hätte es dir sagen müssen, aber ich versichere dir, ich habe es schlicht und einfach vergessen. Bist du eifersüchtig? Das wäre jedenfalls eine Erklärung für deine Härte. Wenn es so ist, haben all diese Reden nichts zu bedeuten, da fällt mir ein Stein vom Herzen. Eifersucht ist gut. Ich wäre auch eifersüchtig … Sag mir, daß es das war, und ich schwöre dir, wenn seine Anwesenheit dich stört, schicke ich ihn weg. Umarme mich, Joyce, umarme mich!«

»Sei doch nicht so melodramatisch. Ich ertrage diese Szenen nicht. Niemand verlangt von dir, Opfer zu bringen, und … Laß mich aufstehen, mir tun alle Knochen weh von dem harten Boden. Es wird Zeit, Licht zu machen. Mit dir verliert man jegliches Gefühl für die Realität.«

»Und welche Realität wäre das?«

»Steh auf! In letzter Zeit wechselst du ständig zwischen kindischem Verhalten und Gefühlsduselei.«

»Antworte mir, von welcher Wirklichkeit sprichst du?«

»Das weißt du genau. Nun ist auch Gramsci gestorben. Wir sind dabei, alles zu verlieren. Europa befindet sich auf der Kippe zwischen Krieg und einem Frieden, der grausamer ist als jeder Krieg, und wir zwei aalen uns hier in einem goldenen Käfig.«

»Ausreden, Joyce! Gib zu, daß du eifersüchtig bist.«

»Eifersüchtig? Für solche Kindereien bin ich zu alt.«

»Und seit wann fühlst du dich alt? Wenn man dich so anschaut, wirkst du zehn Jahre jünger als damals, als wir uns kennenlernten. Nein, nein, Joyce, dein Alter brauchst du nicht vorzuschützen, das ist wirklich melodramatisch. Wie du siehst, sind Liebende weder vor Gefühlsduselei noch vor Lächerlichkeit gefeit. Oder willst du jetzt etwa auch noch behaupten, ich allein sei in diesen Jahren der Banalität der Liebe in die Falle gegangen?«

»Oh, es reicht! Ich halte es nicht mehr aus, hier zu sitzen und nichts tun zu können, während die Genossen in den Gefängnissen verfaulen oder im Kampf sterben. Gramscis Ende kommt mir vor wie ein Symbol für unser Schicksal. Verfaulen! Machtlos verfaulen! ... Auf jenem Foto sah er verfault aus, nicht wie ein im Kampf Gefallener, sondern schlichtweg verfault.«

»Das verstehe ich. Wie ich dir damals gesagt habe: Wenn du eines Tages wieder bei Kräften bist, kannst du gehen. Nun bist du so stark, daß ich keine Angst mehr hätte, dich abreisen zu sehen. Aber warum mußt du deswegen die Jahre verleugnen, in denen du deine Gesundheit und deine Kraft wiedergefunden hast?«

»Ich verstehe nicht.«

»Ich erkläre es dir: Warum hast du nicht sofort gesagt, daß es Zeit für dich ist zu gehen, anstatt mich anzuklagen, unsere gemeinsamen Jahre, dich selbst? Das ist undankbar.«

»Wie?«

»Ja, doch, dem Leben gegenüber ... Mir kommt da ein Verdacht – allmählich beginne ich, dich klarer zu sehen, Joyce: Vielleicht kannst du nur so die noch fehlende Kraft aufbringen, indem du dir sagst, daß es verlorene Jahre waren, Jahre der Schande. Du kommst mir vor wie Franco.«

»Wer ist das?«

»Ein Freund von Prando, der freiwillig nach Spanien gegangen ist. Um sich nicht einzugestehen, daß er seiner Umgebung entkommen wollte, der Mutter, legte er sich von einem auf den anderen Tag eine faschistische Gesinnung zu. Und viele andere habe ich so fortgehen sehen. Oft melden sie sich bei der Armee, um der Armut zu entfliehen – zu unwürdig für einen Mann –, und reden sich ein, einem Ideal zu folgen. Genau so, Soldatin Jò! Nun sage mir, wer hat in dir das Pflichtgefühl geschürt, dieser Bruder, wie heißt er noch gleich?«

»Er heißt Timur.«

»Hat dieser Timur dich so verwandelt?«

»Nein, Jose.«

»Jose?«

»Ja, Timur hat mir einen alten Brief von Jose mitgebracht.«

»Ach, und darin ruft er dich zu sich?«

»Nein, das nicht. Er teilt mir mit, daß er mit den Internationalen Brigaden nach Spanien aufgebrochen ist und daß ich bleiben soll, wo ich bin … Als könnte ich ohne seinen Schutz keinen Schritt tun!«

»Und wirst du mit Timur fortgehen?«

»Auf keinen Fall! Ich brauche keinen männlichen Beschützer, ich nicht!«

»Im Gegensatz zu der kleinen, zerbrechlichen Modesta, die Mattia zu sich ruft, damit er ihr Geld besorgt, wie?«

»Genau! Was überhaupt nicht notwendig gewesen wäre. Du wußtest, daß du auf das Geld zählen kannst, das ich in der Schweiz habe.«

»Aber warum sollte ich dein Geld ausgeben, Joyce, das dir noch einmal nützlich sein kann? Warum sollte ich nicht versuchen, meine Bilder zu verkaufen?«

»Sich so zu erniedrigen und sich von einer völlig unpolitischen Person helfen zu lassen, einem Mafioso …«

»Mattia ist kein Mafioso! Ich hole mir den zu Hilfe, der mir loyal und stark erscheint, sei es nun ein Mann oder eine Frau. Wenn ich mir auf Frauenart hätte helfen lassen wollen, um es mit deinen Worten zu sagen, hätte ich ihn vor vielen Jahren geheiratet.«

»Aber du bist ja schon verheiratet.«

»Das habe ich dir doch erzählt. Ich hätte meinen lieben Ippolito* aus dem Weg geräumt, der vielleicht noch hundert wird! Dein falscher Stolz entspringt einem Gefühl der Minderwertigkeit ... Wie kann es sein, daß du das nicht merkst?«

»Erspare mir deine billigen Diagnosen.«

»Das habe ich von dir gelernt, Diagnosen zu erstellen. Aber erst jetzt wird mir klar, daß wir niemals einer Meinung darüber sein werden. Und ich sehe auch, daß das Gespenst deines Bruders mit seiner Ankunft eine Mauer zwischen uns errichtet hat.«

»Er ist kein Gespenst. Er lebt und ist äußerst gefährlich. Ich habe ihn weggeschickt, aber er wird zurückkehren, wie ich ihn kenne. Unsere Familie ist schrecklich, Modesta. Wäre ich doch nie geboren, wäre ich doch nie hergekommen, um euer Leben zu stören.«

Ein stummes Weinen rinnt über Joyces gefaßte Züge. Wie schaffte es Beatrice, zwischen Sessel und Sofa vom Weinen zum Lachen zu wechseln? Eben noch kauerte sie, in Tränen aufgelöst, in ihrem Stuhl, um plötzlich, auf ein unsichtbares Zeichen hin, mit strahlendem Lächeln auf Modesta zuzufliegen. Und wie schaffte Joyce es, die Gleichgültigkeit ihrer noch immer unveränderten Miene in diesen Tränen aufzulösen? Die Regungen der Liebe waren letztlich immer dieselben, doch immer unberechenbar. Nur wenn sie in der Freude von einst aufgingen, waren sie das Leben selbst, doch wenn sie diese Leere brachten, war die Stunde gekommen. Hatte Joyce nicht gerade gesagt: »Es ist Zeit, Licht zu machen«? So blieb keine andere Wahl, als einen Schritt zurückzutreten und den anderen anzuschauen, zu sehen, daß er bewußt oder unbewußt entschieden hatte, aufzubrechen, allein fortzugehen. Ich trat diesem kleinen Tod entgegen, den sie für uns beschlossen hatte, und nahm ihre Hände. Ich würde nichts mehr sagen. Ein guter Anwalt weiß, wann die Sache verloren ist.

»Wenn Timur zurückkommt, Modesta, darfst du ihn nicht treffen, er ist gefährlich. Er ist in Taormina für eine archäologische Expedition unter der Leitung Himmlers.«

»Himmler?«

»Wie gesagt, wir haben nicht denselben Vater. Er ist der Sohn eines Mannes, der nach Vaters Tod kam, ein Cousin, sagte meine Mutter immer. Er kam jeden Morgen zum Frühstück und unterhielt sich dann im Salon mit ihr. Er finanzierte uns. Er war sehr reich, einer der größten Wiener Bankiers. Er lebte in Istanbul, weil er es auf der Lunge hatte. Als er starb, vererbte er alles Timur, der damals sechs Jahre alt war. Ein Jahr später schickte meine Mutter Timur auf ein österreichisches Internat. Sehr viel später erfuhr ich, daß dieser ›Cousin‹ sie heiraten wollte und sie sich geweigert hatte, um dem Gedenken meines Vaters treu zu bleiben. Schönes Gedenken! Mich hat sie mit allen Mitteln zu überzeugen versucht, daß Timur ein Sohn meines Vaters sei. Aber eines schönen Tages habe ich die Wahrheit herausgefunden, auf eigene Faust ... Unsere Familie ist schrecklich, schrecklich! Timur seinerseits, in dem Internat in Österreich und mit der entsprechenden Erziehung, ist ... Ich kann nicht, es ist zu schrecklich!«

»Ist er Nationalsozialist geworden?«

»Es ist schrecklich, Modesta! Wie konnte er nur?«

»Hatte er eine andere Wahl? Ich fürchte um Prando, obwohl er unser Vorbild und unsere Unterstützung hat. Kann ein Kind, ein Heranwachsender es aushalten, immer anders zu sein als die anderen? Und wie lange? Vor ein paar Tagen hat er mich gefragt, ob er nach Palermo zu den *ludi littoriali* fahren dürfe, den faschistischen Wettkämpfen, um zu sehen, was das ist. Als sie in Neapel stattfanden, war er noch zu jung, um sich dafür zu interessieren.«

»Und du?«

»Soll er hinfahren. Besser nichts verbieten, doch ich fürchte um ihn ... Sage mir, dann ist Timur also einer von ihnen?«

»Himmler hat ihn für diese möglicherweise sinnlosen Ausgrabungen bestellt. Himmler glaubt, daß zur Zeit der Sikuler … Aber was interessieren mich Himmler und seine Ausgrabungen! Timur ist es, den ich fürchte. Wenn er zurückkommt, darfst du ihn auf keinen Fall treffen.«

14

In tadellosem Anzug und mit ruhigem, festem Blick tritt Timur mir entgegen. Er ist etwas größer als Joyce, und trotz seiner Zivilkleidung bewegt er sich wie ein Militär.

»Ich kann gar nicht ausdrücken, Fürstin, wie dankbar ich Euch bin, daß Ihr meine Einladung angenommen habt.«

»Ihr sprecht ja Italienisch …«

»Mein Vater war Italiener, Fürstin, und ich liebe unser Land sehr.«

Es ist an ihm zu reden, ich habe nicht die Absicht, meinen Vorteil ohne Not aufzugeben. Während des langen Schweigens, das ich folgen lasse, trübt keine Spur der Unsicherheit oder Erwartung die ruhige Eleganz seiner Hände und Gesichtszüge. Auch bei ihm verbindet eine harmonische Linie, die vom kräftigen Kinn bis zu der hohen Stirn führt, die unnatürliche Blässe seines Gesichts mit dem Schwarz des bürstenkurz geschnittenen Haares. Ich hatte also recht, als ich vermutete, daß Joyce auch kahlköpfig wunderschön wäre. Die Narben auf seinen Wangen sehen nicht aus wie irgendwelche Wunden, sondern wie wohlgesetzte Gravuren aus der Hand eines Künstler-Chirurgen. Obwohl mir die Gepflogenheit der Mensur bekannt ist, habe ich doch noch nie ihre Male von nahem gesehen, und ich fange an, sie zu zählen: eins, zwei, drei … Beim Zählen begegne ich Joyces Augen, demselben dunklen, intensiven Blick.

»Es war ein kühner und genialer Zug des Hotelbesitzers, die heiligen Mauern des Konvents einzureißen und diese große Fensterfront zu errichten. Seine Kühnheit wurde belohnt. Die Aussicht ist unvergleichlich! Mir ist aufgefallen, daß selbst die lärmendsten Gäste verstummen, sobald sie den Saal betreten. Die sakrale Vergangenheit des jahrhundertealten Gemäuers umfängt sie, und inmitten der Stille überkommt sie, beinah würde ich sagen, hypnotisiert sie die herbe Süße der Aussicht, die in die schwindelerregende Tiefe hinabstürzt … seht dort unten … um dann an den Hängen des Ätna wieder aufzusteigen. Ohne die sicheren Mauern im Rücken überkäme einen bei der Aussicht das Grausen. Sagt man so? Sollen wir uns setzen? Möchtet Ihr vielleicht etwas trinken?«

»Nein, danke, im Moment nicht.«

»Wie gesagt, ich bin in Berlin geboren, aber unser Vater war Italiener, und mein Traum ist es, meinen Lebensabend in unserer Villa bei Todi zu verbringen. Während meiner Internatszeit in Österreich ist meine Liebe zu Italien noch gewachsen, und Italienisch ist für mich heute wie meine Muttersprache. Alle Deutschen lieben Italien, natürlich, aber bei mir ist es etwas anderes. Sobald ich die Grenze überschreite und mein Auge unser Land erblickt, überkommt mich die Gewißheit all seiner Kunstschätze und der noch verborgenen und wohlbehüteten Kulturgüter – wenn behütet der richtige Ausdruck ist –, die unter den Olivenbäumen und den sanften Hängen Umbriens und der Toskana ruhen, mit einer Gewalt, die nichts mit dem allzuoft zitierten Goethe-Vers zu tun hat. Aus diesem Grund habe ich auch Archäologie studiert. Sicher hat meine Schwester es versäumt, Euch von meinem Studium und beruflichen Werdegang zu erzählen. So etwas liegt ihr nicht. Als ich noch fast ein Kind war, mußte ich sie quasi einem Verhör unterziehen, um etwas über ihre Freunde an der Universität zu erfahren. Ich wußte lediglich, daß sie zahlreich und intelligent waren, mehr nicht, und das quälte mich. Ich war als Kind leider sehr eifersüchtig, Euch gegenüber kann ich es ohne Scham zugeben, die Ihr unsere Joyce unter Eure Fittiche genommen habt … Ich muß gestehen, daß ich ihr einmal sogar heimlich nachgeschlichen bin.«

»Ihr müßt Euch nicht schämen, alle Kinder sind eifersüchtig.«

»Habt Ihr Kinder?«

»Ja.«

»Erlaubt mir, Euch für das zu danken, was Ihr für meine Schwester getan habt. Möglicherweise lag es an dieser Dankbarkeit, daß ich, sobald ich Euch sah, das Gefühl hatte, Euch schon immer zu kennen.«

»Ich hatte dasselbe Gefühl.«

»Dann darf ich Euch vielleicht fragen, als alte Bekannte, ob Ihr mit mir speisen möchtet, oder seid Ihr in Eile?«

»Nicht im geringsten.«

»Das freut mich über alle Maßen! Möchtet Ihr lieber im Saal oder auf der Terrasse sitzen?«

»Auf der Terrasse. Wie Ihr so scharfsinnig bemerkt habt, wirken das Schweigen dieser Mauern und die großen Augen der Fensterfront eher hypnotisierend …«

Als wir nach draußen gehen, verwandelt sich das intensive Schwarz von Timurs Augen plötzlich in ein tiefes, fast violettes Blau, das hochmütige und kompakte Blau der Seen des Nordens.

»Wie kamen wir denn nun auf den Gardasee zu sprechen? Ach ja, die Sehnsucht nach dem Meer! Unter seiner harten Schale verbirgt das deutsche Volk eine tiefe Sehnsucht. In jenem Internat habe ich das Wesen der Deutschen verstehen gelernt und die Sehnsucht, von der ihre wundervolle Lyrik durchdrungen ist. Manchmal wollte es mir als Südländer scheinen, als sei die Ferne zum Meer die Quelle dieser Sehnsucht: das Meer als Versprechen von Freiheit, Jugend, Abenteuer. Wir, die wir gewohnt sind, es zu spüren, es zu sehen, empfinden diese Sehnsucht selbst in den fernen Wäldern des Nordens niemals so stark, so grausam, wie soll ich sagen?, so verzweifelt, das ist es! Noch wenige Tage der Seligkeit, dann muß ich nach Berlin zurück. Ich brenne darauf, wieder in Berlin zu sein, auch wenn ich weiß, daß mich dort ein kleines Stück dieser Sehnsucht erwartet. In Erwartung meiner Rückkehr werde ich diesen Kelch Schluck für Schluck leeren.«

»Werdet Ihr hierher zurückkehren?«

»Aber nein! Ich wurde nur gerufen, um den Beginn der Ausgrabungsarbeiten zu beaufsichtigen, den Rest übernimmt ein jüngerer Kollege. Um ehrlich zu sein, hielt man es für Verschwendung, mich für eine solche Unternehmung einzusetzen.«

»Ein jüngerer Kollege? Aber Ihr seid doch sehr jung!«

»Die Jugend ist die Kraft des Dritten Reiches.«

»Natürlich.«

»Ich sehe, daß Ihr über die Ausgrabungen informiert seid. Ich nehme an, durch meine Schwester.«

»Ja.«

»Dann kann ich nur hoffen, daß sie Euch auch den Brief gegeben hat … Eurer Verlegenheit entnehme ich, daß sie das nicht getan hat. Verzeiht mir, Fürstin, es zeugt von untolerierbar schlechter Erziehung, die Freundlichkeit eines Menschen auszunutzen, um ihn in die intimsten Angelegenheiten einer Familie hineinzuziehen. Ich hatte gehofft, daß Joyce uns diesen Impasse ersparen würde. Und sie hat Euch auch nicht gesagt, ob sie die Absicht hat zu schreiben?«

»Sie hat mir nichts gesagt.«

Das makellose Blau seiner Augen verdüstert sich wie die Oberfläche eines Sees bei aufziehendem Gewitter. Ich mag keine Seen, ihr auf engsten Raum begrenztes Ungestüm macht mir angst. Ich möchte wieder ans Meer. Tuzzu sprach niemals von Seen, diesen abgrundtiefen Löchern, aufgewühlt von schwarzen Schlangen in ewigem Ringen …

»Euer Gesichtsausdruck hat sich verändert, Fürstin, und aus Eurer Betrübtheit lese ich einen Vorwurf heraus, verzeiht! Doch es ist nur Joyces Taktlosigkeit, glaubt mir, und wäre es nicht meiner Mutter zuliebe, wäre ich nicht gekommen, um der Unziemlichkeit meiner Schwester die meine noch hinzuzufügen ... Aber da sie nun einmal so entschieden hat, bin ich zumindest verpflichtet, Euch mein Verhalten zu erklären. Meine Mutter hat mich, nachdem sie den Unterschlupf ihrer Tochter entdeckt hatte – was nicht leicht war, arme Alte! –, immer wieder gedrängt, herzukommen und Joyce zu fragen, warum sie ihre Briefe ignoriert. Es ist schmerzlich für mich, doch ich muß Eurem Blick antworten, manche Dinge sind so entsetzlich rührselig, und noch schlimmer ist es, davon sprechen zu müssen. Aber dennoch, als sich Fräulein Joland umgebracht hatte und Joyce verschwand, erlitt meine Mutter einen Schlaganfall, der sie von der Hüfte abwärts lähmte. Nur deshalb ist sie nicht selbst hergekommen. Sie ist keine Frau, die sich von anderen bedienen läßt, auch nicht von ihrem Sohn. Das beweist allein die Tatsache, daß sie mich in all den Jahren lediglich zweimal gebeten hat, Joyce aufzusuchen, dies ist nun das dritte Mal. Oh, nicht etwa, um sie zu zwingen, nach Hause zurückzukehren. Ihr kennt meine Mutter nicht, und ich habe die Pflicht, sie im richtigen Licht erscheinen zu lassen. Es war kein egoistischer Wunsch nach der Tochter, niemals hat sie uns um eine Stunde unserer Freiheit gebeten. Das macht es so empörend. Warum antwortet sie nicht auf die Briefe? Warum? Mit der Zeit ist die Vorstellung von Joyce, auch aufgrund der Bewegungsunfähigkeit meiner Mutter, für sie zur Obsession geworden. Inzwischen ist sie davon überzeugt, daß Joyce tot ist und wir sie belügen, um sie zu schonen. Es ist unerträglich, ganz und gar unerträglich, den schmerzlichen Verfall dieser starken und schönen Frau mit ansehen zu müssen. Und so konnte ich, als ich nach Sizilien geschickt wurde, ihr den Wunsch nicht erneut abschlagen, auch wenn das für mich einen hoffnungslosen Opfergang bedeutete. Ich wußte, daß Joyce mich nicht empfangen würde. In einem entscheidenden Gespräch hatte sie mir gesagt, daß ich für sie gestorben sei. Damals war dieses Urteil für mich so etwas wie eine Befreiung von ihrer stetigen Zurückweisung meiner brüderlichen Zuneigungsbekundungen. Lange quälte mich die Frage nach dem Warum ihrer Zurückweisung. Vielleicht weil ich als Neugeborenes den Platz der toten Renan eingenommen hatte? Oder vielleicht eine instinktive Abneigung, wie sie auch zwischen Geschwistern vorkommt? Aber ich fand mich wohl oder übel damit ab, keine Schwester zu haben. Und für einen Jungen im Internat ist es schmerzlich, das liebe Bild der Schwester aufzugeben, die, auch wenn sie nicht schreibt und nicht zu Besuch kommt, doch irgendwie da ist ... Na ja, jetzt aber genug von den traurigen Familiengeschichten, wir haben ausgeweint. Nach einem köstlichen Mahl wie diesem neigt man ein wenig zu melancholischen Grübeleien, und das zudem – darf ich so frei sein, Fürstin? – vor den schönsten und leuchtendsten Augen, denen ich je begegnet bin. In Eurem Blick liegt die unendliche Weite unseres Himmels.«

In Joyces Schule müssen meine Gefühle gelernt haben, sich nicht zu regen, wenn ich weder bei seinem unerwarteten Lächeln noch angesichts seines Vortrags oder der geordneten Narben zusammenzucke: geordnete Brutalität, die auf den Bildern der Wochenschau gleichmütig im Sonnenschein vorbeimarschiert.

»Die Sonne hat unseren Tisch erreicht, Fürstin. Wollen wir den Kaffee woanders einnehmen? Ihr trinkt doch einen Kaffee, hoffe ich? Ich muß Euch gestehen, daß hier in Italien für mich Mittag- und Abendessen nur das Vorspiel für unseren unvergleichlichen Kaffee darstellen. Oder möchtet Ihr lieber hierbleiben, und wir lassen uns einen Sonnenschirm aufspannen?«

Joyces Lächeln, das so schnell aufleuchtet und erlischt, verweilt etwas länger zwischen den Narben, während es dem Kellner in weißer Livree folgt, der mit wenigen präzisen Bewegungen einen grünen Schattenkreis um uns zeichnet.

»Ich muß Euch gestehen, Fürstin, daß ich mich immer wieder neu über die Eleganz unseres Volkes wundere. Es ist mir schon passiert, einen Termin zu verpassen, weil ich ganz in der Betrachtung der klaren und tänzerischen Bewegungen eines beliebigen Schutzmannes versunken war, der den Verkehr regelte. Es mag übertrieben klingen, aber solche Gesten erinnern mich immer eher an die eines großen Dirigenten als eines Soldaten. So wie Ihr – ohne indiskret erscheinen zu wollen, glaubt mir, es ist nur Bewunderung, die mich Euch so anstarren läßt –, Ihr habt eine antike, feierliche Grazie, die so rar geworden ist in unseren Zeiten, in denen die Frau robust und athletisch sein soll, um beim Marschieren mit den Männern Schritt halten zu können. Doch der Fortschritt verlangt uns allen Opfer ab! Und so hat unser Führer, der den im Schatten der Kirche so lange mißachteten Wert der Frau ganz richtig erkannt hat, sie zur Pflicht an unserem Volk gerufen und sie von der irrigen, individualistischen Überzeugung befreit, mit ihren schützenden Engelsflügeln nur den begrenzten, wenn auch heiligen Raum der eigenen Familie umfangen zu müssen. Scharfsinnig hat Hitler die Beschränktheit jener Aufgabe erfaßt, die der Frau bis gestern auferlegt war, und sie als Feind des Fortschritts und des Vorrückens unserer Völker identifiziert. Und die Frauen folgen unserem Ruf in Scharen. Die Olympischen Spiele in Berlin waren eine mitreißende Offenbarung. Befreit von den störenden Zöpfen, waren ihre Köpfe unserer antiken Dianen würdig! Seid nicht betrübt, ich verstehe Euch sehr gut. Auch mir, der eine überholte und verdorbene Bildung genossen hat, fiel es zunächst schwer, mich von Ästhetizismus und Verweichlichung zu befreien, und ich möchte Euch nicht verschweigen, daß auch mich in der langen Phase der Umerziehung, die ich mir auferlegt habe, noch manchmal im Licht der absoluten Wahrheit der neuen, nicht länger kontemplativen, sondern ganz vitalen Ideen die Nostalgie nach einer Welt packt, die dem Untergang geweiht ist. Doch ich weiß, wie ich diese leichten

Migräneanfälle unterdrücken und auf die sichere Straße des Tuns zurückfinden kann, die endlich so klar vor uns liegt! Welchen Nutzen bringen wir großen und kleinen Intellektuellen mit unserem Hang zur abstrakten, poetischen Ausschweifung, während unser Volk immer noch in Krankheit und Ohnmacht dahinsiecht? Ohne falsche Bescheidenheit kann ich mich rühmen, wie viele andere junge Leute in den Reden des Führers das Ziel zu erkennen, das er uns in Aussicht stellt: Europa wird ein einziges großes Volk sein, unter der Führung von Fachleuten, von herangereiften Intellektuellen, die endlich bereit sind, dem eigenen Staat und nicht einem fruchtlosen Narzißmus zu dienen. Wer bin ich? Was sind fünfzig, hundert Jahre der Geschichte? Menschen wie wir werden hinweggefegt werden, und an unsere Stelle werden starke und integre Männer und Frauen treten, die alle einem einzigen Willen folgen. Wenn Joyce nur vor vielen Jahren den Dialog zwischen uns zugelassen hätte! Männer wie Carl Gustav Jung haben ihre Wissenschaft in den Dienst Deutschlands gestellt. Rußland ist bereit, mit uns zusammen zu leben … Bitte entschuldigt meine langen Ausführungen, Fürstin, inspiriert von Eurer Frisur, die sich so von Eurer Art, Euch zu bewegen, unterscheidet, von Eurer antiken Schönheit. Eure ganze Person hat mich in die Irre geführt … Es braucht Zeit, um die korrekte Datierung einer Vase, einer Hand, eines verstümmelten Torsos vorzunehmen. Angesichts Eurer fehlenden langen Haare, die Euer Antlitz doch zu verlangen scheint, hatte ich, wie soll ich sagen, an eine Verstümmelung gedacht. Doch allmählich, in dieser Stunde, die Ihr mir freundlicherweise zugestanden habt, habe ich in Eurem Kinn und Eurem Hals die Kühnheit der Artemis toxótis entdeckt, die sicherlich von der großen Bildhauerin Natur beabsichtigt war … Kein Grund zur Verlegenheit, das ist kein Kompliment, sondern lediglich das sachliche Urteil eines Kenners. Und wenn ich ästhetisch die Absicht des Bildhauers verstanden habe, so verleiten mich die Eurer freien

Beweglichkeit geopferten Haare psychologisch zu der Hoffnung, daß Ihr für unsere Sache nicht verloren seid. Wir brauchen Frauen wie Euch, wie Joyce ... Joyce, undankbare Schwester! Leider enden auch Stunden wie diese, die Ausgrabungsstätte erwartet mich. Nachdem ich Euch nun getroffen habe, erscheint mir Himmlers Überzeugung, Pfeile und Gebrauchsgegenstände aus der Zeit der Sikuler oder früher ließen auf eine germanische Präsenz auf dieser Insel schließen, nicht mehr ganz so unhaltbar wie zu Beginn. Ich nährte gewisse Zweifel, weil das deutsche Genie, wenn es sein Herz an ein Land oder ein Gesicht verloren hat, sich nicht damit abfinden kann, daß es vielleicht nicht vom selben Ursprung stammt. In diesem Fall ist Himmler so von der Insel eingenommen, daß er versucht, einen Traum wahr werden zu lassen. Aber wer weiß! Doch nun los, Timur, die Pflicht ruft ... Die Rechnung, Kellner! Leider verbietet Joyce es mir, Euch nach Hause zu begleiten, Fürstin, und ... sie wiederzusehen, doch ich bitte Euch im Namen meiner Mutter, überzeugt sie, ein paar Zeilen zu schreiben, um die Frau zu beruhigen, daß ihre Tochter lebt, und so ihrem Leiden den Stachel zu nehmen. Versprecht Ihr mir das?«

»Natürlich. Seid versichert, daß ich mein Möglichstes tun werde.«

»Danke. Ich wußte, daß ich auf Euer Verständnis zählen könnte. Fürstin, vielleicht sehen wir uns nicht wieder. Ich werde Euer Antlitz im Gedächtnis behalten als die schönste unter all den sikulischen Münzen, die ich studiert habe. Adieu!«

Im dichten Grün des Gartens verharrt Timurs vom Lächeln versiegelte Stimme einen Moment, während zwischen dem Weiß der Tische schwarze Pistolengurte aufblitzen, eng geschnürt wie Mieder. Hier und da warten geduldig Offizierspaare. Aus der Ferne betrachtet, reduzieren ihre massigen Stiefel die anmutigen Orangenbäume auf das Ausmaß zerbrechlicher Miniaturen.

15

Als ich nach Hause kam, hätte ich am Eingang des Parks beinahe Joyce überfahren, die sich hinter dem Gittertor verbarg, doch ich hielt nicht an. Erst auf der Schwelle zum Wohnzimmer, in der tröstlichen Stille der Bücher, Tische und Sessel, nahm das Gefühl der Beklemmung allmählich ab. Um niemanden zu stören, ließ ich mich leise auf das kleine Sofa neben der Terrassentür sinken. Mela saß mit dem Rücken zu mir, hatte den Dämpfer gezogen und ließ die Hände still über die Tasten gleiten. Jacopo, der immer größer und dünner zu werden schien, saß gebeugt am Tisch und führte Crispinas kleine Hand über ein großes Blatt voller Zeichen. Prando lag wie zum Schlafen ausgestreckt auf dem Sofa. In der Hand eine Zigarette, verfolgte er zwischen den halbgeschlossenen Lidern hindurch die Rauchringe, die in die Luft stiegen. Es war das erste Mal, daß ich ihn rauchen sah. Auf dem Teppich liegend, blätterte 'Ntoni in einem dicken Buch. Bambolina ging um den Tisch herum und begutachtete ihr Werk: Tassen, Törtchen, kleine Servietten und in der Mitte des Tisches, über allem thronend, eine Fülle von Blumen. Einen Schritt auf den Tisch zu, um eine Blüte zurechtzuzupfen, dann einen Schritt weg, um das Gesamtbild zu begutachten …

Bambú: »Oh, Tante. Gefällt es dir?«

Modesta: »Sehr.«

Bambú: »Trinkst du Tee mit uns?«

Modesta: »Sicher.«

Jacopo: »Liebe Mama, ich darf dir mitteilen, daß Crispina über ein verblüffendes Lernvermögen verfügt, wie Professor Montaldo sagen würde.«

Bambú: »Oh, Tante, wir haben uns halb totgelacht über seinen Professor Montaldo. Komm, Jacopo, mach ihn noch einmal nach!«

Jacopo: »Tut mir leid, liebe Bambú, aber Paganini gibt keine Zugaben. Hab ich recht, 'Ntoni?«

’Ntoni: »Niemals! Zugaben verderben das Publikum, diese Zeiten sind vorbei. Heutzutage tendiert man eher dazu, die Atmosphäre nicht durch Klatschen und Zugabe-Rufe zu zerstören. Stellt euch vor, früher hat Giovanni Grasso regelmäßig die entscheidende Szene eines Dramas wie Giacomettis ›Morte civile‹ als Zugabe gegeben.«

Mela: »Na und? Warum nicht? Wie in der Oper.«

’Ntoni: »Aber das ist hoffnungslos veraltet, entschuldige, wenn ich mich wiederhole, Mela.«

Bambú: »Veraltet oder nicht, Jacopo muß Mama noch einmal seinen Lehrer vorspielen ... Was hat er zu dir gesagt, Jacopo?«

Jacopo: »›Verblüffend, junger Brandiforti! Ganz verblüffend, dein Lernvermögen, das sicherlich irgendwie mit der Länge deiner Statur in Verbindung zu bringen ist. Wenn ich nicht aus offensichtlichen Gründen über dein Alter informiert wäre, wäre ich tatsächlich geneigt zu glauben, du seist ein weiser Greis in Kinderkleidern.‹«

Bambú: »Das war im Juni, wenn du so weitermachst, wird er wie ich den Kopf heben müssen, um deine Schnute zu sehen.«

Jacopo: »Schnute? Verblüffend, kleines, reizendes Fräulein, Euer absolut mangelhaftes Sprachvermögen! Schnute ist beinah so vulgär wie Maul, Herrschaftszeiten! Und außerdem stimmt es nicht, Bambú, du kleiner Satansbraten, du kannst nicht einfach zwischen einem Stück Kuchen und einem Lächeln mit solchen Unterstellungen um dich werfen. Oder bin ich tatsächlich gewachsen? O Gott! Ich sehe den Teppich wie aus einem Flugzeug. Prando, steh auf! Los, guck dir Prando an, Bambú. Er ist immer noch größer als ich.«

Bambú: »Vielleicht noch drei Wochen lang. Aber dann leb wohl, Überlegenheit. Prando wird sie an dich abtreten müssen. Seht ihn nur an, warum stehst du so gebeugt da? Ich mag große Leute.«

Jacopo: »Gib mir noch eine Tasse Tee, du hast mir den ganzen Nachmittag verdorben! Es ist ja nicht gerade so, daß ich wild aufs Wachsen wäre, Bambú. Es ist so schön hier mit euch. Manchmal träume ich, daß jemand im Vorzimmer des Schulleiters meine Maße nimmt, stell dir mal vor! Und dann anordnet, daß ich euch und dieses Haus verlassen muß.«

Prando: »Was du immer für Träume hast, Jacopo!«

Jacopo: »Und damit noch nicht genug, ich weine sogar im Traum.«

Prando: »Dann hat Joyce also recht! Oder stehst du etwa schon so unter dem Einfluß ihrer Vorträge? Ich glaube ja nicht an diese Geschichte mit den Träumen.«

Jacopo: »Ich schon. Als sie mir davon erzählte, wußte ich, daß sie recht hat und daß meine gebeugte Haltung ein Zeichen dafür ist, daß ich nicht wachsen möchte.«

Prando: »Ammenmärchen. Du bist faul, das ist alles.«

Jacopo: »Aber ich reiße mich immer wieder zusammen und versuche, gerade zu stehen. Dem Größerwerden kann man sowieso nicht entrinnen, wie dem Alter und dem ... Ja, wenn ich recht darüber nachdenke, dann ... Das ist es, ich will nicht groß werden, weil ich Angst habe zu sterben.«

Prando: »Jetzt wo du es sagst, auch ich hatte in deinem Alter Angst vor dem Größerwerden, aber nicht in meinen Träumen. Tagsüber hatte ich Angst, mit all dem Gerede von sinnloser Kriegsführung. Ich hatte Angst, daß es mich an irgendeinen gottverlassenen Ort verschlagen würde, in Uniform, um auf Kinder wie mich zu schießen.«

'Ntoni: »Du auch, Prando? Das ist unglaublich! Ich hingegen konnte es kaum erwarten, größer zu werden, selbst jetzt will ich endlich zwanzig sein.«

Prando: »Du bist ja auch, 'Ntoni, nimm es mir nicht übel, ein gewissenloser Mensch wie alle Künstler. Schau dir Mela an, kaum spricht man von realen Dingen, verliert sich ihr Blick in musikalischen Kapriolen.«

Mela: »Das stimmt gar nicht, ich habe ...«

Prando: »Wie hübsch unsere Mela geworden ist, nicht wahr, Bambú?«

'Ntoni: »Jetzt reicht's, Prando, du kannst mich nicht einfach gewissenlos nennen. Undank ist der Welten Lohn! Wenn ich bedenke, daß du immer mein großes Vorbild im Keine-Angst-Haben warst.«

Prando: »Dann hast du dich wohl geirrt, lieber 'Ntoni, weil mich unbewußt, wie Joyce sagen würde, die Angst bis heute verfolgt. Andrea hat mich darauf hingewiesen.«

Bambú: »Worauf hat dich dieser Miesepeter hingewiesen?«

Prando: »Und schon geht unsere Bambolina wieder zum Angriff über! Genau diese Abneigung habe ich vorausgesehen und ihn deshalb nicht zu uns eingeladen. Außerdem war er das letzte Mal, als er hier war, enttäuscht.«

Bambú: »Enttäuscht wovon? Laß mal hören, von mir etwa?«

Prando: »Keine Sorge, nicht von dir. Wer kann deinem Charme schon widerstehen? Von Mann zu Mann hat er mich darauf hingewiesen, daß ich hier bei euch zum Kind werde und mich aufführe und rede wie eine verwöhnte Göre.«

Bambú: »Merkst du, wie recht ich habe? Merkst du, wie unsympathisch er ist und wie er Zwietracht sät, wo immer er auftaucht, dein Andrea? Ein bitterer, böser Alter! Warum treibst du dich mit soviel älteren Freunden herum?«

Prando: »Deine Reaktion zeigt mir, daß Andrea recht hat, wenn er sagt, daß der gesunde Teil meines Ichs mich aus dem Haus treibt, um eurer Verdummung zu entkommen. In diesem Haus kann man nicht erwachsen werden, Herrgott noch mal!«

Bambú: »Andrea hat keineswegs recht! Du beleidigst uns, weil du dich so von ihm bestimmen läßt, daß ich enttäuscht bin, Prando. Dein Andrea ist nur ein unsympathischer Neidhammel, sonst nichts.«

Prando: »Er ist nicht unsympathisch! Der Fall liegt vielmehr so – und du kannst froh sein, wenn du dir diesen Charakterzug erhältst –, daß du alles, was ernst ist, unsympathisch findest. Das ist gar kein Vorwurf. Ich mag dich so, und deine Freude ist ansteckend in diesen düsteren Zeiten. Aber du mußt aufpassen, nicht vorschnell zu urteilen, allein schon deshalb, weil im Fall von Andrea dein Urteil auch mich trifft. Es ist nicht leicht heutzutage, zwanzig zu sein, Bambolina.«

Bambú: »Du bist keine zwanzig.«

Prando: »Siebzehn, das ist dasselbe! Ich verliere allmählich die Geduld mit dir, Teufel noch eins! Und wenn ich und du, Jacopo, und du, 'Ntoni, das Glück hatten, unter Antifaschisten aufzuwachsen, stand Andrea, Fausto, Ardito keine andere Möglichkeit offen, als mit fünf Jahren den *balilla** beizutreten, mit zehn Faschisten zu werden und mit siebzehn Vollblutfaschisten. Und dennoch haben sie durch eigenes Verdienst und auf eigenes Risiko, gegen die Überzeugung ihrer Familien und Lehrer, zu zweifeln begonnen, um vor ein paar Monaten bei den Littoriali in Neapel vom Zweifel zur Opposition zu wechseln. Weißt du, wie ihr Motto für die Littoriali nächstes Jahr hier in Palermo lautet? ›Antirassismus als gegendeutsche Bewegung‹. Und weißt du, was es heißt, als arme, meist mittellose Studenten, die keinerlei Schutz genießen, so zu denken und zu handeln? Aus Neapel kamen sie voller Enthusiasmus zurück, weil sie dort ein paar Gleichgesinnte getroffen hatten. Deshalb habe ich mich entschlossen, Mama um die Erlaubnis zu bitten, an den Littoriali von Palermo teilzunehmen, obwohl sie dagegen ist.«

Bambú: »Aber dann müßtest du eine Uniform anziehen und in die Partei eintreten!«

Prando: »Oh, hör schon auf damit, Bambú! Und du auch, Mama, hör auf.«

Modesta: »Womit, Prando?«

Prando: »Uns mit deinen Zweifeln unter Druck zu setzen, mit denen ihr Alten jede unserer Bewegungen belauert. Zweifel, die ihr besser auf eure mißglückte Vergangenheit anwenden solltet, anstatt sie über uns auszuschütten! Ihr konntet dem Faschismus nichts entgegensetzen, und nun fürchtet ihr um uns nur deshalb, weil ihr uns nach eurer Ohnmacht von damals beurteilt. Und obwohl ich nie an so einer Versammlung teilnehmen wollte, ich schwöre euch, ich wollte es nicht, und nun ist es doch passiert, sage ich dir gleich, selbst wenn ich dafür in die Partei eintreten und eine Uniform anziehen muß, ich werde nach Palermo fahren. Ich will diesen Trombadori treffen, diesen Melograni, von denen Andrea immer redet. Und er hat recht, uns bleibt keine Zeit, sie von außen zu bekämpfen, wie Ratten werden wir ins Visier genommen und eingesperrt ... Zu Hunderten sperren sie uns ein, zu Hunderten! Von innen heraus müssen wir die Strukturen des Faschismus angreifen!«

Seine Faust donnert auf den Tisch und läßt Crispina hochfahren, die zwischen Lachen und Weinen schwankt. Mit aufgerissenen Augen schaut sie erst Prando, dann Jacopo fragend an.

Jacopo: »Keine Angst, Crispina, sie reden nur, komm, dein Onkel nimmt dich auf den Schoß, und dann sehen wir, wie der Streit endet.«

Bambú: »Prando, du erschreckst sie doch, wenn du so mit der Faust auf den Tisch haust.«

Mela: »Sie sieht überhaupt nicht erschrocken aus. Ich war da am Anfang schreckhafter.«

Bambú: »Aber du warst schon groß, Crispina ist klein, das darf man nicht tun!«

Jacopo: »Das darf man wohl, nicht wahr, Crispina? Man darf, laß es dir von Onkel Jacopo gesagt sein, es ist schon ganz richtig so. Zuerst hörst du schön zu, wie sie diskutieren, und dann wirst du selbst lernen, wie man diskutiert und richtig antwortet.«

Mela: »Wie recht du hast, Jacopo! Ich habe viele Fortschritte gemacht, seit ich das Waisenhaus verlassen habe, aber immer noch, immer noch weiß ich genau, was ich sagen will, und kann es doch nicht ausdrücken ... Ich schaffe es nicht, spontan zu sagen, was ich denke. Später im Bett kommt mir die richtige Antwort, aber dann ist es zu spät.«

Jacopo: »O ja, liebe Musikerin, das liegt wohl, außer an der fehlenden Übung in deiner Vergangenheit, auch und nicht zuletzt an deinem nicht gerade ausgeprägten grammatikalischen Feingefühl.«

Mela: »Siehst du, was ich meine, Bambú? Du könntest Jacopo jetzt die Retourkutsche verpassen, ich jedoch nicht, ich rege mich auf, bin verletzt und ... und finde einfach nicht die Worte, ihm den Ball zurückzuspielen, wie er sagt.«

Jacopo: »Aber Ihnen bleibt doch die Musik, mein Fräulein, die Musik! Die hohe Kunst der Klänge, eine Universalsprache. Sie wird überall verstanden.«

Mela: »Ja, ja, und derweil nimmst du mich auf den Arm und läßt mich wie einen Volltrottel dastehen.«

Jacopo: »Man kann eben nicht alles haben, meine Liebe! Komm, Crispina, es wird dunkel, und dein Papa ist sicher schon ganz aus dem Häuschen vor Sorge. O Mama, es ist unglaublich, wie Pietro sich um seine Kleine sorgt. Meine Crispina, so süß ich dich auch finde, dein Onkel wird doch niemals in die Falle dieser väterlichen Sorge tappen, die selbst einen Riesen erfaßt, wie man am Beispiel deines Vaters sieht. Soll ich euch Licht machen, Kinder?«

Bambú: »Nein danke, es ist so schön, dem Schatten zu folgen, bis er langsam verschwindet, stimmt's, Prando?«

Prando: »Sehr schön, Bambolinchen, vor allem wenn man wie wir weiß, daß uns ein einziger Mann aus einer Laune heraus und mit einer kleinen Handbewegung Frieden, Sonnenuntergang und Stille entreißen kann.«

In dieser Ruhe innehalten, mit der Prandos Stimme den Sonnenuntergang überzieht? Einfach hinnehmen, daß man alt genannt wurde, ein sicheres Zeichen dafür, daß man Leben geschenkt hat und mit dem Leben Rebellion? Er weiß nicht, wie sehr sein Entschluß mich freut. Doch Prando kann sich nicht mit dieser inneren Stimme zufriedengeben, die mir zuflüstert: »Er ist einer von uns!« Sein junges Leben muß wüten, um zu wachsen. Und bis heute, in der Rückschau, habe ich nicht das Recht, jenes Zimmer zu verlassen und die Augen nach dem anstrengenden Tag zu schließen. Ich muß bleiben, der Müdigkeit zum Trotz ...

Prando: »Und wißt ihr, wer dieser Hand die Macht geschenkt hat, die mit einem einzigen Befehl ganze Jahre der Errungenschaften hinwegfegen kann?«

Bambú: »Der Kapitalismus, lieber Cousin, England, Frankreich, das wissen wir alles.«

Prando: »Du weißt das, ja, Bambolina! Stimmt, aber auch das Sektierertum deiner Kommunisten. Seit einem Jahr haben sich mir die Augen geöffnet; sinnloses Sektierertum, das die Sozialisten und alle demokratischen Kräfte dem Faschismus in die Arme getrieben hat.«

Bambú: »Wenn sich dir die Augen geöffnet haben, indem du Andrea gelauscht hast, hättest du auch Daniel lauschen können, finde ich.«

Prando: »Diesem lächerlichen, halb französischen, halb italienischen Intellektuellen?«

Bambú: »Auch Lenin war ein Intellektueller, und auch dein Andrea ist einer, du widersprichst dir selbst, Prando.«

Prando: »Aber Andrea ist ein Arbeitersohn, und dein Daniel hat den Mund voll mit seinem Rosselli und mit Jammern und Wehklagen über die Fehler des internationalen Komitees. Angesichts der Wirtschaftskrise habe man fest an das Ende des Kapitalismus geglaubt. Man habe gedacht, die Revolution stünde vor der Tür usw. usw., und in der Zwischenzeit spalteten sich die antifaschistischen Kräfte. Es ist leicht, um einen Toten zu trauern, Bambú.«

Bambú: »Ich trauere um keinen Toten, nicht einmal um meinen Vater, und das weißt du. Jetzt machst du mich wütend. Fehler kann man ausbügeln, das hat Daniel immer gesagt. Und ich denke, daß er auch andere Direktiven mitbrachte, oder? Jetzt bist du derjenige, der sich verbeißt und die Vergangenheit bejammert.«

Prando: »Ich jammere nicht, aber ich will die Fehler nicht vergessen, damit wir sie nicht wiederholen. Und außerdem, wenn du es genau wissen willst, ist es heute nicht so einfach, zur Umkehr zu raten, wie dein Daniel behauptet, wenn er für eine Woche geschniegelt und gestriegelt aus Paris anreist. Als wär's eine Zirkusnummer von Zauberer Bustelli! Sprich doch selbst einmal mit den italienischen Kommunisten, dann siehst du, wie leicht es ist, sie von ihrem Sektierertum abzubringen, auf das sie jahrelang trainiert wurden. Sobald du in Lentini und Carlentini die Sozialisten nur erwähnst, siehst du schon, wie die einen ausspucken und die anderen sich lautstark zu schneuzen beginnen. Jetzt magst du sagen: Das sind doch alles Bauern, nun gut. Aber nehmen wir zum Beispiel Joyce, unsere Joyce, die ich einmal angebetet habe. Was tut sie? Ich bringe ihr junge Männer, die etwas von ihr lernen wollen, und sie rümpft die Nase und sagt: Ein Liberaler! Ein Republikaner! Als hätten wir einen riesigen Garten mit einem reichen Angebot an Blumen, unter denen wir nur die schönsten auszusuchen brauchten. Hier benötigen wir jeden Mann, jeden, und nicht etwa für die heiß ersehnte Schimäre der Revolution, sondern fürs Überleben. Du und deine Joyce, liebe Mama, ihr redet dauernd vom Faschismus, dabei seid ihr selbst Faschisten! Derselbe Fanatismus, dieselbe stimmgewaltige Rhetorik.«

Jacopo: »Ach, habt ihr wieder von vorne angefangen? Gut. Wie dunkel es hier ist. Soll ich Licht anmachen, Bambú?«

Prando: »Ja, mach uns Licht, Jacopo, das ist besser.«

Jacopo: »Entschuldigung, aber bei Sonnenuntergängen werde ich immer furchtbar melancholisch. Oh, Mela ist eingeschlafen! Und du, 'Ntoni, was soll das düstere Gesicht?«

'Ntoni: »Es ist ... na ja, ich fürchte, daß Prando recht hat. Aber ich finde es beleidigend, daß er seine Mutter eine

Faschistin nennt, und bei Gott, Prando, ich würde dich dafür verprügeln, wenn das nicht auch Faschisten-Manier wäre.«

Prando: »Nur nicht aufregen, 'Ntoni, du siehst ja, daß meine Mutter sich auch nicht aus der Ruhe bringen läßt, daß sie es wahrscheinlich für Milchbubengeschwätz hält.«

Modesta: »Ich denke, wir sollten jetzt erst einmal ein paar Mißverständnisse klären.«

Prando: »Und welche, Mama?«

Modesta: »Erstens: Du weißt, daß ich euch immer habe diskutieren lassen, ohne mich einzumischen.«

Prando: »Ja, und?«

Modesta: »Zweitens: Heute nachmittag wurden viele Dinge gesagt, die ich zuerst verstehen wollte, bevor ich darauf antworte.«

Prando: »Und warum sagst du jetzt nicht deine Meinung?«

Modesta: »Weil ich fühle, daß du nicht gewillt bist, mir zu glauben, Prando. Aber mal sehen: Glaubst du mir, wenn ich sage, daß ich deiner Meinung bin?«

Prando: »Ach, Lippenbekenntnisse! Als ich dich fragte, ob ich an den Littoriali teilnehmen darf, hast du ein Gesicht gezogen ...«

Modesta: »Weil ich nicht wußte, warum du das möchtest.«

Prando: »Du hast mir also mißtraut.«

Modesta: »Ich habe dir nicht mißtraut, ich hatte Angst, das ist etwas anderes.«

Prando: »Du und Angst? Das kann ich nicht glauben!«

Modesta: »Angst, weil die Littoriali der Rennstall der faschistischen Windhunde sind, nicht wahr? Woher sollte ich wissen, warum du dorthin willst, wenn du es mir nicht sagst?«

Prando: »Du hättest mir vertrauen müssen!«

Modesta: »Du verlangst von mir ein Vertrauen, das ich nicht einmal zu mir selbst habe.«

Prando: »Aber allem Anschein nach zu deiner Freundin

Joyce. Möchtest du eine Zigarette, Mama? Du wirkst etwas angespannt ...«

Modesta: »Ich mag Zigaretten nicht, das weißt du.«

Prando: »Das weiß ich nicht. Sie raucht sehr viel, da dachte ich ...«

Modesta: »Prando, ich bin bereit, dir Rede und Antwort zu stehen, wenn du dich klar ausdrückst.«

Prando: »Vielleicht ist das nicht der richtige Augenblick.«

Modesta: »O doch! Du bist kein Kind mehr, und ich muß dich und alle anderen daran erinnern, daß in diesem Haus niemand in der Intimsphäre eines anderen schnüffelt. Bin ich jemals, ohne anzuklopfen, in dein Zimmer gekommen?«

Prando: »Nein.«

Modesta: »Habe ich jemals einen Brief geöffnet, der an dich oder Bambolina adressiert war?«

Prando: »Nie.«

Modesta: »Dann verbiete ich dir auch, in meinen Freiraum vorzudringen, der mir ebenso zusteht wie 'Ntoni, Bambolina, Mela und Jacopo. Nein! Du darfst nicht rot werden, Prando, du bist ein Mann, oder soll ich dich besser ›mein liebes Kind‹ nennen? Ich glaube nicht. Dann mußt du wissen, und ihr anderen auch, daß ich ebenso, wie ich in eurem Alter keine Erpressung seitens der Alten zuließ, mich auch heute als in deinen Augen alte Frau nicht von den Jungen erpressen lassen werde.«

Prando: »Ich erpresse dich nicht, Mama.«

Modesta: »Doch, das tust du, indem du mir im Namen deiner Jugend und aufgrund der Tatsache, daß ich deine Mutter bin, sagst, daß ich mich nur um dich kümmern soll, um dich allein! Mit der Anspielung auf das Rauchen verlangst du, daß ich mich zwischen dir und Joyce entscheide, aber ich lasse mich nicht darauf ein und sage dir, daß ich weder dir noch ihr gehöre, wie auch du nicht mit Haut und Haar Modesta gehörst. Wenn wir uns unvoreingenommen lieben können, wollen wir das tun, aber wenn diese Spannung wie zwischen zwei Großgrundbesitzern weiter steigt, rate ich dir, dich einige Zeit zu entfernen und nachzudenken. Du hattest recht, als du sagtest, du brauchtest reifere Gefährten, und die Littoriali könnten eine Gelegenheit dafür sein. Du kannst dir eine Wohnung in Palermo nehmen, vom nächsten Monat an, wenn du willst. Nein, laß mich ausreden. Du hast den ganzen Nachmittag geredet, jetzt bin ich an der Reihe, und glaube ja nicht, daß mir das Spaß macht. Jegliches Zusammenleben erzeugt auf lange Sicht Spannungen, die weder Blutsbande noch anderer Unsinn lösen können. Zum Glück sind wir nicht arm, wir können uns die Medizin für jeden von uns leisten. Morgen rufe ich Anwalt Santangelo an, der dir ein Konto in Palermo eröffnen wird. Du träumst doch immer von Palermo, oder? Atme ein wenig frische Luft, Prando, und bring uns bei deiner Rückkehr gute Nachrichten mit.«

Als ich den Salon verlasse, erkenne ich undeutlich Joyces Gesicht. Oder ist es Timurs Blick, tief wie ein Brunnen, der einen Augenblick über meine Schultern das Schweigen der Kinder betrachtet? Arme und Beine sind mir schwer, aber auch im Dunkeln kenne ich den Weg, der zum Schlaf führt. Vielleicht ist sterben nichts anderes als ein etwas längerer Schlaf, eine Erquickung ohne Ende … Ich habe mich noch nicht auf das Bett gelegt, als hinter der Tür Prandos Geschrei ertönt.

»Wenn du nicht aufmachst, bringe ich mich um, Mama, ich bringe mich um!«

Groß kommt er auf mich zu, viel größer als im Salon. Oder liegt es an dem kleinen Zimmer, daß er größer wirkt als Carmine?

»Willst du dich etwa schlafen legen, nachdem du mir die Tür gewiesen hast? Ich bringe dich um, oder ich springe aus dem Fenster, um dich nicht in Stücke zu reißen!«

Am Fenster packe ich seine Arme, er meint es nicht ernst, ich brauche ihn nur locker festzuhalten, damit er aufhört und den Kopf an die Fensterscheibe lehnt. Nun weint er, nur ein leichtes Schütteln der kräftigen Schultern, ein stilles Weinen wie bei einem Erwachsenen. Männer können nicht weinen, oder hat man es ihnen verboten? Vielleicht nährt dieses Verbot in ihnen die dumpfe Anmaßung des Padrone, mit der er mich, kaum daß er die Zärtlichkeit meiner Bewegung spürt, feindselig anstarrt? Diese mühsam heruntergeschluckten Tränen sind nicht die Tränen eines ungerecht behandelten Sohnes, sondern die Tränen eines zurückgewiesenen Mannes; derselbe Blick wie bei Mattia: »Du liebst mich nicht, Modesta!« Ich nehme meine Hände nicht von seinen Schultern, sondern streichele ihn bis zum Hals, wo seine Haut gleich der Mattias weich ist wie geschliffener Kiesel.

»Ich habe dir nicht die Tür gewiesen, Prando, das weißt du. Du selbst bist es müde, zwischen Rotznasen und Alten zu leben, wie du gesagt hast.«

»Du bist nicht alt! Wegen dieses blöden Satzes würde ich am liebsten sterben. Du bist schön, Mama, die Schönste von allen! Das sagt auch Andrea ... Ich weiß nicht, keine Ahnung, was mich geritten hat. Einmal glaube ich dich zu hassen, dann wieder kann ich nicht leben, ohne dich zu sehen. Eine verdammte Rasse, wir Brandiforti! Ich lege mich mit jedem an, ich werde noch mal ein Schwachkopf wie mein Vater!«

»Dein Vater war kein Schwachkopf. Es war die Krankheit, die ihn so zugerichtet hat. Du bist nicht krank, stimmt's? Oder ist etwas passiert, das dir angst macht?«

»Nein, nichts, Teufel noch eins! Ich passe auf, du glaubst doch nicht, ich sei verrückt? Was habe ich denn, he? Was habe ich?«

»Ich weiß, was du hast.«

»Und was, Mama?«

»Wir beide lieben uns zu sehr und sind uns zu ähnlich.«

»Meinst du? Wenn du mich so umarmst, glaube ich es auch fast.«

»Es ist so, Prando. Sagen dir nicht alle, daß du mein Ebenbild bist, wenn du lächelst?«

»Oh, umarme mich, Mama!«

»Siehst du, wie ähnlich wir uns sind, Prando? Zuerst schreien wir uns an, beleidigen uns, und jetzt kann ich mich an nichts mehr erinnern. Du etwa?«

»Das stimmt, auch ich erinnere mich an nichts ... schon als Kind ging mir das immer so.«

»Weißt du noch, was du mir als Kind immer gesagt hast, als du entdeckt hattest, daß Papa zu krank war, um bei uns zu sein? Du hast immer gesagt: ›Sei nicht traurig, Mama, wenn ich groß bin, heirate ich dich.‹«

»Stimmt, ich erinnere mich. Ich dachte, ich hätte das geträumt ...«

»Ich würde dich auch heiraten, wenn du nicht mein Sohn wärst, Prando.«

»Du würdest mich heiraten? Ach, komm! Du hältst doch nichts von mir.«

»Fängst du schon wieder an?«

»Schätzt du mich denn wirklich? Sieh mir in die Augen und wiederhole es.«

»Ich schätze dich sehr, Prando, aber du mußt nach Palermo gehen und dort ein Weilchen bleiben, schau dich ein wenig um. Die Mädchen in Palermo sind sehr hübsch.«

»Das sagt Andrea auch, aber wieso fallen dir solche Sachen auf?«

»Ich bin ja auch ein bißchen ein Mann, wie, Prando? Was meinst du?«

»Also, wenn du so bist wie vorhin, bist du fürchterlich. Wenn du das gesehen hättest!«

»Was denn?«

»Ich muß lachen.«

»Warum?«

»Als du hinausgingst, hat 'Ntoni so getan, als würde er applaudieren.«

»Nein!«

»Dann hat er gesagt, daß du eine großartige Schauspielerin abgeben würdest. Und ich habe ihm einen Fausthieb versetzt, armer 'Ntoni! Aber ich habe mich sofort entschuldigt und ihm ein Steak aufs Auge gelegt und lange mit ihm geredet und ... Ich bin plötzlich so müde, Mama, wie kommt das? Darf ich hier bei dir schlafen?«

Als sein Kopf schwer auf meinen Busen sank, wurde mir klar, daß er mich zumindest mental besessen hatte. Aber ich stand in Flammen. Wie sehr mochte ich ihn begehrt haben, ohne es zu wissen!

16

Das Wunder der Einbildungskraft! So häßlich ich mich beim Wörtchen alt gefühlt hatte, so schön und befriedigt fühlte ich mich nun, hier, im kalten Badewasser liegend, mit Prando, der im Zimmer nebenan schlief – wie in den Liebesromanen die junge Braut auf Hochzeitsreise ... Beatrice war nach ihrer Hochzeit mit jedem Tag schöner und selbstbewußter geworden ... Doch konnte ich meine heitere Ekstase nicht lange genießen. Kaum war ich aus dem Bad gestiegen, als ich auch schon wieder Prandos verstörte Stimme hörte.

»Mama, wo bist du?«

»Ich bin hier.«

»Was ist passiert?«

»Du bist eingeschlafen.«

»Nein! Wie ist das möglich?«

»Du bist eben wie ich. Zuerst wirst du wütend, schreist herum, und dann schläfst du ein. Kannst du dir Jacopo vorstellen, wie er nach einem Streit mit Bambú einschläft?«

»Nicht im geringsten! Der macht immer eine riesige Geschichte daraus! Vorige Woche hat er mich nach einer Diskussion mit Bambolina volle drei Tage belagert. Wenn er erst einmal auf etwas fixiert ist, dann gute Nacht!«

»Wir empfinden es als fixe Idee, Prando, dabei ist er einfach nur anders.«

»Klar! Und wie lange habe ich geschlafen?«

»Kurz.«

»Und was hast du gemacht?«

»Ein Bad genommen.«

»Hast du das Plaid über mich gebreitet?«

»Sicher, zuerst habe ich dich zugedeckt, und dann …«

»… hast du ein Bad genommen … Was für ein schönes Kleid! Das hattest du lange nicht mehr an, es ist mein Lieblingskleid.«

»Ich weiß.«

»Warum hast du dich so schön gemacht? Etwa für diesen Tudia, der zum Abendessen kommt?«

»Fängst du schon wieder an, Prando?«

»Warum triffst du dich immer mit ihm?«

»Geschäftlich, wie mit Anwalt Santangelo und den anderen, das weißt du.«

»Ja, aber der hier ist nicht alt und sieht dich auf eine Art an, die mich auf die Palme bringt. Puh, ich bin schweißgebadet! Darf ich mich in deinem Bad kurz duschen? Dieses Nickerchen hat mich vielleicht müde gemacht … Ich würde gern hierbleiben, aber ich habe Hunger. Was soll ich tun, Mama, soll ich lieber baden oder duschen?«

»Wie du willst.«

»Wenn ich bade, seifst du mir dann den Rücken ein?«

Wieviel Zeit war vergangen? Es schien gestern, daß Prando in der Wanne ertrinken konnte wie in einem See und Modesta gut aufpassen mußte, sehr gut … Jetzt spielen seine Füße, die groß sind wie von einem Standbild, mit der Kette des Abflußstopfens.

»Habe ich einen Hunger! Wer kocht heute abend?«

»Jacopo und ’Ntoni sind an der Reihe, glaube ich.«

»Ach du liebe Güte! Was die wohl wieder für Schweinereien zusammenwerfen.«

»Letztes Mal war es gar nicht so übel.«

»Aber warum hören sie nicht auf Stellas Ratschläge? Ich bin ja auch nicht gerade ein Genie am Herd, aber ich halte mich wenigstens an Stellas Ratschläge. Oh, Mama, weißt du, daß ich letzte Woche bei Andrea vollen Erfolg mit meinem Braten hatte? Wir waren zu zehnt, und dann wollte Andrea es auch lernen. Selbst er, ein Kommunist! Und das, obwohl er sich vorher nicht einmal Spiegeleier machen konnte.«

»Das ist die Schuld der Mütter, die ein Geheimnis um ihre Kochkünste machen und ihre Söhne mit Leckerbissen verwöhnen. Ich habe auch lange gebraucht, um es zu lernen. Quecksilber und deine Tante Beatrice waren einfach nicht aus der Küche zu vertreiben.«

»Wie schön du bist, Mama! Ich wette allerdings, auch du hast keine große Lust, die Experimente von 'Ntoni und Jacopo zu probieren.«

»'Ntoni kocht gar nicht so schlecht.«

»Mag sein, aber sei ehrlich, Appetit hast du auch nicht darauf, stimmt's?«

»Kein bißchen.«

»Dann hör zu: Wenn du mir Geld gibst, weil ich pleite bin – das ist kein Motorrad, sondern ein Loch, das die Penunzen nur so aufsaugt! –, wenn du mir also Geld gibst, führe ich dich zum Abendessen in das neue Restaurant an der Plaia aus. Ich mag es, wenn sich beim Eintreten alle nach uns umdrehen. Wenn du mir Geld gibst, mache ich eine gute Figur, und du ißt gut.«

»Ach, das kann ich kaum ausschlagen, bei dem Hunger, den ich habe!«

»Wie schön! Dann gehen wir also … Wie leicht du bist, Mama, wieviel wiegst du?«

»Du hast ja auch eine fürchterliche Kraft! Komm, komm, laß mich wieder runter. Mir wird ja schon schwindelig.«

»Eine federleichte Mama habe ich, bei Gott!«

»Das wird der Hunger sein. Wir wollen los, laß mich runter, Prando! Du hast doch auch Hunger, oder? Sag Stella Bescheid, und dann geht's los zur Plaia, wie der Riese hier es befiehlt.«

»Und wenn wir niemandem Bescheid sagen und einfach abhauen?«

»Das wäre schön, aber du weißt, daß das nicht geht.«

»Also gut, ich sage es Stella, aber warte im Wagen auf mich, damit dich niemand sieht, so können wir wenigstens so tun, als seien wir abgehauen ...«

Wunder der Einbildungskraft, ich hatte wirklich das Gefühl, in die Nacht zu fliehen, neben diesem schweigenden Jungen, der ganz auf den Wagen konzentriert war wie Carmine, wenn er auf Orlandos Muskeln lauschte, darauf bedacht, ganz sanft zu schalten, um den Lauf seines Tieres nicht zu stören. »Ein Motor ist ein lebender Organismus, stark und empfindlich, Jacopo, such dir jemand anderen, der dir das Fahren beibringt. Du hast kein Händchen für Lebendiges, mir zerreißt es jedesmal das Herz, wenn du einen neuen Gang einlegst, Teufel noch eins!«

In dem vertrauten Schweigen liegt eine schützende Kraft. Aufgewachsen am Meer, hat der Junge sich das ernste Schweigen aus dem Landesinnern bewahrt. Er wird nicht sprechen, bevor wir nicht am Ziel sind.

»Da sind wir, Mama, denk mal an, wir haben exakt zwanzig Minuten gebraucht! Was für eine schöne Frau du bist in diesem Kleid, wenn es nach mir ginge, würdest du es immer tragen.«

»Das würde schnell langweilig, Prando.«

»Mir nicht, mir ist Vertrautes lieber als Neues.«

»Das hier ist aber ein neues Lokal.«

»Tja, ich weiß nun mal, wie sehr die Damen das Neue schätzen, deshalb habe ich mir einen Ruck gegeben. Gefällt es dir?«

»Es ist großartig! Und wie lang der Steg ist ... Man fühlt sich wie auf einem Schiff!«

»Sie haben versucht, die Rotunde so weit wie möglich hinauszuziehen. Wir essen auf der Rotunde, ja? Oder wird dir dort kalt? Wenn dir kalt wird, sag es mir, dann gebe ich dir meine Jacke.«

Mir ist nicht kalt, aber der Wunsch, seine Arme um meine Schultern zu spüren, läßt mich sagen:

»Eine kleine Brise weht hier doch.«

»Ich wußte es. So sind die Frauen, um schön zu sein, ziehen sie sich zu dünn an, und dann … Aber ich mag das. Was ist, Mama, du siehst plötzlich so traurig aus?«

Ganz in unserer Nähe berührt sanft herabfallendes, schwarzgewelltes Mädchenhaar wie zufällig das Gesicht eines jungen Mannes. Prando schenkt dem noch keine Beachtung, doch bald schon wird seine Jacke über jenen zerbrechlichen Schultern liegen, die von einem kaum spürbaren Hauch von Seide bedeckt sind, dunkel und zart wie die Nacht. Ich bin eifersüchtig, hebe meinen Blick und sehe ihm in die Augen: neue Eifersucht, mütterliche Eifersucht, die den Haß auf seine Jugend schürt.

»Was ist los, Mama, warum ißt du nichts?«

»Ich esse doch, Prando, aber ich bin eifersüchtig.«

»Eifersüchtig? Was sagst du da, auf wen denn?«

»Auf all die Mädchen, um deren Schultern du deine Jacke legen wirst. Und ich möchte dir erzählen, was ich heute abend entdeckt habe, um dich vor mir zu warnen, von Mann zu Mann oder von Frau zu Mann, wie du willst.«

»Und was hast du entdeckt?«

»Daß es das, was wir mütterliche Eifersucht nennen, wirklich gibt und daß wir es uns besser eingestehen sollten.«

»Was meinst du damit?«

»Nichts … Ich warne dich nur, daß ich höchstwahrscheinlich immer auf jede Frau eifersüchtig sein werde, in die du dich verliebst.«

»Aber wo denkst du hin, ich habe nicht die geringste Absicht …«

»Nein, Prando, weiche mir nicht aus, vor vielen Jahren haben wir entschieden, nicht so zu sein wie all die anderen Familien, die den schönsten Zusammenhalt heucheln und sich in Wirklichkeit untereinander unterdrücken.«

»Ja, gewiß! Und ich habe versucht, dich zu verstehen, und auch zugestimmt, Bambolina zu respektieren ... Was hast du denn plötzlich? Habe ich vielleicht etwas getan, das dir nicht paßt, und du willst mir zwei Ohrfeigen versetzen wie damals?«

»Nein! Damals gab ich dir zwei Ohrfeigen, weil du von Bambolina erwartet hast, dich wie eine Sklavin zu bedienen, und nicht wolltest, daß sie mit deinen Freunden spricht. Warum hast du das getan, Prando, jetzt, wo du älter bist, warum?«

»Oh, bestens! Erstens weil alle meine Freunde es so taten und ich es für richtig hielt. Und außerdem war ich eifersüchtig.«

»Da haben wir's, und jetzt gebe ich mir selbst zwei Ohrfeigen, weil ich in mir die Neigung aller Mütter entdeckt habe, die wir kennen, und zwar so stark, daß ... Wir müssen etwas dagegen unternehmen, und du mußt mir helfen.«

»Aber ich finde es, um ehrlich zu sein, ganz schön, wenn du eifersüchtig bist.«

»Ich aber nicht! Und du mußt mir helfen.«

»Na schön, aber wie?«

»Da lachst du, was, Prando?«

»Na ja, so etwas hätte ich nie von dir erwartet.«

»Ich auch nicht.«

»Und was sollen wir tun, Mama?«

»Nichts! Dein Lachen hat mich wieder an meinen Hunger erinnert ... Oh, jetzt sind die Spaghetti kalt.«

»Meine auch. Sollen wir uns neue bestellen?«

»Natürlich! So geht das ja nicht.«

»Du bist toll.«

»Ja, aber voller Schwächen, Prando. Wie alle Mütter. Ich

möchte, daß du meine Schwächen kennst und dich in Zukunft vor mir in acht nimmst.«

»Du Teufelin! Und du weißt genau, daß du mit solchen Reden in meiner Wertschätzung noch steigst, wo andere Frauen mir immer wie kleine Dummerchen vorkommen, Bambú eingeschlossen.«

»Dagegen kann ich nichts tun. Das ist der Preis, den man bezahlt. Seit ich einen Mann wie Carlo gekannt habe, fällt es auch mir schwer, ihn zu ersetzen. Das ist dein Problem, aber ich habe dich gewarnt, und du weißt: Wer gewarnt ist, ist halb gerettet. Oh, da kommen endlich die Spaghetti.«

»Jetzt ist mir nicht mehr kalt, wahrscheinlich war es der Hunger. Hier, da hast du deine Jacke wieder, Prando.«

»Bist du denn auch auf Jacopo eifersüchtig?«

»Nein! Als du noch klein warst, störte es mich auch nicht, wenn Stella oder Tante Beatrice dich auf dem Arm hatten. Erinnerst du dich an Beatrice?«

»Ja, und es gibt ja auch Fotos von ihr. Aber sie war schöner als auf den Bildern, stimmt's? Ich erinnere mich an ihre blonden, federleichten Haare ...«

»An denen du immer gezogen hast ... Aber ich glaube nicht, daß ich auf Jacopo später mal eifersüchtig sein werde.«

»Und wieso nicht?«

»Wenn man das so genau wüßte! Die Flut steigt, hörst du das Meer? Es klatscht an die Pfahlbauten.«

»Stell dir vor, wie schön es wäre, wenn sich wie von Zauberhand die Rotunde vom Strand lösen und das Meer uns davontragen würde.«

»So viele Strandbäder, Prando! Als du klein warst, gab es höchstens fünf oder sechs.«

»Wirklich? Was ist denn jetzt los?«

Ein hundertfaches Raunen erfüllt die Dunkelheit, die sich plötzlich auf die weiße Tischdecke herabgesenkt hat.

»Wir haben kein Licht mehr, die Herrschaften. Es ist nicht

unsere Schuld. Sehen Sie, am ganzen Strand ist der Strom ausgefallen. Wir werden unverzüglich Kerzen verteilen.«

Im Nu verwandeln hundert kleine Flämmchen auf den Tischen die entspannte Atmosphäre von zuvor in ein lähmendes Warten.

»Das ist noch nie passiert, Herr Hauptmann, bitte um Entschuldigung. Natürlich, die Rechnung kommt sofort.«

»Danke schön.«

»Ein deutscher Offizier, Mama, den hatte ich gar nicht bemerkt.«

»Ich auch nicht.«

»Kannst du dich noch an den Krieg erinnern?«

»Kaum, Prando. Ich lebte damals zurückgezogen in einem Kloster.«

»Wie ist der Krieg? Wie geht er los? Manchmal wünsche ich mir fast, er würde endlich ausbrechen.«

»Weil du jung bist und die Jugend das Abenteuer sucht.«

»Ja, vielleicht.«

»Erinnerst du dich, daß du als Kind immer Korsar werden wolltest, und danach Forscher? Lerne, deinen spontanen Gefühlen zu mißtrauen. Der Krieg ist kein Abenteuer, ein Abenteuer ist etwas, das ein Individuum sich selbst aussucht, nicht etwas, zu dem wir gezwungen werden.«

»Sie sagen, wenn der Krieg ausbricht, wird alles zerstört werden. Sie sagen, die Deutschen hätten neue, starke Waffen.«

»Daniel, du erinnerst dich an ihn, hat erzählt, daß die Luftwaffe in Spanien ganze Ortschaften dem Erdboden gleichgemacht hat.«

»Ja, aber Daniel ist ein Feigling! Ich habe auch schon andere Geschichten über den Krieg in Abessinien gehört, zum Beispiel ...«

»Von den Faschisten, Prando, trau ihnen nicht. Ich bin sicher, daß man eines Tages, den vielleicht weder du noch ich erleben werden, Kriege als Unrecht brandmarken wird.«

»Aber ihr sprecht doch auch von Krieg.«

»Von der Revolution, das ist etwas anderes. Eine Revolution ist die legitime Verteidigung gegen den, der dich mit der Waffe des Hungers oder der Unbildung attackiert. Wie oft haben wir darüber gesprochen, Prando! Ich bitte dich, zahle, und wir fahren nach Hause. Das mit dem Strom scheint noch zu dauern, und ich habe das Gefühl, daß es nie wieder hell wird, laß uns nach Hause fahren.«

»Natürlich, Mama. Die Rechnung, bitte!«

»Was ist los, Mama, du zitterst ja, ist dir kalt?«

»Nein, ich will offen zu dir sein, Prando. Deine Abenteuerlust hat mich nervös gemacht. Kauf dir ein Auto, und fahre wieder diese Rennen mit deinesgleichen, geh nach Amerika, fang an zu klauen, mach, was du willst, solange es nur aus dir selbst kommt und nicht dem Befehl eines Königs, eines Duce oder Führers folgt. Indem du den Krieg herbeisehnst, wendest du die Zukunft schon ins Böse, und nicht nur deine eigene. Verstehst du das denn nicht? Es ist das letzte Mal, daß ich versuche, es dir und anderen bornierten Kerlen wie dir begreiflich zu machen. Du bist weder mein Eigentum noch das des Staates, und bilde dir nur nicht ein, ich wolle dir Befehle erteilen. Teufel noch eins! Wie soll man euch nur verständlich machen, daß viele Wünsche euch von oben eingebleut werden, um euch zu benutzen? Ich verstehe ja, wie schwer das für einen armen Schlucker sein muß, der zuerst seinen Hunger stillen und lesen und schreiben lernen muß, um zu wissen, wer er ist und was er will. Aber du, du hast Brot und Bücher, für dich gibt es keine Entschuldigung. Du bist für dich selbst verantwortlich und für diejenigen, die du morgen mit dir reißt. Und warum hältst du jetzt bei laufendem Motor an? Wir wollten doch nach Hause fahren? Ich bin müde!«

17

Zwischen den Wellen der Pinienbäume kommt uns die hell erleuchtete Villa Suvarita entgegen wie ein zum Fest geschmückter Dampfer. Das Gitter der Einfahrt steht offen, stumm streunen die Hunde um einen Rettungswagen herum. Prando bremst und hält am Rand der lichtbeschienenen Auffahrt an, das Klappen der Wagentüren hallt herüber, gefolgt von dem stählernen Kreischen des Martinshorns.

Die Tür ist einladend geöffnet wie zu einer Feier. Im leeren Salon wandern ziellos fünf vereinzelte Gestalten umher. Nur Mela und Bambú kauern umarmt im roten Samt des Sofas. Auf den Sesseln liegen Masken, Perücken, ein Domino aus schwarzer Seide wie zum Karneval.

Stella: »O Mody, da bist du ja endlich! Pietro hat euch überall gesucht.«

Modesta: »Ja, ja, was ist denn passiert?«

Jacopo: »Wir haben gerade Theater gespielt, Mama, nach dem Essen ...«

Modesta: »Und dann?«

Stella: »Ich hatte der gnädigen Frau Tee und Kekse hinaufgebracht ... Sie ißt doch häufig nicht zu Abend, da dachte ich ...«

Modesta: »Aber was ist passiert? Still, Stella, laß Jacopo reden! Er scheint der einzige zu sein, der nicht den Kopf verloren hat.«

Jacopo: »Gegen elf ist Bambolina hoch zu Joyce gegangen, sie brauchte ihren Domino für eine Nummer, und da fand sie die Tür nur angelehnt, und das Licht auf dem Nachttisch brannte. Sie hat an die Badtür geklopft, bekam aber keine Antwort. Dann sah sie, daß unter der Tür Wasser herauslief, und ... Sie zittert immer noch, die arme Bambú! Zum Glück war Mattia da! Wir mußten, oder besser gesagt, er mußte mit einem Pistolenschuß das Schloß öffnen und ... Es ist schrecklich! So viel Blut, Mama! 'Ntoni ist ohnmächtig geworden.«

Modesta: »Wo ist Mattia jetzt?«

Jacopo: »Er ist im Krankenwagen mitgefahren. Mattia hat sich zum Blutspenden bereit erklärt. O Mama, hoffentlich überlebt sie! Aber was mich am meisten erschreckt hat, war Bambú, die schreiend auf der Treppe stand und sich Joyces Domino an die Brust drückte. Wie ist das möglich?«

Bambú: »Das habe ich doch gesagt, der Domino lag auf einem Stuhl, und da habe ich ihn genommen. Ich hatte ihn schon in der Hand, als mir auffiel ...«

Jacopo: »Aber warum hast du ihn so an dich gepreßt?«

Bambú: »Das war der Schock, Tante, wo ich doch völlig ahnungslos war! Zum Glück habe ich den vollgesogenen Teppich unter den Füßen gespürt und an die Tür geklopft. O Mela, das ist alles so schrecklich! Ich will nicht, daß Joyce stirbt, Mela, ich will das nicht!«

Prando: »Setz dich, Mama, du bist kreidebleich, setz dich. Soll ich ins Krankenhaus fahren?«

Modesta: »Nein.«

Bambú: »Antonio hat auch gesagt, es sei besser, hierzubleiben; wenn sie stirbt, müssen sie sie sowieso hierher zurückbringen, wegen der Faschisten. Das hat er leise zu Mattia gesagt, aber ich habe es gehört. O Prando, halt mich fest! Wo wart ihr bloß? Pietro sucht euch seit zwei Stunden in allen Restaurants, wo wart ihr?«

Prando: »Tja, ich hatte eine ganz tolle Idee, ein neues Restaurant!«

Jacopo: »Diese Stille, Mama! Ich halte das nicht aus.«

Stella: »Die Stille des Spätsommers, Jacopo. Das passiert alle hundert Jahre.«

Bambú: »Was passiert alle hundert Jahre, Stella?«

Stella: »Die Stille! Tagsüber, wenn wir beschäftigt sind, bemerken wir sie nicht, aber sie ist da! Und in der Nacht erfaßt sie alles. Vor vielen Jahren zog sich das Warten bis in den Dezember hinein.«

Bambú: »Welches Warten?

Stella: »Auf das Wasser des Himmels, meine Bambuccia! Nach vielen Monaten der Dürre werden die Münder von Flüssen und Bächen ganz stumm und warten auf das Wasser. Aber gestern nacht gegen drei habe ich aus dem Fenster erste Blitze am Horizont gesehen, das ist ein gutes Zeichen.«

Jacopo: »Du stehst nachts um drei am Fenster, Stella?«

Stella: »Ich mag die Nacht. In der Nacht sieht man vieles klarer.«

Jacopo: »Ich halte das nicht aus, Mama, sag etwas.«

Alle hundert Jahre ... Hundert Jahre ist es her, seit die Schlange der Stille um das Haus strich, in dem Carlo um sein Leben kämpfte. Ein weiches, machtvolles Streichen, während die Mauern hypnotisiert auf die Windungen des schuppigen Leibes starrten ...

Jacopo: »Ein Auto, Mama, da kommt ein Auto!«

Bambú: »Unmöglich, die Hunde haben nicht angeschlagen.«

Stella: »Nunzio steht am Tor, er wird sie beruhigt haben, gehen wir hinaus.«

Stella hatte recht. Draußen klatschen große, wilde Tropfen wie lang zurückgehaltene Tränen auf Stirn und Wangen, die kaum naß werden. Durch den torgroßen Wagenschlag legt Mattia ein kleines Bündel in Pietros Arme.

Jacopo: »Sie lebt, Mama, Mattia lächelt!«

Die verbundenen Hände auf der weißen Bettdecke sind ohne jedes Gefühl, noch wecken sie ein Gefühl, abscheuliche Reliquien auf einem Silbertablett im schützenden Heiligenschrein. Welcher Bildhauer hat nur sein Talent mißbraucht, um solch leblosen Schmerz ohne jede Hoffnung darzustellen?

»Verzeih, Modesta, ich wollte nur noch sterben.«

»Ich weiß.«

»Warum habt ihr mich nicht sterben lassen?«

»Ein Zufall, Joyce. Ich war nicht da. Bambolina kam zufällig hinauf, und Mattia hat die Tür mit Gewalt geöffnet.«

»Mattia? Und ich nackt in der Wanne? Wie peinlich! Dir ekelt vor mir, Modesta, ich weiß.«

»Nein, ich fühle nur Machtlosigkeit und sehr viel Rührung.«

»Wann hat man mich zurückgebracht?«

»Heute nacht um drei, vier Uhr, ich weiß es nicht. Ich weiß nur noch, daß es endlich zu regnen begonnen hatte. Schau nur, wie es schüttet! Stella sagt, es sei eine Wohltat.«

»Oh, Stella, ich habe sie schlecht behandelt.«

»Stella versteht das. Sie war nur besorgt, weil du die Bouillon nicht trinken wolltest.«

»Ach ja?«

»Ja, und wenn wir es schaffen, diese Tasse leer nach unten zu schicken, wird Stella deine Unart sofort vergessen.«

»Unart, wie merkwürdig eure Sprache doch ist.«

»Wollen wir also diese Tasse austrinken, um deine Unart wiedergutzumachen?«

»O ja, ich habe solchen Durst!«

Löffel um Löffel wandert nun durch ihre rissigen Lippen in den Mund, jeden Morgen Milch, Kekse und ein wenig Marmelade, bis zu jenem sonnigen Nachmittag nach einer Woche Regen, als Joyce am Fenster sitzt und eigenhändig die Tasse Tee an die geheilten Lippen führt.

»Prando war vorhin hier und hat sich verabschiedet, als würde er nach Amerika aufbrechen. Er hat sich sehr verändert, er ist erwachsen geworden, wirkte aber sehr ausgeglichen.«

»Er wird eine eigene Wohnung haben, mit eigenem Schlüssel, und frei sein, zu kommen und zu gehen, wann er will, und zu tun und zu lassen, was er will.«

»Und 'Ntoni? Ich habe ihn seit Tagen nicht gesehen.«

»Tja, da ist viel passiert! Angelo Muscos Tod hat seine Fluchtpläne platzen lassen, und nun übt er wie besessen, weil er herausgefunden hat, daß es in Rom eine Schauspielschule gibt. Hast du je von ihr gehört?«

»Ich habe mich nie viel mit Theater beschäftigt.«

»Na, ist auch nicht so wichtig. Viel wichtiger ist, daß er mit einer Prüfung zu den Kursen zugelassen werden könnte, obwohl er noch so jung ist. Und wenn er gut ist, besteht sogar Hoffnung auf ein Stipendium.«

»Und wann hat er diese Prüfung?«

»Kommenden Monat.«

»In Rom ... Und wir zwei, Modesta?«

»Was, wir zwei, Joyce?«

»Ich spreche und frage, aber ohne echtes Interesse. Es ist schrecklich, es ist, als sei ich tot und liege begraben in deinem Garten, wie du einmal aus Spaß gesagt hast. Wäre ich doch neulich gestorben, als du mich im Park fast überfahren hast. Ich dachte, du kämst von einem deiner Mittagessen mit Anwalt Santangelo zurück, doch dann ...«

»Was dann?«

»Dann wurde mir klar, daß du Timur getroffen hattest. Ist es so?«

»Ja. Ich hätte es dir noch gesagt.«

»Oh, geh weg, geh! Da hättest du mich gleich umbringen können. Ich hasse euch alle, geh weg!«

»Und ich wollte dich jetzt, wo es dir wieder besser geht, an einer freudigen Entdeckung teilhaben lassen, die ich gemacht habe.«

»Was für eine Entdeckung?«

»Prando ist kein Faschist! Er hat endlich mit mir geredet, und daß ein Junge wie er mit unserem Beistand das geschafft hat, gibt mir Hoffnung. Und ich verdanke es auch dir, wenn es mir gelungen ist, daß er nicht endet wie ...«

»... wie Timur, sag es nur, wie Timur? Er hat dir alles erzählt.«

»Ja, alles.«

»Alles Lüge! Ich habe Renan nicht in den Selbstmord

getrieben. Ich liebte sie mehr als mich selbst. Nicht ich habe ihr an jenem Tag Vorwürfe gemacht. Außerdem waren wir Zwillinge, wir ähnelten uns wie ein Ei dem anderen. In allen Ländern, in denen wir als Kinder waren, empfingen uns Chöre der Bewunderung. Zwei strahlende Edelsteine, so wurden wir genannt. Schau, siehst du diesen Solitär? Papa hat jeder von uns einen gekauft, in jenem Jahr unten in Sofia ... Was weiß er schon davon? Er war nicht einmal geboren. Was erlaubt er sich, dummes Geschwätz zu verbreiten, Gerüchte. Was weiß er schon! Als er zur Welt kam, war Papa bereits gestorben. Und mit ihm all das rastlose Herumreisen! Drei Jahre hier, drei Jahre dort. Und immer neue Sprachen, provisorische Freundschaften. Man hatte kaum Zeit, sich anzufreunden, eine Sprache zu erlernen, schon mußte man wieder abreisen, das Haus war noch nicht richtig eingerichtet, da stieg man schon wieder in den Zug ... Und dieses Sofia! Eine schreckliche Stadt, gesichtslos, provinziell, alle Blicke lagen auf den Zwillingen des Botschafters. Und war es denn meine Schuld, daß Renan, abgesehen von der physischen Erscheinung, so ganz anders war als ich? Was konnte ich dafür, wenn sie in jeder Botschaft mit dem Bürodiener herumknutschte, sich langweilte, keine Sprachen lernte, kein Buch las? Und ›die zwei‹ komplett verschlossen in ihrer Liebe! Niemals habe ich gesehen, daß mein Vater irgendeine Frau bewundernd angesehen hätte, nicht eine! Nur sie und ihre Doggen betrachtete er mit Liebe ... Uns bedachte er höchstens mit einem Seitenblick bei Abfahrt und Ankunft, wie zur Kontrolle, ob alles Gepäck beisammen war. Und wer hätte es geahnt, daß in dieser neuen Stadt, in der riesigen, eisigen Villa, die wer weiß wie lange leergestanden hatte, mit den Öfen, die einfach nicht funktionieren wollten ... Ich lag lesend im Bett, und Renan rauchte. Mein Vater hatte mir aufgetragen, ihr das Rauchen zu verbieten, aber ich habe nie etwas gesagt, ich schwöre es! Ich las damals gerade ›Die Gruft‹ von Kuprin. Das Buch stand auf dem Index, aber ich hatte es aus dem

Koffer meiner Mutter genommen. Und du weißt, wie packend es ist, ich wollte es zu Ende lesen, bevor sie zum Abendessen zurück wären. Ich merkte nicht einmal ... Danach erst erinnerte ich mich, daß Renan irgendwann angefangen hatte, auf und ab zu gehen. Warum steckten sie uns in all den großen Häusern immer zusammen in ein Schlafzimmer? ... Sie fing an herumzulaufen und versuchte dann, sich neben mich zu legen. Das Bett war schmal, ja, es war schmal, und sie störte mich, indem sie in meinem Haar herumfummelte. Dann fragte sie: ›Gehen wir spazieren?‹ Wie hätte ich es ahnen sollen? Es war der erste Sonntag, wir kannten die Umgebung noch nicht. Ich war nicht abweisend, glaube mir, ich sagte nur: ›Papa hat es verboten, es ist gefährlich.‹ Dann wurde es dunkel, und ich machte das Licht an, um die letzten Zeilen zu lesen. Renan war nicht da, und es mußte sehr spät sein ... Die letzten Zeilen habe ich nie gelesen, denn ich wußte, daß Papa und Mama jeden Moment nach Hause kommen konnten, und hoffte, daß Renan rechtzeitig von ihrem Spaziergang zurück wäre. Sie hatte gesagt: ›Dann gehe ich eben allein.‹ Ich stellte mich ans Fenster und wartete auf sie. Dieser armselige Platz mit seinen dreckigen Bänken und den traurigen Bäumen in trostloser Reihe ... Ich werde ihn immer vor mir sehen! Bis der Butler an die Tür klopfte und zum Abendessen rief und ... Ich fürchtete mich vor dem Essen, zu dritt ohne Renan, ich fürchtete mich vor dem Schweigen meines Vaters und wollte mir die Hände waschen, damit wenigstens sie sauber wären und er sich nicht noch darüber aufregen müßte. Im Bad fand ich dann Renan, die an einem der großen Heizungsrohre pendelte. Weißt du, diese Rohre in Bädern, so groß wie Wohnzimmer ... Oh, Renan! Modesta, nimm mich in den Arm, halt mich fest, ich habe Angst!«

Ich muß sie umarmen, obwohl mir dieses in die einbrechende Dunkelheit gehauchte Renan Knochen und Gedanken gefrieren läßt. Zusammengekauert liegt sie zitternd in meinem Schoß und umschlingt meinen Hals.

»Beruhige dich, Joyce. Du hast recht, es war ein Unglücksfall!«

»Nein! Das war es nicht! Immer habe ich ihr Vorwürfe gemacht, und was am schrecklichsten ist, stumme Vorwürfe … Was hat dir Timur erzählt, was?«

»Alles, Joyce, aber ich habe ihm nicht geglaubt.«

»Das stimmt nicht!«

»Joyce, ich schwöre dir, ich habe ihm nicht geglaubt, ich hatte nur Angst. Du hattest recht, Timur ist gefährlich.«

»Siehst du, siehst du? Und wenn sie wirklich alle so schlecht über Renan dachten, warum ließen sie uns dann in einem Zimmer schlafen? Warum immer die gleichen Betten, die gleichen Kleider?«

»Und Joland? War sie nicht deine Schwester?«

»Alles! Er hat dir alles gesagt. Verflucht soll er sein!«

»Warum hast du behauptet, Joland sei deine Schwester?«

»Eine Lüge, einverstanden? Es war gelogen wie alles übrige, wie … Geh weg, geh!«

»Wie du willst, dann gehe ich. Aber Timur hat mir aufgetragen, dich zu bitten, deiner Mutter zu schreiben. Deine Mutter ist nicht tot, Joyce … Sieh mich nicht so an, du mußt auch mich verstehen, ich bin erschrocken, du hattest mir erzählt, deine Mutter sei tot. Ich, ich … aber egal, wir sprechen morgen darüber. Wirst du deiner Mutter ein paar Zeilen schreiben?«

»Niemals! Was will sie von mir? Genügt es nicht, daß sie mich so lange gequält hat? Daß sie Joland gequält hat? … Oh, Joland, warum hast du das getan, warum?«

»Was hat sie getan? Sprich, laß alles raus! Wenn man gemeinsam darüber spricht, kann man versuchen, es zu überwinden.«

»Was überwinden? Worüber sprechen? Sprechen, sprechen, so ein Unsinn!«

»Was bringt es, zu behaupten, deine Mutter sei tot?«

»Sie ist tot, wollt ihr das nicht endlich einsehen! Tot! Bei

Jolands Leichnam habe ich geschworen, daß sie für mich gestorben ist. Sie haßte Joland, sie konnte sie nie akzeptieren. Ich habe auf alle Arten versucht, ihr beizubringen, wieviel sie mir bedeutete, aber es war zwecklos, sie verschloß sich ganz und gar in ihrer Verachtung. Dabei wußte sie um mein einsames Ringen, sie wußte alles von mir ... und außerdem hat sie mich in die Welt gesetzt, so wie ich bin, anormal ... Sie hat mir dieses Buch gegeben, ich war zwölf oder dreizehn, dieses Buch, das von Fällen wie dem meinen handelte ... Wenn sie wenigstens Joland akzeptiert hätte, wären wir nicht so allein gewesen. Aber wie konnte sie, schön, vollkommen, mit ihrem gelungenen Leben, eine so abweichende Verbindung akzeptieren? So sagte sie. Wenn wenigstens sie uns akzeptiert hätte, hätte ich Joland niemals verlassen ... und sie, einsam, schutzlos, die arme Kleine, oh, wäre ich doch tot!«

»Das ist einfach, Joyce, ganz einfach. Wie sich foltern zu lassen und um der Sache willen ins Gefängnis zu gehen.«

»Wie meinst du das?«

»Solange Menschen wie du zur Schlachtbank gehen, um ihre Schuldgefühle loszuwerden, ist die Sache von Anfang an verloren. Ich habe kein Vertrauen mehr in dich noch in irgendeinen zukünftigen Helden wie dich. Weine nicht, Joyce, es war abzusehen. Vielleicht sind auch wir nur zwei Mörderinnen wie alle anderen. Nur daß ich aus eigener Notwendigkeit getötet habe und ein Vergehen, wenn es notwendig ist, nicht aufgedeckt wird, während du, wie Madre Leonora oder Gaia, im Namen Dritter getötet hast und unter dem Deckmantel ewiger Gefühle und Pflichten.«

»Wäre ich doch tot!«

»Du bist tot, Joyce, weil du endlich jemanden getroffen hast, der töten kann, und besser als du. Nicht eine Joland oder eine zum Mitgefühl erzogene Beatrice, wie man damals sagte ... Was rede ich? Wie man heute noch sagt.«

»Genug, genug!«

»Weine nicht, auch wenn das Opfer dir aus der Hand

gesprungen ist, verzweifle nicht. Ich liebe dich, wenn auch nicht ewig, aber noch liebe ich dich. Und jetzt auf gleicher Augenhöhe, von Mörderin zu Mörderin.«

»Wohin gehst du?«

»Na, mir die Hände waschen. Es ist acht Uhr, und ich bin hungrig. Ich schicke dir eine Krankenschwester, damit sie nach dir sieht. Ich möchte nicht die Niederlage erleben, den Genossen recht geben zu müssen, indem ich dich am Ende doch in meinem Garten begrabe.«

ZWEITER TEIL

18

In sein männliches Schweigen gehüllt, löst Prando sich beim Abschied entschlossen aus Bambolinas verzweifelter Umarmung. Was steckt hinter dieser Verzweiflung, und warum beißt Mela sich auf die Lippen, während sie mich stumm ansieht? Eine Anklage? Ist es meine Schuld, daß sie ihren Liebling verlieren? Ich möchte in sie hineinblicken und ihnen folgen, doch das ist verboten. Es gibt eine klare Grenze für den, der anderen helfen möchte. Jenseits dieser für viele unsichtbaren Grenze liegt nur der Wunsch, dem Gegenüber seine eigene Wesensart aufzuzwingen ... Die Lüge, die in den Wörtern verborgen liegt, ist ein bodenloser Brunnenschacht, und Modesta entschließt sich, zu schweigen und aufmerksam den leeren Platz zu beobachten, abends, wenn sie um den ovalen Tisch ihrer Kindheit sitzen, der, von der Treppe aus gesehen, ein gähnender Abgrund ist. Ich kann die Stufen nicht hinabsteigen. Wenn ich mich wenigstens auf Prando stützen könnte, doch von unten klingt Stellas Weinen und Rufen zu mir herauf. Nein, kein Weinen, sie ist nur aufgeregt:

»Modesta, um Himmels willen, komm herunter! Seit Prando fort ist, findet das Haus keine Ruhe.«

»Was gibt es, Stella?«

»Was weiß ich! Jeden Tag etwas anderes! Früher waren sie immer so friedlich. Seit Prandos Abreise ...«

»Jetzt hör endlich mit Prando auf, Stella! Mach mich nicht wütend, ich habe gefragt, was los ist, mehr nicht!«

»Es ist nur, daß Jacopo seit ... na, in den letzten Tagen nicht mehr er selbst war, und seit heute morgen ißt er nicht und verläßt sein Zimmer nicht und wollte nicht einmal für Crispinas Klavierstunde herunterkommen, und da hat die

Picciridda angefangen zu weinen. Ich habe Stunden gebraucht, um sie zu beruhigen! Und auch jetzt will er nicht zum Essen herunterkommen ... Gehst du mal nach ihm schauen? Oh, zum Glück!«

Ich kenne das Zimmer gut, das Jacopo sich ausgesucht hat, doch hatte ich zuvor übersehen, wie kühn die runde Fensterfront hinausstrebt zu der großen Palme, die Einlaß zu verlangen scheint. An den Wänden, halb im Dunkeln, hängen große Tafeln mit Zahlen, Zeichnungen, Kolonnen griechischer Wörter. Die Lampe breitet ihr gelbes Licht über den Tisch, die Regale und das Skelett, das Onkel Jacopo gehörte und auf dem Speicher ausgegraben und sorgfältig abgestaubt wurde.

»Das ist ja schrecklich! Ich werde nie mehr einen Fuß in dein Zimmer setzen, wenn du dieses fürchterliche Ding nicht wegschaffst!«

»Sei nicht albern, Bambú! Es ist äußerst nützlich, besser als jedes Buch. Nur so lernt man etwas. Es ist einfach faszinierend anzuschauen, wie wir innen drin aussehen.«

»Was mußt du dir von all den vielen Schätzen auf dem Speicher ausgerechnet ein Skelett aussuchen!«

»Ich interessiere mich eben für diesen Herrn. Ich werde ihn Yorick nennen, wie Hamlet. Vielleicht sollte jeder Mann seinen Yorick haben ... Und was mischst du dich überhaupt ein, Bambú, ich halte ja auch meinen Mund, wenn du Spitze und Seide von oben herunterholst, die du eben magst und die ich schrecklich trist finde.«

Als ich meine Hände auf Jacopos warme Schultern lege, beruhige ich mich, wenngleich er reglos daliegt und stur die Wand ansieht. Schon als Kind hat er das immer getan ...

»Nenn mich nicht Kind.«

»Du hast recht, jetzt bist du groß.«

»Das ist es nicht, das weißt du!«

»Was weiß ich, Jacopo?«

»Daß ich nicht *dein* Kind bin.«

… Ich habe geträumt, ich wäre nicht dein Kind und du hättest mich in einem Körbchen gefunden, das irgend jemand unter den uralten sarazenischen Olivenbaum gelegt hat.

»Dann erzähl mal, wo ich dich dieses Mal gefunden habe? Letztes Mal war es am Strand, und du sahst nicht traurig aus, als du es erzählt hast.«

»Ich halte das nicht mehr aus, ich will sterben!«

»Oder hat dich dieser Traum immer geschmerzt, und du wolltest es verstecken, wie du es auch mit den Zähnen gemacht hast, um dem Mitleid zu entgehen? Ist es das, Jacopo? Ich weiß, daß du 'Ntonis Art nicht magst, der sich schon beim kleinsten Pickel von allen bedauern läßt.«

»Nein, nein … der Traum hat nichts damit zu tun, entschuldige, aber ich muß allein sein. Ich habe mein Ehrenwort gegeben. Bitte, geh hinunter zum Abendessen, ich muß allein sein!«

Ehrenwort, ein Mann, ein Wort, männliches Schweigen. »Ein wahrer Mann schweigt, wenn er sein Wort gegeben hat!«

»Hatten wir nicht abgemacht, Jacopo, nicht auf das Gerede der anderen zu hören und alles miteinander zu besprechen, wie wir es immer getan haben?«

»Ich habe mein Ehrenwort gegeben, dräng mich also nicht! Außerdem geht es mir schon besser, wenn du unbedingt willst, komme ich mit hinunter, ich komme zum Essen, und damit hat sich die Sache.«

Wer konnte Jacopo um sein Ehrenwort bitten und es auch bekommen? »Ein wahrer Mann gibt sein Ehrenwort nicht jedem.« Nur ein Mensch hatte die Macht dazu, jemand, der auf Zehenspitzen durch unser Leben schlich, eine sanfte Erscheinung, die kurz innehielt und dann geräuschlos wieder verschwand. Das Aufblitzen eines lachenden Gesichtes zwischen den Kulissen der Vergangenheit, eines milden Gesichtes, in dem das Versprechen lag, für das Wohl eines Kindes das Kreuz zu tragen, das Gott ihr auferlegt hatte, weckte in mir den Haß aus längst vergessenen Tagen. Kleinmütige

Inès! Die Frau, die Frauen wie Männer haßte und zu feige war zum Gebären ... Nach Carlos Tod hatte sie viermal abgetrieben, jedesmal mit größerer Leichtigkeit; in diesem Martyrium glaubte sie ihre Schuld zu sühnen ... Und zwischen den Kulissen sehe ich sie, lächelnd und geläutert genug, um sich die heilige Frucht ihres Leibes zurückzuholen.

»Warum hast du zugelassen, daß ich geboren wurde?«

»Was hätte ich denn tun sollen? Inès war gesund und schön, wie hätte ich sie zwingen können, abzutreiben?«

Jacopos bleiches Gesicht überzieht sich mit violetten Flecken, es schüttelt seinen langen Körper, jetzt steht er auf und wendet sich ab wie zur Flucht. Ich kann ihm nicht folgen. Er ist allein in seinem Leid, allein muß er den Weg finden, der ihn herausführt ... Besinnungslos läuft er durch das Zimmer, bis er wieder auf das Bett fällt, den Kopf zwischen den feinen Händen und den vor Verzweiflung geröteten Fingerknöcheln verborgen.

»Dann stimmt es also?«

»Hätte ich sagen sollen, daß Inès gelogen hat?«

»Nein, nein, ich weiß, daß sie nicht gelogen hat.«

Ich kann Inès' Verbrechen nicht ein weiteres hinzufügen und in Jacopo das Bild von ihr zerstören, indem ich die Feigheit dieser Frau anprangere. Natürlich würde Jacopo mir glauben, aber ich darf meinen Händen nicht erlauben, jene Seite von Inès zu zerschlagen, die in ihm lebt, die süße, lächelnde Seite, die ich Jahr um Jahr als Seitentrieb erblühen sah, wegstrebend von dem harten und trockenen Stamm Gaias und Onkel Jacopos.

»Ich mußte ihr schwören, daß ich es dir niemals verraten würde, wie hast du es nur herausgefunden?«

»Sie ist deine Mutter, wahrscheinlich war es ihr selbst ein Bedürfnis, daß du es weißt.«

»Aber sie ist feige! Das macht mich ja so verrückt daran! Warum hat sie mich damals nicht bei sich behalten? Warum fünfzehn Jahre warten ... weißt du, früher mochte ich sie ja, als ich sie Tante nannte, aber jetzt will sie, daß ich sie Mama nenne, wenn wir unter uns sind, weißt du, da will ich sie nicht mehr sehen, ich hasse sie. Es ist schlimm, zu hassen, ich habe noch nie jemanden gehaßt.«

Erneut steht Jacopo auf, um den Haß loszuwerden, der ihn auf und ab durchs Zimmer treibt, das Rückgrat so aufrecht wie nie zuvor.

»Bin ich denn eine Marionette, die man weiterreicht von Hand zu Hand? Habe ich denn keine Augen, zu sehen, und Ohren, zu hören, wie Pietro immer sagt? Bin ich dumm und naiv? Im Gegenteil, jetzt kann ich mir allerhand erklären, das Pietro mir zu Recht verschweigen mußte! Sie hat eine Rente bekommen, und nicht zu knapp, dafür, daß sie mich dir überließ. Und weißt du, was sie mir in ihrer Unverfrorenheit noch gesagt hat? Daß sie alles mir hinterlassen wird ... mir, verstehst du? Als brauchte ich ihr Geld oder deines. Ich werde arbeiten, ich will von niemandem etwas! Und außerdem ... und das macht mich noch wahnsinniger vor lauter Haß auf das Leben! Ich werde nicht einmal viel Geld brauchen, weil ich mittlerweile ...«

»Was?«

»Ich weiß, daß ich niemals Kinder haben kann, niemals! Diese Krankheit ist erblich. Als ich geboren wurde, hatte er bereits Syphilis, anders als bei Prando, der vorher geboren wurde. O Mama, warum, warum? ... Aber warum weinst du? Nicht weinen! Ich werde niemals Kinder haben, aber ich werde diese Frau auch niemals Mama nennen, niemals! Du bist meine Mutter, nicht wahr? Du hast es ja gesagt, und ich verstand es nicht, daß Bambolina dir mehr eine Tochter ist als Prando und 'Ntoni ein Neffe, obwohl Stella nicht deine Schwester ist ... Du bist meine Mutter, stimmt's? Nimm mich in den Arm, Mama ... Und das wirst du auch immer bleiben, nicht wahr? Sag es!«

Endlich weint er in meinen Armen, und um das verzweifelte Zittern zu beruhigen, das ihn schüttelt, kann ich das

Wort sagen, das keinen Sinn ergibt, aber wie manche Gifte in der richtigen Dosierung die Macht hat, Schmerz zu lindern.

»Immer, Jacopo, deine Mutter, immer bei dir.«

Ich merkte, daß ich an seiner Brust schluchzte, daß seine Arme mich stützten. Wie konnte Jacopo eben noch so zerbrechlich wirken und jetzt so stark? Schon einmal hatte ich so geweint, aber ich erinnerte mich nicht, wann ... Es war an einem Strand gewesen, nachts, und im Schein der Fischerboote leuchteten zwei feuchte, dankbar blickende Hundeaugen. Oder war es, als sie das leere Bündel Carlos nach Hause brachten? Diese Kleiderpuppe, der sie zum Hohn Jacke, Hose und Schuhe von Carlo angezogen hatten? Niemals danach mehr hatte ich so geweint.

»Wie feige! Und ich soll eine Frau Mama nennen, die dich so zum Weinen bringt?«

»Ich habe Angst, Jacopo! Warum versuchen alle immer, uns unglücklich zu machen?«

»Hab keine Angst, Mama, ich bin bei dir.«

»All diese Tage hast du ganz allein vor dich hin gelitten, und ich habe Angst. Ich bitte dich, wenn dich der Schmerz erneut packt, verstecke ihn nicht mehr, sprich mit mir wie damals bei den Zähnen, weißt du noch? Du littest, aber immerhin waren wir zusammen.«

»Du hast meine Hand gehalten.«

»Siehst du? Allein die Einsamkeit macht den Schmerz so fürchterlich. Sie nutzen die Einsamkeit, um uns noch ärger zu treffen. Versprich mir, versprich es mir, wir müssen zusammen kämpfen.«

»Ich verspreche es, und um mein Versprechen gleich einzulösen, gestehe ich dir noch einen Schmerz.«

»Was denn noch?«

»Ich habe Magenschmerzen, wohl vor Hunger, es ist mir peinlich, aber ich habe Hunger.«

»Ich auch.«

»Aber wie kann das sein, Mama? Bekommt man denn auch Hunger, wenn man leidet?«

Als wir Stellas Braten verzehren, scheint der Schmerz verflogen.

»Wie gut das schmeckt, Mama! Ich würde ihn nie so gut hinbekommen.«

»Ich auch nicht.«

Doch kaum ist der Hunger gestillt, beginnt das Leid erneut durch seinen Blick zu jagen, der ausweicht und an den Küchenwänden abprallt. In der Stille hört man den Schmerz wie gedämpften Hörnerklang, oder ist es der erstickte Herzschlag, der gegen seinen Brustkorb hämmert, als wolle er ihn durchstoßen? Er muß sich selbst gebären oder an jenem Fremdkörper zugrunde gehen, der sich in ihm eingenistet hat. Mit sich ringend, deckt er den Tisch ab, sucht Halt an Gegenständen, an vertrauten Bewegungen.

»Mir macht es Spaß, etwas zu kochen. Vorgestern, als du nicht da warst, Stella zu tun hatte, Bambú und Mela am Lernen waren, war ich froh, daß ich für Crispina, die auch Hunger hatte, ein Rührei machen konnte.«

Sein Blick liegt wie hypnotisiert auf dem großen, leeren Tisch. Jacopo muß mit den Fäusten auf die Holzplatte schlagen, bevor er wieder auf seinen Stuhl sinkt, den Kopf auf die Hände gestützt, den Blick feindselig auf mich gerichtet. Einen kurzen Moment hat sich Inès' Maske über mein Gesicht gelegt, und er findet nicht den Weg zu mir. Vielleicht wird diese Maske die Macht haben, sich vor jedes Frauengesicht seiner Zukunft zu schieben und ihn sein Leben lang in der Zelle des Mißtrauens gefangenzuhalten. Er hat Crispina genannt, vielleicht kann ihr kleines Gesichtchen zwischen den Gitterstäben hindurchschlüpfen, die Inès um ihn errichtet hat.

»Crispina hat heute geweint.«

»Ich weiß, ich weiß, das tut mir so leid, aber ich konnte sie einfach nicht sehen.«

»Sie lassen uns ungerechterweise leiden, und anstatt dieser Ungerechtigkeit ein Ende zu setzen, übertragen wir sie auf die Kleinsten und Wehrlosesten.«

»Du hast recht, und ich weiß es! Auch für sie wollte ich stark sein, aber diese, diese ... oh, Mama, diese Frau ist so gemein! Und jetzt, wo ich weiß, daß sie meine Mutter ist, ist es, als hätte ich entdeckt, daß jedermann gemein ist!«

»Warum gemein, Jacopo?«

»Darum! Nicht nur weil sie mir erzählt hat, was sie nicht hätte erzählen dürfen, sondern auch weil sie euch schlecht gemacht hat, dich, Bambú, uns. Sie hat gesagt, du seist verrückt. Daß du alles Geld verschwendet habest, um ganz nach deinen Vorstellungen leben zu können ...«

»Sie ist nicht die einzige, die uns kritisiert, Jacopo.«

»Ich weiß ... Warum tut es mir dann so weh, Mama?«

»Weil du Angst hast, selbst schlecht zu sein, seitdem du weißt, daß du ihr Sohn bist. Sie ist nicht schlecht, sondern nur ungebildet. Großherzigkeit, Güte, das ist der Luxus. Die Armen, ich war selbst arm und weiß, wovon ich rede, die Armen haben keine Zeit, gut zu sein. Wie kann man gut sein, wenn man gezwungen ist, um jedes Stückchen Brot zu kämpfen?«

»Aber Stella ist gut.«

»Sie ist eine Ausnahme, Jacopo! Oder vielleicht gar nicht mal so sehr. Stella ist die Tochter wohlhabender Bauern. Sie ist aus freien Stücken hier und bleibt, solange sie will, niemand zwingt sie dazu, das ist der Unterschied! Inès hingegen ist in einem Waisenhaus aufgewachsen, sie weiß nicht, wer ihre Eltern sind.«

»Das wußte ich nicht, Mama.«

»Ich will dir damit sagen, Jacopo, daß jeder von uns das Ergebnis einer ganz bestimmten Vergangenheit und Erziehung ist, und Inès hat ganz gewiß die schlechteste aller Erziehungen genossen.«

»Dann meinst du, daß sie gar nicht schlecht ist?«

»Sie weiß es nun mal nicht besser, das ist alles ... und vielleicht ist sie schwächer als, was weiß ich, als Stella oder ich. Würde es dich zum Beispiel wundern, wenn ich dir sagte, daß Bambolina mit einer anderen Erziehung viele Seiten von Egoismus und Eigensinn hätte?«

»O nein! Ich hatte noch nie darüber nachgedacht, aber es stimmt. Mela ist da stärker, obwohl sie nicht so wirkt.«

»Siehst du? Und Prando? Laß uns die Wahrheit suchen. Wie gefiele dir ein Prando, den man frei schalten und walten ließe?«

»Ach du meine Güte!«

»Auch ich bin weder gut noch schlecht. Ich bin gut, wenn ich es mir erlauben kann, und schlecht, wenn ich mich oder dich verteidigen muß oder Crispina vor dir ... Du selbst warst schon schlecht, wenn wir tatsächlich dieses schlimme, ausweglose Wort benutzen wollen, und zwar Crispina gegenüber.«

»Das ist wahr.«

»Und? So etwas passiert, aber man kann es wiedergutmachen.«

»Ich werde sie um Verzeihung bitten.«

»Sich entschuldigen oder Reue zeigen funktioniert bei Erwachsenen, bei den Kleinen muß man handeln, etwas tun, das sie das erlittene Unrecht vergessen läßt.«

»Weißt du, was ich morgen mit dem Lohn mache, den du mir für die Unterrichtsstunden gegeben hast? Ich kaufe ihr ein Geschenk. Was könnte einem kleinen Mädchen denn gefallen, Mama?«

»Denk nicht nur an das kleine Mädchen, überlege, was dir selbst gefallen würde.«

»Ich werde morgen 'Ntoni fragen, er hat immer so tolle Ideen. Ach was, heute! Sieh nur, Mama, die Morgenröte! Wie kann das sein? Und ich bin gar nicht müde ... Wie kann das sein, daß ich nicht müde bin?«

»Weil du leidest, Jacopo. Auch ich wurde nie müde, wenn ich litt.«

»Habe ich schon einmal so gelitten, Mama? Ich erinnere mich nicht.«

»O ja. Weißt du noch, als Bambú Diphtherie hatte? Du warst noch klein, aber du hast alles mitbekommen und ständig geweint.«

»Ach ja, ja. Aber wo war Prando denn damals?«

»Hier.«

»Und hat er auch so gelitten?«

»Nein, Prando ist da anders. Wir sind alle verschieden, das macht die Dinge so kompliziert. Prando glaubte Antonios Lüge, der Lüge eines Arztes, der euch nicht erschrecken wollte. Aber du hast ihn durchschaut und warst einfach untröstlich.«

»Wie sich das Licht vom Horizont her ausbreitet! Wollen wir hinausgehen und zusehen?«

»Sicher, aber wir müssen uns beeilen, weil die Sonne schnell aus dem Meer aufsteigt.«

»Mal sehen, ob sie schneller oben ist, als wir am Strand sind.«

19

Während wir über den morgenkalten weißen Sand laufen, erhebt sich vor uns die klare Himmelsfläche wie eine blasse, endlose Wand.

»Lauf, Mama, wir schaffen es!«

»Lauf, Jacopo, lauf, es wird dir helfen!«

»Wie entkommt man seinem Schicksal, Mimmo?«

»Indem man im Geiste seinen Absichten davonläuft, ohne sich jemals umzudrehen. Flink muß man sein, bis man es hinter sich zurückgelassen hat, das dumme Hasenschicksal!«

»Wir haben es geschafft, Mama! Alles ist weiß. Man kann nichts mehr sehen, selbst der Kopf des Propheten ist verschwunden. Oder geht das nur mir so? Muß ich jetzt etwa eine Brille tragen, wie Antonio sagt?«

»Nein, Jacopo, man sieht wirklich nichts! Ganz schön kalt ist es, oder liegt es daran, daß ich alt werde? Ich hasse das Altern fast so sehr wie du Brillen.«

»Von wegen alt! Das kommt daher, daß wir nicht geschlafen haben, aber Jacopo hat vorgesorgt, sieh nur.«

»O nein, du willst mich nur ablenken, um selbst als erster das Auge der Sonne zu erblicken.«

»Jacopo hat vorgesorgt ... Behalte du nur immer den Horizont im Auge, aber heb die Arme, damit ich dir den Pullover überstreifen kann. So ... Seht euch das an, nicht einmal für ein Dankeschön dreht sie sich um.«

»Nein, nein, darauf falle ich nicht herein, wenn ich mich umdrehe, siehst du sie zuerst ...«

»Da ist sie!«

»Teufel noch eins! Jetzt hast du es also doch geschafft, mich abzulenken.«

»Was soll das, warum schlägst du mich, Mama?«

»Du warst hinterhältig und verdienst eine Tracht Prügel.«

»Und ich hindere dich daran, liebe Mama, die Zeiten sind vorbei, da du mich noch nach Belieben verprügeln konntest. So ... mit dem Rücken auf die Erde, jetzt versuche dich zu rühren, wenn du kannst ... Gibst du auf? Wenn du nicht aufgibst, nagele ich dich mit vier Pflöcken in den Strand, und du mußt um Hilfe schreien.«

Ich konnte mich nicht rühren. Woher nahm er nur diese Kraft? Bis gestern noch war er bei jedem Wettrennen keuchend hinter mir zurückgeblieben. Und woher hat er dieses triumphierende Lachen, das seine grauen Augen versilbert? Onkel Jacopo bekommt auf dem Foto hinter seinen Brillengläsern kaum ein Lächeln zustande. Dieses hohe, offene Lachen, die schwarzen Locken, der silberne Schein, der von den Pupillen auf die Stimme überspringt, entstammen Inès' Venen.

»Du mußt es dreimal sagen.«

Im Kampf läßt der Schmerz nach, doch anschließend

kommt er sofort zurück und verwandelt sein Lachen in ein eisiges Flüstern:

»Mama, ich hasse diese Frau und weiß, daß sie schlecht ist ... Mir ist plötzlich so kalt.«

»Mir auch.«

»Laß uns nach Hause gehen, ich mache dir eine schöne heiße Milch.«

Die heiße Milch, die nach und nach die Kälte aus den Nerven trieb, ließ in meinen Beinen und meinem Kopf die gesammelte Müdigkeit einer schlaflosen Nacht zurück.

»Ich kann nicht mehr, Jacopo, ich bin hundemüde. Bring mich hinauf, diese Treppe kommt mir bei Gott höher vor als der Mont Blanc.«

»Stütze dich auf mich, dann gehen wir nach oben. Oh, Mama, du hast abgenommen, oder ich wachse immer noch ... Wie lange wächst man, Mama?«

»Bis man stirbt. Oh, um Himmels willen, mach die Fensterläden zu! Ich will kein Licht mehr sehen!«

»Sofort, Mama. Besser so?«

»Was ist das Bett doch für eine großartige Erfindung, Jacopo!«

»Darf ich mich zu dir legen?«

»Ja, wenn du mir vorher die Schuhe ausziehst.«

»So kleine Ösen! Die bekommt man ja kaum auf.«

»Als wären Priester und Philosophen uns nicht Bürde genug, machen einem selbst die Schuster das Leben schwer, um ihnen nicht nachzustehen.«

»Hast du gesagt, daß man wächst, solange man lebt?«

»Und vielleicht noch länger.«

»Wie, noch länger? Das war doch immer das einzige Thema, bei dem Joyce und Andrea sich einig waren, daß danach nichts mehr kommt.«

»Ach, und auch unser Antonio, der große Arzt und Professor.«

»Und Atheist ...«

»Du hast das Zauberwort genannt.«

»Was soll das heißen?«

»Das Luxusetikett, wie dasjenige an den Schuhen mit den Ösen, die mir übrigens Joyce geschenkt hat ...«

»Aber entschuldige, Mama, bist du nicht auch Atheistin?«

»O Jacopo, warum willst du mir jetzt auch noch ein Etikett verpassen?«

»Na, damit wir uns verstehen, um mit den Worten umzugehen ...«

»Worte lügen, kaum hast du eines ausgesprochen, klappt es über dir zu wie ein Sargdeckel. Wenn du unbedingt willst, daß ich dir ein Wort sage, dann dieses: Agnostikerin. Du bist ja alt genug, um zu wissen, was es bedeutet, oder? Diese Leute vom Festland, ohne jemanden beleidigen zu wollen, haben all ihre Gewißheiten, weil sie nicht vom Meer umgeben sind, und sie wissen nicht, daß auch sie eine Insel sind, umgeben vom Weltraum. Glaube mir, ich habe den Eindruck, daß sie bisher nicht einmal Galileo Galilei verstanden haben, obwohl sie Flugzeuge über ihre Köpfe hinwegfliegen sehen.«

»Aber das hat nichts mit Atheismus zu tun, oder?«

»Hat es doch. Entschuldige, Jacopo, aber ist eine absolute Verneinung nicht genau dasselbe wie die absolute Zustimmung? Ich habe keine Ahnung von Mathematik, aber du, Teufel noch eins, machst mich wirklich mürbe!«

»Das stimmt! Deswegen hatte ich soviel Angst vor dem Tod. Warum hast du mir das nicht früher gesagt?«

»Tja, Jacopo, selbst ich muß noch gehörig wachsen, um mir meinen Tod zu verdienen.«

»Mama, ich bin müde, darf ich ein wenig hier schlafen? Ich schaffe den Abstieg vom Mont Blanc nicht mehr, darf ich?«

Im Schlaf kommt der Schmerz zur Ruhe. Das pulsierende Blut fließt stiller, das zarte Bild von einst legt sich über Stirn und Wangen, wo vereinzelte Barthaare sprießen. Auf dem

Kopf hat er Inès' Haar und im Gesicht den blonden Bart Onkel Jacopos.

Kaum ist der Hunger nach Schlaf gestillt, windet sich die Schlange der Realität wieder unverändert fest um seinen Brustkorb. Ein Zucken durchfährt den Körper, und die weit aufgerissenen Augen bohren sich in einen Punkt in der Ferne. Gestern noch tasteten seine Lider nachdenklich nach den weichen Lippen des Lichts. »Jacopo zu wecken ist ein echtes Vergnügen, Modesta! Zuerst liegt er mit geschlossenen Augen da, und dann lächelt er.«

»Diese Frau ist schlecht, Mama.«

»Was willst du mir sagen, Jacopo?«

»Es ist so fürchterlich!«

»Ist noch mehr passiert?«

»Sie hat gesagt, du seist eine Hure.«

»Brava! Gut gemacht, Inès, ich fürchte, sosehr ich sie mag, hast du doch recht, daß sie ein bißchen schlecht ist.«

»Bist du denn gar nicht gekränkt?«

»Weshalb denn? Habe ich mich euch gegenüber jemals als Heilige ausgegeben?«

»Nein!«

»Also? Was nur heißt, daß für sie jede normale Frau eine Hure ist. Was soll ich dazu schon sagen? Oder leidest du, weil du es auch von anderen hören mußtest?«

»Aber nein! Die anderen kritisieren dich, klar, ein paar sagen, du seist exzentrisch. Prandos Freunde halten dich für eine Femme fatale.«

»Ja, ja, Greta Garbo ...«

»Aber wie kann es sein, daß dich das nicht kränkt, Mama?«

»Es ist ein Klischee, daß man immer sofort gekränkt sein muß! Wer ist nicht alles gekränkt! Ich versuche lieber zu verstehen, warum sie das gesagt hat.«

»Weil sie es denkt.«

»Daß sie und die anderen das denken, interessiert mich

einen feuchten Kehricht. Alle denken, und jeder hat das Recht zu denken, was er will. Wie dumm von mir! Wir sind zwei große Dummköpfe, Jacopo!«

»Warum?«

»Aber ja doch, sie hat das gesagt, weil sie dich ganz für sich allein haben möchte und glaubt, dies zu erreichen, indem sie dir offenbart, daß ich eine Hure sei. Dann kannst du nicht anders, als mich zu verachten, ist doch logisch, oder? Und vielleicht bin ich es ja tatsächlich ...«

»Gott, Mama, du bist wirklich lustig!«

»Es stimmt ja, ein paar Liebschaften oder Techtelmechtel hatte ich schon ...«

»Hättest du die Ehe denn nicht annullieren lassen und wieder heiraten können, Mama? Hast du das etwa für uns getan, nicht wieder zu heiraten?«

»Woher stammt denn dieser noble Gedanke, von Stella? Sag bloß, von 'Ntoni! Nein, wenn ich recht darüber nachdenke, armer 'Ntoni, so muß er es sein, wo Stella doch immer sagt, daß sie nie wieder geheiratet hat, um dem Sohn keinen Stiefvater vor die Nase zu setzen ... Ach, mein Jacopo, hört das denn nie auf!«

»Was hört nie auf?«

»Der Faschismus in unserem Innern. Auch in Rußland ist die ›freie Liebe‹ auf dem Rückzug, und man heiratet wieder wie einst. Aber davon sprachen wir nicht ... Ach ja. Ich habe es nicht für euch getan, sondern für mich, weißt du, um mir keinen Padrone ins Haus zu holen!«

»Aber du wirst doch auch Männer kennengelernt haben, die anders sind.«

»Keinen einzigen. Bisher zumindest. Ihr vielleicht, die neuen Generationen ... Die Hochzeit, Jacopo, ist ein absurder Vertrag, der Mann und Frau gemeinsam demütigt. Für mich ist es so, wenn du einen Mann triffst, der dir gefällt, liebst du ihn, bis ... na ja, solange es eben dauert ... Und dann läßt man einander frei, wenn möglich als gute Freunde.

O Jacopo, das Gespräch mit dir ist eine wahre Inspirationsquelle für diese Hure von deiner Mutter. Weißt du, daß mir eine neue Idee über die Liebe gekommen ist?«

»Welche Idee, Mama, sag schon!«

»Wenn du gezwungen wärst, immer nur mit dir selbst zusammen zu sein, wie ginge es dir da?«

»Na, das kann ich mir vorstellen, ich würde verrückt werden vor Langeweile.«

»Genau! Ich glaube, abgesehen mal von der Sache mit den Sinnen, die noch undurchschaubarer sind, als von Schopenhauer angenommen ... dann ...«

»Ach, was sagt er denn?«

»Lies es selbst nach, da habe ich jetzt keine Lust zu ... Abgesehen von ... nein, nicht abgesehen, denn die Sinne folgen dem Verstand und umgekehrt, ich meine, man verliebt sich, weil man sich mit der Zeit allein langweilt und in eine andere Person schlüpfen möchte. Aber nicht im Sinne von Platons wunderschöner, aber geradezu fataler Idee von den getrennten Hälften, die kennst du, nicht wahr?«

»Ja, ja.«

»Man möchte in jemand ›anderen‹, jemand Unbekannten schlüpfen, um ihn kennenzulernen, ihn sich anzueignen wie ein Buch, eine Landschaft. Und dann, wenn du ihn aufgesogen hast, dich von ihm genährt hast und er Teil deiner selbst geworden ist, beginnst du dich erneut zu langweilen. Würdest du immer dasselbe Buch lesen wollen?«

»Du meine Güte!«

»Eben, du langweilst dich! Und ohne es zu wissen, fängst du an, nach jemand anderem zu dürsten, nach anderen Welten, anderen Phantasien. Klar, ein Matrose, der an Land geht, den Kopf voll mit fremden Ländern, kann ein, zwei Jahre durch dieselben Gassen laufen, aber dann packt ihn wieder die Sehnsucht nach dem Schiff, und du siehst, wie er durch den Hafen streift und seinen Blick nicht vom Meer abwenden kann. Was meinst du, ist das eine Tölpelei?«

»Ich war noch nie verliebt, wie oft warst du es, Mama?«

»Sooft wie nötig.«

»Und ich ... ich weiß, daß du jetzt böse wirst, aber die Vorstellung von der ewigen Liebe zwischen Mann und Frau gefällt mir sehr.«

»Warum sollte ich da böse werden?«

»Bambú wurde böse, als ich ihr das sagte. Aber es ist schade, daß es nicht so sein kann.«

»Ja, ja, für euch Alte, die ihr nach solchen absoluten Kategorien erzogen wurdet.«

»Wir Alten, Mama! Entschuldige, wenn ich lache ... ich, ich bin gerade mal fünfzehn!«

»Und dennoch bist du alt, Jacopo. Älter als ich. Und weißt du, warum?«

»Nein.«

»Weil du klüger bist, und an dem Punkt hätte ich fast Lust, dich zu fragen, ob du mich nicht als deine Tochter adoptieren kannst.«

»Gute Idee, Mama, ich dich adoptieren?«

»Würdest du ein Kind wie mich adoptieren? Stell dir vor, du würdest mich wie in deinen Träumen in ein Tuch gewikkelt vor deiner Türe finden.«

»O ja, sofort!«

Der Stolz zertritt die Schlange des Schmerzes. Mit befreitem Rücken kommt Jacopo zu mir ans sonnenbeschienene Fenster und dreht mit dem sanften Druck eines Vaters mein Gesicht zu sich hin.

»Warum senkst du den Kopf, Mama, bist du traurig? Du hast recht, das sind alles Klischees. Ich habe mich entschieden!«

»Wozu, Jacopo?«

»Ich habe zwischen Philosophie und Medizin geschwankt, wie du weißt. Nun werde ich Arzt. Du hast recht, es gibt noch zu viele greifbare Übel, um mich in Theorien zu verlieren. Während du gesprochen hast, ist mir wieder eingefallen, oder habe ich das nur geträumt? Mir ist Bambú wieder eingefallen, wie sie sich im Bett windet und immer nach ihrem Hals greift ... Wann war das?«

»1932, glaube ich, du weißt, wie schlecht ich mit Jahreszahlen bin. Es war eine Diphtherie-Epidemie. Ich weiß noch, wie Bambú aus der Schule kam und nicht aufhören konnte zu weinen, weil in ihrer Klasse von siebenunddreißig Kindern nur fünf oder sechs übrig waren. Erinnerst du dich an die Häuser unten in der Civita, mit den Trauerbändern aus schwarzer Seide?«

»Ja.«

»Alles Kinder.«

»O Mama, wie klein du ohne Absätze bist.«

»Du bist es, der allmählich zur Bohnenstange wird! Im übrigen war Onkel Jacopo einen Meter neunzig groß, geradezu absurd für diese Insel von Zwergen. Vielleicht war er auch deswegen immer so traurig.«

»Du kommst mir vor wie ein Kind ... Auch er war Atheist, nicht wahr?«

»Ketzer, damals nannten sie ihn zur Schmach Ketzer.«

»Und Carlo, Bambús Papa, war auch Ketzer, stimmt's?«

»Ja, das weißt du, warum fragst du?«

»Ich zähle sie nur ... Dann sind es mit mir schon drei Generationen. Wir gründen einen neuen Adel, wenn das Wort nicht so schrecklich wäre. Tschechow sagt: ›Wer dem Menschen die materialistische Ausrichtung verbietet, verbietet ihm die Suche nach der Wahrheit. Außerhalb der Materie gibt es kein Experiment, keine Wissenschaft und folglich keine Wahrheit.‹«

»Ja, aber was sagt uns das jetzt?«

»Auch er war Arzt, ein neuer Adel! Ich mache nur Spaß, Mama. Wie klein du bist.«

»Deshalb habe ich dich ja gebeten, mich zu adoptieren.«

»Und ich küsse dich auf die Stirn wie ein echter Vater. O Mama, du schneidest dir ja gar nicht mehr die Haare.

Prando hat recht, lange Haare stehen dir gut, wie als wir noch klein waren. Ich hatte es vergessen.«

»Dabei hast du als Kind immer daran gezogen.«

»O ja, jetzt bekomme ich auch wieder Lust dazu: Sie sind so weich! O Mama, schneide sie nicht mehr ab, komm, schau dich im Spiegel an, sieh nur, wie gut dir das steht.«

In seinem Blick sah ich, wie wir zusammen neu geboren wurden.

20

Jacopos Schwangerschaft dauerte viele Monate, dann endlich gebar seine Intelligenz neues Leben. In der Zwischenzeit denke ich wenig an mich und an Prando, der abreist und mit Geschenken für Stella, Bambú und Mela zurückkehrt, um fast augenblicklich wieder abzureisen, eingeschlossen in sein Schweigen. Ich hatte mich nicht geirrt, in seiner Eile bei jedem neuen Abschied, wenn er Stellas Tränen schnell und ärgerlich den Rücken kehrt, liegen kein Bedauern, kein Groll, sondern lediglich der Wunsch nach Freiheit. Und Joyce?

Mit jedem Tag schöner, geistert sie wie eine Scheintote durch das Haus, erforscht die Gesichter, eifersüchtig, launisch. Aber hier auf der Insel wissen wir mit Toten umzugehen, sie, wenn nötig, zu beruhigen und niemals auf sie zu hören, wenn sie flüstern:

»Wir waren so glücklich, Modesta, was ist nur geschehen?«

Geschehen ist, daß du mit nichts zufrieden warst und deinem Traum nach Vollkommenheit hinterherliefst, und nun liegst du drei Meter unter der Erde in meinem Garten begraben und möchtest die Zeit zurückdrehen. Doch den Lebenden ist das Gestern nur Dünger für das Heute, das neu, greifbar und strahlend ist wie die Sonne. Ich trage die Sonne in mir und um meinen Hals, in den Haaren Jacopos Zärtlichkeiten.

»Und warum bist du jetzt immer mit Jacopo zusammen?«

Es packt sie eine wilde Eifersucht, die Eifersucht der Padrona rötet ihre Wangen, und wie damals wende ich den Blick von den violetten Flecken ab, die ihr Gesicht entstellen. Doch man muß Geduld haben, und im Grunde hat sie recht, bis gestern war ich eine treue Braut, und sie wiegte sich in Sicherheit und brüstete sich vor sich selbst damit, nicht eifersüchtig zu sein wie alle Sterblichen. Ach, Joyce, was nützen dir deine Intelligenz und dein Wissen, wenn du dennoch keinen Millimeter vom Laster der Schuld abzurükken imstande warst? Wie hochmütig hast du erklärt: »Meine Mutter? Eine Masochistin, die mit diesem Gutsherrn aus Todi ihren Peiniger gefunden hatte.« Ich sehe dich mit Renan und dann mit Fräulein Joland, wie ihr über den Weg des Lebens marschiert und euch gegenseitig geißelt. Fast wäre auch ich auf diese Via crucis der Läuterung eingebogen. Dein Zorn, das sehe ich nun, ist keine Eifersucht, es ist nur Zorn und Neid gegenüber jedem, der dich mit Freude anblickt und dein Leiden nicht teilen möchte. Ich drehe mich um und verlasse den Raum. Es ist dunkel in diesem Raum, und draußen scheint die Sonne …

»Wo willst du jetzt hin? Was macht ihr immerzu, du und Jacopo? Hast du ihn dir ins Bett geholt? Der Junge hat so eine Hausherrenattitüde angenommen, du bist zu allem fähig! Du hast mich niemals geliebt, für dich war ich nicht mehr als eine Zerstreuung in langweiligen Zeiten …«

Wie kann ich ihr verständlich machen, daß ich sie liebte, solange sie mir als Frau erschien, solange meine Finger sich auf die zarte Haut legten, die vollen Brüste, den süßen Bauch? Doch nun, wo ich sie eingeschlossen sehe in den gefühllosen Panzer eines machtlosen Mannes, geht mir jede Einbildungskraft verloren, und ich laufe zu Mattia, der nach vielen Monaten endlich mit Geld aus Amerika zurückgekehrt ist.

»Wie war's, Mattia?«

»Wie war was? ... Als du mitten im Satz vom Schlaf überwältigt wurdest? Was weiß ich! Wer versteht schon, was in diesem Köpfchen hier vor sich geht! Ich hatte dich rein geschäftlich angerufen, und schon kommst du angerannt, fragst weder wie noch wann, nach allem, was ich durchgemacht habe, um dir diesen Gefallen zu tun, und dann schläfst du einfach ein.«

»Wer hat mich in dieses Bett gelegt?«

»Ich. Oh, eine Nacht und einen Tag hast du geschlafen! Ich habe Stella angerufen, ich war erschrocken, aber sie hat mir versichert, daß alles in Ordnung ist ... Klar hast du mich erschreckt, du hast dich ja wie wild hin und her gewälzt. Einmal hast du gesagt, sie wollten uns trennen. Verstehe einer euch Frauen! Bist du vielleicht Schlafwandlerin? Erinnerst du dich wenigstens an den Telefonanruf?«

»Ich hatte eben Lust, dich zu sehen, du warst lange weg, Mattia.«

»Na ja, solche Dinge regelt man nicht in zwei Tagen, Mody.«

»Und wie kommt es, daß du mich Mody nennst?«

»Wenn mein Vater dich Mody nannte, packten mich eine Eifersucht und ein Haß auf dich, die mir jetzt sehr merkwürdig vorkommen. Wie sich doch alles ändert, wenn der Sensenmann durch die Reihen geht und die Vergangenheit lichtet.«

»Und warum hast du mich in dieses Zimmer gelegt? Warum ist es so still hier auf Carmelo?«

»Sie sind alle tot, und ich habe alles abgeschlossen. Was soll ich mit so vielen Zimmern und Salons? Nur dieser Trakt ist noch offen: drei Zimmer und eine elektrische Kochplatte, wie in Amerika.«

»Und wer kümmert sich um dich?«

»Es kommt eine Frau, die putzt und darauf achtet, sich nicht blicken zu lassen. Ich kann Essen und gedeckte Tische nicht mehr sehen. Gefällt dir dieses Zimmer etwa nicht?«

»In diesem Zimmer bin ich aufgewachsen, Mattia, aber es war ganz anders. Ich habe es nur an der großen Fensterfront wiedererkannt.«

»Tja, ich habe all den Mist von Spiegeln, Vasen und Stoffen wegschaffen lassen! Warum weinst du?«

Er lächelt und zieht seine Pfeife aus dem blauen Samttäschchen, und ich weiß, daß er nichts mehr sagen wird, bis die kleine Glut nicht stetig brennt. Langsam verbreitet sich der Tabakduft im Zimmer und verwandelt es in jenen fernen, kahlen Raum aus Holz, der nach Harz und Carmines weißen Locken roch. Noch ein Jahr oder zwei, und auch seine graumelierten Haare werden weiß schillern wie Schnee.

»Was ist, Mody, warum siehst du mich so an?«

»Läßt du mich einmal ziehen?«

»Natürlich, die Teufelin raucht sogar Pfeife! Das hatte ich vergessen! Nimm sie, ich stopfe mir eine andere, aber behandele sie gut, du hältst mein Lieblingsstück in den Händen. Seht nur, wie sie raucht, wo hast du das gelernt?«

»Jetzt, wo deinen Worten nach der Sensenmann einiges zwischen uns geklärt hat, kann ich es dir ja sagen: Dein Vater hat es mir beigebracht.«

»Noch während ich fragte, kannte ich bereits die Antwort, Mody. Aber du solltest nicht ›dein Vater‹ sagen, sondern lieber ›Carmine, der Padrone‹.«

»Dann hast du immer noch nicht deinen Frieden mit ihm gemacht?«

»Nein! Mit der Herrschaft kann uns nicht einmal der Sensenmann versöhnen. Ich hasse ihn heute mehr denn je, denn – ich habe darüber nachgedacht, das kannst du mir glauben, ganz allein in diesem Totenhaus habe ich darüber nachgedacht – ich habe Frau und Kinder verloren, weil ich seiner Erziehung zur Habgier gefolgt bin. Ich habe ihn schon vor einer Weile begraben, auf einem Feld, weit entfernt von dieser Brust. Ich habe seine Stimme in mir getötet und will nichts mehr von dem, was er zurückgelassen hat.

Auch deswegen bin ich zu dir zurückgekehrt. Du Sphinx hattest mir meinen Irrtum angesehen und mich gewarnt. Du hast mich damals zurückgewiesen, weil du keinen Padrone wolltest, und ich bin zurückgekehrt, um von dir die Wahrheit zu erfahren. Oh, ich will keine Antwort, die man mit Worten geben kann, solche Dinge lernt man nicht aus Worten. Ich habe dich angeschaut, ich habe deine Söhne angeschaut, und nun schaue ich dich an ...«

»Und was siehst du?«

»Eine große Freiheit, zu denken und zu handeln! Wie hast du dir nur soviel Freiheit erobern können? Da unten in der Villa Suvarita waren sie nicht einmal über deinen Weggang erstaunt.«

»Ich habe sie daran gewöhnt.«

»Und wie?«

»Indem ich ihnen dieselbe Freiheit zugestehe. Als sie klein waren, zog ich nach Catania in ein Hotel, teils um sie nicht zu hören, teils um sie daran zu gewöhnen. Man muß zwischen die, die man liebt, und sich selbst Abstand bringen, der Abstand klärt fast noch mehr als der Sensenmann.«

»Ach, hast du deshalb auch Prando fortgeschickt?«

»In ihm begann langsam das Unkraut der Herrschsucht zu wuchern, und wann immer dieses Kraut auf dem Grund eines Tudia sprießt, muß er fort und sich seine Sklaven woanders suchen, das Land ist voll davon.«

»Nur daß wir Tudia jene nicht lieben, die du Sklaven nennst. Es treibt uns, das zu unterwerfen, was frei ist.«

»Ich weiß. Auch in mir spüre ich diese Neigung, aber ich pflege sie nicht. Es führt zu nichts, Mattia! Wenn du sie unterjocht hast, wirst du zum Sklaven, indem du diejenigen überwachen mußt, denen du die Fähigkeit genommen hast, aus eigener Kraft zu überleben, und die sich wie Läuse bei dir einnisten.«

»Redest du so auch mit deinen Kindern? Machst du dir um sie und ihre Zukunft keine Sorgen?«

»Wenn du das Feld gedüngt hast, wächst der Setzling, Mattia. Du hast mir Gold für Düngemittel gebracht.«

»Ich dachte, du wolltest es anhäufen.«

»Nun redest du wie dein Vater. Geld dient dazu, jetzt frei zu sein, nicht in einer ungewissen Zukunft.«

»Eines Nachts in Las Vegas war ich kurz davor, alles zu verlieren, was Carmine angehäuft hatte. Mich hatte eine Verschwendungswut gepackt, und ich habe verloren, verloren, bis mich etwas gestoppt hat … wie ein Druck, ein Zorn auf diese Mauern aus Stahlbeton und glänzendem Glas, die bis in den Himmel reichen. Großartige Kathedralen der Macht, so waren sie mir jahrelang erschienen, und dann … ich weiß nicht, Mody … In dieser Nacht war ich sturzbetrunken, und am Fenster, wo ich etwas Luft schnappen wollte – drinnen war es heiß – , überkam mich eine plötzliche Sehnsucht nach unseren Tälern voller Mandelbäume und den zum Meer hin abfallenden Orangenhainen, und einen Augenblick glaubte ich vom Duft ihrer Blüten umgeben zu sein. Ich bin wohl ohnmächtig zu Boden gesunken, und als ich erwachte, wußte ich, daß ich das bißchen Land, das mir noch blieb, düngen mußte, und so kehrte ich zurück. Auch wenn nur dieses Totenhaus auf mich wartete, die Pflanzen leben noch, und ich wußte, daß ich jenem Duft Nahrung geben mußte.«

»Soviel hast du verloren?«

»Fast alles. Aber genau wie du sagst, ich fühle mich befreit, und ich kann wieder schlafen. Wie ist das möglich? Das wollte ich dich fragen.«

»Du fragst, was du schon weißt. Die Reichtümer waren dir zur Last geworden.«

»Von jenen Jahren, in denen ich nur mit Geld jonglierte, ist mir kein einziger Tag in Erinnerung geblieben. Wie ein von den Toten Auferstandener entdecke ich nun alles neu, und jener Abend bei dir im August war für mich wie eine Taufe. Auch wenn ich nur als heimlicher Beobachter dabeisein durfte, habe ich doch den Gesang der Mandolinen, deinen Wein, eure Fröhlichkeit in mich aufgesogen, endlich wieder Klänge und Aromen wahrgenommen. Wie kann das sein, Sphinx?«

»Du willst Worte für das, was du schon weißt, Mattia.«

»Zur Bestätigung. Man muß den Stein des Ätna berühren und das Wasser des Simeto, um zu wissen, daß es wirklich Wasser, daß es Stein ist. Jetzt werde ich müde. Und auch der Schmerz, der mir wie eine raschelnde Schlange über den Arm gekrochen ist und mich genau hier ins Herz gebissen hat, läßt mit der Müdigkeit nach. Was kann das nur sein, Mody, daß du mir nicht antwortest?«

»Er läßt mit der Müdigkeit nach?«

»Ja.«

»Dann schlaf, mein Kind, die Schlange des Schmerzes kriecht im Schlaf weit weg.«

»Hast du Kind gesagt?«

»Ja, Picciriddu.«

»Gestern abend hast du mich umarmt. War das aus Dankbarkeit für das Geld?«

»Nein, es war, um die Wirklichkeit des Steins und des Wassers zu berühren, wie du eben gesagt hast.«

»Was ist los, Mody, du bist ganz blaß geworden? Warum zitterst du? Komm, setz dich.«

»O Mattia, ich glaubte zwischen den Bäumen eine weiße Gestalt zu sehen.«

»Wo?«

»Dort hinten zwischen den Zweigen von Großmutter Gaias Trauerweide. Sie liebte diesen traurigen Baum, und in der Mittagshitze saß sie Stunde um Stunde in seinem Schatten und las ... Sie hielt niemals Mittagsschlaf.«

»Ich kann nichts sehen, Mody, vielleicht hast du dich an sie erinnert und sie vor deinem inneren Augen erblickt. Im Ringen von Sonne und Schatten finden die Toten ihren Weg: Es ist zwölf, um diese Uhrzeit wird die Sonne schwarz.«

»Als Kind hatte ich in diesem Zimmer immer Angst, es kam mir riesig vor, dabei ist es klein. Und auch der Park schien unendlich groß ... Vielleicht war es ein Sonnenstrahl auf einer der weißen Statuen. Ich hatte die Statuen vergessen. Laß uns hinausgehen, ich möchte sie mir anschauen.«

»Gehen wir, ich ziehe meine Jacke aus, wenn du erlaubst. Ich hatte sie übergeworfen, weil es kühl ist in diesen Mauern, wenn man von draußen hereinkommt.«

»Wie damals, Mattia. Auch ich legte mir beim Eintreten immer ein Schultertuch um.«

Vor dem Haus blendet die Sonne. Immer wenn ich hinausgehe, werde ich von der Sonne geblendet, und die weißen Statuen führen schweigend ihren rasenden Tanz auf: »Eins, zwei, drei ... eins, zwei, drei, hinunter im Galopp zur Sonne.«

»Wohin läufst du? Du wirst schwitzen und dir eine Erkältung holen, Mody! Was suchst du? Hier ist niemand. Oh, starkes Mädchen, wo bist du?«

In der Ferne schwingt sich Mattias Stimme in immer höhere Lagen auf. Oder ist es Beatrice, die in der Geisterstunde erschrocken nach mir ruft? Nicht Großmutter Gaia bringt das Geäst ihrer Weide zum Rascheln. Joyce sieht mich an, starr: Ihre weit geöffneten Augen sind stumm.

»Was machst du hier, Joyce?«

»Diese Frage sollte ich dir stellen.«

»Ich bin eingeschlafen.«

»Der Schlaf kommt dir häufig recht gelegen.«

»Wie bist du hergekommen?«

»Wie du auch, mit dem Auto.«

»Als ich als Mädchen hinter diesen Klostermauern saß, dachte ich immer, daß es viele Tage brauche, um nach Catania zu gelangen, und dann erblickte ich Catania zum ersten Mal nach gut einer Stunde Fahrt, hinter der Kurve erschien das Meer, und ich traute meinen Augen nicht.«

»Deine Geschichten interessieren mich nicht, Modesta. Lebe wohl!«

»Warte, komm hoch, ich zeige dir, wo ich aufgewachsen bin.«

»Rühr mich nicht an! Geh zu ihm, hörst du nicht, wie er dich ruft?«

»Dein Verdacht ist völlig unbegründet, Joyce, warte! Mattia und ich haben nur geredet ...«

Joyce dreht sich um, weiß, die Arme hängen lang am Körper herab, sie dreht sich um eine marmorne Achse und verschwindet zwischen den wäßrigen Zweigen der Weide.

»Sie ist verschwunden.«

»Wer, Mody? Oh, du machst mir angst, jetzt habe ich auch etwas gesehen.«

»Es ist Joyce.«

»Warum läuft sie weg?«

»Sie ist eifersüchtig, besser gesagt, sie spielt die Eifersüchtige. Früher konnte ich drei Tage lang weg sein, und sie merkte es nicht einmal.«

»Was ist zwischen dir und ihr, Mody?«

»Du fragst nach dem, was du schon weißt: Liebe, Mattia. In mir eine große Liebe, die mich hat glauben lassen, daß auch sie mich liebt. Das kann passieren, aber dann habe ich es gemerkt, und jetzt ist sie gestorben in mir ... Du hattest recht, ich hätte nicht so laufen dürfen, jetzt bin ich ganz verschwitzt und schwindelig.«

»In der Mittagshitze zu rennen kann das Blut in Aufruhr versetzen! Beweg dich nicht. Leg dich hin, so ist es gut, in den Schatten, und nicht reden!«

In der Stille kämpft der grüne Schatten der Zweige mit der Schwärze der Sonne.

»Zuvor lag sie hier, sieh nur das niedergedrückte Gras.«

»Nicht sprechen, beruhige dich, deine Gesichtsfarbe gefällt mir ganz und gar nicht.«

»Sie war hier.«

»Wer, Mody?«

»Der Geist ... Sie hat ganz stillgehalten und spioniert.«

»Der Geist ist fort, und wenn du dir Ruhe gönnst, wird er nicht zurückkommen.«

In der Stille neigt sich der grüne Schatten der Weide über meine Stirn.

»Deine Hände sind kühl, Mattia, wie kann das sein?«

»Ich bin nicht gerannt und hatte keine Erscheinung. Schweig, Modesta. Wenn sie tot ist in dir, vergiß sie, oder sie wird ewig kommen und dich stören.«

»Sie ist böse, diese Frau, wie Inès. Sie beherrschen die Kunst des Vergessens nicht und rächen sich an allen, an sich selbst, an Männern und Kindern. Weißt du, warum sie herkam? Wie die heilige Rosalia will sie den mit Diamanten besetzten Goldmantel und gleichzeitig ein mit dem Schwert gegürteter Mann sein.«

»Das Blut hat sich beruhigt.«

»Und deine Hand ist warm.«

»Sei jetzt still, Mattia trägt dich ins Haus. Wir stellen uns gemeinsam der Hitze, und zu Hause legen wir ein schönes, kühles Tuch auf die erregte Stirn.«

»Mit dem feuchten Handtuch geht es gleich besser, stimmt's? Du kannst wieder lächeln.«

»Ja, und nie mehr will ich in der Hundstagshitze hinausgehen, Mattia.«

»Sicher, diese Stunde des Tages ist nicht zum Ausgehen gemacht. Nur die herrenlosen Hunde wagen es ... Sie laufen im schmalen Schatten der Mauern oder halten sich ruhig wie Ziegen. Hast du um diese Uhrzeit die Ziegen im Steinbruch gesehen? Wenn du nicht ganz genau hinschaust, erkennst du sie kaum, sie wirken wie aus Stein gemeißelt. Nicht einmal die Augen bewegen sie, während sie warten, daß die größte Hitze vorübergeht und sie wieder atmen können.«

Während ich warte, daß die größte Hitze und die Geistererscheinungen vorübergehen, presse ich mich an seine Brust. Mit Einbruch der Dunkelheit strahlt die Lava die Hitze ab, die sie tagsüber aufgesogen hat, und wenn du dich auf sie legst, wärmt sie dich, während der Wind gefriert.

»Was ist nun, Mody, warum zitterst du? Ist dir wieder kalt geworden?«

»Ein wenig.«

»Ich hole dir noch eine Decke.«

»Aber du zitterst ja auch.«

»Ja, aber nicht vor Kälte. Ich habe dich begehrt, Modesta, deine Umarmung hat in mir die Begierde nach dir geweckt.«

»Und warum hast du es vor mir verborgen?«

»Weil man keine Umarmung ausnutzen darf, die auf Dankbarkeit beruht oder auf Müdigkeit oder auf Schmerz. Und während du schliefst, bin ich gegangen und habe mir meine Glut von einer Samtenen kühlen lassen.«

»Du nennst sie immer noch die Samtenen?«

»Und wie sollte ich sie sonst nennen? Mit den Spottnamen der Ausländer?«

»Die Samtenen ... so lange habe ich das nicht mehr gehört! Unsere Sprache stirbt, Mattia, und die Insel wird ihr lange nachtrauern. Tuzzu sagte immer: ›Die Farben entspringen dem Herzen, die Gedanken der Erinnerung, die Worte der Leidenschaft.‹«

»Wer war Tuzzu?«

»Ein Junge, der alle Wörter kannte und sie mir beibrachte. Magst du Wörter, Mattia?«

»Nein, ich mag die Stille.«

»Und du nimmst sie auf ...«

»Heute nacht wird es regnen, es war zu heiß ... Ist die Kälte verflogen?«

»Ja, und bei dir, ist deine Begierde verflogen?«

»Die Wörter haben sie nur gedämpft, Modesta.«

»Und warum kommst du nicht näher?«

»Ich weiß, daß ich dich jetzt haben könnte, du hast es mir gesagt. Aber ich möchte keine Verwirrung stiften. Ich bin noch gesättigt von den Zärtlichkeiten der Samtenen. Schlaf, und morgen sehen wir, ob du dich erkältet hast oder es nur die Aufregung der Rückkehr war.«

»Wohin gehst du?«

»In mein Bett.«

»Ich habe Angst, auf diesem Haus lastet immer schwerer die Stille. Als du mit mir durch die Hitze geflogen bist, habe ich alle Balkone, alle Fenster des Hauses gesehen, und sie waren alle leer.«

»Es ist keiner mehr da. Lange Flure mit Zimmern, die meine Leere und die der Einsamen in sich verschließen. Wenn du Angst hast, lege ich mich hier aufs Sofa. Sorge dich nicht, ich lasse dich nicht allein, nun schlaf.«

Als hätte der Schlaf auf seinen Befehl gewartet, um sich herabzubeugen und die Erinnerung zu löschen, schlafe ich in der sicheren Wiege seines Atems ein und habe keine Angst, als er sich im Morgengrauen über mich beugt und leise sagt: »Wie ich vermutet habe, Mody, es hat die ganze Nacht geregnet. Jetzt ist es vier, fünf Stunden lang frisch. Willst du mich? Oder nutzen wir die Frische besser, indem ich dich nach Hause bringe?«

»Nein, hier will ich bleiben.«

Auf den warmen Fels seiner Brust lasse ich erst meine Hände, dann meine Wangen sinken, und er umarmt mich. Woher sollte ich es wissen, wenn er es mir nicht sagte, daß auch auf der ruhigen Wiese der Freundschaft eine Wonne wachsen kann, die größer ist als Leidenschaft? Sichere, körperliche Wonne ohne Brüche, ohne Ungewißheit. Auch er kann es nicht glauben, erstaunt sieht er mich an. Ich spüre, wie seine Hände wißbegierig meinen Körper erforschen, Hände eines Blinden, der zum ersten Mal sieht. Es war richtig, vor den morastigen Tränen der Chiana zu fliehen, es war richtig, zu ihm zu laufen. Nachdem er mich angeschaut hat, läßt er sich auf mich sinken, schwerer und leichter Angelpunkt für das Gleichgewicht meines Körpers.

21

»Ich dachte, du seist abgereist, Joyce.«

»Nein, ich wollte abwarten, ob du es wagen würdest, noch einmal das Wort an mich zu richten. Also? Behauptest du immer noch, ihr hättet die ganze Zeit nur geredet?«

»Zuerst ja, aber nachdem du aufgetaucht warst, haben wir angefangen, uns zu lieben.«

»Du bist ekelhaft! Ich wußte, daß du nur die nächste Gelegenheit abpassen würdest, um zur Normalität zurückzukehren.«

»Ich bin eine Frau, Joyce, und für mich ist es normal, Männer und Frauen zu lieben. Wenn ich gebären möchte, muß ich lieben, was mir im Schoß erblühen kann. Für Männer mag es anders sein, vielleicht können sie sich zerstreuen, nachdem sie ihren Samen abgeworfen haben.«

»Was meinst du damit?«

»Daß ich ein Kind erwarte, Sohn oder Tochter, wer weiß!«

»Wie niederträchtig! Sie nutzen die erstbeste Gelegenheit, um dich zu unterwerfen!«

»Du irrst. Er weiß, wie man sich liebt, ohne einander zu unterwerfen: Er kann mit dem kleinen Handschuh umgehen, wie Carmine ihn nannte.«

»Ekelhaft!«

»Und unsere Küsse und Zärtlichkeiten, waren die nicht genauso ekelhaft, Joyce? Ich habe ihn darum gebeten. Bevor die Zeit meiner Fruchtbarkeit vorüber ist, will ich alle Kinder haben, die mein Leib und meine Vorstellungskraft von mir fordern.«

Unnötig, diesem Gespräch Bedeutung beizumessen. Ich log, um sie aus der Reserve zu locken und ihr so die Kraft zur Abreise zu geben. Doch nun, da sie, gestärkt durch die Empörung, abgereist ist – manche Menschen schöpfen die Kraft zu handeln erst aus der moralischen Entrüstung –, kann ich es euch ja sagen: Nicht ich erwarte ein Kind, sondern Stella. Rund und abwesend läuft sie durch das Haus und erwartet ein Baby, ohne es zu wissen. Seit fünf Monaten glaubt Stella krank zu sein und ist dabei ganz ruhig. Wie hatte ich nur diese Müdigkeit um ihre Augen, die zerstreuten Bewegungen, das immer häufigere In-sich-gekehrt-Sein und den nach innen lauschenden Gesichtsausdruck mißdeuten können?

Einen Monat lang irrten wir durch weiße Flure mit Glastüren, die sich sachte hinter dem Wort Tumor schlossen. Lange Reisen auf samtbezogenen Sitzen, unterlegt vom Rattern der Räder, während der Fahrtwind das eine Wort leise wiederholte, bis zu dem belustigten Lächeln jenes jungen Arztes oben im Norden, in der sich unendlich weit erstreckenden Stadt, die Stella solche Furcht einflößte …

»Nichts Schlimmes. Sie erwartet schlicht und einfach ein Kind. Das passiert häufig. Auch hier – auf dem Land, wohlgemerkt – glauben die Frauen, sie seien in der Menopause, und dann … Aber ich will Euch nicht langweilen. Sie ist kerngesund, und die Schwangerschaft ist schon so weit fortgeschritten, daß sie das Kind wird austragen müssen, wie ich fürchte.«

»Wie Ihr fürchtet, Doktor? Wenn Ihr mir sagt, daß für Stella keine Gefahr besteht, finde ich das geradezu großartig.«

»Keinerlei Gefahr. Ich konnte feststellen, daß ihr Gewebe dem eines jungen Mädchens gleicht, trotz ihrer vierzig Jahre. Wenn überhaupt, fürchte ich für die Dame, daß sie sich erschrecken könnte. Aber ich glaube, daß Frau Stella bei Euch in guten Händen ist.«

»Welch eine Schande! Wie kann das sein? Doktor Antonio und die Hebamme haben doch gesagt, ich sei in der Menopause. Welch eine Schande!«

»Schluß jetzt! Ich bin froh, daß du nicht krank bist. Was täte ich ohne dich in dem großen Haus?«

»Und du fragst mich gar nicht, von wem es ist?«

»Wenn du es nicht sagen willst, mußt du nicht, Stella.«

»Aber ich ... auch wenn ich mich schäme, will ich es dir sagen. Wenn ich einen Fehler begangen habe, muß ich wohl dafür geradestehen. Aber du darfst es nicht den Kindern sagen. Du sollst es wissen, und wenn du mich dann nicht mehr sehen willst, werde ich nach Hause zurückkehren. Denn es war ein großer Fehler von Stella, von Prando schwanger zu werden. Und auch er darf es nicht erfahren, du aber schon, und wenn du willst, kannst du böse auf mich sein, du hast das Recht dazu, und auch die Hand gegen mich erheben! Stella wird keinen Mucks tun, nicht unter der Beschimpfung noch unter der Faust. Es war ein Fehler.«

Beim Sprechen hat sie sich langsam erhoben, nun sieht sie mir ohne Scham, aber voll Trauer in die Augen. Ihr Blick zwingt mich, aus meinem Erstaunen und meiner Rührung zu erwachen und gerade vor ihr zu stehen ... Warum bist du so erstaunt, alberne Modesta? In ihrem Gesicht lese ich, daß es nicht anders sein konnte: Im täglichen Zusammenleben hatte ich vergessen, wie schön sie ist. Geblendet von diesen anmutigen Zügen, beginne ich, mir sie und Prando zusammen vorzustellen ... Ich müßte eifersüchtig sein, denke ich, dort, auf der Rotunde der Plaia, war ich eifersüchtig, doch nun kann ich mich beim besten Willen nicht an diese Eifersucht erinnern. Um meine und seine Gefühle besser zu verstehen, ertaste ich mit den Händen ihre vollkommenen Wangen, ihren Hals ...

»Du streichelst mich, Mody? Dann bist du also nicht böse.«

Ich lege meine Hand auf ihren Mund. Die Worte stören das Gleichgewicht dieser vollen, warmen Lippen. Sie erwartet ein Urteil von mir, doch ich kann nicht sprechen, denn anstelle der Eifersucht packt mich der Neid auf diesen Jungen, dem es gelungen ist, soviel Schönheit für sich zu erobern.

»Du, Stella, hast meinen Jacopo gestillt, hast Bambolina und Prando großgezogen, und diese Hingabe hat keinen Preis, das weißt du. Und du weißt, daß jener Fehler, wie du es nennst, ein Fehler aus Zuneigung war, für den weder ich noch sonst jemand dich verurteilen kann.«

»Wie hätte ich diesem Jungen den Trost verweigern dürfen? Ich hätte es wohl müssen, aber ich bin nicht stark und hätte an jenem Abend alles getan, um ihn nicht mehr weinen zu sehen.«

»Welcher Abend, Stella?«

»Der Abend, an dem ihr in Streit gerietet und er sich aus dem Haus gejagt fühlte.«

Die exakte Logik des Lebens leuchtet mir mit solcher Klarheit ein, daß ich mich sagen höre: »Die Wege der Begierde sind unergründlich.«

»Die Wege des Herrn, sagst du, Mody? Meinst du, daß dieses Kind gesegnet ist?«

Ich darf ihr Empfinden nicht korrigieren, sie hat einen gütigen Herrn aus Fleisch und Blut, diese Frau mit den Sternenaugen.

»Ja, Stella, für mich ist dieses Kind gesegnet.«

»... Der Botschafter kommt auf seinem Kamel ... Der Botschafter ...«

»O Gott! Das ist Crispina! Die Kinder ... Welch eine Schande! Was machen wir bloß mit den Picciriddi, Mody? Diese Schande!«

»Beruhige dich, Stella, ich kümmere mich um die Kinder. Pack du deine Koffer. Großes Gepäck, wir werden sechs Monate unterwegs sein.«

»Sechs Monate, Mody? Warum das?«

»Weil ich den Ärzten hier nicht traue. Erinnerst du dich an den jungen netten Arzt in Mailand?«

»Aber ja, ja! Vor dem mußte ich mich nicht schämen.«

»Wir werden tun, was er uns geraten hat: Dein Kind wird in der Schweiz auf die Welt kommen.«

»Aber ich werde mich dort allein nicht zurechtfinden.«

»Ich werde bei dir bleiben. Jacopo und Bambolina werden die Führung des Hauses übernehmen, sie sind alt genug, und es wird Zeit, daß sie mit Anwälten und offiziellen Schreiben umgehen lernen.«

»Wenn das so ist, soll es mir recht sein. Nur daß das Leben auf dem Kontinent so teuer ist.«

»Mattia hat meine Angelegenheiten in Amerika erledigt. Er ist mit einem Vermögen zurückgekehrt. Auch damit wird Bambolina sich beschäftigen müssen … Herein, Crispina, herein, Jacopo! Seid ihr fertig mit Lernen?«

»Alles erledigt, Mama, es macht Spaß, Crispina zu unterrichten. Ich könnte fast Lust bekommen, den Lehrerberuf zu ergreifen … Wie schön du heute bist, Stella! Wenn ich sehe, wie gut sie dich auf dem Kontinent geheilt haben, bin ich froh, daß ich mich entschieden habe, Arzt zu werden.«

Angstvoll blicken Stellas Augen mich an, während Crispina an ihr hochklettert und singt: »Der Botschafter kommt und wippt ganz fidel! Der Botschafter kommt auf seinem Kamel …«

Stella fürchtet die Kinder, und zu Recht. Auch ich stelle erstaunt fest, daß ich vor ihrem Urteil Angst habe. Aber tief im Innern höre ich, wie Gaia mir zuflüstert: »Laß dich auf keine Diskussion ein! Tu, was dein Gewissen dir rät.« Niemals hätte ich mir träumen lassen, daß das Alter die Furcht vor der Jugend mit sich bringt. War diese Furcht in mir vielleicht ein Anzeichen, daß ich alt wurde? Wann ging es los? Zu viele Probleme wirbeln mir durch den Kopf unter Jacopos Geschrei und Gelächter, der nun vom Lehrer zum Kind wird und hinter Crispina her durch das Zimmer läuft … Sie spielen Indianer.

Und ich dachte darüber nach, während ich mit Stella über die prächtige, vereiste Klinikallee spazierte oder mit ihr durch die sanften Gäßchen des geruchlosen und funkelnden

Örtchens lief, mit seinen kleinen Geschäften wie im Spielzeugladen ... Und ich hätte es herausgefunden, sicher hätte ich es herausgefunden, wenn Stella nicht bei der Geburt dieses kleinen Häufleins Mensch, das ich nun in den Armen halte, gestorben wäre – klein, und doch zu groß für ihr schwaches Herz: »Dabei haben wir sofort eingegriffen! ... Zu groß, Fürstin, fast vier Kilo ... Schwaches Herz!« wiederholt der Arzt.

Ein Mädchenherz, ein altmodisches Herz, das sich unter der Schande krümmt, füge ich innerlich hinzu. Sicher, die Kinder, die ich sofort brieflich benachrichtigt hatte – vier behutsame, aber deutliche Briefe –, hatten sofort mit guten Worten geantwortet. Und 'Ntoni, der in seinem Glück schwelgte, die Zulassung zur Königlichen Akademie der Dramatischen Künste samt Stipendium bekommen zu haben: »Stell dir nur vor, Modesta, achthundert Lire im Monat! Ich bin unabhängig!«, hatte sogar darüber gescherzt und gesagt, daß das einzig Dumme sei, daß es seine Eifersucht auf Prando weiter anfachen würde, der – verfluchter Bursche! – immer die Herzen der schönsten Frauen eroberte ... Doch sie selbst, Stella, wie empfand sie tief im Innern an jenem Morgen die Antworten der Kinder, die sie zu hören bekam? Sie, die weder lesen noch schreiben konnte?

Der schreckliche Zweifel, allein die Schande könne sie umgebracht haben, überkam mich mit solcher Gewalt, daß ich monatelang nicht an mich selbst denken konnte und nicht an das Neugeborene, das Bambolina nach ihrem Vater Carlo genannt hatte und an das sie niemand anderen heranließ ... Worüber reden sie da, versammelt um den großen ovalen Tisch ihrer Kindheit, der im Glanz der Lichter, Gläser und Blumen erstrahlt? Ach, ja! Nach sechs Monaten der Trauer um Stella hat Bambolina beschlossen, Carlos Ankunft unter uns mit einem Fest zu feiern ... Auch 'Ntoni ist gekommen, um seinem Brüderchen die Ehre zu erweisen, und wie immer führt er als Hauptdarsteller das große Wort:

»Das ist kein Fest, meine kleine Bambuccia, das ist ein Festschmaus! In Rom kommt man um vor Hunger. Um euch die Wahrheit zu sagen: Ich kam gar nicht vornehmlich wegen Carluzzo, sondern vor allem, um mich durchzufressen wie man so schön sagt … Die Akademie ist ein wahres Zentrum des faschistischen Widerstands … Dort sind ganz unglaubliche Leute, angefangen beim Direktor Silvio D'Amico bis hin zu Vito Pandolfi, den Da Venezia … Endlich habe ich deinen Jose kennengelernt, Modesta, und ich hielt ihn immer für eine Erfindung. Ein wahrer Held. Er hat mich besucht, und ich soll dich von ihm grüßen. Er ist inkognito von Paris heruntergekommen, um Kontakt zu den Arbeitern in Turin zu knüpfen.«

Warum schreien sie alle so? Ich werde Jose nicht wiedersehen. Oder ist es 'Ntoni, den ich nicht wiedersehen werde? Stella fehlt mir so, und ich bin müde … Meine Stella, zu unserer Zeit sprach man am Tisch leiser, die Kerzen machten keinen Lärm, sie warfen ihren milden, respektvollen Schein auf die Speisen … Die Lichter knistern im Gehirn, am anderen Ende des Salons läuft das Radio, keiner hört zu, das Telefon klingelt. Vielleicht weitere Gäste … Ein Flugzeug brummt über dem Haus, seit einigen Nächten umkreist dieses Geisterflugzeug immer zur selben Stunde das Haus, und sie hören es nicht. Oder werde ich alt? Wie beginnt das Alter? Mit Kratzern, die spitze Geräusche im Kopf hinterlassen? Die Alten schließen hin und wieder die Augen, vielleicht um Geräusche und Lichter auszuschalten, die zu laut und grell sind für ihre ermatteten Sinne. Wie klingt das Wort Alter? Es hat einen süßen Klang, dieses vielgefürchtete Wort, einen beruhigenden Klang. Sich gehenlassen und in den Falten dieses emotionslosen Klangs verschwinden?

Flucht vor dem Alter die Treppe hinauf, langsam: eine langsame Flucht in die Stille dieses einen Wortes, sich ins Zimmer einschließen und nicht mehr zuhören. Die Tür schwingt in den gut geölten Angeln und offenbart einen dunklen, bodenlosen Schacht. Ich muß springen! Um ans Licht zu kommen, muß ich erneut auf den alten, verwitterten Brunnenrand steigen und mich fallen lassen, doch die Angst packt mich wie damals. In dem aufgeräumten Zimmer gibt es keine Bäume, hinter denen Mimmo Wache halten könnte. Springen oder sich gehenlassen und vergessen? Das ist der verborgene Sinn des Wortes Alter: ein tröstliches Aus-dem-Leben-Desertieren, das Feld räumen, das die Jugend mit ihren Stimmen und Gefühlen unter Maschinengewehrbeschuß nimmt und leer fegt. Der junge Mensch erinnert dich daran, daß du alt werden mußt, vielleicht sehnt er dein Alter und deinen Tod geradezu herbei, und du sagst plötzlich: Sie ermüden mich, ein alberner Satz, hinter dem sich Neid und Angst verbergen. Und die Angst drängt dich dazu, alt zu werden, ihnen mit dem Feuer der Weisheit Scheu einzuflößen. Und sie mit der Scheu zurückzutreiben: Feuer und Gegenfeuer, wie im Krieg. Der alte Kampf, den kein Sozialismus jemals wird befrieden können. Gerade will ich unter die Decken schlüpfen, da klopft Ida an die Tür: »Tante, Tante, schläfst du schon? Darf ich hereinkommen?«

Soll ich sie einlassen? Oder soll ich wie Gaia der Furcht nachgeben und sie mit harten Worten wegschicken? Nein, du hast den feigen Weg gewählt, Gaia! Ich werde dir nicht weiter folgen.

»Ich schlafe nicht, Ida, komm rein.«

»Hast du Angst gesagt, Tante? Du und Angst? Wovor?«

»Vor allem, Ida, das weißt du.«

»Auch ich habe immer Angst, aber du selbst hast mir beigebracht, daß auch die Angst einen Nutzen haben kann.«

»Stimmt, darüber dachte ich gerade nach, als du geklopft hast.«

»Dann lasse ich dich allein.«

»Nein, warum? Ich kann danach weiterdenken, ich habe Zeit.«

»Wie schön du bist, wenn du so daliegst! Im Licht der Nachttischlampe sieht deine Haut ganz samten aus, und deine Haare glänzen so lebendig ... Mama hat die Tapete ausgewählt, stimmt's?«

»Ja, Beatrice hatte ein ganz besonderes Gefühl für Farben, wie du ja auch. Ich fürchte aber, daß wir sie bald werden erneuern müssen. Als ich aus der Schweiz zurückkehrte, fand ich alles irgendwie alt und abgenutzt.«

»Das stimmt auch zum Teil. Und wenn du meinst, daß wir es uns leisten können, mach dir keine Sorgen, ich kümmere mich um alles. Du wirst sehen, mit neuen, frischeren Stoffen kann ich Mamas Farben aufgreifen, und alles wird neu und dabei so schön wie immer.«

»Das ist dein Traum, nicht wahr?«

»O ja!«

»Aber du wolltest wahrscheinlich nicht über die Tapeten sprechen.«

»Jetzt, wo ich vor dir stehe, habe ich Angst.«

»Wovor?«

»Also, wenn du mich umarmst, traue ich mich vielleicht, es dir zu sagen.«

Es mußte etwas Ernstes sein, da Bambú so streng und gefaßt wirkte. Oder nein, ich hatte vergessen, daß Ida, wenn sie mit Modesta spricht, immer erwachsener, selbstsicherer wird.

»Das hatte ich vergessen ...«

»Was hast du vergessen, Tante? Du bist so merkwürdig!«

»Ach, nichts. Was gibt's also, laß mal hören, du zitterst ja.«

»Oh, halt mich fest, halt mich, und du darfst nicht auf Prando wütend werden.«

»Was hat Prando damit zu tun?«

»Das sage ich dir, wenn du mir versprichst, nicht auf ihn wütend zu werden. Er meint es nicht böse, er ist einfach so, es ist stärker als er.«

»Was hat er nun wieder getan?«

»Also, gestern morgen, nach einem Spaziergang, hat er mich geohrfeigt.«

»Geohrfeigt? Aber warum?«

»Na ja, er kann Mattia nicht leiden. Wer weiß schon, warum! Manchmal glaube ich, daß sie sich ähnlich sind, keine Ahnung, ihr Blick, ihr Gang. Und deshalb vielleicht ... Ich hab darüber nachgedacht, weißt du? Deshalb bin ich vielleicht in Mattia verliebt.«

Bambolina hatte nachgedacht, das sah man an dem Schatten, der ihre Augen weitete und ihr eine erstaunliche Ähnlichkeit mit ihrem Vater verlieh.

Als sie leise wiederholte: »Ich habe ernsthaft darüber nachgedacht, Tante ...«, erfaßte die Ähnlichkeit mit Carlo nun auch ihre Stimme, die Handbewegungen, selbst das ruckartige Heben des Kopfes, um sich aus der Umarmung zu lösen und Modesta ins Gesicht zu sehen, ohne Furcht, Aug in Aug. Modesta hingegen hatte nicht nachgedacht. Ich werde alt, ich werde taub gegenüber den anderen, wenn ich auf eine solche Banalität nicht gefaßt war.

»Es ist nicht bloß eine Schwärmerei, wie Prando meint, Tante. Ich bin verliebt, und auch für mich kam es wie ein Blitz aus heiterem Himmel. Ich habe Monate gebraucht, um zu verstehen, warum ich in seiner Nähe so glücklich bin. Wie sollte ich das auch ahnen, als ich ihn das erste Mal sah, bei dem Fest kam er mir vor wie ein alter Mann mit all den weißen Haaren ... Was ist los, Tante, warum starrst du aus dem Fenster und sagst nichts?«

»Nichts, Ida, ich habe Kopfschmerzen.«

»Kopfschmerzen? So stark, daß du mir nicht antworten kannst? Ich kenne dich, du weichst mir aus, weil du dagegen bist. Du bist gegen Mattia, genau wie Prando und Mela.«

»Wie Mela?«

»Ja! O Tante, warum kann man nicht immer glücklich sein?«

Bei diesem Satz fegt die mit ihren eigenen Worten heraufbeschworene Beatrice Carlos Stimme hinweg und nimmt Bambolinas Gestik in Besitz, die aufs Bett zurückfällt und unter Tränen der Verzweiflung darauf eintrommelt.

»Alle sind gegen Mattia, alle! Bei Prando kann ich es ja noch verstehen, aber die hat wahrlich kein Recht dazu!«

»Wer die?«

»Mela! Ich habe nichts gesagt, als sie sich an diese unterkühlte Ippolita gehängt hat. Sie hat nur noch Augen für sie, ist immerzu mit ihr am Üben. Was will sie also? Und jetzt, wo sie ihren Abschluß hat, bricht sie auf, wird in die Welt hinausziehen! Warum mäkelt sie also immer an meiner Liebe zu Mattia herum? Warum diese Härte? Warum zerstört sie alle Erinnerungen an unsere Freundschaft? Ich will niemanden hassen, niemanden. O Tante, hilf mir, ich will Prando und dich nicht hassen. Hilf mir!«

»Hilf mir, Modesta, hilf mir!« Wieder ist Beatrice zurückgekehrt und weint in meinen Armen: ihre warme und leichte Verzweiflung von damals, als sie durch den Sand läuft oder allein in den seidenen Wänden des Salons tanzt, um mir die korrekten Walzerschritte zu zeigen. Und doch irritieren mich diese kleinen zitternden Hände, das federleichte Haar raubt mir den Atem.

»Was tust du da, Tante, schickst du mich fort? Was ist?«

»Ich schicke dich nicht fort. Ich bin müde, das habe ich schon gesagt. Geh zu Bett.«

»Einfach so, ohne deine Zustimmung?«

»Du bist erwachsen, Ida. Du brauchst niemandes Zustimmung mehr.«

»Du bist gemein, du weißt, daß ich sie brauche. Du läßt mich also hängen, machst mir klar, daß ich euch verlieren werde. Entweder Mattia oder ihr, stimmt's?«

Ida hatte recht, und dieses Recht sprach aus ihrem feierlichen Schritt, ihrem entschlossenen, furchtlosen Gesicht. Oder ist es der Mond, der sie so groß und schön erscheinen läßt? Ich muß Zeit gewinnen vor dieser plötzlichen Schönheit, die mich quält.

»Du hast recht. Ich bin verwirrt, weil ich bald abreisen muß.«

Was rede ich da? Wohin soll ich reisen?

»Abreisen? Wohin denn? Du erschreckst mich, Tante.«

»Tja, ich bin auch erschrocken, Ida, bitte hab Geduld, wenigstens bis morgen.«

»Tante, bist du etwa krank und sagst es uns nicht?«

»Nein, nein, ich bin kerngesund.«

»Oh, zum Glück! Bei allem, was passiert ist!«

»So, geh zu Bett. Warten wir den Morgen ab. Bitte, Ida, morgen können wir über alles reden.«

Der Mond muß sich versteckt haben, denn dort, wo der schlanke, von Idas weißer Tunika makellos modellierte Körper stand, herrscht nun schwarze Finsternis. Diese totale Dunkelheit kündigt das bleiche Gespenst des Morgens an. Ich kann nicht schlafen, auch weil nun, wo es im Haus still ist, das Geräusch, das ich in der Nacht zuvor zu träumen glaubte, erneut an meinem geschlossenen Fenster leckt. Ein dumpfes Geräusch wie von riesigen Pranken, die in der Ferne über den Sand schleifen. Zweimal, dreimal, ein lang anhaltendes Kratzen, dann plötzlich Stille, gefolgt von einem tiefen Grollen (eine Welle oder ein Motor?). Vom Fenster rollt das Grollen nun hinüber zur Tür und wirft sich mit aller Kraft dagegen, oder ist es immer noch die Pranke, die in einer fernen Bucht am Strand versteckt zugange ist? Nein, ich träume nicht, die Tür geht auf, und schweigend treten zwei Riesen ein, gefolgt von einer hochgewachsenen, grazilen Gestalt in einem prachtvollen Morgenmantel aus weißer Seide. Auch ihre Mutter trug immer weiß.

22

Als sie neben mir stehen, haben sie wieder Normalmaß angenommen. Die Uniformen lassen ihre Beine länger erscheinen und die Achselklappen ihre Schultern unmäßig breit. Als ich mich beim Einsteigen ins Auto an einem Arm festhalte, spüre ich zwar starke Muskeln, aber sie ähneln denen von Mattia, von 'Ntoni, nicht denen eines Riesen. Der Stoff ist extra so geschnitten, daß er die Brust- und Rückenmuskulatur gewaltig hervortreten läßt. Um Mela nicht zu hören, die in Jacopos Armen weint, um nicht die angstvolle Leere zu sehen, die Idas Blick ersetzt hat, drehe ich mich zum gegenüberliegenden Fenster. Seit vielen Jahren bin ich nicht mehr im Morgengrauen hinausgegangen, vielleicht kann ich bei der Gelegenheit herausfinden, wer seit zwei, drei Tagen dort im Sand gräbt ... Da, wir biegen um die Ecke und sehen große Lastwagen der Deutschen auf der Straße, vollgeladen mit Sand, bei laufenden Motoren, und in den Dünen riesige Bagger, die uns unser Sonnenmehl, wie Tuzzu den Sand nannte, entreißen. Die Deutschen rauben unseren Strand ... um Festungen daraus zu machen?

»Könnte ich eine Zigarette haben?«

»Sicher, Fürstin.«

Ich muß rauchen, doch nur, um nicht den Geruch des Lavendelwassers auf den perfekt rasierten Wangen zu riechen. Wer weiß, warum ich so lange damit gewartet habe, diese duftende Wärme zu genießen, in der die fremden Gesichter in einen ruhigen Nebel entrücken und die Gedanken sich sammeln. Die Bewegung, mit der diese kleine weiße Rolle an die Lippen geführt wird, löst die Spannung, so daß man in aller Ruhe dem winzigen Flämmchen zusehen kann, das sich ganz allmählich dem Mund nähert. Joyce hatte recht, wenn sie vorsichtig, fast andächtig, ihren Schatz aus dem Etui zog. Doch ihre waren nicht weiß und leicht wie diese, sondern aus schwarzem Tabak in gelbem Papier.

»Noch eine Zigarette, Fürstin? Aber bitte, bitte, ich überlasse Euch das ganze Paket.«

Das große schwarze Auto hält vor dem Tor der Präfektur. Die Reise ist zu Ende. Es muß Sonntag sein, bei all den schwarzen Faltenröcken, die in Zweierreihen die Bürgersteige bevölkern. »Der Duce hat uns von Miedern und lästigen Kleidern befreit, flink sollen wir sein, mit niedrigen Absätzen und schnellen Schritten, dem Vaterland zu dienen.«

Und es dauert eine ganze Weile, bis sie alle vorübergezogen sind und wir durch das große Tor hineinfahren können.

»Es ist eine Schande, Fürstin, eine Schande!«

Wenn der Verräter Pasquale mich nicht mit Vornamen anredet, hat er einen Grund, den ich bedenken muß. Mit diesem Titel erinnert er mich an meine Würde. Ich hatte vergessen, daß ich eine Fürstin bin, und dieser Sessel in der Präfektur ist sehr bequem. Der Kopf ist mir schwer, doch ich vertreibe den Schlaf und richte mich auf. Ich hatte bisher wohl noch nicht gelächelt, denn als ich seufzend meine Lippen öffne, sehen mich die beiden Beamten in Zivil erstaunt an.

»Das finde ich allerdings auch, Präfekt. Ich werde mich nicht erniedrigen und nach dem Grund für das Ungemach fragen, das Ihr mir bereitet. Ihr habt mich gestört und beleidigt!«

Bei diesen Worten stecken die beiden tuschelnd die Köpfe zusammen. Dann zischt mir der eine bedauernd zu:

»Befehl von oben, Fürstin, aber ich versichere Euch, daß es uns sehr leid tut.«

»Aber gewiß doch. Eine Verwechslung! Ich habe alles getan, damit Ihr nicht belästigt werdet. Eine Fürstin mit Verbindungen zu diesen Hungerleidern von Kommunisten, man stelle sich vor!«

»Eben, Pasquale! Ich kann dich doch duzen, wie wenn wir unter uns sind, nicht wahr? Es beruhigt mich irgendwie ...«

»Aber gewiß, Fürstin, Eure Freundschaft ist mir eine Ehre. Und ich möchte noch einmal klarstellen, daß ich mit der ganzen Sache nichts zu tun habe. In Rom trafen Befehle aus Berlin ein: eine Verwechslung, ganz bestimmt!«

»Aus Berlin?«

Timur hatte so harmlos gewirkt, doch Joyce hatte recht behalten: »Er ist gefährlich, Modesta, gefährlich wie alle linken jungen Männer, die zu den Faschisten überlaufen ... Sie sind die gefährlichsten, als wollten sie sich von einer schändlichen Vergangenheit reinwaschen.«

»Wir sind geliefert, Modesta, geliefert!«

»Aber sie sind doch weggegangen, Pasquale.«

»Um zu telefonieren, nur um zu telefonieren ... Verflucht sollen sie sein, verdammt noch mal! Und was fällt dir bloß ein, vor denen einfach unsere Freundschaft aufzudecken? Wenn sie nachforschen, finden sie heraus, wer ich war.«

»Eben. Das war meine Absicht.«

»Toller Dank! Und was bedeutet das? Ist dir klar, wie dumm das von dir war, wie himmelschreiend dumm? Wenn sie mich im Verdacht haben, wie soll ich dir dann helfen?«

»Das stimmt nicht ganz! Du entsprichst der Norm. Ihr wart alle auf unserer Seite, zuerst. Und du weißt genau, daß dir das nicht schadet. Indem ich aber unsere Freundschaft hervorhebe, wirst du mir helfen müssen, ob du willst oder nicht.«

»Raffiniert! Aber ich hätte dich sowieso gerettet.«

»Ich habe dir noch nie geglaubt, Pasquale, oder vielmehr habe ich immer geglaubt, daß du zwei Eisen im Feuer hast, solange es aussah, als würde der Faschismus nach fünf oder zehn Jahren enden, aber mittlerweile paßt es euresgleichen besser, alles über Bord zu werfen.«

»Verfluchtes Weibsstück!«

»Ich habe nur vorgesorgt.«

»Dann paß mal lieber auf, deine Angelegenheit fällt nicht in meine Zuständigkeit. Aus Berlin kam schon die Anweisung, in deinem Fall zu ermitteln. Und einer der beiden Typen hier ist extra wegen dir aus Rom gekommen!«

»Ob das Timur war?«

»Wer ist Timur, was redest du da?«

»Joyces Bruder.«

»Nein, Joyce hat nichts damit zu tun und auch nicht dieser ... wie sagtest du? Ach, wen interessiert's! Die Lage hier ist viel zu ernst! In Paris wurde ein Mann verhaftet, ein Spion, ein gewisser Marabbito, der beteuert, du habest all die Jahre nichts anderes getan, als die Genossen im Ausland zu finanzieren und zu spionieren und was weiß ich!«

»Das ist alles? Und deswegen regst du dich so auf? Ich hatte schon befürchtet ...«

»Immerhin reicht es, um dich für viele Jahren ins Gefängnis zu bringen.«

»Na, ich hatte mit Schlimmerem gerechnet.«

»Was, verdammt, hast du denn noch Schlimmeres angestellt, du Wahnsinnige? Was hast du angestellt?«

Pasquale läuft kreischend wie ein verrückt gewordenes Huhn durchs Zimmer. Innerhalb weniger Jahre hat er alle Haare verloren. Hinweg die dichte Mähne blonder Locken – er sah aus wie ein richtiger Engel! –, der kleine runde Schädel ist glatt wie ein Straußenei. Ihm bleiben nicht einmal die paar schwarzen Strähnen, die die Mutter Tina immer so sorgfältig über den kahlen Kopf drapiert hat ... Einen Moment lang war Modesta versucht, diesen dünnen Hals mit einem Messerhieb zu durchtrennen, mit Mutters großem Messer, mit dem sie die Hühner tötete. Keine schlechte Aussicht, dieses Ei zwischen den prunkvollen, düsteren Möbeln des Salons durchkullern zu sehen, bei einer Zigarette das komische Spektakel zu beobachten und gleichzeitig seinen schwitzigen Darbietungen in den Wohnzimmern ein würdiges Ende zu setzen, wenn er in Uniform die Anwesenden mit antifaschistischen Witzen unterhielt und manchem hohen Tier dabei zuzwinkerte: »Die Insel hat schon viele Stürme erlebt, wir sind ja erfahrene Seeleute!«

»Bist du verrückt? Hast du die Sondergerichte vergessen? Sie verdächtigen dich der Spionage, hast du das noch nicht begriffen?«

»Willst du mich daran erinnern, daß die Todesstrafe wieder eingeführt wurde?«

»Und du betrachtest dich im Spiegel?«

»Zum Glück habe ich in der Eile noch Bambús Handtasche greifen können. Sie ist hübsch, nicht wahr, Pasquale? Schau nur die schönen Perlen, zum Glück sind Puder und Lippenstift darin. Bambolina beherrscht diese Dinge wie ihre Mutter. Ich habe mich vernachlässigt in letzter Zeit, das war ein Fehler.«

»Was soll das, schminkst du dich jetzt? Ich werde dich nicht nach Palermo begleiten können. Du wirst den Schergen, die dich vernehmen, ausgeliefert sein, da hilft dir kein Puder!«

»Du irrst dich, Lippenstift und Puder! So übel bin ich noch nicht, oder, Pasquale? Der Große hat mir gewisse Blicke zugeworfen ...!«

23

»Fürstin, Fürstin, Euer Durchlaucht, seid so gütig und nehmt heute nacht hiermit vorlieb. Ihr könnt Euer Bett mit einem Vorhang abtrennen. So müßt Ihr die da nicht sehen ... aber sie schläft sowieso immer! Leider hatten wir keine andere Anweisung ... Wenn sie Euch belästigen sollte, laßt es mich unverzüglich wissen. Morgen werden wir dann ein Einzelzimmer für Euer Durchlaucht finden.«

Diese Stimme – könnt ihr sie hören? – ist nicht sanft wie die Madre Leonoras, und doch muß ich auf sie hören und tun, was sie sagt. Sie meint, ich solle mich vor dem Anblick der alterslosen, zerzausten Frau ekeln, die ihren Kopf in den Händen verbirgt und, am ganzen Leib zuckend, zur Mauer gewandt daliegt. Und ich tue wie verlangt, ziehe ein angewidertes Gesicht, aber nicht übertrieben: ein von großer Barmherzigkeit gemilderter Ekel. Ich befinde mich in den Händen von Menschen, die behaupten, an die Barmherzigkeit zu glauben.

»Euer Durchlaucht sind zu gütig, eine wie die da zu bemitleiden, so eine subversive Kommunistin verdient kein Mitleid.«

»Wer ist sie?«

»Eine vom Kontinent, eine unglückselige Kreatur! Sie stand nicht einmal besonders hoch bei ihnen, wie die aus der Zelle nebenan, die sich brüstet, eine Anführerin der Roten zu sein, eine Frau und Anführerin der Roten, was es nicht alles gibt! Oh, Fürstin, ich sehe Euch betrübt ... Euer Durchlaucht sind sicher müde, ich lasse Euch nun ausruhen.«

Mit einer leichten Verbeugung zieht sie sich zurück und wiederholt mit der Andeutung eines Lächelns: »Gute Nacht, Fürstin.« Sie scheint mich wirklich gerne so zu nennen. Jacopo, Bambolina, sagt es auch den anderen, damit sie Bescheid wissen: Auch im Gefängnis werden Fürstinnen und Anführer anders behandelt. Kaum ist Schwester Giuliana durch die Tür verschwunden, springt »die da« auf die Füße, stürzt sich auf mich wie eine Verhungernde aufs Brot, und beginnt auf mich einzureden wie jemand, der seit Jahren nicht mehr gesprochen hat.

»Wer bist du? Warum ist dir diese Schlampe von Schwester so ums Maul gegangen? Außerdem bin ich gar nicht ›vom Kontinent‹: Ich bin Römerin!«

Ihre Stimme ist brüchig, vielleicht vom langen Schweigen, doch ihr Gesicht, in dem zwei grüngelbe Augen blitzen, wirkt trotz der Schwellungen von Schlägen und Kratzern (oder sind es Schnittwunden?) nicht häßlich.

»Sag schon, wer bist du? Willst du mir wohl antworten?«

Unter dem Beschuß dieses unerbittlichen gelben Blicks ist Modesta versucht, ihr zu antworten, nur um die Augen schließen und sich kurz in die Dunkelheit zurückziehen zu können.

»Nein, Modesta, gerade in den Zellen droht die größte Gefahr. Auf zwei echte Gefangene kommt einer, der vielleicht äußerlich noch überzeugender wirkt als die übrigen, aber in Wirklichkeit ein Spion ist.«

Joyce hat Erfahrung mit Gefängnissen, und man muß aufmerksam zuhören, wenn sie davon erzählt, es könnte noch einmal nützlich sein.

»Man kann nie wissen, Bambú.«

»Aber es ist so langweilig, wenn sie davon anfängt, Tante.«

»Dennoch muß man ihr zuhören und sich später daran erinnern.«

»Und außerdem, du im Gefängnis, wie soll das passieren?«

»Man kann nie wissen, Bambú, nie!«

Modesta erinnert sich und öffnet die Augen, um dieses unerbittliche Wesen zu betrachten, das redet und redet und Fragen stellt ... Und wie sie sich wegdreht und mit den Fäusten den schmierigen Kalk von den Mauern schlägt, das quält Augen und Ohren, schlimmer noch als der Scheinwerfer, der Modesta von der Gestalt hinter dem Schreibtisch trennt:

»Warum, Fürstin, zwingt Ihr mich an diesen Tisch? Ich leide mehr darunter als Ihr, das könnt Ihr mir glauben! In dieser Uniform steckt ein Mann, der darunter leidet, wenn er Euch so müde sieht, doch unglückseligerweise ist es meine Pflicht. Ich bitte Euch einmal mehr: Versucht Euch an etwas Konkretes zu erinnern. Vielleicht wollte sich jemand rächen, indem er Euch in diese Männergeschichten hineingezogen hat? Ein zurückgewiesener Verehrer? Das wäre bei Eurer Ausstrahlung nicht verwunderlich. Manche Männer werden gnadenlos, wenn man sie zurückweist ... Versucht Euch zu erinnern, zwei, drei Namen würden uns schon genügen. Wir übergeben sie der Justiz, und Ihr kehrt in Null Komma nichts nach Hause zurück.«

Hinter dem dunklen Gitter des Beichtstuhls umschmeichelte die leise Stimme des Priesters aus Palermo schlangengleich die Beichtende und ließ sie vor Ekel und Angst noch mehr erzittern als die Schreie Madre Leonoras oder des Offiziers, der mich seit drei Stunden in diesem Zimmer umkreist und wie besessen brüllt:

»Nein, kein Stuhl heute! Heute redet es sich besser im Stehen! Draußen scheint die Sonne ... reden ... Ihr seid so schön, Fürstin, so jung! Warum wollt Ihr durch Euer Schweigen diese sowohl für Euch als auch für mich unangenehme Unterredung in die Länge ziehen?«

Was tut er jetzt? Warum bleibt er stehen? Gerade hatte ich mich an den dauernden Galopp der kurzen, krummen Beine gewöhnt. Nun aber bleibt er immer wieder stehen und stampft mit den Füßen auf, wie bei einer Parade.

Und in den darauffolgenden Tagen, wenn ich eintrat und mich setzte: »Nein, kein Stuhl, im Stehen spricht es sich besser.« ... Die Zigarre! Warum betrachtet er nun den kleinen Aschestummel an seiner Zigarre und läßt seinen Blick dann lange auf mir ruhen, während er sie mit einem Lächeln zwischen den Fingern dreht? Joyces Brüste waren noch Jahre später von diesem feinen Muster gezeichnet ... »Es tut mir leid, ich sehe, daß Euch die Augen zufallen, aber wir müssen noch reden.« Nun setzt auch er sich, doch er raucht nicht mehr ... Sie haben mir nicht einmal frische Kleider gegeben, obwohl ich schon einige Tage hier bin.

»Tja, liebe Modesta, es war eine schreckliche Entdeckung, und noch schrecklicher war meine Entscheidung. Es ist grauenhaft, in der Zelle beobachten zu müssen, wie all diese armen geschlagenen und vergewaltigten Frauen zurückkehren, und zu sehen, wie du durch deinen Sonderstatus heil und mit allen Kleidern am Leib zurückkehrst. Klar, gegenüber den Anführern gebrauchen sie Worte als Waffen, doch machen wir uns nichts vor: Worte schneiden nicht so ins Fleisch wie die Rasierklingen, die sie häufig benutzen.«

»Und du?«

»Nach einem Monat verstand ich, daß ich jegliche Autorität unter den Genossinnen von Bäuerinnen und Arbeiterinnen verlieren würde. Für dieses Muster hier, wie du es poetisch nennst, mußte ich sie auf alle Arten provozieren und persönlich beleidigen. Nur so konnte ich viele Tage später erhobenen Hauptes in die Zelle zurückkehren. Es ist unfaßbar, darum zu kämpfen, gefoltert zu werden, doch endlich hörten die mißtrauischen Blicke auf, und wir waren wieder vereint.«

Nun schweigt »die da«. In ihrem Gesicht, das sich ruhig über mich beugt und mit den gelben Pupillen meine Stirn und meinen Hals absucht, entdecke ich die feinen Kratzer. Joyce hatte recht, sie benutzen Rasierklingen.

»Nichts, was?! Mamas Liebling, nichts! Du gehst hin und kehrst ohne einen Kratzer zurück, die Haare schön gekämmt, nicht einmal der Lippenstift verschmiert, was, Fürstin?! Bist du vielleicht eine Spionin? Nina mußt du das sagen! Red schon, oder ich prügel die Antwort aus dir heraus, wer bist du?«

Ich bin müde. Ich könnte Joyces Beispiel folgen, aber ich habe nicht die Absicht, die Heldin zu spielen, und als die da sich mit spitzen Fingernägeln auf mich stürzt, packe ich mit einer Faust ihre Handgelenke – Nina ist groß, aber sie hat schmale Glieder – und versetze ihr mit der anderen Hand eine, zwei, drei Ohrfeigen. Unter den Schlägen platzen die Schnittwunden auf, und schließlich läßt sie von mir ab und schweigt.

»Damit das nicht noch einmal passiert, merk dir eins! In meinen Augen bist du die Spionin hier. Du, mit deinen blauen Flecken, bist eine Spionin! Blaue Flecke lassen Spione authentischer aussehen, wie? Wer bist du? Red schon, oder ich mache mit den Ohrfeigen weiter, wer bist du?«

»Bei meinen Eiern!«

Noch nie habe ich diesen Kraftausdruck aus dem Mund einer Frau gehört, und vielleicht liegt es an meinem unwillkürlichen Lächeln – oder ist es ihr Dialekt, der die Worte mit seinen sanften, zögernden Pausen mildert? –, daß ich überrascht innehalte.

»Bei meinen Eiern, leck mich! Ich blute! Aber das ist gut. Wer sich so ärgert, ist keine Spionin. Schlaf jetzt. Morgen unterhalten *wir* uns mal ...«

»Ich bitte Euch, Fürstin, morgen wollen wir versuchen, unsere Unterhaltung etwas ergiebiger zu gestalten. Denkt darüber nach: Wenn wir es schaffen, morgen ein oder zwei Dinge zu klären, wäre es um einiges angenehmer, dort draußen im Sonnenschein mit Euch in einem Café oder einem Park zu diskutieren ...«

»Hast wohl noch zuviel Puste, Fürstin, daß du reden willst? Spar sie dir lieber für die Herren auf. Sieht so aus, als hätten wir noch alle Zeit der Welt, uns zu unterhalten.«

Nie zuvor war Joyce so verständnisvoll und strahlend, trotz der dichtgesäten, dunklen Schnittwunden, die in der Finsternis des Raumes ihre Züge verwischen. Sie führt ihren wohlgeformten, langen Finger an den Mund und bezeichnet mir zu schweigen und meine Kräfte zu sparen, nach meiner Rückkehr von den Diskussionen mit den Anwälten ... Zu jeder Tageszeit erwartet sie mich, im Stehen oder Liegen, aber immer mit weit geöffneten Augen, die sie aufmerksam auf mir ruhen läßt. Und sie wird nicht nervös, wenn ich Lärm mache, um den Weg zu meiner Liege zu finden.

»Danke, Jò, für dein Verständnis, danke, mein Herz.«

»Die Typen haben dich ganz schön weichgekocht, was, Fürstin? Aufwachen! Wer ist dieser Jò, ist das dein Macker?«

»Ich habe sie umgebracht ...«

»O nein, Fürstin! Jetzt heißt es aufwachen! Bisher hab ich mich rausgehalten und dich in Ruhe gelassen, weil du nicht phantasiert hast, aber dieses kopflose Gerede ist gefährlich! Verdammt, wenn wir nur eine richtige Lampe hätten statt dieser bläulichen Funzel wie in der Vorhölle, was die sich immer ausdenken! Los, setz dich hin und mach die Augen auf. So ist es gut, sieh mich an – auch wenn's schwerfällt –, sieh mich an, ich bin Nina und nicht dein Mann.«

»Ach ja … Was haben sie mit deinem Gesicht gemacht, du siehst aus wie ein Reibeisen.«

»Faß mich bloß nicht an. Merk's dir lieber gleich, so machst du dieses verfluchte Jucken nur noch schlimmer.«

»Was haben sie bloß mit dir gemacht, Nina?«

»Nichts, ein bißchen Spaß gehabt mit der Rasierklinge, die üblichen Spielchen … Wenn's nur das wäre, Fürstin.«

»Was denn noch, Nina, um Himmels willen?«

»Ach, wie ich sehe, holt dich das Thema wieder auf den Boden zurück, sehr gut!«

»Um Himmels willen, was haben sie noch getan?«

»Na, was tun sie schon, hm, wenn von Männerspaß die Rede ist, um dich von vorn und von hinten in ein Sieb zu verwandeln?«

»Und du lächelst?«

»Ja was, soll ich etwa heulen? Heulen stopft die Löcher auch nicht.«

»Wie viele waren es?«

»Das wüßte ich selbst gern! Vielleicht drei – kannst dir ja vorstellen bei dem Durcheinander … Aber ich würde schwören, daß ein ganzes Regiment über mich drübergerobbt ist, ein Regiment mit Pauken und Trompeten.«

»Es ist schön, wenn du sprichst, Nina!«

»Wenn du wüßtest, *fijetta**, wie gern ich rede! Wie mit meinem Vater, der war Anarchist und hat uns beigebracht, uns klar auszudrücken und keine falschen Propheten anzubeten. Ich weiß noch, als Italien in den Krieg eintrat, da war ich erst sieben, aber ich erinnere mich noch ganz genau, weil zu Hause nicht mehr gekocht wurde und ich einen Bärenhunger hatte, ich weiß noch, wie mein Vater aus dem Fenster spuckte und immer wieder sagte: ›Glaub ihnen nicht, Nina, das sind keine Sozialisten. Wenn sie den Krieg wollen, sind sie Verräter.‹«

»Dann bist du also noch jung!«

»Von 1908. Wundert dich das? Kann ich mir vorstellen! Sieh mich nicht so an! Meinst du, ich wüßte nicht, daß ich wie eine alte Schachtel aussehe? Aber sobald diese Wunden verheilt sind und ich mir wieder die Haare färben kann ... diese schwarzen Ansätze an den Haarwurzeln machen alt, ich bräuchte etwas Henna! Morgen frage ich Schwester Giuliana, dann haben wir mal was zu lachen!«

»Was ist das?«

»Tjaa, ein Balsam! Er gibt den Haaren eine schöne rote Farbe, ohne sie kaputtzumachen wie andere Färbemittel, im Gegenteil, er pflegt sie, weil er aus Kräutern gemacht ist, und wann hätten Kräuter schon mal geschadet, oder, Kinder? Aber da wir gerade über Gesundheit reden, ich müßte dir etwas sagen ... Ich weiß, daß es dir peinlich sein wird.«

»Mir? Was denn?«

»Ja, also, euch Bürgerlichen fehlt da ein wenig die Übung. Wie mein Vater immer sagte, ihr seid verwöhnt. Zuerst war das ja in Ordnung, weil, wer konnte euch das Privileg schon nehmen? Aber jetzt ... Wer hätte auch gedacht, daß selbst ihr einmal im Knast landen würdet!«

»Was redest du da? Ich verstehe dich nicht.«

»Deine Schamhaftigkeit – ich habe dich beobachtet, glaub mir – ist mir nicht entgangen, und ich weiß nicht, wie ich es dir sagen soll ... Um es kurz zu machen, Kinder!, fühlst du, wie hart und gespannt dein Bauch ist? Als wärst du eine Trommel. Du mußt kacken, *fijetta bella*, kacken, oder dein Kopf geht in Rauch auf und deine Eingeweide in Flammen.«

Sind es Ninas offene Worte, oder ist es die Wärme ihrer Hand, die über meinen angespannten Bauch tastet, daß ich in Tränen ausbreche und mit ferner, vergessener Stimme sage: »Ich kann nicht, Nina, ich kann nicht!« Wann habe ich diese Kinderstimme im dunklen Zimmer schon einmal gehört? War es Prando, der sagte: »Ich kann nicht, Mama, ich kann nicht!«, oder war es Bambolina? Jacopo weinte nie, sein Gesicht verdüsterte sich bloß wie bei einem besonnenen, weisen Greis.

»Wenn du fertig bist mit Weinen – es wird dir guttun –, müssen wir es hinter uns bringen, Schätzchen! Auf, auf, vor wem schämst du dich? Hier sind ja nur wir zwei. Wenn sie dich mit zehn anderen in die Zelle gesteckt hätten – die sich alle in denselben Kübel entleeren sollen –, was hättest du da getan, hm?«

»Zehn Frauen in einer Zelle, Nina? Wie schrecklich!«

»Und nicht alle so zartfühlend wie du, sondern fröhlich am Glotzen, ob es nun endlich losgeht«

»Fürchterlich!«

»Nein, aber wenn du zu ihnen stößt, sind sie schon seit vielen Jahren drinnen, und drinnen ist es nun mal langweilig. Eine Neue bringt Neuigkeiten, ist 'ne Sensation, wie soll ich's sagen? Besser als im Lichtspieltheater. Und wenn sie nur glotzen würden. Andererseits, was sollen sie sonst tun? Gewöhnliche Gefangene, Diebe, Huren. Oh, nicht, daß ich etwas gegen Diebe und Huren hätte, das ist in der Anarchie nicht vorgesehen. Wir hassen die Herren, die sie dazu treiben, zu klauen und auf die Straße zu gehen. Nicht umsonst heißt es in dem Lied: ›Es sind unsre Töchter, die Prostituierten ...‹ Scheiß der Hund drauf! Ich versuche meinen Idealen treu zu bleiben, und sie werden zu Hyänen! Wenn nicht diese Heilige da nebenan aufgetaucht wäre, diese Maestra, hätten sie mich bei lebendigem Leib ausgesaugt! Sie hat mich hierher auf die Krankenstation geschafft ... Los, los, mach schon! Ich geh jetzt schlafen – ich tue zumindest so – und drehe mich zur Wand. Und du ziehst das zerlumpte Laken vor, das Schwester Giuliana so liebevoll Vorhang nennt, und erledigst dein Geschäft. Geht es so? Nein? Gewöhn dich lieber gleich dran ... wie heißt du? – Verdammt! dieses ewige Fürstin geht mir auf den Wecker – ... Modesta? Jesses, was für ein Name! Wer hat dir den bloß verpaßt? Ist ja fast schlimmer als Fürstin. Also, schau selbst, ob man so eine schöne Frau Modesta nennen kann, die zudem weint, weil sie nicht scheißen kann ... Mody soll ich dich nennen, sagst du? Na ja, ist schon hübscher ... Hör zu, Mody, kommst du jetzt zu Potte, ja oder nein? Worüber sorgst du dich noch, wenn ich dir schwöre, daß ich nicht hingucke? Eventuelle Geräusche? Oder der Gestank? Mit dem Gestank machst du es so, du nimmst das Stück Zeitung, und während du dich erleichterst, verbrennst du mit diesem Streichholz – nicht verschwenden, hörst du, die sind rar hier! – die Zeitung, im Kübel, meine ich, und schon verfliegt das Düftchen, verstanden? Los jetzt, steh auf und vergiß mich, tu so, als wär ich nicht da, als wär ich blind und taub: Guck nur, wie blind und taub ich bin, auf der Bühne konnte ich sogar ganz passabel humpeln. Als Kind wollte ich immer Schauspielerin werden ... Was ist los, warum krallst du dich so an mir fest, tut dir etwas weh oder was? Was ist? Tut dir was weh?«

»Nein, nein, vielleicht vor Lachen oder durch deine Massage ... O Nina, wie peinlich, es kommt, es kommt, ich kann keinen Schritt mehr tun!«

»Was bist du so entsetzt? Ein Glück ist das! Halt dich an meinem Arm fest, nur gut, daß du so leicht bist. So, hier, runter mit der Unterhose ... Nein, ich bleibe ja hier, du mußt dich nicht so festkrallen ... laß meine Hüfte los, ich bin ja hier, aber nun entleere dich endlich, halt nicht mehr ein, an einem Darmverschluß kann man krepieren! Laß alles raus!«

Dank diesem »laß alles raus« oder aufgrund der Wärme, die sich von ihren Hüften auf meine Arme übertrug, ließ ich mich gehen und barg mein Gesicht in ihrem Schoß ... Ich entleerte mich, während sie über mir stand, mir übers Haar strich und dabei murmelte: »Du bist Mamas braves

Mädchen, gutes Mädchen, laß alles raus, immer raus damit, dann bist du gerettet!« Und was ich niemals gedacht hätte, es erfüllte mich mit einer Lust, süßer als Likör und Tuzzus Zunge, und ich weinte und seufzte, doch nicht vor Scham, sondern vor Wonne, während ich leise wiederholte: »Nina, Nina, geh nicht weg …«

24

»Geh nicht weg, sagt sie. Im Knast! Ich schwöre dir, wenn ich rauskomme, ist das das erste, was ich erzähle. Oh, ich lach mich tot, das ist ein echter Witz!«

Beim Lachen hebt Nina den Kopf, ein helles Lachen, eine ferne Erinnerung an endlose Roggen- und Mohnblumenfelder. Eine ferne Erinnerung an die Vögel, an den anbrechenden Morgen, weiß und glänzend, wie damals, als man in aller Frühe aufstand und den Brotteig ansetzte …

»Ich habe Hunger.«

»Das glaube ich gern, so wie du dich entleert hast! Gutes Zeichen für die Gesundheit, denke ich, aber für den Magen gelten andere Regeln! Du hast keine Wahl, entweder du stirbst an Vergiftung, oder … Vorher hattest du weniger Hunger, stimmt's?«

»Gar keinen Hunger, nur Ekel.«

»Ja, und auf den Ekel wäre das Fieber gefolgt.«

»Ich habe Hunger!«

»Ist ja gut, ich hab's gehört! Wenn du davon redest, machst du es nur noch schlimmer. Ich hab eine Klinge anstelle des Magens! Aber es ist Zeit für die Suppe … es ist die Stunde …«

»… die mit Sehnsucht füllet …«

»Ach was, Dante! Belli ist unser Dichter! ›Wieviel Uhr, welche Stunde? Es gibt eine Sache, die will nicht behagen. Hört ihr, Braut, wie die Glocken schlagen? Wißt Ihr, gnä'

Frau, welche Stunde sie künden? Die Stunde, da die Frauen als Huren enden.‹«

»Das kenne ich nicht.«

»Wo hast du nur gelebt? Ich werde dich schon noch mit dem König der Blasphemie bekannt machen. Diese Wortverdreher des Papstes sagen ja, er habe sich vor seinem Tod bekehrt, aber das stimmt nicht, das behaupten sie von jedem. Als meine Großmutter starb, war ich dabei, und sie bereute rein gar nichts, sie war nur sauer, daß sie so früh sterben mußte, sagte sie. Dabei war sie achtzig! Na ja, kaum einen Monat später behauptete die gesamte Verwandtschaft – schlagen könnte ich sie dafür –, sie habe Reue gezeigt ... Das kommt von ihren Schulen, vom Kreuz, ich könnte ihn umbringen!«

»Wen, den Gekreuzigten?«

»Nein, ich meine diesen Verräter Mussolini, wenn man bedenkt, daß er sogar ein Buch gegen das Papsttum verfaßt hat, und dann schließt er einfach mit diesen Betrügern Frieden und gibt unser Rom den Priestern zurück. Der kann mich mal! Aber wo war ich gerade? Ach ja ... was kannst du schon von Ottavia oder Grazia erwarten, die in diesen Schulen aufgewachsen sind, ständig mit dem Kreuz vor der Nase, im Religionsunterricht und jetzt sogar zu Hause ... Als ich noch klein war, wenn man da in einem Atheistenhaushalt aufwuchs, genügte es, nicht in die Kirche zu gehen, um die Stimme der Pfaffen nicht hören zu müssen: Damals schützten einen noch die eigenen vier Wände! Mittlerweile kommen sie in dein Haus und erzählen dir was, selbst wenn du es nicht willst.«

»Wie kommen sie herein?«

»Komm schon, Mody, mit dem Radio natürlich! Dieses Teufelszeug! Stell dir vor: Ich und meine Fijetta kochen gerade, putzen das Haus, da läuft dann, was weiß ich, zum Beispiel ›Illusione dolce chimera sei tu, che fa sognare, sperare e amare tutta la vita ...‹*, schönes Lied, oder? Gut, uns ist's recht, man trällert ein bißchen mit, ohne Böses zu denken, und plötzlich hörst du einen düsteren Gesang, der so dicht auf das Lied folgt, daß du es fast nicht bemerkst. Und bis du kapiert hast, daß das die heilige Messe ist, und zum Apparat gerannt bist, um auszuschalten, hast du das Höllenzeugs schon intus! Tja, Ottavia und Grazia, meine jüngsten Schwestern, sind mit diesem Gift aufgewachsen, und auch sie fingen irgendwann an zu erzählen, die Großmutter habe sich am Ende bekehrt – auch sie, oh! Bekehrt! Hatte ich dir das schon erzählt? Entschuldige, ich wiederhole mich. Das ist der Hunger, ich rede und rede, auch weil ich seit drei Jahren mit niemandem mehr gesprochen habe und um mir dieses Loch im Magen zu stopfen. Entschuldige.«

»Nein, Nina, rede nur, ich mag das. Meine Mutter hat nie geredet.«

»Wieso?«

»Vielleicht weil sie immer zwischen den ganzen alten Lumpen saß und nähte, hat sich ihr der Mund verschlossen.«

»Machst du Witze? Deine Mutter hat Lumpen genäht? Meinst du vielleicht, weil sie immer über ihrer Stickerei saß? … Ah, da ist ja unsere gute Schwester Giuliana! Die Suppe, was, Schwester? Was sag ich, das fiese Gebräu! Vielleicht liegt es an dem Plausch unter Freunden, aber heute sieht sie nicht so schlimm aus wie gestern, Schwester. Und der Geruch ist gar nicht so übel. Habt ihr etwa einen neuen Koch im Haus? Oh, Mody, hast du gehört, wie sie den Knast nennt? Haus nennt sie ihn.«

»Still, du rüpelhafte Kreatur, und weg mit deinen Händen! Oh, Fürstin, es ist eine Schande! Ich habe es der Schwester Oberin noch einmal ans Herz gelegt, eine Schande, daß Ihr hier mit der da in einem Raum schlafen müßt, aber es ist alles voll, alle Zimmer sind belegt.«

»Warum sagst du nicht gleich: ›Das Hotel ist ausgebucht‹, hm, Schwesterchen? Weißt du, daß ich von dir geträumt habe, Schwester? Ich habe geträumt, daß wir uns in der Hölle getroffen haben, eng umschlungen und nackt.«

»Wärt Ihr doch nur drei Tage früher gekommen, Fürstin! Die Welt scheint wirklich verrückt zu spielen! Vielleicht wegen des Krieges, der mal kommt und mal nicht. Wir hörten, daß gestern das Gerücht umlief, er sei ausgebrochen und ganz Palermo sei aufs Land geflüchtet, aber dann kehrten sie wohl wieder zurück … Angeblich werden Gasmasken verteilt … Aber wenn die da Euch zu nahe tritt, müßt Ihr es mir sagen; obwohl sie unter dem Schutz der Dame von nebenan steht, werde ich dafür sorgen, sie Euch aus den Augen zu schaffen! Ihr seid zu gütig, sagt mir die Wahrheit, belästigt sie Euch?«

»Was redet Ihr da, Schwester Giuliana! Für uns Frauen, die wir in Gehorsam und Demut aufgewachsen sind, macht es keinen Unterschied, ob wir allein sind oder nicht. Und man muß verstehen und der Dummheit verzeihen können, wir alle sind Lämmer Gottes! Und auch Nina, das spüre ich, ist tief in ihrem Inneren nicht so schlecht, wie sie scheint. Ich werde ihr helfen, mein Aufenthalt hier ist vielleicht ein Zeichen des Herrn. Vielleicht bin ich dazu berufen, dieses verirrte Schaf auf den rechten Weg zurückzuführen! Ich werde die Schwester Oberin bitten, mir den Trost zu geben, diese Seele zu heilen. So kann ich mich von meinen Sünden reinwaschen.«

»Von Euren Sünden, Fürstin? Verleumdungen, da bin ich sicher, gerade sprach ich noch mit der Oberin darüber.«

»Wir sind alle Sünder! Sagt der Schwester Oberin, daß ich mich berufen fühle, dieser verirrten Seele beizustehen, bis sie wieder auf den rechten Pfad gefunden hat.«

»Eine Heilige! Ich kann nur sagen, Ihr seid eine Heilige! Ich werde die Nachricht sofort weiterleiten …«

»Bei meiner Seele, fast hättest du mich überzeugt, Mody! Ich wollte schon böse werden. Aber da kommt sie ja schon wieder zurück, schneller als die Eisenbahn.«

»O Fürstin, die Oberin sagt, Ihr seid zu gütig, zu gütig! Sie meint auch, Ihr solltet Euch keine Gedanken machen, die

Maestra nebenan hat sich erboten, die Zelle, oh, entschuldigt, das Zimmer mit Nina zu teilen. Sie meint ferner … aber nein, nein, was betrübt Euch?«

»Wie das, Ihr wollt mir den Trost nehmen, meine Sünden wiedergutzumachen, indem ich …«

»Aber welche Sünden denn!«

»Sünden, Schwester Giuliana! Oder fühlt Ihr Euch etwa frei von Sünden? Wer frei von Sünde ist, der werfe den ersten Stein! Und wenn Gott mich hierhergebracht hat, heißt das, daß ich gefehlt habe. Anders kann es nicht sein, denn der Herr sieht alles.«

»O Heilige Jungfrau! Die Oberin, obwohl sie Euch nie gesehen hat, hat Euch doch richtig eingeschätzt! So ist das zwischen höheren Seelen, sie spricht wie Ihr. Mit ebendiesen Worten hat sie gesagt: ›Geh und versuche sie zu überzeugen, aber du wirst sehen, daß sie es ablehnt.‹ Und nun entschuldigt mich, ich werde es bestätigen, damit das ein Ende hat, ich habe viel zu tun. Wir müssen noch das blaue Papier vor die Fenster kleben, für die Verdunkelung und … Es herrscht ein Andrang, als ginge die Welt unter, das ist eher ein Weltuntergang als ein Krieg!«

Als die Tür ins Schloß fällt, schaue ich auf: Wenn Quecksilber mein Zimmer verläßt, knallt sie mit der Tür. Nein, nicht sie war es, die die Türen knallte, sie war ja nur die Kammerfrau. Gaia schreit und schlägt die Türen, und jetzt, wo sie beschlossen hat, Beatrice ins Internat zu schicken, wird sie nicht mehr so leicht davon abzubringen sein …

»Alles geregelt. Oh, was für ein Tag! Gott möge mir verzeihen, ich kann nicht mehr, den lieben langen Tag treppauf treppab! Nina kann hierbleiben … Was tut Ihr da, Fürstin? Nein, nein, ich bitte Euch, steht auf!«

Auf dem Boden kniend, die Hände vor die Augen geschlagen, um Nina und ihre mühsamen Versuche nicht zu sehen, die Gesichtsmuskeln unter Kontrolle zu halten und nicht in lautes Gelächter auszubrechen. Von ihr geht diese

Lachlust aus. Und die Leere im Magen muß es sein, die mich mit windesleichten Fingern kitzelt ... Freude kann es ja wohl kaum sein, nie habe ich gehört, daß man im Gefängnis solche Freude empfinden kann.

»Fürstin, bitte, steht auf, ich bin Eurer nicht würdig!«

»Gott sieht uns, Schwester Giuliana, niemand von uns ist würdig, und doch sind wir alle würdig. Dankt der Oberin, und laßt mich beten zum Herrn, der mir diese Gunst erwiesen hat.«

»Betet, betet nur, ich muß gehen. Welche Demut, welche Demut! Und du, Auswurf, laß sie beten, verstanden? Laß sie beten!«

Ich grabe mir die Fingernägel in die Stirn, um mein Lachen zurückzuhalten. Es ist wirklich pure Freude, denn sobald die Tür zufällt und ich mich endlich dem Lachen ergeben kann, entschwinden schimmelnde Mauern, die erbärmlichen Liegen, der Kübel, allein Ninas gerötetes Gesicht bleibt. Jetzt, wo die Wunden allmählich verblassen, zeigen sich weiche und feine Züge in ihrem kräftigen Gesicht. Möglicherweise ist Nina unter dieser Fratze schön. Und als auch sie zu lachen beginnt und leise sagt: »Das hat mir gefallen, Mody«, kann ich nicht anders, als ihr meine Arme um den Hals zu werfen – sie ist groß, und ich muß mich auf die Zehenspitzen stellen – und sie auf den Mund zu küssen, in dem lauter kleine Perlen sitzen, so weiß, daß sie das Auge, die Gedanken blenden. Hinter den Zähnen schmeckt ihr Mund herb und süß wie mit der Kühle des Rauhreifs überzogene Brombeeren. Nina ist stark, unter Gelächter hebt sie mich hoch und vollführt mit mir ein paar Drehungen: eins-zwei-drei, eins-zwei-drei! »Und jetzt der Endspurt. Hinunter zwischen den schiefen Mauern, den Sesseln, den Kronleuchtern, die wie tausend Sonnen über meinem Kopf strahlen ...«

»Dir ist schwindelig, meinst du? Das glaube ich gern, mit leerem Magen! Wir sind doch verrückt, so unsere Kräfte zu vergeuden! Komm, laß uns die Suppe essen, bevor sie kalt wird. Hier drinnen darf man keine Energie verschwenden. Nein, es ist nicht deine Schuld, du bist ja neu hier, aber ich … Jesses! Ich war wirklich ergriffen, das ist es, wenn du es wissen willst. Was kommt noch alles, oh! Nina ergriffen. Das fängt ja gut an … Es ist Zeit, Schluß jetzt, essen wir … O Mody, einen Moment lang habe ich vergessen, wo wir sind. Nun mach doch nicht so ein Gesicht! Schmollst du wegen dem, was ich gesagt habe? Aber ich bin gar nicht sauer auf dich, Schätzchen, wie soll ich es dir erklären? Ich bin sauer auf Nina. Nina hat die Knasterfahrung, nicht du. Und jetzt tu, was ich sage! Sie schmeckt nicht, ich weiß, aber sie gibt Kraft … Hier darf man nicht besonders wählerisch sein, Fürstin, mach mich nicht kirre!«

Vielleicht weil ich den Ekel nicht mehr spüre oder weil sie, nachdem sie noch einmal umgerührt hat, mir einen Löffel Suppe zum Mund führt, höre ich mich voller Überzeugung sagen:

»So schlecht und kalt ist sie nicht, du hast recht, Nina.«

»Richtig, du sagst es. Hier drinnen hat Nina immer recht, zumindest was, wie soll ich sagen, die materiellen Dinge anbelangt. Man muß auch immer auf und ab gehen. Morgen fangen wir damit an. Sich so oft wie möglich waschen, sich weder der Melancholie noch der Euphorie hingeben. Vor allem die Euphorie ist schädlich, anfangs scheint sie zu erfrischen wie ein Gläschen Wein, aber dann, du meine Güte, ermattet sie fast noch mehr als ein flinker Finger hin und wieder.«

»Darf man das nicht?«

»Natürlich, aber nicht jeden Tag. Es strengt an. Man muß einen bestimmten Tag festlegen. Ja, da kenne ich mich aus.«

»Dann dürfen wir nicht mehr tanzen wie vorhin?«

»Du bist stark, Mody.«

»Dürfen wir also nicht?«

»Ganz vorsichtig … He, nein, mehr, du mußt die ganze Suppe aufessen. Was sagte ich gerade? Ach ja, wirklich stark, was du für Dinger losläßt ... Wie nennst du diese Büttel, wenn sie dich holen kommen? Die Herren! ... ›Die Herren haben mich zu einer Unterredung unter Freunden gebeten.‹ Du gefällst mir, Mody, und jetzt, wo ich dich gefunden habe, will ich dich um nichts in der Welt wieder verlieren. Laß uns einen Pakt schließen. Du hast gesehen, daß ich mit Schwester Giuliana meinen Tonfall geändert habe, als ich kapierte, daß du recht hast, dann kannst du auch auf Nina hören, wenn sie recht hat ... Da sind sie ja wieder, um dich zu einer Unterredung zu bitten. Als hätte ich sie gerufen! Los, runter damit, du mußt sie ganz aufessen.«

»Wenn ich sie aufesse, küßt du mich dann, wenn ich zurück bin?«

»Aber sicher, jedoch vorsichtig, wir dürfen uns nicht anstrengen.«

Mit diesem Versprechen im Sinn schmerzen die Schreie der Herren nicht mehr in meinen Ohren, und die »Unterredung« wird von Tag zu Tag leichter. So leicht, daß sie manchmal erstaunt verstummen in ihren schmierigen, schlampig genähten Uniformen ... Nun kehre ich nach blendendem Licht und Geschrei und plötzlicher Stille in das sichere Dunkel der Zelle zurück, strecke die Hände aus und weiß, in wenigen Sekunden finde ich zwei warme, geöffnete Arme und einen Busen, in den ich meinen Kopf vergraben kann und wo ich nicht mehr denken muß.

»Hast du die Kissen gut unter die Decke gestopft?«

»Ja, Nina, wie du es mir gezeigt hast.«

Nina weiß alles: Meine Liege steht in Richtung zum Spion.

»Können wir uns streicheln?«

»Nein, lieg still und schlafe, wir müssen auf den Tag warten, an dem sie uns Ei bringen.«

»Und bringen sie es morgen?«

»Ich glaube nicht, laß mich nachdenken, vielleicht ist es übermorgen so weit. Nun mach und schlafe! Ich erkundige mich morgen ...«

»Können wir denn nicht eine Ausnahme machen? Ich habe große Lust, deinen Busen zu küssen.«

»Ich habe nein gesagt! Schlaf jetzt, sonst werde ich böse.«

Nina ist fürchterlich, wenn sie böse wird, und aus Furcht oder durch die Wärme ihrer Arme, die mich fest umschlungen halten, gleite ich in einen süßen, friedvollen Schlaf.

25

Nina hebt sowohl ihren als auch meinen Zucker auf: »Die Brühe, die man hier Kaffee nennt, kann man ungesüßt trinken oder gleich in den Kübel schütten, sie ist eh nicht mehr als Spülwasser, während dieses kostbare weiße Pülverchen hier, unter ein Ei gemischt, dessen Nährwert um hundert Prozent steigert.« Tag für Tag wächst der Vorrat, den Nina zwischen Busen und BH birgt. Nur sie besitzt die Willenskraft, ihn nicht anzurühren, selbst in den längsten Hungerstunden zwischen Mittag und sieben Uhr abends.

»Soviel Zucker, Nina! Du bist wirklich bewundernswert, ich könnte niemals widerstehen.«

Nina lächelt, und meine Bewunderung macht sie noch schöner. Allmählich löst sich die Maske aus verheilenden Narben unter meinen Zärtlichkeiten und meinem Atem auf.

»O ja, Mody, mach weiter, das tut gut, wenn du wüßtest, wie diese Krusten jucken! Genau wie als ich die Windpocken hatte und Mama mir die Hände ans Bett band, was 'ne Tortur! Mach weiter! Jetzt, wo ich dich kenne, will ich kein entstelltes Gesicht haben. Vorher, als ich dich noch für 'ne Spionin hielt, habe ich mich dauernd gekratzt. Hätte ich nur einen Spiegel! Du meinst, viele Krusten sind abgefallen, ohne Spuren zu hinterlassen? Ist das wahr, oder sagst du das nur, um mich zu trösten?«

»Ich bin dein Spiegel, du kannst mir vertrauen. Ich bin der einzige Spiegel, der nicht lügt. Deine Haut wird wieder vollkommen, und abgesehen von den Ringen unter den Augen – ohne die es hier drin nicht zu gehen scheint –, hast du einen Teint, als kämst du gerade von einem Spaziergang in der ersten Frühlingssonne.«

»Ich will nicht prahlen, aber Nina wurde schon immer für ihre gesunde Hautfarbe bewundert. Und was die Augenringe anbelangt, damit bist du auch gut dabei, Schätzchen! Heute nacht haben wir uns ganz schön verausgabt.«

»Du hast gesagt, wir dürften es.«

»Das ist auch kein Vorwurf, ich erinnere mich gern daran, da ich in wenigen Sekunden etwas dagegen unternehmen kann … warte einen Moment. So, ich glaube, es ist nicht übertrieben zu sagen, daß niemand so gute Zabaione oder Mayonnaise macht wie ich. Du magst Mayonnaise, was? Ich träume davon! Und ohne mich brüsten zu wollen, keine der Frauen zu Hause oder aus dem Viertel könnte so viel aus zwei kleinen Eierchen machen. Schau, sie sehen aus wie zehn! Und jetzt ganz ruhig, langsam schlürfen, das nährt am besten.«

Wir sehen uns in die Augen, während der dicke Saft, den sie der Sonne abgerungen hat, warm über unsere Zungen und Gaumen rinnt.

»Der letzte Löffel für Mody, weil sie die Kleinere ist. Los, du Schlingel, hmmm … das war's.«

»Wie gut das war! Mir ist ganz warm, darf ich das Versteck küssen, an dem du den Zucker aufbewahrst?«

»Nein!«

»Dann wenigstens berühren.«

»Na schön, mach, aber dann auf zum Spaziergang, los, beweg dich, Mody, vor allem kann um diese Uhrzeit jederzeit der Pinguin von Giuliana auftauchen. So, wir müssen wenigstens zehnmal von einer Wand zur anderen gehen …«

»Das ist so langweilig!«

»Klar! Schließ die Augen und stell dir vor, du gingst mit Nina durch einen Wald.«

»Nein, nicht durch einen Wald!«

»Hört euch das an, und wo würdest du gern spazierengehen? Sag es nur, wir haben etwas für jeden Geschmack und jeden Geldbeutel.«

»Am Meer, Nina, das habe ich so lange nicht mehr gesehen, bring mich diesmal ans Meer. Wir laufen über die lange Sandzunge, die niemals endet ...«

»Kehrt marsch! Nein, nein, du darfst dich nicht so aufstützen! Los, kehrt marsch und das Ganze von vorne ... Du magst also das Meer!«

»O ja ... das ist keine Mauer ... hier fangen die Felsen an, schaffst du es?«

»Ich versuche es.«

»Wenn du es schaffst, kommen wir vielleicht ...«

»Wohin denn, Kätzchen?«

»Rechtzeitig zum Sonnenuntergang.«

»Klar, wie du willst. Los, noch eine letzte Kraftanstrengung, und dann reicht es für heute.«

»Noch eine Anstrengung, ja. Schau dort hinten, siehst du die Insel des Propheten?«

»Für mich sieht das nach Wolken aus.«

»Weil du sie nicht erkennst.«

»Ich bin tatsächlich kurzsichtig.«

»Dann vertrau mir, und wir beeilen uns. Wenn wir Glück haben, sehen wir, wie die Sonne die Stirn des Propheten küßt.«

»Tatsächlich!«

»Und im nächsten Moment nimmt die Sonne den Kopf mit sich hinab ins Dunkel ...«

»Warum bleibst du stehen, Nina? Wir haben noch Zeit bis zur Suppe, der Sonnenuntergang ist fern. Laß uns noch ein wenig spazierengehen.«

»Zu heiß für mich und zu hell!«

»Laß uns wenigstens noch auf den Hügel steigen, dort gibt es Bäume und Schatten.«

»Ich sehe nur weiße und gelbe Steine, und wieder weiß und gelb. Gott, was für ein Elend.«

»Das Gelbe dort sind keine Steine, sondern Ginsterbüsche, du bist wirklich kurzsichtig, Nina!«

»Reite noch drauf herum, oh, als hätte ich es nicht schon hundertmal gesagt.«

»Dann vertrau mir und geh weiter, dort oben gibt es Bäume und Schatten.«

Im Schatten streckt Nina sich aus und senkt die Lider. Nun weiß ich, daß ich mich neben sie legen und meinen Kopf auf ihre Brust betten darf. Ihr großer Brustkorb spürt mein Gewicht kaum, und ich kann reisen, wie damals, vom Schoß zum Hals ohne ihren tiefen, gleichmäßigen Atem zu stören. Wie kann Carmine nur weiterschlafen, während ich kreuz und quer über seinen Körper wandere?

»Du bist leicht wie eine Feder, *figghia**! Kann ein großes Tier wie ich überhaupt das Gewicht eines Kätzchens spüren?«

»Du bist kein Tier, du bist eine prächtige Säule! Ich habe mal eine auf der anderen Seite der Insel gesehen, sie liegen ausgestreckt im Gras und schlafen in der Sonne.«

Es ist nicht Carmine, der mit marmorner Hand sein Miezchen streichelt. Sagte er Miezchen oder Kätzchen wie die Stimme, die es nun wiederholt?

»Was tut mein freches Kätzchen, schläft es, oder heckt es einen Streich aus?«

»Und du, was tust du mit geschlossenen Augen?«

»Ich versuche der Müdigkeit Herr zu werden, die mich gepackt hat. Vor lauter Sehnsucht, den Himmel zu sehen, kann ich ihn jetzt, wo ich ihn vor mir habe, nicht erkennen, nicht spüren, wie soll ich sagen, kann ihn nicht genießen. Tja, vier Jahre in der Zelle sind vier Jahre. Ich bin die Luft nicht gewohnt, und die Augen tun mir weh. Wenn ich dich nicht getroffen hätte, wäre ich wahrscheinlich während des Wartens auf meinen Prozeß in diesem Gefängnis verfault.

Scheiße, ich hatte die Hoffnung auf eine Verurteilung schon aufgegeben. Scheint ein Witz zu sein, oh, einen Prozeß herbeizusehnen wie eine Preisverleihung? Dann kommst du, und alles klärt sich: Verbannung, Bücher für dich, Tinte und Papier …«

»Und für dich Wolle und Häkelnadel.«

»Und in kürzester Zeit der Prozeß. Es ging alles so schnell, wie im Lichtspieltheater, ich bin jetzt noch ganz durcheinander. O Mody, gib auf die Zeit acht! Bei Sonnenuntergang müssen wir zurück sein. Ich habe keine Lust, diesen Himmel wegen eines Spaziergangs zu verlieren.«

»Es ist erlaubt, Nina, sei ganz ruhig. Im Gefängnis warst du so stark!«

»Ja, ich muß mich erst daran gewöhnen …«

»Und dich beschäftigen.«

»Das stimmt auch. Du schreibst, unterrichtest, was schreibst du denn?«

»Dummes Zeug, Nina, nur so zum Zeitvertreib.«

»Und verdienst Geld! Gibst du heute keinen Unterricht?«

»Nein, zumindest einen Tag in der Woche möchte ich frei sein.«

»Du Witzbold! Auf einer Insel, die gerade mal eine Hand breit ist, will sie frei sein! Oh, aber mich freut's, denn allein weiß ich nicht, was ich mit mir anfangen soll.«

»Du mußt dir eine Beschäftigung suchen.«

»Darüber wollte ich sowieso mit dir reden, gestern auf dem Markt wurden mehr schlecht als recht zusammengehäkelte Baskenmützen angeboten, in blau und rot. Das würde ich allemal hinbekommen…«

»Genau das habe ich dir doch gesagt.«

»Ich will es probieren!«

»Du könntest auch Babydecken häkeln, hier auf der Insel wird doch ein Kind nach dem anderen geboren.«

»Und es wird gestorben, kein Tag, an dem man keinem Trauerzug begegnet. Das muß an den vielen Steinen und dem Wassermangel liegen. Ich will es wirklich versuchen! Gestern hat eine Alte für zwei kleine Mützen einen Liter Wasser nach Hause getragen. Ich muß es einfach versuchen. Und du bist sicher, daß sie uns von euch zu Hause Wolle schicken könnten? Und ... was ist bei dir zu Hause los? Dauernd bekommst du Briefe, aber du erzählst nichts. Einer von Ninas Fehlern ist, daß sie neugierig ist, sehr neugierig.«

»Du kannst sie lesen.«

»O nein, das nicht! Mein Vater sagte immer, das gehört sich nicht, das ist nicht ›im Sinne des Erfinders‹.«

»Wenn du willst, erzähle ich es dir.«

»Wird aber auch Zeit!«

Nina ist so neugierig wie ihr, die ihr dies lest. Entschuldigt, aber es ist nun einmal so, daß ihr in euren Häusern lest, vielleicht in Zeiten des Friedens, und ich lebe in Kriegszeiten. Während ich hier rede, durchziehen Bataillone eiserner Vögel den Himmel, Tag und Nacht, ohne dieses Fleckchen Erde mitten im Meer zu beachten. Wo wird ihr tödlicher Atem niedergehen? Sicherlich über lohnenderen Orten voller Menschen und Leben.

»Deshalb lassen sie uns links liegen, Nina. Ihr metallener Hunger giert nach jungem, gesundem Fleisch und nicht nach diesen paar Zentimetern Erde voll abgemagerter Leiber mit erloschenen Blicken. O Nina, hast du den Mann gesehen, wenn man ihn überhaupt so nennen kann, der die Zitronen verkauft? Er hat weder Nase noch Lippen, und anstelle der Augen klaffen zwei Löcher, als hätten die Insekten sie ihm ausgefressen.«

»Nur er, Mody? Ich habe ein gutes Dutzend von ihnen gezählt und dann aufgehört. Wahrscheinlich ist es Lepra, auch wenn keiner es beim Namen nennt. Aber egal, erzähl mir von euch zu Hause.«

Seht ihr? Sosehr ich versuche, Ninas und eure Neugierde zu befriedigen, kann ich mich nicht von meiner Gegenwart lösen. Aber da ihr nun einmal durch Ninas Augen weiter fragen werdet, versuche ich, es euch zu erzählen. Bambú ist euch ans Herz gewachsen, wie? Aber natürlich, hübsche, liebenswürdige und kapriziöse Mädchen ziehen immer das Interesse auf sich. Und Mela? Die Künstlerin regt die Phantasie an, auch Ninas Phantasie. Gut, ich habe keine andere Wahl, Nina wartet, den Blick endlich aufgehellt vor Neugierde.

»Ach was, Bambolina heiratet deinen Mattia? Und tut dir das leid?«

»Als sie sich mir in jener Nacht erklärte, hundert Jahre scheint das her zu sein, tat es einen Moment lang weh, aber dann, während ich auf die Morgenröte wartete, begriff ich, daß ich nicht litt, weil ich Mattia verlor, sondern weil ich mich ihr unterlegen fühlte und alt: vierzig Jahre!«

»Daß du vierzig bist ...«

»Heute zweiundvierzig, Nina.«

»Das glaube ich nicht einmal, wenn du es mir schriftlich gibst.«

»In jener Nacht allerdings sah man sie mir an, jedes einzelne Jahr. Denn das Konzept von Jugend und Alter ist reine Hypothese.«

»Was soll denn das bedeuten?«

»Es bedeutet, daß du so alt bist, wie du sein willst, wie du selbst überzeugst bist, zu sein.«

»Meinst du? Aber die Natur spielt auch eine Rolle.«

»Sicher, auch die Arbeit, die Armut, die Entbehrungen, sie alle lassen dich vorzeitig altern. Aber für den, der wie ich das Privileg hat, sich schonen zu können, ist das Alter nichts als ein Konzept, das einem wie viele andere aufgezwängt wurde.«

»Du gefällst mir, Mody, mir gefällt, wie du keinen Hehl aus deinen Privilegien machst.«

»Das ist die erste Pflicht jener, finde ich, die so denken wie wir.«

»Aber erzähl mir von jener Nacht.«

»Das habe ich schon getan: Ich tappte in die Falle des Gemeinplatzes. Oh, sosehr du dich wehrst, bleibt es doch schwierig, gegen die Regeln der Gesellschaft aufzubegehren, die besagen: Mit zehn Jahren bist du so, mit zwanzig so, mit vierzig und Kindern bist du alt … Ich schäme mich, aber in jener Nacht drohte ich den Widerstand aufzugeben, ich war kurz davor, mich den Schafen anzuschließen, die durch die Welt wandern. Aber nur kurz, ja! Noch vor Morgengrauen hatte ich es durchschaut, und wenn ich nicht festgenommen worden wäre, wäre ich weggegangen, um nach Neuem zu suchen. Die Welt ist groß, hat Carmine immer gesagt.«

»Denkst du immer noch an deinen Alten?«

»Nur wenn es mir hilft.«

»Und wann heiraten sie?«

»Nein, sie heiraten nicht. Ich sagte das nur, um es dir verständlich zu machen. Sie sind zusammen, und alles läuft gut, scheinbar auch im Bett. Hier kannst du lesen: ›Und keine Sorgen, Tante, auch wenn zwischen mir und Mattia alles gut ist, werde ich doch niemals eine von jenen legalen … werden, von denen unser Freund spricht.‹«

»Was bedeuten die Auslassungspünktchen, Mody?«

»Huren. Sie hat es nicht geschrieben, aus Angst vor der Zensur.«

»Und wer ist dieser Freund?«

»August Bebel … Es geht noch weiter: ›Ich kenne ihn gut und habe anders als Mela nicht nur so getan, als würde ich ihn lesen. Und heute weiß ich, daß Papa recht hatte, als er sagte, die Worte unseres Freundes werden die neue Bibel der Frauen von morgen sein. Doch jetzt genug von diesen ernsten Dingen. Ich möchte dir beschreiben, wie wunderschön die Villa geworden ist mit all den Zimmern voller Leben. Auch Pietro und Crispina sind wegen der Bombenangriffe bei uns. Catania ist eine Hölle.‹ Und so ist Carmelo wieder in den Händen der Brandiforti, wie Beatrice es sich erhofft hatte.«

»Und Mela, und Crispina?«

»Crispina hat jetzt einen richtigen Lehrer, und Mela feiert Erfolge über Erfolge. In Amerika geht das Leben weiter.«

»Immer noch mit ihrer Ippolita?«

»Immer noch. Da verstehe einer die Natur! Ich glaube, sie wird immer nur Frauen lieben, während sie der Presse die Jungfrau vorspielt, die nur für ihre Musik lebt. Vielleicht wird sie sich irgendwann zur Tarnung einen Ehemann nehmen ... zumindest solange die Welt sich nicht ändert.«

»Ja, morgen wird die Welt sich ändern. Ich bitte dich!«

»Sie könnte es tun.«

»Wir sind Genossinnen und können es ruhig sagen, Mody: An welcher Stelle siehst du die Welt verändert? In Rußland haben sie alles aufgegeben, was für unsere individuelle Freiheit zählte. Nach nur wenigen Jahren haben sie die freie Liebe vergessen und sind auf direktem Weg zur Ehe zurückgekehrt. Und wenn's nur das wäre!«

»Du gefällst mir, wenn du so redest, Nina.«

»Ich mir aber nicht! Ich habe es satt, korrekt zu reden und Bücher voller Träumereien zu lesen. Du sagst das so dahin, aber mir haben die kommunistischen Genossen in Spanien den Mann meines Lebens ermordet!«

»Bist du sicher?«

»Todsicher, Augenzeugen. Du weißt selbst, daß sie im entscheidenden Moment alle Anarchisten eliminiert haben, und nicht nur sie.«

»Ihr wart mit eurem Traum zu weit voraus, Nina, die Anarchie ist das Ziel und nicht ...«

»Ja, zu weit voraus! Und wann wollen wir endlich mal einen Schritt nach vorn machen, hm, meine nichtsnutzige kleine *principessa**? Und euer Gramsci? Ihr habt ihn verurteilt! Arminio hat ihn gesehen, mein Bruder, oh! Immer allein in der Zelle, und im Hof von den Genossen geschnitten und verachtet. Und die Helfershelfer hatten freie Hand.«

»Und dann?«

»Antonio litt unter Schlaflosigkeit, und die Wärter haben immer gegen die Gitter geschlagen, um ihn zu wecken. Im Gefängnis bist du verloren, wenn die Genossen dich verlassen. ›Sie‹ haben ihn getötet!«

»Aber Arminio wußte diese Dinge und hat dennoch weitergekämpft wie du, scheint mir.«

»Vielen Dank! Bleib nur immer schön auf der Seite der rechten Idee! Mach doch mal die Augen auf, bring mich nicht auf die Palme, Mody!«

Nina ist fürchterlich, wenn sie in Rage gerät, in ihren Augen entzünden sich gelbe Lichter, und ihre tiefe Stimme hallt wie in einer Höhle.

»Ich will mich nicht aufregen, Mody, wegen dieser alten Geschichten. Erzähl mir von 'Ntoni, deinen Beschreibungen nach gefällt mir der Junge, hast du Neuigkeiten von ihm?«

»Nein, nur daß er am Tag meiner Verhaftung geflohen ist.«

»In Rom gab es viele Festnahmen, das habe ich gestern im Hafen gehört, bei einem Schiff, das Wasser ablud, sie sprachen von Rom.«

»Und was erzählten sie?«

»Daß es in Rom nur noch Frauen, Kinder und Alte gibt und daß auf den Straßen Hungers gestorben wird ...«

26

Auf seinen aufgedunsenen weißen Beinen schleppt 'Ntoni sich durch Roms Straßen, angerempelt von gleichgültigen Alten und Frauen. Er ist nur einer unter vielen Verdammten: Das Fleisch quillt auf vom Wasser, und die Haut wird dünn und weiß, immer weißer, bis man Hungers stirbt.

»Was ist, Kätzchen, warum schreist du? Mach die Augen auf, ich bin's, Nina, wach auf!«

»Ich habe schlecht geträumt, Nina ... Der Bauch tut mir weh.«

»Das ist nichts, Kätzchen, du hast Hunger.«

»Du hast recht, auf dieser Mist-Insel gibt es einfach nichts mehr!«

»Überall wird bombardiert, Mody.«

»Sie haben uns vergessen. Hast du gestern diese aufgedunsenen weißen Kinder gesehen?«

»Wie oft habe ich dir gesagt, daß du sie nicht anschauen darfst!«

»Du hast recht. Es ist nur – woher, Carmine, woher hätte ich das damals wissen sollen? –, ich mache mir Sorgen um meine Kinder. Ich habe geträumt, daß 'Ntoni in Rom verhungert.«

»Ich hätte dir nicht von Rom erzählen sollen. Dumme Nina! Aber 'Ntoni ist stark, hast du gesagt.«

»Ja.«

»Dann sorgst du dich also um Jacopo?«

»Nein, gestern noch kam ein Brief von ihm, zum Glück haben sie bei ihm Tuberkulose diagnostiziert.«

»Verdammt, jetzt freut man sich schon über einen Sohn mit Tuberkulose!«

»Es ist nicht schlimm und allemal besser, als im Krieg zu sein wie Prando.«

»Verdammt!«

»Prando ist stark. Ist dir aufgefallen, was für glühende Briefe er von der Front schreibt? Dieses patriotische Feuerwerk bedeutet in unserer Geheimsprache, daß sie alles tun, um die Niederlage voranzutreiben.«

»Die Niederlage des eigenen Landes herbeisehnen!«

»Nur so kann der Faschismus fallen, sagt Prando. Aber er ist anders, Jacopo wäre gestorben, Nina, ganz sicher gestorben.«

»Nicht weinen, Kätzchen.«

»Das kommt vom Hunger.«

»Eben. Jetzt ißt du ein Stück Katze, und wenn ich dir den Mund mit dem Messer öffnen muß. Nina hat sie in

Salzlake eingelegt: Das ist Luxusfleisch, andere essen Ratten ...«

»O nein, Nina, nein!«

»Glaubst du etwa, mir macht das Spaß? Es war wahrscheinlich die letzte auf der Insel. Hier wird alles verzehrt, wie in Rußland nach der Revolution, alles, selbst die Ratten. Angelica hat mir das erzählt, als ich noch klein war. Aber zum Teufel mit Angelica und ihrer Revolution! Jetzt müssen wir dich mal ein bißchen vorantreiben. Nach Monaten mit Wurzeln und ein paar Linsen, Mody, hast du einen Teint à la Traviata angenommen, der mir überhaupt nicht gefällt! Magst du die ›Traviata‹? Ich war geradezu verrückt nach Verdi. Als mein Vater in Rom sein Geschäft aufmachte, brauchte er nur zu sagen: ›In Rom gibt es eine Oper‹, und mein Kummer, Civitavecchia verlassen zu müssen – ich war ja noch klein –, war von einer auf die andere Sekunde wie weggeblasen. Und er hielt sein Versprechen. Jeden Sonntagnachmittag dort oben in der Loge, mit all den alten Schachteln, die in ihren Partituren blätterten und leise mitsummten, sagte er mir: ›Schau hin, meine Kleine, um die Revolution voranzutreiben, muß man seine Phantasie anregen, wo es nur geht.‹ Ein großer Anarchist, Ottavio! Wenn Nicola herumschrie, der sein Cousin und ein blutrünstiger Leninist war, flüsterte er ganz leise, um ihn zum Schweigen zu bringen: ›Es ist nicht deine Schuld, Nicola, du hast einfach nicht genug Phantasie! Wir sind uns einig, daß mit der Wirtschaft alles steht und fällt, aber die wahre Revolution muß man erfinden!‹ Und jetzt zu uns, Mody, und zu unserer Katze! Lauf nicht weg, hätte ich dir etwa eine Lüge auftischen sollen? Und wie hätte ich das tun sollen? Schließlich hast du ja Augen im Kopf. Sie haben alles aufgegessen, und ich kann es ihnen nicht verübeln. Die Vögel sind verschwunden ... wegen der Bombardements, meinst du? Na gut ... Los, ein Stückchen, das ist reine Medizin! Erinnerst du dich an das verkläpperte Ei? Das war vielleicht gut, Scheiße noch mal! Wer hätte gedacht, daß wir uns noch einmal nach dem Geschmack eines Eies im Gefängnis sehnen würden, was, Mody? Wenn du nicht so ein entsetztes Gesicht machen würdest, müßte ich glatt lachen. Du bist zu komisch! Schluck schon runter, oder du erstickst noch daran! Hast du wenigstens gekaut? O Mama, sie erstickt! Entschuldige, wenn ich lache, meine Kleine, aber mir ist da gerade ein Gedanke gekommen. Könnte es sein, daß wir bei den derzeitigen Verhältnissen vielleicht irgendwann selbst diesem Tierchen hier noch hinterhertrauern werden?«

»Nichts, Nina? Hast du keine Mütze verkaufen können?«

»Und du, haben dir diese Halunken denn etwas mitgebracht? Aber deinen Unterricht hören sie sich trotzdem gerne an.«

»Die Armen können sich selbst kaum auf den Beinen halten. Aber es gibt mir Kraft, wenn ich sehe, wie groß ihr Interesse trotz des Hungers ist. Sie saugen alles auf, als wäre es Likör. Im Kloster träumte ich immer, ich sei Lehrerin, zuerst wegen Schwester Leonoras Pult und ihrem Stock ... Jacopo war mit fünf Jahren Papst.«

»Donnerwetter! Der geht aber ran, dein Jacopo.«

»Es ist das Alter, da haben sie soviel Energie und wissen nicht, wohin damit. Man muß sie nur lassen, und mit der Zeit haben sie sich ausgetobt und verstehen, daß die Träume wie ein zweites Leben sind. Jacopo träumte danach tatsächlich immer davon, Seeräuber zu werden.«

»Ich hingegen wollte immer Opernsängerin sein.«

»Du hast ja auch eine wunderbare Stimme.«

»Ja, aber je länger ich diese dicken, großen Damen sah, desto widerlicher wurden sie mir. Ich wollte schlank sein.«

»Dann kannst du dich ja freuen, da sind wir hier genau richtig.«

»Sehr witzig! Aber sehe ich da nicht ein Säckchen?«

»Nur die übliche Handvoll Linsen. Außerdem haben wir kein Wasser.«

»Deshalb rücken die kleinen Gauner wohl auch damit heraus.«

»Das stimmt nicht.«

»Natürlich stimmt es nicht, es war nur so dahingesagt.«

»Wie gut sie verstehen, wenn man klar mit ihnen redet. Früher dachte ich immer, meine Kinder seien so aufgeweckt, weil ich sie so erzogen habe. Aber ich sehe, daß das nicht stimmt. Alle, bis auf diesen Mazzella, der wirklich minderbemittelt ist, verstehen mich, und das hilft sehr.«

»Sie verstehen sogar zuviel. Der Pfarrer hat sich schon beklagt. Nicht, daß sie uns auf eine noch schlimmere Insel versetzen, es geht immer noch schlimmer!«

»Ich habe keine Angst mehr, Nina. Dort draußen ist die Hölle los, Prando hatte recht, und die haben Besseres zu tun, als sich um uns zu kümmern ... Jedenfalls: Ich wollte Lehrerin werden.«

»Das hast du mir schon erzählt, meine Kleine, der Hunger tut dir nicht gut.«

»Wenn du sagst, daß ich mich wiederhole, heißt das, daß du mich nicht mehr magst, Nina.«

»Was redest du da, Kätzchen, komm her ... Hier, auf meine Beine, mein kleines Kätzchen. Oh, du bist ja ganz heiß! Du hast dir doch nicht etwa ein Fieber eingefangen?«

»Nein, nein, du magst mich nicht mehr, gestern wolltest du mich auch schon nicht küssen.«

»Nina küßt dich jetzt, komm. Gestern ist sie viermal hin- und hergerannt wegen der Briefe, vergiß das nicht.«

»Aber früher hast du mich immer geküßt, auch wenn du müde warst.«

»Was heißt das schon? Natürlich, mit der Zeit läßt die Leidenschaft etwas nach, aber zum Ausgleich kommt die Zärtlichkeit, nicht wahr, Kätzchen? So viel Zärtlichkeit, daß ich fast weinen muß ... Los, ein kleiner Kuß auf das schöne Auge, auf den Mund, das Schwatzmaul, auch damit es endlich einmal still ist ...«

»Und auch auf das harte, großspurige Kinn, wie du vorhin gesagt hast. Gefällt es dir noch, Nina?«

»Aber sicher, wie diese schöne, heitere Stirn, ganz leicht entstellt von einer Narbe, die täglich Form und Farbe wechselt … Welche Form hat sie heute, weißt du das? Sie sieht aus wie ein kleiner, bleicher Bach voller Sternchen.«

»O Nina, sprich nicht vom Wasser. Ich habe solchen Durst!«

»Da muß ich dir recht geben. Dann sagen wir, daß sie heute die Form eines Kometen hat. Du hast mir alles erzählt, außer wie du an diese Narbe gekommen bist.«

»Keine Lust. Ich bin zu durstig.«

»Und weißt du, was deine Nina dir dann sagt? Wir müssen uns einen Ruck geben.«

»Wie komisch du bist, wenn du so redest.«

»Na mach schon, beweg dich, hoch mit dem Hintern! Nieder mit der Müdigkeit! Ich will ja nicht angeben, aber wir Römer können einen exquisiten Humor entwickeln, wie im Eden in der Bond Street, wie Arminio immer sagte.«

»Deine Aussprache, Nina! Sag das noch mal: Sstriiieht!«

»Wen interessiert schon die Aussprache, Hauptsache, du verstehst mich. Außerdem plappere ich nur nach und bin's zufrieden.«

»Was plapperst du nach?«

»Die Schlauheiten von meinem Arminio, der fremde Sprachen beherrscht und alles. Ich scharwenzel um ihn herum, sehe ihn mir an und platze fast vor Zufriedenheit, jawohl!«

»Denkst du immer an deinen Bruder, Nina?«

»Wie du an deinen Alten, nur wenn ich es brauche.«

»Hör mal, Nina, du hast mir nicht erzählt, warum du die Schule abgebrochen hast.«

»Ach! Arminio sagt, aus althergebrachter weiblicher Selbstabwertung. Aber es stimmt, ich habe mich entmutigen lassen! Nicht etwa zu Hause. Für meinen Vater waren wir alle gleich … und Teufel noch mal, er hatte recht damit! Alle tot oder im Knast, Jungs wie Mädchen. Was sagte ich gerade? Ach ja, nicht zu Hause, aber draußen in der Schule. Er meinte auch, das könne mit dem Geburtsdatum zusammenhängen, ich wurde zu früh geboren, und wahrscheinlich hat er recht, denn Licia, die jüngere, studiert und kommt voran wie ein Eilzug ... Los, beweg dich, ich hoffe, etwas von Olimpia zu hören: Bei Licia ist sie in guten Händen, aber du weißt ja, wie es ist! Die mütterliche Sorge schläft einfach nie. Los, gehen wir.«

»Nein, erzähl mir von Arminio, wie ist er?«

»Schon wieder? Das kannst du doch sicher schon auswendig.«

»Aber ich höre es so gern.«

»Was soll ich sagen, er ist mein Bruder.«

»Stimmt es, daß seine Augen die Farbe wechseln, oder erfindest du das?«

»Schau dir meine an und entscheide selbst.«

»Werde ich ihn kennenlernen?«

»Was weiß denn ich! Hier habe ich den Eindruck, daß wir niemanden mehr kennenlernen werden, es sei denn im Jenseits. Los, gehen wir.«

»Ich fühle mich so schwach, Nina, was kann das sein?«

»Dann bleib hier, ich werde mal gehen und schauen, ob heute ein guter Tag ist. Du wirst sehen, ich kehre mit vielen Briefen zurück und mit etwas zu kauen.«

Ich glaube ihr aufs Wort. Wenn Nina sagt, daß sie geht und zurückkehrt, ist es immer wahr. Sie kam noch nie zehn Minuten oder eine Stunde zu spät. Aber vielleicht liegt es am Durst oder am Hunger oder an dem Salzwasser – selbst von weitem sieht man, daß es salzig und bitter ist –, daß ich heute Angst habe, ihr Gesicht nicht mehr zu sehen. Um meine zitternden Knie zu beruhigen, und wenn ich auf allen vieren über karge Felsen kriechen müßte, stürze ich hinter ihr her und packe ihre Hand ... Ich kann nichts sehen, dabei ist hellichter Tag. Ich spüre nur die Wärme ihrer Hand, die mich hinabzieht, wo es einmal eine blaue Bucht mit Reihen weißer Häuser gab wie die, die Jacopo mit fünf oder sechs Jahren malte … Warum ist Nina stehengeblieben? Und warum sind auf den sonst so einsamen, leeren Straßen plötzlich all die Menschen und stoßen und schubsen? Und warum ist ein Mann auf das Gesims geklettert und reißt nun Steine aus der Mauer und schleudert sie uns entgegen?

27

»Das war nicht gegen uns gerichtet, Kätzchen, sie haben die Büste Mussolinis heruntergeholt, und wie glücklich sie waren! Aber als du, wie vom Blitz getroffen, umgekippt bist, ganz wie im Lichtspieltheater, war mir klar, verdammt noch mal, da war Nina gleich klar, daß es ernst ist! Aber nun bist du ja außer Gefahr, und das ist das wichtigste.«

»Welche Gefahr? Und warum ist es so dunkel?«

»Weil deine Augen noch empfindlich sind. Ist nicht weiter schlimm, nur wegen des Fiebers und der Schwäche.«

»Das kommt vom Hunger, stimmt's, Nina?«

»Schön wär's! Du hattest Typhus, Kätzchen, und was für einen! Kannst du dich denn an nichts erinnern? Ich hatte vielleicht eine Angst um dich! Jeden Moment dachte ich, du würdest mir in den Armen wegsterben.«

»Nina? Ich habe dich noch nie weinen sehen.«

»Zum Teufel mit mir! Jetzt bringst du mich auch noch zum Heulen mit deinen abgemagerten Rippen und den winzigen Händchen, die aussehen wie die von meiner Olimpia, als sie Diphtherie hatte.«

»Olimpia! Hast du Neuigkeiten von deiner Tochter?«

»Sie ist hier bei uns … Du erinnerst dich wirklich an nichts?«

»Ich weiß nur noch, daß ich dir nachging und es warm war …«

Im Halbdunkel starre ich Ninas Gesicht an und versuche mich zu erinnern. Wenn sie wenigstens Licht machen würde ...

»Wozu Licht, Kätzchen? Es ist noch Tag, ich mache mal lieber ein Fenster auf.«

Um das Fenster zu öffnen, muß Nina eine Flut weißen Tülls beiseite schieben wie der Schleier der Novizinnen, wenn sie das Gelübde ablegen. Das duftige Weiß bereitet mir Übelkeit. Wer weiß, warum Beatrice dieses Todessymbol tragen wollte und warum Carlo sich nicht dagegen gewehrt hat? »Gegen Beatrice kommt niemand an, du kennst sie ja, Modesta.«

Glücklich löst sie sich von den Vorhängen und tritt zu dem großen, mit vergoldeten Weinblättern umrankten Spiegel. Wer kommt schon gegen Cavallina an? So sehr hat sie sich diesen Spiegel gewünscht, daß wir ihn anfertigen lassen mußten, und nun sitzt sie wie jeden Morgen davor und bürstet ihr Haar.

»Es ist schön hier, mein Kätzchen, schöner, als du es mir beschrieben hast. Ja, ja, ihr reichen Leute! Entweder wißt ihr selbst nicht, was ihr besitzt, oder ihr wollt uns veräppeln: Landhaus, Hütte, das ist ein Palast, verdammt!«

Nina kämmt sich die rotgold glänzenden Haare, liegt das vielleicht an der Sonne?

»Aber nein, deine Bambú hat mir Henna besorgt! Ach, es stimmt nicht, daß alles Natürliche gut ist, manchmal muß man der Natur ein wenig nachhelfen.«

Sie hat recht, die weiche goldene Masse nimmt ihren etwas plebejischen Zügen, wie Großmutter Gaia gesagt hätte, die Strenge und verleiht Ninas Gesicht »so etwas herzergreifend Sanftes«, nicht wahr, Carlo?

»Ein bißchen Mond, ein bißchen Meer und die Musik im Herzen ... Nur so vergess' ich meine Schmerzen ...«

Nina singt ein neues Lied.

»Ach ja, weißt du, daß ich deinen berühmten Jose kennengelernt habe?«

»Wo denn das?«

»Hier, er ist mit den Amerikanern an Land gegangen. Er hat uns Penizillin besorgt und ist dann sofort wieder abgereist. Wer hätte das gedacht, ein Italiener in amerikanischer Uniform, der gegen sein eigenes Land kämpft! Er läßt dich vielmals grüßen. Ein toller Mann! Deine Nina war mindestens zwei Tage in ihn verliebt, und nicht nur aus Schwärmerei, wie mein Vater sagen würde. Die Wahrheit ist, daß er eben ein richtiger Mann ist!«

»Jeder verliebt sich in Jose.«

»Sieh an, du etwa auch?«

»Nein, ich nicht.«

»Und warum nicht?«

»Weil ich sicher war, daß ich ihn nicht wiedersehen würde. Ich werde ihn nie wiedersehen. Dafür muß ich Timur treffen.«

»Hör endlich mit diesem Timur auf, bei jedem deutschen Helm, dem wir begegnet sind, hast du behauptet, er sei es.«

»Ja, das ist auch das einzige, woran ich mich erinnern kann: kleine, gesichtslose Helme und glänzende Metallplaketten auf der Brust. Hundert, zweihundert, vielleicht tausend Helme und Plaketten mit immer demselben grausamen Emblem.«

»Dabei sind wir nur wenigen begegnet, Kätzchen! ›Nur das Allernötigste an Deutschen‹, hat dein Jacopo gesagt.«

Eine warme Woge des Stolzes vertreibt den schläfrigen Nebel, wenn Nina so von Jacopo spricht. Um von ihm zu hören, nur deswegen lasse ich mir die Geschichte unserer Befreiung erzählen, die ich längst auswendig kenne …

»Ja, ja, genau er, während alle den Sturz des Faschismus feierten und sich der Illusion hingaben, er sei besiegt, ist er noch am selben Morgen mit Pietro losgezogen, um Erkundigungen einzuholen … Ja, er hat euren Freund Pasquale dazu gebracht, ihm zu helfen. Von wegen schüchtern und unentschlossen! Er hat die Reise organisiert, alle Widrigkeiten aus dem Weg geräumt. Und nachdem er uns hergebracht hatte, ist er sofort nach Rom aufgebrochen, um meine Olimpia zu holen. Gerade noch rechtzeitig, oh!«

Und um noch mehr zu hören und mich der Bewunderung zu versichern, die Nina für meinen Jacopo hegt, muß ich nur fragen:

»Und stimmt es wirklich, daß er mich den ganzen weiten Weg getragen hat?«

»Aber natürlich! Er und Pietro, aber meistens er.«

Meistens er! ... Auch wenn er fern ist (Jose hat ihn mitgenommen, um im Norden zu kämpfen), fliege ich sanft in Jacopos Armen vom Bett zum Sessel. Und wenn es nicht zu warm ist – »Du darfst nicht schwitzen«, hat er gesagt –, umfaßt er vorsichtig meine Taille und führt mich zum Fenster, das so beschwerlich zu erreichen ist, aber sauber und ohne das Schaben von Wanzen und Ungeziefer.

»Hier haben wir es gut, was, Kätzchen? Mit den vielen Bäumen, auf denen der Blick sich ausruhen kann. Draußen alles grün und drinnen alles so sauber! Weißt du noch, wie die schwarzen Ratten über den Boden huschten? Es war wirklich tapfer von dir, niemals ein Wort darüber zu verlieren, Mody, das muß ich schon sagen.«

»Die konnte man nur ignorieren.«

»Klar, aber jetzt, wo ich die fast übertriebene Reinlichkeit hier sehe, wird mir das Ausmaß deines Mutes erst richtig bewußt.«

»Und deines auch, nachdem du mir nie von deiner See- oder Inselkrankheit erzählt hast, oder wie du sie nennst.«

»In meinen Träumen sehe ich es immer noch vor mir, dieses Fleckchen Erde! Himmel, da konnte man den Blick nicht heben, ohne das furchteinflößende, heranrollende Naß zu sehen.«

»Deswegen hieltest du so oft den Kopf gesenkt. Es war also gar kein Kopfweh.«

»Schön wär's, die Feine-Damen-Migräne, was denkst du!

Es fühlte sich an, als würde mein Kopf in die Länge gezogen und von den Wellen mitgerissen. Ach, die wissen schon, daß es den meisten Inselsträflingen so ergeht, außer dir natürlich, meine Schöne!«

»Umarme mich, Nina, du hast recht, aber ich habe immer noch Angst. Ich schäme mich, ich habe Angst!«

»Komm her, halte ganz still in meinen Armen, bis die Angst vorübergeht. Ob du es glaubst oder nicht, Nina ist eine Meisterin darin, kleine Kätzchen zu beruhigen.«

Nina ist eine Meisterin darin, mit ihren Zärtlichkeiten jedes Erschauern der brennenden Stirn zu lindern. Und so sehe ich ihr auch heute wieder in die Augen und versuche, das lange Warten, die Sorge, die Angst, das Ausbleiben von Nachrichten zu vergessen, unter dem Bombenhagel und dem Echo von Massakern, Folter und Massenhinrichtungen, von denen nur der erzählen kann, der sie erlebt hat.

Doch das kommt später ... Jetzt, wenn Nina nicht wäre, triebe ich rücklings durch die Leere aus Sorge und Fieber, im hilflosen Versuch, die verschlossenen, vom Schrecken versiegelten Gesichter jener zu entziffern, die zurückkehren, während dieses unergründliche Stimmengewirr unablässig aus dem Radio quillt ... Es gibt keinen Trost, weder Bambolinas Schönheit, eine neue Schönheit mit ihrem gebräunten Gesicht und voller Stolz auf die Feldarbeit, noch Carluzzu, Stellas Sohn, der hinfällt und schon, ohne zu weinen, alleine wieder aufsteht, noch die Geburt der kleinen Beatrice – pures Weiß und Gold –, der Tochter von Bambú und Mattia, noch der Anblick von Olimpia, Ninas Tochter, die mit Crispina spielt.

»Die beiden sind wohl immer zusammen, was, Nina?«

»Diese Crispina ist eine Naturgewalt! In wenigen Monaten hat sie meine Olimpia umgekrempelt. Sie kam zu uns mit den Augen eines erschrockenen Schafes. Sprach kein Wort. Und nun rennt und springt sie wie ein Zicklein ...«

Nachts taste ich suchend nach Ninas Hand, die dunkle,

ernste Nina von der Insel, die schon Erinnerung ist. Tagsüber die goldene, lächelnde Nina, die im sanften Grün der Weinberge durch den Sonnenuntergang läuft. Endlich kann ich neben ihr hergehen und ihre Geschichten, ihre Scherze in mich aufsaugen.

»Der Hasenfuß-Gott, Nina? Das ist neu.«

»Nein, Kleines, so alt wie die Achter-Madonna.«

»Wie, Achter?«

»Acht, wie die Zahl. Oder die Hupfdohlen-Jungfrau, wenn du willst, oder der Seiltänzer-Gott, ganz nach Belieben.«

»Ich muß lachen, Nina, woher hast du das, denkst du dir das aus?«

»Ausdenken? Schön wär's! Das stammt alles aus dem Familienwortschatz. Es dauert Jahrhunderte, bis ein solcher Grad der Verfeinerung erreicht ist. Mein Großvater, ein Vollblut-Viareggianer, versüßte sich sein Greisenalter damit, die verschiedenen Flüche zu sammeln und zu ordnen. ›Jetzt, wo es endlich ein geeintes Italien gibt‹, sagte er, ›und der Parasiten-Papst verjagt wurde, ist es unsere Pflicht, diese Ausdrücke der Auflehnung zu sammeln, die im unterdrückten Volk entstanden sind …‹ Aber ja, wie Volkslieder oder Volksdichtung: Kulturerbe, meinte er. Armer Großvater! Er war einfach unerschütterlich. Nur zweimal habe ich ihn weinen sehen: beim Konkordat und wegen Sacco und Vanzetti.«

»Um Himmels willen, Nina, fang nicht mit Sacco und Vanzetti an!«

»Aber wenn die Alliierten siegen, werden wir diese üble Geschichte näher in Augenschein nehmen müssen, meine Mody.«

»Nein, Nina, nein! Sag mir lieber: Gibt es nichts Neues von Arminio?«

»Nichts, weder von Arminio noch von deinem 'Ntoni. Aber immerhin können wir uns über Nachrichten von Jacopo und Prando freuen. Und wenn selbst ich mich damit zufriedengebe, die ich nicht einmal zur Familie gehöre ...«

»Du gehörst zur Familie.«

»Wie mir dein Mattia gefällt! Wenn Bambolina nicht wäre, würde ich gerne mal zwei Stündchen mit ihm allein verbringen. Aber auch wenn Nina gerne schwärmt und nichts anbrennen läßt – nie mit Männern, die in festen Händen sind.«

Nina, Nina ... die dunkle, räuberische Nina der Insel, die goldene Nina, der Sonnenschein des Carmelo. Endlich kann ich neben ihr herlaufen, mit den Blicken die befreite Harmonie ihrer Glieder genießen, ihren tanzenden Schritt voller Lebensfreude. Jetzt hält sie betroffen inne, sicher will sie mir etwas beichten.

»Ich muß dir etwas gestehen, Kätzchen, gestern abend bin ich wieder in die Falle gegangen, wie man so schön sagt, dieser Bursche gefiel mir gar zu gut und mußte heute morgen wieder abreisen. Tja, jetzt weißt du es, es war gar nicht so übel ...«

Bei jedem Bekenntnis treibt mich meine erstaunte Einsicht, gar nicht eifersüchtig zu sein, dankbar in ihre Arme. Wie kann das sein? Wenn ich an Joyce zurückdenke, begreife ich, daß die Eifersucht immer von dem ausgeht, der sich ihrer bedienen will aus dem sinnlosen und tödlichen Hang zur Grausamkeit. Außerdem umschlingen mich ihre Arme nach jeder Beichte mit neuer Wärme.

»Du bist mir nicht böse, oder, Kätzchen? Hab Geduld, so ist Nina nun mal! Ein bißchen wie ein ungezogener Junge, hat Arminio immer gesagt, als ich noch klein war. Wie recht er hatte! Mach dir nichts draus, das sind Nebensächlichkeiten, die meine Zuneigung zu dir nur noch reiner machen. Mit meinem Mann war es genauso. Wobei er sich allerdings immer ein wenig aufregte ...«

»Und tat er es auch?«

»Klar doch, gleiches Recht für alle, oder?«

»Und wenn ich es tue?«

»Gleiches Recht für alle, Kätzchen, keine Sorge. Da kennt Nina nichts.«

»Aber mir genügst du vollkommen.«

»Unsinn! Du weißt es nur nicht besser, dir fehlt die Erfahrung. Du und Bambolina, ihr seid die ersten, die ein wenig Freiheit genießen durften. Wir haben das garantiert, ohne Witz jetzt, von meiner Mutter geerbt, und meine Mutter von meiner Großmutter … Aber vielleicht ist darin auch jeder anders. Gegen die Liebe kann der Verstand nichts ausrichten, über die Liebe läßt sich nicht streiten. Was für schreckliche Momente hat deine Nina erlebt, hin und her gerissen zwischen dir, die du zu sterben schienst, und der Kleinen in der Ferne! Nur Jacopo konnte mich verstehen. Der Junge versteht einfach alles. Wie konnte ich dich zurücklassen, um die Kleine in Rom abzuholen? ›Gut, dann schicken wir eben Pietro‹, hat er gesagt, als sei dies das Normalste auf der Welt. ›Wenn du ihm traust, schreib deiner Schwester einen Brief, und Pietro fährt sie abholen.‹ Was für Momente, mein Kätzchen, mit diesem Riesen, der dir nie ins Gesicht sieht. Ich hatte Vertrauen, aber würde Licia es auch haben? Und so sagte Jacopo, als hätte er meine Gedanken gelesen: ›Also gut, dann fahre ich eben selbst. Warum auch immer, mir vertraut jeder.‹ Warum auch immer, sagt er, dieser Engel.«

»Aber Jacopo kommt zurück, nicht wahr, Nina?«

»Klar, so wie alle zurückkommen, auch Arminio, da bin ich sicher.«

Der magische Balsam ihrer Gewißheit bringt uns alle dazu – Stella, Bambolina –, die Zimmer auf Carmelo in Ordnung zu halten, nichts sonst existiert um uns herum, weder die ausgelassene Freude derer, zu denen alle zurückgekehrt sind, noch der totenbleiche Schmerz derer, die alles verloren haben und wie blind durch Ruinen, Marktstände und Läden taumeln. Es ist schrecklich, ihren Blicken zu begegnen, die ein einziges Fragezeichen ohne Antwort sind.

»Sieh nicht hin, Mody, mach es wie auf der Hungerinsel. Es hilft weder ihnen noch uns.«

Und ohne hinzusehen, warteten wir einen Winter und einen Sommer lang. Und dann noch einen Winter und noch einen Sommer.

28

Dieser goldene Sommer, unvergeßlich verschwenderisch in seiner Lichtfülle und seiner Ernte, als mache die Erde sich im Vorgefühl der endenden Sintflut bereit, jene Ruhe zu genießen, die sich plötzlich über die im vollen Korn stehenden Felder gebreitet hatte.

Mattia: »Seit Menschengedenken hat es keine so reiche Ernte mehr auf der Insel gegeben! Unten in Catania sind sie alle schier verrückt vor Freude. Sie schreien nach Frieden, wie sie zuvor den Krieg herbeisehnten.«

Modesta: »Immer dieselben gedankenlosen Schwachköpfe, Mattia. Schwachsinnig und vulgär, wie Großmutter Gaia gesagt hätte. Und sie sehen nicht, daß es erneut ein ausländischer Soldat ist, der sie zu dieser unsinnigen Hoffnung anhält.«

Pietro: »Es ist alles gestoppt, Mody …«

Bambú: »Kein einziges Flugzeug fliegt mehr, Tante. Ich wußte, daß Krieg war, als ich all die Flugzeuge über uns hörte, vor allem nachts.«

Mattia: »1918, als der erste Weltkrieg zu Ende ging, waren wir jungen Leute froh, weil wir glaubten, daß alles besser würde. Und wir wollten die Alten nicht hören, die immer wieder sagten: ›Der Frieden ist ausgebrochen, und er wird schlimmer sein als der Krieg.‹«

Pietro hingegen ist guter Dinge, immerhin hat er wenigstens einen ehemaligen Präfekten daran gehindert, wieder auf die Bühne zu springen und Reden zu halten.

Pietro: »Wie hat dieser Pasquale gebettelt: ›Ich war jung,

als die anderen beschlossen, Carlo zu verprügeln, was wußte ich schon? Er sollte doch nur eine Lektion bekommen.‹ Und all die guten Taten, die er angeblich vollbracht hat. Gute Taten! Meine Mody für Jahre hinter Gitter gebracht! Aber dieser dicke Schleimer behauptete immer wieder, daß er nichts tun konnte: ›Wie hätte ich sie retten sollen, wo doch der Vorwurf der Finanzierung einer illegalen Partei bereits bewiesen war?‹ Wenn sich alle so verhalten hätten wie ich und wie vom jungen Herrn Jose angeordnet, hätte man bestimmt etwas ändern können. Zumindest hätten wir uns der alten Nasen entledigt, obgleich nun die neuen aus Amerika ankommen. Gestern hätte ich beinahe einen Fehler begangen. Auf einem Jeep habe ich die altbekannten Brüder D'Alcamo gesehen.«

Mattia: »Wer ist das, Pietro?«

Pietro: »Zwei Mafiosi, böse wie die Hölle, so schlimm, daß man sie früher Engel nannte, bis sie verschwanden. Aber wie man weiß, können Engel fliegen, und wie sie verschwunden sind, kommen sie nun Arm in Arm mit den Ausländern zurück: Und daraus schließen wir, daß sich nichts ändern wird.«

Bambú: »O Pietro, jetzt reicht es! Du bringst mich zum Weinen! Ihr Alten habt sicher recht, aber ich möchte lieber so heiter sein wie meine Tante, ich will hoffen! Wenigstens darauf, daß Prando, Jacopo und 'Ntoni zurückkehren. O Tante, sie müssen zurückkehren!«

In der Stille des gleichgültigen Friedens, der über den endlosen Feldern liegt, wandele ich allein durch die absurde Fülle von Obst, Gemüse, fleischigen Blüten, die der unter den Trümmern begrabenen Toten spotten. Wie in den Zeiten der Spanischen Grippe rascheln fette Ratten (die sich von Kadavern ernähren, frage ich mich schaudernd) in den halbverfallenen Ställen und bedrohen unser Vieh. Gestern kam die Nachricht, am Morgen sei erneut ein Kind gefunden worden, dessen Füßchen von den mittlerweile katzengroßen

Biestern angenagt waren. So ist es auf Carmelo zur Regel geworden, daß wir in jeder freien Minute mit der Flinte in der Hand umherschleichen, immer auf der Jagd nach unserem größten Feind. Auch ich drehe meine Runden, den Kopf ganz taub vom Lärm der Kugeln, die Handgelenke schmerzend.

Seit zehn Minuten hocke ich hier auf der Lauer und rauche eine Zigarette, als ich auf ein hinterlistiges Rascheln hinter dem Lattenzaun automatisch den Gewehrlauf hebe.

»Scheint mein verfluchtes Schicksal zu sein! Wo ich auch hinkomme, richten sich die Gewehre auf mich. O Mody, ist das eine Art, mich willkommen zu heißen?«

»'Ntoni!« höre ich mich schreien. »Aber was suchst du denn auch hinter dem Zaun?«

»Ich wollte nur ein wenig verschnaufen, bevor ich mich euch zeige. Unterwegs hatte ich soviel Mut! Aber kaum sah ich das Haus, schämte ich mich, euch so unter die Augen zu treten ... Wer weiß, vielleicht hoffte ich, nach einer kurzen Ruhepause anständiger auszusehen.«

»Was redest du denn da, 'Ntoni? Komm her, wo willst du hin?«

»Aber ich habe sogar Läuse! Sie geben keine Ruhe, Mody, sie quälen mich!«

'Ntoni rennt davon, wahrscheinlich hat er den Schrecken bemerkt, der mich ergriffen hat, ich muß verrückt sein! Was habe ich denn erwartet? Daß sie heimkehren, wie sie gegangen sind? Ich darf vor seinem Äußeren nicht erschrecken, es ist 'Ntoni, es ist seine Stimme! Ich laufe hinter ihm her und packe ihn an den Armen. Er ist nicht weit gegangen, hat nicht die Kraft dazu, es reicht, ihn zu berühren, schon fällt er mir weinend in die Arme.

»O Modesta, endlich umarmst du mich! All die Zeit ohne den Anblick einer Frau, ohne die Umarmung einer Frau. Kein Mann hält es aus ohne Zärtlichkeiten, keiner!«

'Ntoni zittert in meinen Armen wie damals als Kind,

wenn er in Stellas Armen zitterte. Nichts kann ihn wärmen, weder das heiße Bad noch eine Tasse Kamillentee mit Honig. »Wenn dieser Junge sich erkältet, wird er ganz dünn, als fräße das Zittern ihn geradezu auf ... genau wie sein Vater!«

'Ntoni wird unter den Decken mit jedem Tag dünner. Und wenn es Nacht wird, beschwört die Kälte in seinem Geist grausame Szenen einer Vergangenheit herauf, die nur er kennt, die ihn zwingt, Befehle zu brüllen, Flüche, deutsche Wörter ... Diese Worte ziehen eine eisige Grenze zwischen ihn und uns, die machtlosen Zuschauer seines Kampfes.

Bambú: »O Tante, es ist schrecklich! Er hat eine Narbe, wo die wohl herkommt? Und du, Antonio, was bist du für ein Arzt? Was sagst du dazu?«

Antonio: »Das kann niemand wissen, oder besser gesagt, jeder weiß es: Folter, Experimente ... Das habe ich von anderen gehört, doch nur er wird es uns genau sagen können.«

Bambú: »Sieh nur, an der Hüfte auch! Ich habe den Eindruck, daß er seine Beine nicht richtig bewegen kann.«

Antonio: »Nein, nein, Bambolina, gelähmt ist er nicht, und die Narben sind schon lange verheilt. Er ist nur stark unterernährt, und das hilft ihm nicht gerade. Die physischen Wunden verheilen schnell, aber nicht die Wunden der Erinnerung! Weine nicht, Bambú, das wichtigste ist ... na ja, das wichtigste ist, daß er nicht ... kurz, daß er noch ein Mann ist.«

Bambú: »Gestern hat er nach Stella gefragt. Er scheint es vergessen zu haben.«

Antonio: »Das ist möglich. Wahrscheinlich erträgt sein Organismus diesen weiteren Schmerz nicht und hat ihn deshalb verdrängt. Besser so!«

Bambú: »Ich habe Angst, Antonio, Angst. Und Prando, Jacopo, warum kommen sie nicht zurück? So viele sind heimgekehrt ...«

Antonio: »Ganz ruhig, Bambú, versuche, ruhig zu bleiben wie Nina. Auch sie wartet. Es müssen noch viele zurückkehren. Ich habe unten bei der Gemeinde die Zahlen erfragt, es gibt noch Hoffnung.«

Bambú: »O Antonio, wir dachten, es sei alles zu Ende!«

Antonio: »Der Krieg kommt schnell und geht langsam. Italien ist ein Trümmerhaufen, die Felder noch voller Minen. In Mailand geben sie eineinhalb Kilo Kohlen pro Kopf aus, zweimal im Monat. In Mailand haben sie es diesen Winter warm, Bambú, inmitten bewaffneter Banden, die alles plündern. In Neapel haben Kinderbanden, eine davon mit mehr als neunzig Kindern, einen Zug überfallen, der älteste Junge war siebzehn.«

Bambú: »Ich habe Angst, größere Angst als zu Kriegszeiten. Das Haus wirkt so leer, seit Prando weg ist, und Modesta spricht nicht, lacht nicht, geht nach Catania und kehrt immer trauriger zurück.«

Bambolina redet, als sei ich nicht da, und sie hat recht. Abends sitze ich mit ihnen am Tisch und führe mein Essen an den Mund, ich kann nicht sprechen, mein Geist ist voll von dieser einen großen Enttäuschung, von den Männern in Palermo und Catania, die mich mit offenen Armen empfangen, während sie sich um die alten Schreibtische der Macht drängeln: die gleichen Gesten, nur ein klein wenig gemildert von den weich fallenden grauen Anzügen mit weißen Nadelstreifen, dieselben Köpfe, nur befreit von der faschistischen Kopfbedeckung: »Ihr, Fürstin, seid eine Heldin, und mehr denn je brauchen wir heute Frauen wie Euch. Die Zukunft gehört den Frauen! Wie in Amerika. Mit Eurer Vergangenheit werdet Ihr Scharen von Frauen anlocken, Ihr werdet die erste weibliche Parlamentsabgeordnete sein …« Außer Pasquale, der mir fast leid tut, sind alle da: Mit sauber rasierten Wangen, nach Bergamotte duftend. Und wenn ich schon zu Hause nichts sage, mache ich mir wenigstens dort den Spaß zu beobachten, wie das Blut aus ihren Wangen weicht: »Sie meinen, die erste Frau, die für ihre Kollaboration bezahlt wird? Warum, ist der Begriff Kollaboration nicht mehr üblich? Ja, Kollaboration mit den Gutsbesitzern, den Baronen, den Priestern.« – »Aber Fürstin, Demokratie! Wir werden eine Demokratie haben! Wir müssen lediglich zuerst durch Kommunalwahlen beweisen, so legt Amerika uns nahe, daß wir demokratiefähig sind! Und mit der Demokratie werden wir ... das seht Ihr bald ... Aber Ihr wollt doch nicht etwa Kommunistin werden, Fürstin?«

»O Tante, ich bitte dich, so sage doch etwas!«

»Entschuldige, Bambú, ich dachte nur an das, was ich morgen den Herren sagen werde.«

»Du meintest, mit dem Fall der Regierung Parri und den Amerikanern in Italien wird es niemals zur Revolution kommen?«

»Genauso ist es, Bambú! Parri stürzt, und der Jesuit De Gasperi kommt an die Regierung. Das Jesuitentum nimmt seinen alten Platz wieder ein, wie Jose gesagt hätte.«

»Aber Togliatti ist doch auch noch da.«

»Solange er nicht stört, und natürlich um die Gefahr einer Revolution klein zu halten. Ach, genau, das werde ich morgen sagen, das wird ein Spaß.«

»Du wirkst nicht gerade, als amüsiertest du dich, Tante.«

»Ich werde sagen, daß ich Kommunistin bin und nur an die Revolution glaube. Man muß in der Opposition sein, wenn ich es recht bedenke. Nina hat recht. Vor allem wir Frauen: immer in der Opposition.«

»Warum weinst du jetzt, Tante? Warum um Himmels willen weinst du?«

»Weil ich mich entschieden habe, aber vor allem, weil ... weil ich wußte, daß ich Jose nicht wiedersehen würde. Ich wußte es, aber er sollte doch nicht sterben, das sollte er nicht!«

»O Modesta, ist er tot? Wie ist das passiert?«

»Ja, in der Schlacht um Monte Cassino. Er hatte sich zur 5. Armee gemeldet. Vielleicht irre ich mich, aber in meinen Augen hat dieser Krieg uns einen der besten Männer genommen.« – »Und wenn ihr kleinen, leichtfertigen Mädchen nur einen Moment gedacht habt, ihr könntet diesen mißlichen Frieden genießen, irrt ihr euch. Niemals werde ich den Anblick dieser Drückeberger ertragen, die den günstigen Augenblick nutzen, da die Besseren fern sind, um diesen gestohlenen und verlogenen Frieden zu genießen. Der Krieg nimmt immer die Besten, immer!«

Großmutter Gaias graue Augen bohren ihre Klingen in meine Pupillen, und ich muß den Kopf senken, um ihrem Folterblick zu entgehen … Monate der erbärmlichsten Reden, strotzend vor Rhetorik, guten Vorsätzen, Absichtserklärungen. Während auf dem Land Hungers gestorben wird. Und schon zielen die unsichtbaren Luparen auf die Köpfe der gottlosen Roten. Nein, so sagte man früher, jetzt nennt man sie die »Abgesandten des Bolschewismus«. Schon rollen die Köpfe trotz der Friedenszeiten, und manch einer von den zahllosen im Nichts Verschwundenen bekommt allmählich einen Namen: am 7. Juni 1945 wird in Naro der Gewerkschaftler Nunzio Passalacqua ermordet, Auftraggeber und Ausführende haben am hellichten Tag agiert, unter freiem Himmel, damit alle es sehen und darüber nachdenken können.

»Tja, die uns allen bekannte adlige Dame hat ihr gesamtes Vermögen in die Hände von Don Calò gelegt. Jawohl, eben der Calogero Vizzini aus unserer Jugend, Modesta. Die Mafia von Palermo und Monreale hat ihn, sagen wir mal, dazu ermutigt, dem EVIS beizutreten, einer Art Heer, gegründet vom rechten Flügel der separatistischen Partei, der Partei derjenigen, die sich von Italien lösen möchten, um besser stehlen zu können. Und in Ermangelung irgendeines Mussolinis finanzieren und bewaffnen sie einen gewissen Banditen mit Namen Giuliano. Don Calò hat persönlich mit ihm verhandelt. Das weiß ich aus sicherer Quelle.«

»Sie verlieren keine Zeit, was, Mattia?«

»Immer schnell am Drücker, die Herren, wie Carmine zu sagen pflegte, als ich klein war: ›Das ist das einzige, das du von ihnen lernen kannst. Wir Bauern sind nämlich langsam, aber mit der Kraft unserer Arme und ihrer Flinkheit bleibst du im Sattel wie dein Vater Carmine, dein ganzes Leben lang und das deiner Kinder.‹ Erst jetzt weiß ich, warum es mir solche Freude machte, am Spieltisch zu verlieren. Es war wie ein wohltuender Aderlaß, Mody, der all das schwarze Blut aus meinen verfluchten Tudia-Venen herausspülte.«

»Ihr Tudias mögt verflucht sein, aber wir Brandiforti nicht! Durch die Erziehung unserer Mutter waren wir auf der Seite der Gerechten, und wir werden diesen Wechsel einlösen, den wir vorher mit dem Antifaschismus und dann mit dem Kampf an der Front und in den Bergen bezahlt haben. Ich weise dich darauf hin, Mattia Tudia, daß man mit Defätismus überhaupt nichts erreicht.«

»Defätismus ist ein Faschisten-Wort, Prando.«

»Wir werden ein anderes finden, keine Sorge! Wir finden andere Worte, nicht wahr, Mama? Das wichtigste ist, daß wir handeln. Wie schön du bist, Mama, ich schäme mich, es zu sagen, aber ich hatte Angst, du würdest alt sein bei meiner Rückkehr. Es ist komisch, aber inmitten dieser Hölle war meine einzige Sorge, dich nicht so wiederzufinden, wie ich dich verlassen hatte. Mama, weißt du, wie ich dich von nun an nennen werde und was dir vielleicht hilft, auf ewig jung zu bleiben?«

»Wie denn, Prando?«

»Meine Mädchen-Mama ... Was für ein merkwürdiges Tier der Mensch doch ist!«

»Warum, Prando?«

»Ja wirklich, merkwürdig! Zuerst hatte ich dich ganz für mich allein und verstand dich nicht, dann aus der Ferne habe ich verstanden, wer du warst, und hatte Angst, dich zu verlieren: wie Gewissensbisse, daß ich dich vorher nicht verstanden hatte, als wolle das Schicksal mich für meine Zerstreutheit bestrafen. Nur davor hatte ich Angst, nicht davor, zu töten oder getötet zu werden. Darf ich meinen Kopf auf deine Beine legen, erst dann bin ich sicher, daß ich dich wiedergefunden habe.«

Kaum bettet er den Kopf in meinen Schoß, überkommt ihn der Schlaf. In seinem unveränderten Gesicht erkenne ich keine Zeichen der Entfernung. Als sei er gerade von einem Motorradausflug zurückgekommen. Nur sein Blick ist klarer und aufmerksamer. Parallel zu der langen, schon verblaßten Wunde auf seiner Wange verläuft nun eine weitere, die noch rot ist. Seine Haut hat den Glanz geschliffener Meereskiesel verloren, doch selbst im Schlaf fühlt sie sich unter meinem Finger glatt und fest an. Warum kann ich mich nicht über seine Rückkehr freuen? Liegt es vielleicht an Großmutter Gaias ewigem Kehrreim? »Der Krieg nimmt immer die Besten …« Oder ist es ’Ntonis Gegenwart, der, in seinen Schmerz verschlossen, wortlos und abwesend durch den Garten streift? Sein gesundeter Körper läßt ihn aus der Ferne wie früher erscheinen, doch sobald man näher kommt, bluten die Augen wie klaffende Wunden.

Ein Flugzeug legt sich kurz vor die Sonne, und irritiert öffnen sich Prandos Augen:

»Bist du noch da, Mama? Zum Glück! Ich schlafe immerzu, wer weiß, warum? Es ist, als bekäme ich nie genug vom Schlaf und … Bist du traurig, Mama? Oh, entschuldige, was bin ich für ein grober Klotz! Dein Prando wird immer ein egoistisches Rindvieh bleiben! Ist es wegen Jacopo? Machst du dir Sorgen um Jacopo? Er wird schon noch heimkehren, Mama, er muß … Er war der Beste von uns.«

Dieser Satz treibt mich laut weinend in seine Arme. Wenn Jacopo tot ist, füge ich diesen Erinnerungen keine einzige Zeile hinzu und werde für immer schweigen.

29

Und wie in jenem fernen Jahr 1945 das Schweigen über die knappen Notizen meines Lebens fiel, verstumme ich erneut, während ich schreibe, und suche bang zwischen den Blättern nach Jacopos Namen. Ich fürchte, das Datum seiner Rückkehr verloren zu haben.

Das Warten macht taub, zerstreut ... Hier, 6. August 1945, Hiroshima. An jenem Tag kehrte Jacopo zurück, offensichtlich habe ich deshalb kein Datum notiert, die Atombombe hatte es fertiggebracht, selbst mich abzulenken. Eine Bombe, aber mächtiger als alle anderen, hieß es, so mächtig, daß man später einen Badeanzug »Bikini« taufte und von der Natur besonders üppig ausgestatteten Damen einen Atombusen bescheinigte.

Ich schließe die Augen und lausche auf die Erinnerung an jenes Warten, in dem die Sekunden, die Minuten zu einem einzigen dunklen Klang verschwimmen. Ich merke nicht einmal, daß 'Ntoni mir am Strand der Villa Suvarita entgegenkommt ... Von weitem sieht er aus wie viele Jahre zuvor. Doch sobald er näher kommt, muß ich den Blick abwenden, um nicht seinem bitteren Mund ohne ein Lächeln zu begegnen.

»Das Meer hat dir gefehlt, stimmt's, Modesta, wenn dich nicht einmal die Minen schrecken.«

»Keine Angst, 'Ntoni, ich bin schon zufrieden, wenn ich hier auf dem kleinen freigegebenen Stück auf und ab gehen kann. Schau, hier sind Schilder aufgestellt, und früher oder später müssen wir doch dafür sorgen, daß Villa und Strand wieder hergerichtet werden.«

»Sie hat einiges mit ansehen müssen, arme Suvarita! Ich hatte noch nicht den Mut hineinzugehen. Bambú wird fast wahnsinnig, wenn sie davon erzählt, und dabei kann man nicht eben behaupten, daß sie zart besaitet wäre, stimmt's, Modesta?«

»Nein, wahrlich nicht.«

»Stimmt es, daß im Theatersalon alle Mauern beschmiert sind? Daß die Wände mit Blutflecken übersät sind?«

»Wir haben alles abgewaschen, 'Ntoni.«

»Und sind die Flecken abgegangen?«

»Sind sie.«

»Das hast du gut gemacht.«

»Nina hat mir geholfen.«

»Nina ist die schönste und liebste Frau, der ich je begegnet bin. Arme Nina! Man sieht, wie sie wegen ihres Arminio leidet ... Wie hat sie auf ihn gewartet, der Krieg ist grausam! Nachdem die Nachricht gekommen war, ist sie dünn und alt geworden. Aber nun wirkt sie wieder wie ein junges Mädchen, wie ist das nur möglich? Wie alt ist sie?«

»Ich weiß es nicht, 'Ntoni, du weißt doch, daß ich mir das Alter von Menschen nie merken kann.«

»Woher schöpft sie nur die Kraft? Vielleicht aus ihrer Tochter? Klar, sie ist ein wunderbares Mädchen. Es wäre toll, eine Tochter wie sie zu haben. Aber ich glaube, und als ich mit Prando darüber sprach, stimmte er mir zu, daß es besser ist, wenn nicht sogar unsere Pflicht, keine Kinder zu bekommen. Keine kleinen Unglückswürmer mehr auf die Welt zu setzen. Welche Zukunft haben die Kinder von heute schon? Diese Bombe hat uns gerade noch gefehlt, Mody! Was für ein Tod, aufgelöst, pulverisiert im Bruchteil einer Sekunde. Und wer weiß, was noch, was sie uns verschweigen, das verdanken wir alles unseren amerikanischen Freunden.«

»'Ntoni, ich bitte dich, es ist doch so schon traurig genug.«

»Oh, entschuldige, Mody, du hast recht, es ist ... es ist stärker als ich! Worüber sprachen wir? Ach ja, Nina ist phantastisch! Und wie sie singen kann! Schade, daß sie damals, als wir Theater spielten, nicht dabei war, sie hätte alle begeistert. Schade, daß sie uns vorher nicht kannte, oder, Mody?! Laß uns hier weggehen, ich ertrage den Anblick unseres zerstörten Hauses nicht. Dabei kann ich euch sehen, wenn ich es so anschaue, wie ihr damals wart: Mama in ihren lustigen Kleidern zwischen Bäuerin und feiner Dame, Prando ölverschmiert und abgerissen, der Snob auf den Spuren Jean Gabins! Bambú immer die Schönste in ihren weißen Kleidern ... Oh, mir ist, als sähe ich sie die Treppe herunterkommen und hinter ihr ein Paar wie vom Titelblatt einer Illustrierten: die Fürstin, die ihrem Lieblingssohn den Arm bietet ... auch wenn du es nie gesagt hast, nicht wahr, Mody? ... ihrem langen, schlaksigen Jacopo, mit seinem Kindergesicht und den Schritten eines alten Mannes ... Nun lassen sich die Fürstin und ihr Lieblingssohn dazu herab, die Treppe hinabzuschreiten. O Modesta, ich werde verrückt, verrückt! Laß uns schnell weggehen, ich sehe dich im weißen Kleid zusammen mit Jacopo, dabei bist du hier. Modesta, Hilfe, sieh nur!«

Ein tiefer Schrecken läßt mich zu ihm herumfahren: das bleiche Gesicht eines Menschen, der einen Geist gesehen hat.

»Sieh nur, ich bin nicht verrückt. Das ist Bambolina mit Jacopo! Er ist es, Modesta, er ist es wirklich! Das kann nur er sein, so groß!«

Kann das Glück wie ein Blitz in deinen Körper fahren und ihn spalten? Starr vor Freude, kann ich ihn gar nicht ansehen, sondern werde in seinen Armen ohnmächtig.

Als ich die Augen aufschlage, müssen Jahre vergangen sein, obgleich das Meer dort immer noch glitzert, im selben strahlenden Sonnenschein.

»O Mama, ein Glück, daß du die Augen aufmachst! Einen Moment dachte ich, du seist ohnmächtig geworden.«

Es ist seine Stimme, aber dieser robuste Oberkörper, die starken Arme, die mich beinahe vom Boden abheben, sind doch die von Prando. Ich will gar nicht hingucken, ich bin wohl einer Illusion erlegen. Ich hätte nicht auf 'Ntoni und seinen Wahn hören sollen.

»Nein, Mama, nein, ich bin nicht Prando. Komm, schau mich an, ich bin Jacopo, siehst du mich nicht? Das liegt an der amerikanischen Uniform, aber ich wollte lieber sofort herkommen und nicht noch Zeit mit Umziehen verlieren. Außerdem, was hätte ich anziehen sollen, wie, Bambú, wo mir doch nichts mehr paßt.«

»Aber ja, Tante, sogar Prandos Hemden sind ihm zu eng.«

Warum erkenne ich ihn nicht? Dabei hatte Nina mich gewarnt: »Klar, Mody, dein Jacopo hat dich die ganze Reise über getragen, als du im Fieber lagst.« Aber sich etwas vorzustellen und etwas mit eigenen Augen zu sehen und anzufassen ist zweierlei. Mit den Händen auf dieser breiten Brust suche ich meinen Jacopo. Und erst als ich seinen grauen Augen hinter den beschlagenen Brillengläsern begegne, finde ich ihn. Es ist albern, ich weiß, und ich kann verstehen, daß Bambolina in Gelächter ausbricht, aber ich muß ihm die Brille abnehmen, um sicher zu sein. Nackt und bloß weiten sich seine Pupillen sanft und verlegen, und der traurige, sittsame Blick – wie Beatrice immer über Onkel Jacopo sagte – ist aufmerksam auf mich gerichtet, wie auf dem Foto. »O ja, wäre er nicht so dünn und würde nicht immer so gebeugt daherkommen, wäre Onkel Jacopo ein richtig schöner Mann ...« Onkel Jacopo geht gebeugt unter seiner Bürde von dannen, während mein Jacopo sich seufzend die Brille auf die leicht gekrümmte, schmale Nase zurückschiebt.

»Oh, danke, Mama, jetzt kann ich dich wieder sehen! Und ja, Bambolina, ich bin wirklich so gut wie blind. Stell dir vor, daß ich dich von weitem selbst mit Brille mit Modesta verwechselt habe.«

»Du hast einfach nur sie im Kopf und siehst sie überall.«

»Und du? Ein schöner Empfang, so was! Mama, weißt du, daß sie mich die ganze Zeit mißtrauisch angestarrt hat, bis ich direkt vor ihrer Nase stand?«

»Ich hatte ihn mit einem dieser amerikanischen Riesen verwechselt.«

»Schäm dich! Und ’Ntoni sieht mich an, als sei ich ein Gespenst. Und du, Mama, bist ganz bleich und sagst nichts? Das liegt alles an dieser vermaledeiten Uniform. Los, gehen wir, ich werde sie ausziehen, ich hab die Nase voll!«

Während er so redet, verströmt sich der Freudenblitz in mir zu einer nie gefühlten Glückseligkeit, doch sobald er die Umarmung lockert und mich loslassen will, verleitet mich der weiche, unsichere Sand unter meinen Füßen dazu, dumme Sachen zu sagen, über die Bambú zu Recht lacht:

»Nein, Jacopo, nicht loslassen, nimm mich auf den Arm wie damals, als du und Pietro auf die Insel kamt, um mich zu befreien.«

»Sicher, sicher, daran erinnerst du dich? Wie ist das möglich, du lagst doch im Delirium?«

»Nein, ich weiß es nicht mehr, aber Nina hat es mir erzählt.«

»Genau, Nina! Wo ist sie denn? Ich möchte sie so gerne wiedersehen. Was für eine mutige Frau, Bambú, das kannst du dir nicht vorstellen.«

»Oh, erzähle, Jacopo, und halte mich ganz fest dabei.« In Jacopos Armen lausche ich noch einmal den Abenteuern unserer Reise, und erst jetzt spüre ich mit allen Sinnen, daß die Gefangenschaft, daß der Krieg zu Ende sind. Erst seine Stimme macht mir bewußt, daß ich wieder an die Zukunft denken kann. Wie Jacopo sagt, der mich in einen Sessel bettet und mich mit einem Schal zudeckt … wie sagt er?

»Ja, Mama, die schlimmsten Greuel sind vorbei, zumindest für uns hier in Italien. Aber ich kann dir einiges erzählen, was ich gesehen habe bei diesen Alliierten! Ich konnte es kaum erwarten, zurückzukehren und mit euch darüber zu sprechen: Ihre Intellektuellen kennen keinen Marxismus, und ich rede von Intellektuellen, Studenten wie ich, merkwürdige Studenten, die nur in einem Fach spezialisiert sind. Roosevelt ist bestimmt ein großer Mann, aber vom Typ unseres alten Antonio, ein freiheitlicher Sozialismus aus Rosenwasser. Aber unter den jungen Leuten habe ich Sachen gesehen! Verbote, Diskriminierung, Rassenhaß. Stell dir vor, es gab einen gewissen Bob, den ich ins Herz geschlossen hatte, ich wußte nicht, daß er nachts, er lag mit mir auf der Krankenstation, trotz seiner angeschlagenen Gesundheit mit einer Gruppe hinausging, um irgendeinen schwarzen Kommilitonen zu verprügeln, den erstbesten, wie er mir später mit entwaffnender Naivität gestand: ›Die erste schwarze Fresse, die uns über den Weg lief‹ ... Aber nun liegt diese Vergangenheit hinter mir, und wenngleich wir nicht pessimistisch sein dürfen, dürfen wir doch auch nicht glauben – wie leider die meisten Menschen –, daß mit dem Ende des Faschismus alles besser wird. Ich, Mama, hatte in dem Jahr im Krankenhaus den Eindruck, von einer echten Zelle in eine etwas geräumigere umgezogen zu sein, mit genug zu essen und einer Zeitung dann und wann: einer etwas weniger streng geführten Zelle, wie Joyce damals Italien im Vergleich zu Hitlerdeutschland bezeichnete.«

»... Zwanzig Jahre, um von vorne anzufangen. Es hat keine Revolution gegeben. Und es ist schon viel, wenn wir die Savoyer aus dem Weg räumen. Zwanzig Jahre Gewaltherrschaft und Dummheit kommen uns teuer zu stehen. Auf meiner Rückreise durch Italien habe ich so manches gehört, bei dem mir angst und bange wurde. Ich bin zu der Überzeugung gelangt, daß wir diese Jahre werden bezahlen müssen, jedes einzelne, Tag für Tag, Stunde um Stunde.«

»Wenn ich mich nicht so schrecklich freuen würde, dich wiederzusehen, Jacopo, bei Gott, würde ich mit dir zu streiten anfangen! Aber ich will mir und Mama die Freude nicht verderben. Sieh sie dir an, Mattia, sie ist wie ausgewechselt, zehn Jahre jünger! Hier, Jacopo, umarme deinen Bruder Prando und sei willkommen!«

Umschlungen in der Sonne, reglos, entströmt eine glückselige Stille ihren miteinander verschmolzenen Leibern. Von dieser Stille scheint ein Ruf auszugehen, quasi auf Zehenspitzen kommen die Bewohner des Carmelo einer nach dem anderen heran und versammeln sich in der Tür: Pietro, der alte Antonio, der sich die Brille absetzt und sie mit einem frisch gewaschenen Taschentuch zu putzen beginnt, Quecksilber mit der kleinen Beatrice auf dem Arm, Crispina Hand in Hand mit Olimpia (mit ausgestrecktem Finger zeigt sie ihrer kleinen Freundin den Helden) und andere, mir neue Gesichter, Gesichter von jungen Leuten, die mit Mattia auf den Feldern arbeiten; darunter auch ein älterer Mann mit großen blauen Augen im faltigen Gesicht, der den kleinen Carlo an der Hand hält. Die Schönheit dieser alten Züge nimmt meinen Blick gefangen. Oder suche ich vielleicht nur ein fremdes Bild, um nicht von der Rührung überwältigt zu werden? Auch Bambolina klammert sich fest an mich, wie früher, als sie klein war und wir nebeneinander über den Sand der Sonne entgegenliefen und uns unseren Weg durch die sanften Wellen des Morgens bahnten. Wenn ihr das Wasser bis zum Kinn stand, murmelte sie: »O Tante, ich bin noch zu klein, ich freue mich schon, wenn ich groß bin und wie du bis zur Sonne gehen kann.«

Jetzt spricht sie nicht von der Sonne, und obwohl ihr Arm auf meiner Hüfte ruht, muß ich mich nicht mehr hinabbeugen, um sie zu verstehen:

»O Tante, vor lauter Freude haben wir ’Ntoni vergessen, er ist verschwunden. Wir müssen ihn sofort suchen gehen!«

Schweigend durchsuchen wir die riesigen Räume, die riesigen Flure, auf und ab über endlose Treppen, die mit zunehmender Sorge in mir wieder den Schrecken wachrufen, der mich packte, wenn ich als Kind durch das feindselige Haus streifte.

»Ich wußte es, er hat abgeschlossen, Tante, schnell! Glücklicherweise hatte ich so etwas geahnt …!«

»Was, Bambú?«

»Deshalb habe ich ihn in Onkel Jacopos Zimmer einquartiert ... Komm, ich weiß, wie man in das Zimmer gelangt. Hier, hinter diesem Bild gibt es einen Durchgang, der auf der anderen Seite hinter dem großen Wandteppich endet. Los, hilf mir, es abzuhängen.«

Nach dem dunklen Tunnel vermag ich in der blendenden Helligkeit des Zimmers nur einen Schatten vor dem weit geöffneten Fenster zu erkennen: ein erhobener Arm, als wolle er jemandem draußen im Garten zuwinken. Ich habe keine Zeit, mich an Bambolina zu wenden, die schon auf den Arm zustürzt, als ein Schuß mich die Hände zu den Ohren hochreißen und die Augen schließen läßt.

»Laß den Revolver los, 'Ntoni, laß ihn, du hast es nicht geschafft! Du hättest mich verletzen können, weißt du das, hättest deine Bambú verletzen können!«

»Deine Bambú« muß das Zauberwort ihrer Beziehung sein, denn das Keuchen eines gehetzten Tieres verwandelt sich in krampfhaftes Weinen, das 'Ntoni schreiend auf die Knie wirft:

»O nein, nein, Bambú, niemals, nie würde ich dir weh tun wollen, niemals! Ich bin verrückt, verrückt! Verrückt und feige! Selbst die Tür habe ich offengelassen.«

»Du hattest sie abgeschlossen, 'Ntoni, leider hattest du abgeschlossen. Aber deine Bambú ist nicht dumm, sie ist listig wie ein Fuchs. Weißt du noch, wie du mich dein Füchslein genannt hast, hm?«

»O ja, ja ... Wie bist du hereingekommen?«

»Es gibt eine Geheimtür.«

»Ich schäme mich so, Bambú! Du darfst es niemandem sagen, ich bin ein Feigling. Ich will sterben! Du bist schön und gut wie Mama, ich möchte dir nicht weh tun, wie ich ihr weh getan habe. Sie ist gestorben, weil ich sie innerlich abgelehnt habe ... Ich hatte sie verurteilt, ausgelöscht. Ich bin wie mein Vater, Mama hatte recht, wie mein Vater zerstöre ich das, was ich am meisten liebe.«

»'Ntoni, 'Ntoni ...«

Eine Sekunde lang bin ich versucht, nach vorne zu treten und die Wahrheit zu sagen. Doch mein Wissen ist reine Theorie, und diese jungen Leute müssen ihr Leben selbst entdecken, am eigenen Leib, mit ihrer eigenen Sprache. Und wie Blinde, die zu sehen versuchen, umarmen sie sich jetzt, befühlen einander schweigend.

Leise, damit sie mich nicht hören, verlasse ich den Raum.

30

Auf dem langen Rückweg über endlose Flure, Treppenfluchten und Abgänge zittere ich vor Sorge, Jacopo in diesem anderen Krieg zu verlieren, den er seit Jahren gegen ein sanftes, von Locken umrahmtes Gesicht führt; er hat Inès mit keinem Wort erwähnt, nicht nach ihr gefragt. Erst als ich den Salon betrete, in dem es mittlerweile geschäftig brummt wie im Zuschauerraum eines Theaters – dasselbe Gemurmel, dieselben vereinzelten Stimmen, hin und wieder der silberne Ton eines Instrumentes, jemand stimmt eine Gitarre, eine Mandoline –, erst als ich Jacopo noch an derselben Stelle stehen sehe, nun nicht mehr in Prandos, sondern in Ninas Armen, legt sich meine Sorge. Und das Staunen über die kurze Zeitspanne zwischen dem Frieden, den seine Rückkehr mir gebracht hat, und dem Krieg, der in 'Ntoni ausgebrochen ist und unsichtbar vielleicht auch hinter Jacopos entspanntem Lächeln lauert, verschwindet mit den ersten Tönen der Mandoline, bei denen auch Prando lauschend den Kopf zurücklegt. Bei jedem kleineren oder größeren Ereignis verlangt Prando nach Musik, und sein besänftigter Blick schweift in die Ferne. Unter meinem Pony pulsiert die Wunde angesichts der Schönheit dieses ganz der Musik ergebenen Kopfes, des großen Kopfes eines erwachsenen Mannes. Ich kann nicht stillhalten, ich kehre lieber zu 'Ntoni zurück. Doch kaum wende ich mich zum Gehen, umfaßt Prando meine Hüften.

»Wohin entflieht meine Mädchen-Mama? Immer flieht sie, immer hat sie irgendwelche Heimlichkeiten! Oder liegt es daran, daß du mich trotz deiner Mutterpflichten, die du brav erfüllst, einfach nicht sehen magst?«

Gewaltsam zwingt er mich dazu, mich umzudrehen. Als ich seinem nun wieder kühnen, aufreizenden Blick begegne, begreife ich, daß nichts daran zu ändern ist, daß es immer so sein wird: Er liebt mich, wie ich ihn liebe. Wie könnte es auch anders sein? Die Liebe zwischen Mutter und Sohn ist das letzte romantische Melodram, eben darum, weil sie niemals endet.

»Es hilft dir nicht, zu fliehen, Mädchen, denn durch deine Flucht liebe ich dich nur noch mehr. An der Front haben mich alle verspottet. Oh, nicht, daß ich viel von dir geredet hätte, aber sie merkten es trotzdem und machten sich darüber lustig. Respektvoll natürlich ... Und weißt du, was ich erwidert habe? ›Lacht nur, ihr Söhne häßlicher Mütter!‹ Und dann sagten sie allerlei Dummheiten, weil sie nicht minder in ihre Mütter verliebt waren. Seht ihr, wie meine Mädchen-Mama es macht? Kaum rede ich mit ihr, wendet sie den Blick ab. *Ma unni vai?* Bleib hier, *ccà vicinu a mia hai a stari*: Du bist meine Mutter und meine Goldmine! Los, Pippo, spiel die Hofserenade, vielleicht kann das den Edelstein zum Schmelzen bringen, den sie anstelle eines Herzens in der Brust trägt.«

Woher hatte Prando diese lang vergessene Art zu reden? Hatte er Carmines Stimme denn jemals gehört?

»O Pippo! Sie trommelt auf meine Brust wie ein furchtsames Täubchen.«

»Du tust mir weh, Prando! Laß mich los, ich bekomme keine Luft.«

»Weißt du, daß ich dich mit der Kraft meiner Arme in Stücke brechen könnte? Aber wo fände ich bei Bedarf einen Klebstoff, um diesen feinen Biskuithals wieder anzukleben? Wenn ich diesen Kleber nur finden könnte! Wie gerne würde ich dich zerreißen, um dich danach genußvoll Stück für Stück wieder zusammenzusetzen. Woher nehmen? Ich muß in der Civita suchen, diesem Niemandsland. Es wird behauptet, dort könne man alles finden, alles erstehen: von feinster Seide bis zum Totenwachs, vom hundertkarätigen Gold bis zu den schärfsten Messern, vom gesichtslosen Killer, der dir für ein paar Lire den Widersacher tötet, von den Samtenen mit duftendem Haar bis zu ganz frischen Leichen, wenn du Lust hast, auf eigene Faust anatomische Studien zu betreiben ... Du lachst! Lach nur, meine Schöne, denn wenn du lachst, bist du die Allerschönste, bei allem Respekt für die Häßlichen und Verheirateten!«

Erst Gitarre und Mandoline vermochten es wohl, diese vertrocknete Quelle zum Sprudeln zu bringen. Auch ihre Stimmen veränderten sich. Die zuvor leise tönende Gitarre wurde tief, wie von unterirdischen Winden angeschlagen.

Pippo und Cosimo haben sich im Spiel erhoben, stehen hinter Prando und blicken auf mein Gesicht oder auf etwas, das hinter mir liegt, das sie fesselt und hinforttträgt. Prando schweigt. Er weiß, daß er nun, wo er allen sein Liebeswerben gestanden hat, den Stimmen der anderen lauschen muß, den anderen Liebesgesuchen. Und wirklich zerteilt eine Jasminstimme die Welle, um von ihrem Herzensleid zu künden.

*»Bedda p'amari a tia 'stu cori chianci. Sinceramenti senza ca si fingi ... Cugghiennu alivi pi 'sti munti santi ... bedda p'amari a tia 'stu cori chianci ...«**

Für wen singt Crispina da? Woher kommt diese reife Stimme? Oder war es das nur von Kampfhymnen durchbrochene Schweigen der Kriegsjahre, das diesen lebendigen Quell hatte verstummen lassen? Nach der Klage über ihre zurückgewiesene Liebe setzt Crispina, von unsichtbaren Händen in die Mitte geschoben, zu ihrem Schmähgesang an:

»Quantu è laria la mi zita, malanova di la sua vita ... Ah, laria è, cchiù laria d'idda nun ci nn'è ... Havi i spaddi vasci

*vasci ca mi parunu du casci … Ah, laria è, cchiù laria d'idda nun ci nn'è …«**

Bei diesem Befreiungsschlag aus den Ketten der qualvollen Liebe reißt Carluzzu die Augen auf und entwindet sich leicht den Armen des Alten, um auf uns zuzugehen. Neben dem Alten wirkte er klein. Jetzt kommt er langsam näher, und der breite Bau seiner Hüften und Schultern läßt ihn wie einen Mann aussehen.

»O Mama, sieh nur meinen Sohn, wie er an mir zerrt! Offenbar hat er mich noch nie in den Armen einer Frau gesehen. Was ist los, Carluzzu, bist du eifersüchtig?«

»Papa, ich kann auch singen!«

Stellas Stimme schnürt mir die Kehle zu, ihre schwarzen Augen sehen mich vertrauensvoll an. Ich muß mich hinknien, ihn berühren, um sie in meinen Armen zu spüren. Sein kleiner, robuster Körper entwindet sich nicht, er wiederholt lediglich:

»Ich kann singen … ich singe mit Crispina. Warum weinst du, Großmutter?«

»Aus Rührung, Carluzzu. Crispina singt so schön.«

»Ich kann auch schön singen, Großmutter.«

»Da bin ich mir sicher.«

»Großmutter, Großmutter …«

Natürlich, ich war Großmutter … Und bei diesem Gedanken, der verwirrender ist als jeder Krieg, wandte ich meinen Blick von Carluzzu ab und entdeckte Inès, die gerade über die Schwelle der Terrassentür den Salon betrat.

Ich hatte sie seit Jahren nicht gesehen und hätte sie nicht erkannt, hätte ich nicht die Bedrohung dieses Namens gespürt, der neben mir geflüstert wurde. Die lachende Sanftmut, die einst ihre Schönheit ausgemacht hatte, war zusammen mit den schwarzen Locken verschwunden, die nun in einem Kranz strenger Zöpfe eng an ihrem Kopf anlagen. Die kleinen, vollen Lippen, ausgetrocknet in einem Ausdruck der Verachtung, waren zu einer befehlsscharfen Klinge geschliffen, der von dem eroberten »Stand« gestärkte Körper hatte weder die Beweglichkeit noch die Anmut von früher.

»Nicht wahr, Mody, neue Besen kehren gut! Wenn du sie heute sehen könntest, eine echte Furie mit ihrer Dienerin! Und was Pietro nicht tolerieren kann: despotisch und hart selbst mit dem Herrn Fürsten. Sie hat sich entschlossen, ihn aus dem Weg zu räumen und zu heiraten. Ich sehe, wie sie herumläuft und überall Ausschau hält! Sie interessiert nur noch das Geld. Und außerdem befriedigt sie den Herrn Fürsten nicht mehr, und er leidet, die arme Kreatur! Ich habe mit ihr gesprochen, aber die Samtenen will sie nicht. Warum nicht, habe ich mich gefragt? Wenn du diese Regelung damals akzeptiert hast, warum nicht sie, warum läßt sie diesen armen Kerl leiden, der schon zittert und davonläuft, kaum daß er sie sieht? Hier muß etwas geschehen, Mody, glaube mir.«

»Und wie, Pietro?«

»Ganz einfach, ganz natürlich: sie mit ihren eigenen giftigen Methoden verschwinden lassen.«

Inès kommt gemessenen Schrittes näher und stellt sich vor Jacopo, der immer noch Nina umarmt hält. Jacopo sieht sie nicht, ist ganz gefangen von Ninas Lächeln. Das glaube ich gern, wen interessiert schon der Rest der Welt, wenn Nina lächelnd mit dir spricht? Doch Inès legt mit Nachdruck ihre Hand – einst unsicher und zart, nun mit unzähligen Ringen besteckt – auf die Schulter ihres Sohnes und trennt die beiden. Jacopo wird kreidebleich und schiebt Nina unsanft fort, die ihn erstaunt ansieht und ausruft:

»Was ist los, Junge? Ist das vielleicht deine Schöne, die dich verwirrt? Seht euch das an, er wird ganz rot! O Mody, komm und sieh nur.«

Nina lacht noch lauter und blickt Inès herausfordernd an. Inès zischt mit hoch erhobenem Kinn:

»Ihr seht wohl überall Schweinereien, Fräulein, oder Frau?«

»Fräulein, Fräulein!«

»Ah, jetzt verstehe ich, Fräulein, aber hier verhalten sich die Dinge anders als auf dem Kontinent! Ich kenne Jacopo seit seiner Geburt und komme wie eine Mutter zu ihm, um ihn zu umarmen.«

»Entschuldigt bitte, ich meinte es nicht ernst, außerdem seid Ihr so jung und schön, daß ich dachte, Ihr würdet es als Kompliment auffassen.«

»Wir mögen hier solche Komplimente nicht, nicht wahr, Jacopo? Willst du denn gar nicht mit mir sprechen?«

»Aber Inès, ich war doch gleich nach meiner Ankunft bei dir ...«

»Ja, aber nur eine Minute.«

»Na ja, ich wollte dich beruhigen, und dann ... dann mußte ich die anderen beruhigen.«

»Sicher, aber danach habe ich den ganzen Tag auf dich gewartet.«

»Na ja, ich wäre später zu dir gekommen ... siehst du? Sie machen Musik, Crispina hat gesungen. Los, Crispina, sing uns noch etwas! Und nun bist du ja hier, oder? Hier bei uns. Komm schon, Inès, sei doch nicht so!«

Jacopos Stimme wird unsicher, stockt. Es ist Zeit einzuschreiten. Als hätte Pietro meine Absicht erkannt – vielleicht an meinem Schritt, bestimmt nicht an meinem lächelnden Gesichtsausdruck –, steht er schweigend neben mir, während ich mich sagen höre:

»O Inès, schön, dich zu sehen! Komm schon, wir wollen Jacopo nicht sein Fest verderben. Unser Jacopo ist glücklich, sei auch du glücklich, umarme mich. Auch wir haben uns lange nicht gesehen.«

In meinen steifen und feindseligen Armen flüstert sie:

»Jacopo gehört mir, mir allein, und dieses Hurenluder gefällt mir nicht. Warum hat sie ihn so an sich gedrückt?«

»Laß gut sein, Inès, nun bist du ja hier, nicht? Bleib bei deinem Jacopo ... und du, Nina, komm und sieh dir an, wie gut Carluzzu sich gemacht hat. Er sagt, er könne singen wie

Crispina. Vielleicht stimmt es ja. Pietro, du hattest recht: Deine Crispina muß Musik studieren. Und auch wegen der anderen Sache hattest du recht: Wir haben zuviel Zeit verloren, wir müssen es zu Ende bringen.«

»Sicher, Mody! Mir fällt ein Stein vom Herzen, und mit deiner Erlaubnis werde ich alles so gut wie möglich arrangieren.«

»Daran habe ich keinen Zweifel, Pietro.«

»Was hat denn diese Inès bloß, Mody, daß sie so wütend wird? Ist sie etwa in Jacopo verliebt?«

»Komm schon, Nina, hast du vergessen, daß sie seine Mutter ist?«

»Ach, ja. Aber was ändert das?«

»Kolonialdenken, du hast die Hand auf ihre Kolonie gelegt.«

»Donnerwetter, da bekomme ich glatt wieder gute Laune! Olimpia, komm her, meine Kolonie! Geliebtes Somalia, Abessinien! Du bist eine Wucht, Mody, am liebsten würde ich ein Lied daraus machen und es auf den Straßen singen … O Bambuccia, da bist du ja endlich! Wo hast du nur gesteckt? Komm und höre den neusten Einfall deiner Tante, du besitzt ja auch Ländereien und Plantagen! Wie geht es deiner Kolonie?«

Nina und Bambolina lachen, Bambú respektiert diesen Moment des Friedens. Erst als Nina sich suchend umsieht und ausruft: »Wo ist denn dein Wahlzwilling, dein ’Ntoni? Hier muß etwas passiert sein, zum ersten Mal sehe ich euch getrennt«, erwidert Bambolina ruhig: »’Ntoni fühlte sich nicht ganz wohl, aber jetzt ist er eingeschlafen. Ich glaube, es ist besser, wenn wir ihn schlafen lassen. Aber danach, Tante, wollte ’Ntoni mit Jacopo reden, wenn das spontane Fest vorüber ist. Jetzt gehen wir noch Wein holen, Nina. Herrgott, was bist du nur für eine Gastgeberin? Siehst du denn nicht, daß die Gäste leere Gläser haben und wie Verdurstende nach Getränken und Wein Ausschau halten?«

»Also, Mama, willst du dich endlich entscheiden? Läßt du dich jetzt aufstellen oder nicht? Du wärst die erste auf der Liste. Unten in Catania bestehen sie darauf. Wir wären mächtig stolz mit einer kommunistischen Sizilianerin als Abgeordneter in Rom. Und mir gefiele es, meine Mädchen-Mama immer bei mir zu haben.«

»Nein, Prando, auch Joyce hat mir schon geschrieben, nein! Obwohl wir wenig Geld haben und ein Gehalt uns nicht schaden würde. Wenn sie dich allerdings bezahlen, und soweit ich das sehe, zahlen sie nicht schlecht, machen sie dich zu ihrem Untertan und binden dir die Hände. Nein, Prando, ich möchte mich frei äußern können wie eh und je.«

»Du bist wirklich unberechenbar, Mama, unberechenbar und irritierend! Die kommunistische Sache ...«

»Ich habe mich eingeschrieben, oder? Ich bin bei euch, und nun, wo ich noch mein Talent entdeckt habe, vor Publikum zu reden, von dem ich nichts wußte ...«

»Oh, du bist einfach phantastisch!«

»Gut, ich werde für euch arbeiten, aber mit Kontakt zur Basis, auf den Plätzen, in der Menge, nicht in einem Palast, wo ihr schon genug seid, um uns zu verteidigen.«

»Auch das stimmt, die jungen Leute können nicht vor Publikum reden, es ist merkwürdig.«

»Zwanzig Jahre Schweigen sind zwanzig Jahre.«

»Schon, die wenigen, die reden können, haben es wie ich bei den Littoriali gelernt, also kurz gesagt, auf faschistischem Terrain.«

»Eben, und darum füllt ihr mit mir eine Lücke. Sind wir uns einig, Prando?«

»Dennoch tut es mir ein bißchen leid, ich hatte so gehofft, dich in Rom an der Seite von Joyce zu sehen.«

»Was für ein schönes Fest, nicht wahr, Prando?«

»Oh, wunderschön! Die spontanen Feste sind immer die schönsten.«

»Schade, daß es schon vorbei ist, oder, Nina?«

»Schade, aber warum kommen Jacopo und Bambú nicht zurück? Sie sind jetzt schon seit einer Stunde oben bei 'Ntoni, ich mache mir ein wenig Sorgen.«

»Da sind sie, ich gehe dann mal.«

»Aber warum, Prando? Bleib doch, willst du denn nicht hören, wie es 'Ntoni geht?«

»O Nina, verzeih mir, aber ich habe Besseres zu tun, als mir die Krisen eines verwöhnten Muttersöhnchens anzuhören.«

Prando steht langsam auf und geht zur Terrassentür; unterwegs rückt er einen verschobenen Sessel mit rotem Seidenpolster zurecht. Einen Moment lang sammeln sich die hundert Feuerzungen des Sonnenuntergangs auf dieser Seide und in seinen Haaren, einen Moment lang hält sein großer, athletischer Körper inne und betrachtet schweigend die mit Gläsern, Krügen und Tellern vollgestellten Tische ... Vielleicht hat er in unseren Blicken die Enttäuschung über seine Worte wahrgenommen. Vielleicht haben sie ihn selbst getroffen, denn er sagt:

»Es war schön, Mama, ein Fest nach all den Jahren! Ich sollte euch eigentlich helfen, alles aufzuräumen, aber, tja, ich muß weg, entschuldigt. Bis später.«

»Was soll ich sagen, Mody? Ohne jemanden beleidigen zu wollen, aber je länger ich diese Typen betrachte, um so froher bin ich, daß ich selbst ein kleines Mädchen habe. Hast du ihnen denn nicht Voltaire zu lesen gegeben?«

»Natürlich habe ich das!«

»Bist du sicher? Auch den Eintrag über Fanatismus und Toleranz? Wenn ich an der Regierung wäre, würde ich all die Prandos auf eine grüne Wiese und an sprudelnde Bäche setzen und immer wieder das lesen lassen, was Voltaire über den Fanatismus sagt ... So ein Fanatiker, oh! Als wäre er als einziger im Krieg gewesen.«

»Ach, Nina, jetzt bekomme ich wieder gute Laune! Weißt du, was ich tun würde, wenn ich an der Regierung wäre?«

»Was?«

»Ich würde denjenigen ein lebenslanges Gehalt zahlen, die wie du das Talent haben, andere zu erheitern.«

»Red mir bloß nicht von Gehältern, Grundgütiger! Was soll ich bloß tun, um etwas zu verdienen? Scheiße, so richtig kenne ich mich eigentlich nur mit Gefängnissen aus! O Mody, gibt es nicht irgendwo eine Schule, an der man dieses Fach unterrichten kann?«

»Hör auf, Nina, ich platze gleich vor Lachen!«

»Aber ja, das müßte es geben, man müßte es erfinden. Denn auch wenn der Faschismus zu Ende ist, Gefängnisse gibt es immer noch. Gestern habe ich eine Runde durch Catania gedreht ... diese Gefängnisse müssen unter göttlichem Schutz stehen, Mody, alles drum herum vom Bombenhagel zerstört, nur das Gefängnis steht noch da, als sei nichts gewesen ... Was tun diese Kinder nur, die *carusi*, wie ihr sagt? ... Hey, ich könnte auch Sizilianisch lernen und es im Ausland unterrichten.«

»Im Ausland, Nina?«

»Aber ja, in Italien ... Hat euch ganz schön übel mitgespielt, dieses Italien, wie? O Mody, hätte man nicht sofort von der Kleinstaaterei zum Sozialismus übergehen können?«

»Scheinbar nicht, Nina.«

»Schade! Was tun die da nur? Seit einer Stunde stehen sie jetzt schon auf der Treppe und unterhalten sich ... Sieh nur, sie kommen nicht runter, sondern gehen hoch. Also, das soll mal einer verstehen! Feste am Tag sind wirklich was Schönes, haben aber wie alles andere auch ihre Kehrseite: Die Sonne versinkt, und nach all der menschlichen Wärme werden die Schatten riesig, und du denkst, du hast noch den ganzen Abend vor dir, und auf Zehenspitzen kommt die Melancholie geschlichen wie eine traurige Ballerina. Du genauso, Mody, wenn ich den Motor nicht am Laufen hielte, um dich zum Lachen zu bringen ... Ich kann dich sehen, was denkst denn du, auch im Dunkeln kann ich dich sehen, vielleicht, weil es mir vorkommt, als hätte ich hundert Jahre mit dir verbracht! Jetzt bist du ganz gefaßt und bleich, als würdest du bittere Gedanken wälzen. Schöne, traurige Mody, was ist mit dir?«

»Du bist doch auch traurig, Nina, komm schon!«

»Ich glaube, weil das Fest zu Ende ist.«

»Es ist nicht wegen des Festes, und das weißt du.«

»Man muß natürlich festhalten, daß es weniger ein Willkommen als vielmehr ein Abschied war.«

»Als Prando auf diese Art das Zimmer verlassen hat, kam es mir vor, als zöge er wieder in den Krieg.«

»Sicher, hier auf der Insel konnte man nicht mit einem so raschen Ende des Faschismus rechnen. Aber auf jeden Fall hatte man auf einen anderen Frieden gehofft.«

»Genauso ist es, Nina.«

»Dabei hatten mein Vater und seine Vorvorderen uns gewarnt.«

»Ja, das hast du mir oft erzählt, und Maria unten in Catania sagt dasselbe.«

»Ich habe Angst, der Genosse Angelo könnte recht behalten.«

»Welcher Angelo?«

»Angelo Tasca, der damals sagte, daß die Kirche sich mit den Lateransverträgen nicht vorrangig mit dem Faschismus verbündete, sondern alles vorbereitete, sein Erbe anzutreten … O Mann, hast du mich erschreckt, Bambolina! Seid ihr denn verrückt, euch wie Geister anzuschleichen und plötzlich das Licht anzumachen?«

»Bist du jetzt böse, Nina?«

»Nein, nein! Aber sagen muß ich es euch trotzdem, entschuldigt. Das muß am Knast liegen, sechs Jahre sind sechs Jahre! Bei jedem Licht, das überraschend angeht, und bei jedem Geschrei spielen meine Nerven verrückt. Darf man vielleicht mal wissen, was ihr auf der Treppe tatet, immer hoch und runter? Oh, es ist doch nicht etwa etwas Schlimmes passiert?«

»Es ist folgendes, Tante, Nina, wir mußten ein paar Entscheidungen treffen … besser gesagt, Jacopo mußte sie treffen, weil ich es nicht schaffe. Ich hatte diesen Moment so herbeigesehnt, ich war so glücklich, alle zusammen wie früher! Und dann, o Nina, ich kann es nicht glauben! Kaum vereint, müssen wir wieder …«

»Komm, Kleines, nicht weinen. Aber was rede ich? Weine, weine nur, das tut dir gut, komm zu Nina.«

Bambolina schluchzt an Ninas Hals, und ihre von Sonne und Wind gestählten Arme werden unter den wilden Schluchzern wieder zerbrechlich und zittern. Nina hält sie sanft fest, behutsam, sie weiß ebensogut wie ich, daß diese zarte, von einem schmalen schwarzen Lackgürtel umfangene Taille unter dem geringsten Druck einer harten Bewegung, eines barschen Wortes zerbrechen kann. Wie meine Beatrice hängt Bambolina an der prallen Lebensfreude als einem Naturrecht, und sie weiß, wie sie sie für sich und andere erobert. Selbst Mattia, der langsam durch die Terrassentür hereinkommt und mich ernst ansieht – wieso habe ich ihn nicht früher bemerkt? –, scheint trotz seines Herzleidens wieder ein kleiner Junge zu sein: Die Haut, der Blick sind wie gereinigt von den Zärtlichkeiten seiner Bambú.

»Jeder hat ein Recht darauf, glücklich zu sein.« Ja, Carlo, wie auf Brot, Wasser und Sonne. Und wir werden zusammen für Bambolina und für die kleine Beatrice kämpfen, die, das sieht man schon, »nicht listig und hart genug zum Kämpfen ist, im Gegensatz zu dir, Modesta«.

Jacopo starrt einen umgefallenen Krug an, um nicht Bambolinas Schluchzen zu hören. »O Mama, ich würde am liebsten sterben, wenn ich eine Frau weinen höre, ich halte das nicht aus!« Jacopo, zuvor groß und aufrecht und nun demütig und gebeugt, nimmt seine Brille ab, um sie zu putzen. Auch Jacopo ist wie Bambolina weder listig noch hart. Für sie muß man kämpfen, Carlo, für sie allein … für Carluzzu, der auf dem Sofa eingeschlafen ist und sich jetzt mit Blick auf den Kronleuchter die Augen reibt. »... Tja, Mama, mit dem Kind, das Stella und Prando auf die Welt setzen werden, sind wir in der vierten Generation von Atheisten angelangt. Ich weiß, daß du das Wort nicht magst, aber vier Generationen sind fast schon ein Adelsgeschlecht.« – »Wie das, Jacopo?« – »Onkel Jacopo, dann du, Mama, dann ich, Prando und Bambú. Und mit Carluzzu die vierte ...«

Und hier ist er: ein kleiner Mann mit kräftigen Knochen, der vom Sofa herunterrutscht und verwirrt zu seiner Tante läuft. In diesen aufgerissenen Augen steht alles geschrieben, in diesen Augen liegen noch die Jubelgesänge, die Späße von vorhin. Unentschlossen, ob er die Freude wegschieben und auch weinen soll, klammert er sich an Bambolinas Rock, seine Art, um Hilfe zu bitten. Die kleinen Hände vermögen es, Bambú wachzurütteln, sie läßt Nina los und ruft:

»Aber sind wir denn allesamt verrückt in diesem Haus hier?! Carluzzu, haben sie dich etwa allein gelassen? Jetzt sehe sich das mal einer an, so einen süßen Fratz zu vergessen! Mein Kleiner, kleines Kätzlein! Was sind wir denn heute, hm, Carluzzu? Los, sag der Tante, was du heute bist: ein Kätzchen oder eine Ameise?«

»Heute bin ich ein *sciccareddu*, Tante.«

»Du meinst, ein Eselchen, hm, Carluzzu? Früher oder später werden wir dir doch ein paar Worte Italienisch beibringen müssen, wie?«

»Eselchen, weiß ich doch. Ich kenne auch das Lied: *Sciccareddu di lu me cori ...**«

»O Tante, als du fort warst, dachte ich, daß ich es mir nur einbilde, aber jetzt aus der Nähe ... weißt du, daß Carluzzu dein Ebenbild ist?«

»Tja, kein Wunder, Bambú, wo Prando doch Modys Sohn ist.«

»Klar, klar, Nina, aber Prando ähnelt Modesta nicht. Und du, Carluzzu, magst du die Großmutter?«

Carluzzu schweigt und sieht mich ernst an. Ach ja, ich

war ja Großmutter … Was man dabei fühlt? Nina hatte es mich viele Male gefragt, doch ich konnte es ihr nicht sagen. Und auch jetzt, wo mich dieses allzu ernste Gesichtchen aus großen Augen anschaut, empfinde ich nichts, aber ich beginne zu verstehen. Hinter meiner bisherigen Achtlosigkeit gegenüber dem Letztgeborenen verbarg sich der Neid auf denjenigen, der dich mit seiner Jugend an eine Zeit erinnert, die für dich Vergangenheit ist, und an eine Zeit in der Zukunft, die du nicht erleben wirst. Und was sollte diese ständige Bekräftigung von allen Seiten, wie ähnlich mir die kleine Kreatur sah? Wahrscheinlich spürten sie den Neid des Alters, der, an die falsche Adresse gewandt, machtvoll explodieren konnte, und versuchten an meine Zärtlichkeit zu appellieren, um ihn zu beschützen. Auch sein kleines, aufmerksam gespanntes Gesicht bestätigte meine Entdeckung: Modesta mußte groß, machtvoll erscheinen … wie Großmutter Gaia, Großmutter Valentina*. Sicher, es wäre leicht, ihn mit meiner Autorität einzuschüchtern und zu zähmen, genauso leicht, wie ihn mit übertriebener Liebe zu ersticken, um sich auf diese Art vor einer möglichen »Liga gegen gemeine Großeltern« zu schützen.

»Schau nur, Jacopo, er ist ihr wie aus dem Gesicht geschnitten!«

Wie nur der Versuchung der Macht widerstehen, die auf meiner Stirn pulsiert, jetzt, wo er mich mit meinem eigenen Lächeln ansieht und, da er vielleicht meine Zweifel und Verwirrung spürt, mit einer Hand meine Wange berührt, als wolle er auf meiner Haut ertasten, wo die Gefahren meines Wesens liegen oder meine Schwächen? Seine Handfläche liest in mir, und gerade als ich beschlossen habe, die Macht nicht zu nutzen, wird seine kleine Hand stark und deutet eine Ohrfeige an.

»Du magst die Großmutter, nicht wahr, wenn du so machst! Das macht er immer, wenn er jemanden mag. Sieh ihn dir nur an, auf die Ohrfeigen folgen die Küsse.«

Ich fühle, daß ich es geschafft habe, das Wort »Großmutter« von meiner Haut zu lösen oder es in ein kleines, weiches Bündel wie ihn zu verwandeln.

»O Tante, er ist genau wie du, dauernd in Bewegung, immer beschäftigt, und wieviel er fragt! Als Kind warst du bestimmt genauso, mir kommt es immer vor, als sähe ich dich! Und dann hat er die Angewohnheit, ständig etwas mit sich herumzuschleppen …«

»Herumzuschleppen, Bambú?«

»Ja, er zieht Zweige hinter sich her, sammelt Blätter und fragt, fragt, fragt. Er ist aufgeweckt, intelligent, aber was mir Sorgen macht, ist seine dauernde Angst, daß alle von einem auf den anderen Moment verschwinden könnten. Was meinst du, Jacopo, liegt das am Krieg? Weil er gesehen hat, wie ihr nacheinander abgereist seid?«

»Kann sein, Bambú. Aber jetzt müssen wir uns um 'Ntoni kümmern. Er schläft, aber es geht ihm schlecht, schlechter, als ihr dachtet. Es ist, wie ich dir vorhin oben gesagt habe: Eure liebvolle Pflege und euer Zuspruch werden ihm nicht helfen. Er braucht dringend einen Arzt. Die Seele kann genauso erkranken wie der Körper. Er ist innerlich verletzt, und die Wunde wird nur ein Arzt heilen können, der auf solche Fälle spezialisiert ist. Das kommt nicht nur vom Krieg, wie du dachtest, vom Konzentrationslager. Es kommt auch von Stella …«

»Dann hast du dich also tatsächlich entschieden, Jacopo? Ich hoffte, du würdest deine Meinung noch einmal ändern.«

»Bambú, du bist wirklich dickköpfig! Wenn selbst er als Kranker es begriffen hat … Hast du nicht gesehen, wie er mich bat abzureisen, sobald er einen Lichtstrahl sah? Wenn er es begriffen hat, müßt auch ihr es begreifen. Was glaubst du denn? Auch ich träumte bei meiner Rückkehr von nichts anderem, als zu lesen und die Sonne zu genießen, das Haus! Danach habe ich mich jahrelang gesehnt, aber jetzt ist klar, daß es nicht geht.«

»Aber er könnte doch allein nach Mailand zu diesem Arzt gehen.«

»Nein! Er hat mich gebeten, ihn zu begleiten, und auch für mich ist es letztlich besser so: Ich werde studieren und das Gelernte sofort anwenden können ... Ich glaube, das ist ein Zeichen. Wie immer nach einem Krieg überschlägt sich die Entwicklung. Ja, die Zeit läuft schneller, und wahrscheinlich ist das ein Zeichen, daß wir keine Sekunde verlieren dürfen. Gegenüber dem restlichen Europa sind wir zwanzig Jahre im Rückstand! Mama, bitte sprich du mit Ida. Ich weiß, daß du es begriffen hast.«

»Ich habe es vollkommen begriffen. Wir müssen nur die Kosten überschlagen: Wir haben nur noch wenige Mittel zur Verfügung.«

»Verflucht! Mit der Zeitung, deren Preis innerhalb eines Jahres auf dreißig Lire gestiegen ist! Scheiße, Mody, dann nehme ich halt das Angebot von dieser steinreichen Kuh an. Ich zieh ein Geschäft auf.«

»Ein Geschäft, Nina?«

»Aber ja, Jacopo. Auf der Insel habe ich angefangen zu häkeln, und es ist gar nicht so schlecht, Mützen, Schals, Pullover und Umhängetücher zu häkeln. Und mit dieser verdammten Esmeralda hätten wir eine Förderin. Mir macht es Spaß, Farben zu kombinieren und auszuwählen. Ich hatte schon immer eine Leidenschaft für Farben, vielleicht weil ich eine kleine Blindschleiche bin, wie meine Mutter immer sagte, und Farben springen so schön ins Auge.«

»Oh, liebe Nina, ein Glück, daß du hierbleibst!«

»Wir werden auch arbeiten, Mama! Und 'Ntoni wird es ebenso guttun wie mir, sich langsam um sich selbst zu kümmern, auch in finanzieller Hinsicht.«

»Also, ich gehe schlafen. Was für ein Tag, oh! Ich muß neue Kräfte sammeln für morgen, um den Gunsterweisungen und Erpressungsversuchen dieser Aristokratin Esmeralda zu widerstehen. Aber schön ist sie doch, verflucht noch mal, so was von schön! Es wird ja so viel von der Schönheit des Proletariats geredet ... um uns zu trösten und damit wir in unserer Armut nicht aufbegehren. Früher hab ich die Reichen nicht einmal angesehen, oder ich habe sie angesehen und trotzdem nicht gesehen, weil ich die sprichwörtlichen Tomaten auf den Augen hatte. Aber jetzt habe ich es kapiert, verflucht noch mal, und ob ich's kapiert habe, die sind nicht nur reich, sondern auch schön, duftend und oft noch klug obendrein. Wie du, Jacopo, verdammt noch mal!«

»Du machst mich ja ganz verlegen, Nina, ich bringe dich nach oben.«

»Los geht's, begleite mich, reich mir den Arm. Das kann nicht jeder von sich sagen, von einem Goldjungen wie dir nach oben begleitet zu werden, das werde ich meinen Enkeln erzählen können: ›Also, ob ihr es glaubt oder nicht, liebe Enkelchen, aber vor langer Zeit hatte eure Großmutter nach Knast und Verbannung das Glück, bei den elegantesten und kultiviertesten Leuten zu landen ...‹ Und sie werden sagen: ›Aber Großmutter, wie kann das sein? Das mußt du uns erzählen!‹«

31

Ninas Stimme entschwindet ins Dunkel des Salons. Ich möchte ihr folgen und bei ihren Worten weiterträumen, doch ein Stimmengewirr, das Rattern von Zügen, der unterschwellige Lärm von Menschenmassen lösen sich aus meiner Zukunft und erfüllen das Zimmer, halten mich bewegungsunfähig in meinem Sessel fest ... Ich möchte alle Menschen verjagen und mit ihr in die kleine Zelle zurückkehren, wo es undenkbar ist, sich weiter als einen Meter voneinander zu entfernen. Wie kann das sein? Ist es die Trauer um die verlorene Zelle, die mich so weinen läßt? Woher sollte ich es wissen, wenn das Leben es mir nicht sagte? Woher sollte ich wissen, daß das höchste Glück sich in den scheinbar dunkelsten Jahren meiner Existenz versteckte? Sich furchtlos dem Leben hingeben, jederzeit ... Und auch jetzt, zwischen den gellenden Pfiffen der Züge und den zuschlagenden Wagentüren, ruft mich das Leben, und ich muß gehen.

Die Fähigkeit, zu reden und Zuhörer mitzureißen, die sich mir so überraschend offenbart hatte und meine Sinne und meinen Geist berauschte wie eine Droge, ermahnte mich unaufhörlich, daß ich diese Gabe der Natur, die in dem fruchtbaren Humus des jahrelangen Schweigens, des Studiums und der Reflexion gereift war, dazu nutzen konnte, Frauen wie Nina oder Bambolina für unsere Sache zu gewinnen ... Sie aus ihrer zwanzigjährigen Lethargie zu wecken, ihnen zu sagen, daß sie nicht die ersten waren, sie über ihre historischen Vorbilder aufzuklären.

»Sieh mal, Modesta, du kannst doch nicht bei jeder Versammlung erneut von dieser Alexandra Kollontai anfangen ... Die Balabanoff, sagst du? Maria Giudice? Komm schon, Modesta, das sind schwierige Persönlichkeiten, unangepaßt, um nicht zu sagen explosiv, zumindest im Moment. Ich will ganz offen mit dir sein, als wir erfuhren, daß Maria krank ist, waren wir fast ein wenig erleichtert. Ich sage es nicht gern, aber sie brachte nur Unruhe. Man kann nicht aus dem Nichts heraus über freie Liebe, Abtreibung und Scheidung reden, das muß man Schritt für Schritt angehen, wie Genosse Giorgio sagt.«

Ach ja, Giorgio ... auf dem Schreibtisch thront zwischen den Büchern ein Bild von ihm.

»Dein Ehemann, meinst du wohl?«

»Wie du willst, Modesta, ich merke schon, daß du dich nicht geändert hast.«

»Du auch nicht.«

Joyce (oder ihr Geist?) lächelt mich von der anderen Seite der penibel entstaubten, glänzenden Schreibtischplatte milde und distanziert an.

»Wir haben hier dringlichere Aufgaben.«

»Aber warum mußte ich den Namen deines Mannes nennen, um dich zu sehen?«

»Was heißt das schon? Du warst eben niemals ein politisch denkender Mensch, Modesta. Wir müssen die öffentliche Meinung besänftigen, wir müssen dem Land zeigen, daß wir in jeder Hinsicht respektable Leute sind und keine roten Verbrecher, rote Kanaillen oder so etwas, wie man es in ländlichen Gegenden immer noch auf den Mauern lesen kann.«

Wo hatte sie nur dieses gewinnende Lächeln her, so demokratisch, wie das der Diven und Politiker aus Übersee? Früher hatte sie nie gelächelt, und im schmerzvollen Ernst ihrer Augen hatte ihre Schönheit gelegen. Jetzt, mit diesem fremden Lächeln, das ihr wie von Nadeln befestigt in den Mundwinkeln hing, mit dem weißen, von geübten Händen geschnittenen Haar – sie trug es nur wenig länger als ein Mann –, war ihre Schönheit blutleer, zusammengefallen in einer abstrakten Darstellung tödlicher Einsamkeit. Viele Jahre zuvor hatte Modesta so etwas geahnt, doch die Inkarnation dieser Ahnung läßt sie nun vor Wut und Angst schaudern.

Um die Abscheu zu überwinden, die Joyces Worte in ihr auslösen, sucht Modesta in ihrem Gedächtnis nach Gesichtern anderer Genossinnen, denen sie auf den Rednertribünen, bei Versammlungen und Zusammenkünften der zurückliegenden Jahre begegnet ist … Luciana? Carla? Vielleicht Renata? Renata ist gerade mal zweiundzwanzig und spult schon ihre ewig gleiche Nummer ab, wie auch gestern abend: »Bis auf wenige Ausnahmen sind die Frauen dumme Gänse. Reine Zeitverschwendung, Modesta. Ich verstehe wirklich nicht, daß jemand wie du seine Zeit damit vergeudet, mit einer von denen essen zu gehen.« Aufgepaßt, Bambolina, Crispina, Olimpia, aufgepaßt! Beschuldigt nicht die Männer, wenn ihr euch in zwanzig, dreißig Jahren mit rissigen Putzhänden weinend in einem wenige Meter breiten Kämmerlein wiederfindet. Nicht die Männer haben euch verraten, sondern diese ehemaligen Sklavinnen, die ihre Sklaverei willentlich verdrängt haben und euch verleugnen, während sie sich in den verschiedenen Machtpositionen an die Seite der Männer stellen.

»Also, wie entscheidest du dich, Modesta?«

»Entscheiden?«

»Immer noch die alte! Du bist unbelehrbar, und wenn dir etwas nicht paßt, verschanzt du dich hinter deinen Träumereien und fertig. Du hattest viel Talent, Modesta, aber wie ich sehe, hat dein typisch weiblicher Eigensinn die Oberhand behalten.«

Aufgepaßt, Bambolina, Crispina, Olimpia, paßt gut auf, die ihr die Privilegien der Bildung und der Freiheit genießt, folgt nicht dem Beispiel dieser linientreuen Hofschranzen. Anstatt euch die Hände wund zu putzen, werdet ihr euch viele düstere Jahre darin üben, nach Männerart die ärmsten unter den Frauen ans Fließband zu ketten, werdet ihr die grausamen, schlaflosen Nächte des Prinzips »Leistung um jeden Preis« kennenlernen. Und nach zwanzigjähriger Übung werdet ihr euch in eurem Gefängnis aus verzerrten Taten und Gedanken wiederfinden, genau wie diese amtspflichtig lächelnde Larve hier – weder männlich noch weiblich –, gefesselt angesichts der Leere und der Trauer um eure verlorene Identität.

»Ich hatte dem Genossen Giorgio gesagt, es sei sinnlos, dich überzeugen zu wollen, aber er hat darauf bestanden. Er hegt einen eigenartigen Respekt vor dir, und im Namen unserer alten Freundschaft hatte ich beschlossen, mit dir zu reden. Aber ich sehe, es hat keinen Sinn, du wirst die Streichungen, die wir, wie ich finde, völlig zu Recht an deinem Artikel vorgenommen haben, nicht akzeptieren. Er ist zu brutal, Modesta. Heutzutage, im Jahr 1950, kann man über einen Artikel nicht mehr die Überschrift ›Wir sind alle Mörder‹ setzen.«

»Aber Joyce, waren denn unserer jahrzehntelangen marxistischen Überzeugung nach nicht wir alle es – angefangen bei mir, die ich zu den Menschen rede, über dich, die du hinter diesem Schreibtisch sitzt, bis hin zu dem Pförtner, der mich, zufrieden angesichts seiner erbärmlichen Macht, unter reaktionären Bücklingen durch das majestätische Tor geleitet –, haben nicht wir alle jene Frau in Salerno dazu gebracht, ja sie geradezu gedrängt, sich mit ihren drei Kindern zu ertränken, weil sie die armseligen Lebensbedingungen nicht mehr …«

»Eine Geistesgestörte, Modesta! Ich bin Ärztin, vergiß das nicht.«

»Und nochmals nein! Ich habe mit allen geredet, ich habe die Fotos gesehen. Sie ähnelt Stella, denk nach, Joyce, unserer Stella.«

»Wer soll das sein?«

»Stella, Jacopos Amme.«

»Ach ja, dieses anmutige, etwas zerstreute Bauernmädchen. Wie geht es ihr?«

»Das spielt jetzt keine Rolle. Wie auch mein Artikel keine Rolle spielt.«

»Dann veröffentlichen wir ihn also nicht?«

»Nicht unter diesen Bedingungen.«

»Modesta, du willst doch nicht etwa einen Skandal heraufbeschwören, oder?«

»Ich würde es tun, wenn ich dazu in der Lage wäre, aber ich weiß, daß es unmöglich ist, weil ihr eine Bande von Verrätern seid, Joyce. Und dabei mächtig wie eh und je.«

»Du willst sagen, daß wir nicht verrückt sind. Wir können unsere Bürger nicht derart beunruhigen. Wir müssen die Katholiken als Wählergruppe für uns gewinnen! Wir leben in einem katholischen Land, Modesta, du vergißt die Geschichte!«

»Ein Artikel in einer politischen Zeitschrift hat nicht die gleiche Verbreitung wie in einer Tageszeitung, und meiner

Meinung nach muß man genau dort, nämlich in der Fachpresse, damit beginnen, die Probleme in die Tiefe gehend zu behandeln, um die Tradition zu bewahren – nämlich unsere Tradition – und die Menschen vorzubereiten, damit wir unsere Ideen morgen im Land verbreiten können. Was ihr tut, ist keine Respektbekundung gegenüber der katholischen Wählerschaft, sondern eine komplette Unterwerfung und eine Deformierung der Wurzeln unseres Kampfes.«

»Gut! Endlich haben wir uns wiedergesehen, leider habe ich zu tun und hätte gern eine Antwort.«

»Ja, Joyce, wir haben uns wiedergesehen ... und jetzt verstehe ich auch, warum ich dich die ganzen Jahre nicht sehen wollte.«

»Und warum?«

»Ich ahnte, daß ich danach klarer sehen würde, und scheute davor zurück. Ich wollte mir weiterhin Illusionen machen, und zwar deswegen ... verflucht, wie schwer es ist, klarzusehen, wenn du etwas tust, das dich ganz und gar ausfüllt, das dir Freude macht, dich berauscht.«

»Ich ringe um Geduld, Modesta. Was macht dir denn solche Freude?«

»Na, eben reden, den Puls der Menge spüren, der Applaus!«

»Immer noch die alte. Mir bereitet das keine Freude.«

»Ach nein?«

»Nein, für mich ist es reine Pflichterfüllung.«

»Bist du sicher?«

»Es reicht, Modesta, es reicht!«

»Du warst es, die mich das bißchen Psychologie gelehrt hat, das jeder können sollte, Joyce.«

»Oh, Schluß jetzt mit den alten Geschichten, ich habe zu tun.«

»Ich hingegen habe nichts mehr zu tun, und ich fühle mich wie ein Ballon, aus dem man die Luft herausgelassen hat.«

32

Und so mußte Modesta sich entscheiden und die mitreißendste Tätigkeit aufgeben, von der sie je gekostet hatte. Kein süßer Likör, kein frisches Brot, kein Geschmack eines Liebhabers konnten bestehen vor diesem Sturm aus Leben und Fülle, der sie jahrelang durch das Land gefegt und jede Erinnerung, jede Melancholie von ihr ferngehalten hatte. Sich entscheiden, nicht mit dem Feind zu kollaborieren, der in hundert neuen Verkleidungen auftrat – welches Gesicht hatte diese neuartige Macht, die in aller Stille und in den schillerndsten Farben von Wissenschaft, Kunst und verschiedenen Berufen unbemerkt ihre Krakententakel ausstreckte und die trotz allem immer wieder dieselbe pure Macht in der edlen Rüstung des stolzen Kriegers war?

Ihre Entscheidung hatte Modesta geholfen, sich aus dem Sessel zu erheben und aufzurichten, doch nun war da noch der Salon zu durchqueren, die große Marmortreppe hinunterzugehen. Und wenn es ihr gegenüber Joyce mit Hilfe der Ironie gelungen war, notdürftig die Leere zu verbergen, die sich ganz langsam von der Brust in den Kopf ausbreitete, änderte sich das im Freien, auf einer marmornen Prachtstraße Roms, dieser inmitten der landesweiten Trümmerwüste verschont gebliebenen, unter den riesigen rosigen Fittichen des Papsttums stehenden Stadt, und sie wurde von Mutlosigkeit gepackt. Um nicht zusammenzubrechen, tastete sie in einer Bar nach einem Stuhl, eingezwängt zwischen Menschen, die aus allen Regionen des Landes kamen und in gleichmäßigem Rhythmus durch die Straßen fluteten, zwischen den unversehrten Mauern nach Schutz und Hoffnung suchend ... Wie im Traum umwogte sie die unfaßbare Menge: ausgehungerte Italiener zwischen rosigen, pausbäkkigen Amerikanern, die auf Geschäfte hofften. Menschen aus Mittel- und Osteuropa dicht an dicht mit ehemaligen Lager-Insassen: mageren Juden, gefolgt von nur wenig fester auftretenden Ex-Sträflingen ... Die Frauen gehen seit ein oder zwei Jahren ohne Hut und Strümpfe auf die Straße. Dort hinten die blonde Frau trägt noch ein Tüchlein um den Kopf, vielleicht aus Scham, und versucht möglichst ungesehen an der Mauer entlangzuhuschen: An ihre Brust preßt sie einen neuerworbenen Schatz, eine grellbunte Zeitschrift aus amerikanischem Hause, »Grand Hotel«, die gerade Furore macht. Auf den Tischen: Eisbecher, Kaffee und Scharen schlanker Coca-Cola-Fläschchen.

»Sie wünschen, Signora?«

»Einen Espresso.«

Runde, lachende Augen, noch schwarz gerändert vom Hunger, spähen mit flinken Blicken durch die Menge auf der Suche nach einer Gelegenheit, bewegliche Augen der ehemaligen *sciuscià**, erfahren darin, ihre dicke, blonde Beute zu erkennen: den Amerikaner. Der Espresso, auf den wir so viele Jahre verzichten mußten, ist für uns bekanntermaßen immer noch ein Zaubertrank, der die Leere des Verlustes zu füllen vermag.

Schnell muß ich in mein Hotel laufen, ehe ich in den Ausdünstungen unserer kläglichen Soldaten, vermischt mit den hundert Düften amerikanischer Waschseifen und den französischen Dunstwolken, zu ersticken drohe. Doch mir fehlt die Kraft zu laufen. Erschöpft betrachtet Modesta ihr Spiegelbild in einer Fensterscheibe. Seit Jahren hat sie sich nicht mehr im Spiegel gesehen. Ist sie etwa alt geworden? Vielleicht ist die Müdigkeit nichts anderes als ein erstes Symptom des Alters? Wurde ja auch allmählich Zeit, mit fünfzig. Da ist sie also, Modesta: Die Brüste schwerer, die Wangen voller ... aber sie war immer ein wenig zu dünn gewesen. Und die geschwungenen Hüften, die schlanken Beine, der bewegliche Oberkörper haben nichts von einer Dame, eher von einem Mädchen, das vom einen auf den anderen Tag gealtert ist, jedoch mit Anmut, wie die Krämerin Nina sagen würde. Was schreibt sie noch in ihrem Brief?

»Ich habe dich in der Zeitung gesehen, du sahst wirklich lustig aus, Mody! Viele Küsse von deiner im Geld schwimmenden Krämerin. Ich kann es kaum erwarten, dir zu erzählen, wie gut ich darin geworden bin, diese Dummköpfe von Amerikanern abzuziehen. Du mußt nur behaupten, etwas sei folkloristisch, antik, traditionell, schon öffnen sie ihr Geldsäckel ...«

Ein gealtertes Mädchen! Aber in der Fensterscheibe kann sie keine Falten oder grauen Haare entdecken. Wenn Modesta über die Müdigkeit hinaus etwas über sich erfahren will, muß sie den Mut haben, sich einmal im Spiegel zu betrachten. »Verdammt, Mody, du bist weitsichtig! Du siehst alles verschwommen und glatt ... Willst du nun endlich deine Brille benutzen?« Es ist wohl besser, wenn Modesta die Brille aufsetzt, die Bambolina ihr geschenkt hat. »Du wirst dir sonst noch den Hals verrenken, Tante, immer wenn du etwas lesen mußt!«

Von den Brillengläsern bestätigt, sieht sie nichts als die üblichen grauen Strähnen und die eine oder andere Falte mehr. Und die Zähne? Gesund. Und wenn sie lacht, sind die Falten wie weggewischt. Das Lächeln, das am Ende einer Rede immer Begeisterungsrufe und wilden Applaus entfesselte. Es war schön und tröstlich, verstanden zu werden, geliebt. Darum, das wußte sie jetzt, hatte sie Tag um Tag akzeptiert, ihre Ideen zu beschneiden, die Inhalte auszuhöhlen, ihre Sprache zu reduzieren. Der Erfolg war ihr dennoch sicher, sicherer noch als früher. Das war die Falle! Je weniger sie gesagt hatte in den letzten Monaten, um so mehr hatten die Massen applaudiert. Vor lauter Glück hatte sie es nicht verstehen wollen. Nun wußte sie, daß der Erfolg der letzten Jahre nicht ihr eigener gewesen war. Wie eine Schauspielerin, die aus Freude am Spiel selbst aus dem banalsten und reaktionärsten Stück noch etwas macht. Sie verstand Mela, endlich verstand sie den strahlenden Blick, das sichere Auftreten des Mädchens ... Inmitten der Beifallsstürme, akzeptiert und geliebt von der Masse, brauchte Mela niemanden, abgese-hen von der einen oder anderen Affäre mit einer Frau. Die Glückliche! Doch Mela entlockte ihren Klaviertasten Töne, schöne, klassische Töne, und nicht Wörter, die mit noch schrecklicherer Munition feuerten als Kanonen …

Die Arme auf den Spiegel gestützt, läßt Modesta das glückliche Lächeln verschwinden und weint voller Verzweiflung. Noch nie hat sie einen solchen Schmerz verspürt, weder als sie beschlossen hatte, kein weiteres Geld anzuhäufen, nicht immer reicher zu werden, noch als die Dichtkunst sie rief. Das Gesicht in den Armen verborgen, sucht sie die Kraft, sich nicht von sich selbst korrumpieren zu lassen, von dieser Stimme in ihr, die ihr zuruft: »Wenn du es nicht machst, macht es ein anderer, und garantiert schlechter als du.«

33

»Was hast du vor, Mama?«

»Ich sonne mich, sieht man das nicht? Es kommt mir vor, als hätte ich seit hundert Jahren keine Sonne mehr gesehen.«

»Findest du es fair, mich über alles im ungewissen zu lassen? Mich so bloßzustellen?«

»Wieso denn bloßstellen, Prando?«

»Wie ein Idiot stehe ich da, unten in Catania und in Rom. Warum muß ich immer alles von anderen erfahren, von Fremden?«

»Hat Lucio dich angerufen?«

»Er war verzweifelt! Du bist kommentarlos abgereist, und er wollte von deinem Rindvieh von Sohn wissen, was denn los sei und ob es wahr sei, daß du alles hinschmeißen willst.«

»Geschichten, Prando, Ausreden, um dich anzurufen. Ich habe meine Tätigkeit ganz offiziell niedergelegt und alles korrekt hinterlassen. Ich bin sogar extra noch eine Woche länger in diesem verlogenen römischen Frieden geblieben, um sämtliche Termine abzusagen, der reine Alptraum! Vergoldete Wolken, Feierlichkeiten! Als genügte nicht schon die Via Veneto mit ihren Happy-few, die sich gegenseitig eine makabre Fröhlichkeit vorgaukeln.«

»Vergiß Rom! Warum weichst du mir aus? Was hat es mit diesem Artikel auf sich?«

»Warum fragst du, Prando, wenn du schon alles weißt?«

»Wegen zehn Zeilen eines Artikels!«

»Wenn du es genau wissen willst, es waren zwölf Zeilen und eine Überschrift. Aber ginge es auch nur um eine Zeile, ich akzeptiere einfach keine Zensur. Ihr seid jung, aber mir sind zwanzig Jahre genug. Ich fühle mich persönlich zensiert, wie Nina sagen würde.«

»Nina, Nina! Komm mir nicht mit der! Sie und dieser Schwächling Libero haben dir den Kopf verdreht.«

»Ich kann dir sagen, daß Libero einer der wenigen echten Marxisten ist, denen ich in Rom begegnet bin.«

»Ein verdammter Individualist, mehr nicht.«

»Sicher, gemessen an eurem großkotzigen Triumphgehabe. Lassen wir das, Prando, ich habe es satt zu streiten. Wenn mir das jemand früher gesagt hätte, daß ich nach nur vier Jahren jenem schiefgewickelten Jesuiten Sartre recht geben würde.«

»Was hat denn Sartre damit zu tun?«

»Aber ja, Mailand 1946 war es, glaube ich, im Hochsommer ... oh, was für eine Hitze, und das im wolkenverhangenen Norden!«

»Erspar mir deine lyrischen Ergüsse, Mama!«

»Ich erspare sie dir. Sartre sagte, daß ein wenig Angst nicht schaden könne gegen euer Triumphgeschrei, und die jungen Leute fühlten sich angesprochen.«

»Die Jungen ohne Rückgrat aus deinem Bekanntenkreis! Ich kenne ganz andere junge Leute, solche wie mich ...«

»Jung, Prando? Du bist so alt wie die Macht auf dieser Insel, und du bist auch so schön, von der antiken Schönheit der Insel. Ich sehe dich gerne an. Du erinnerst mich an einen alten Mann, der die List des Meeres besaß und die Ruhe des Berges und der mich als Kind immer verzaubert hat.«

»Wenn man mit euch Frauen bloß vernünftig diskutieren könnte, Teufel noch eins!«

»Ich diskutiere ja mit dir, Prando, du mußt dich nur klar äußern und nicht um den heißen Brei herumreden wie eben. Was willst du? Spuck es aus.«

»Lucio will dich ...«

»... heiraten, meinst du?«

»Er ist eben ein Ehrenmann.«

»Du meinst wohl, ein Spießer?«

»Was paßt dir nicht an Lucio?«

»Nur eine Kleinigkeit, die heute nicht mehr sehr in Mode ist: Ich bin nicht in ihn verliebt, mein lieber Prando.«

»Verliebt! Haben dich denn Zeit und Erfahrung gar nichts gelehrt? Außerdem muß man mit den Jahren doch ruhiger werden.«

»Das hat man mir auch immer gesagt.«

»Aber genüge ich dir denn nicht und dein blöder Jacopo, Carluzzu, Bambú? Alle Frauen beneiden dich. Carluzzu will nur dich, er macht mich wahnsinnig! Amalia kommt um vor Eifersucht, weil es ihr einfach nicht gelingen will, Carluzzu für sich zu gewinnen.«

»Das geht vorbei, Prando. Sobald deine junge Braut ein eigenes Kind hat – ich bin sicher, daß es wieder ein Junge sein wird –, beruhigt sie sich, du wirst schon sehen. Amalia ist hübsch, sie braucht einen Sohn ganz für sich allein.«

»Amalia ist mir egal, ich will wissen, wie du dich entschieden hast.«

»Entschieden in welcher Hinsicht?«

»Lucio ruft morgen wieder an, was zum Teufel soll ich ihm denn sagen, dürfte ich das mal erfahren?«

»Daß er mich anrufen soll, um Lucio kümmere ich mich schon.«

»Wenn du ihn nicht heiratest, ziehst du zu mir nach Catania.«

»Warum denn das?«

»Warum, fragt sie! Villa Suvarita ist verkauft, nicht wahr? In drei Monaten mußt du hier raus. Wo willst du dann hin? Du hast keine Lira, Mama, begreifst du das denn nicht?«

»Du willst mich tatsächlich in Rente schicken, was, Prando? So ist es, die Alten möchten, daß du ewig Kind bleibst, und die Jungen, daß du sofort alt wirst und ihnen aus dem Weg gehst.«

»Was redest du da? Alle verehren dich!«

»Eben, das Kind wird verwöhnt, der Alte in die Ecke gestellt und verehrt. Du führst mich tatsächlich in Versuchung, Prando, zwischen Büchern, Enkeln und dem Stolz auf deine Schönheit und Kraft, alt zu werden. Und du bist erfolgreich bei Gericht! Anders als Lucio oder Libero.«

»Laß den aus dem Spiel!«

»Warum sollte man sich nicht der hehren Liebe ergeben, die ein Sohn dir zu schenken vermag? Ich wäre Herrin über deine sanfte Amalia, und wenn euer Kind auf die Welt kommt, würde ich es ihr genauso mühelos wegnehmen wie Carluzzu.«

»Du bist verrückt, Mama, verrückt.«

»Klar, und wie alle Verrückten wiederhole ich noch einmal, was ich dir schon vor vielen Jahren gesagt habe: So wie ich mich niemals von den Alten habe erpressen lassen, werde ich es auch euch Jungen nicht gestatten. Und jetzt geh, bitte, ich möchte hinein. Ich brauche ein schönes heißes Bad! Es ist unglaublich, aber ich werde nie aufhören, über diesen kleinen Hahn zu staunen, den man mit zwei Fingern mühelos aufdreht, und sofort stehen einem Ströme von heißem Wasser zur Verfügung. Weißt du, daß wir früher das Wasser mühsam erhitzen mußten, um ganz kleine Wannen damit zu füllen? Vorausgesetzt, es gab welches! Das waren scheußliche Zeiten, Prando. Dieser Gestank nach Schweiß, Chemikalien und Hautausschlägen!«

»O nein, Mama.«

»Nein, sagst du?«

»Nein, ich kenne dich! Wenn du anfängst abzuschweifen, heißt das, daß du eine konkrete Idee hast, und ich rühre mich keinen Zentimeter von hier fort, ehe du mir nicht geantwortet hast. Teufel noch eins, ich halte diese ewige Sorge um dich nicht mehr aus. Was hast du vor?«

»Ich werde ein Bad nehmen, Prando, das habe ich doch gesagt.«

»Was tust du denn jetzt, rauchst du etwa auch noch?«

»Na ja, zur Kompensation ...«

»Kompensation wovon? Die Zigarette im Mund hat uns gerade noch gefehlt.«

»An dem Morgen, als ich festgenommen wurde, habe ich zu rauchen angefangen, und es gefiel mir sehr! Dann merkte ich, daß ich es besser bleibenlasse. Und ich tat gut daran, denn im Gefängnis und auf der Insel wäre es nur eine zusätzliche Tortur gewesen. Hier aber, auf der großen Insel und mit den Amerikanern, herrscht an Zigaretten kein Mangel ... Die Zigarette bringt dich zum Träumen und leistet dir Gesellschaft.«

»Aber sie schadet dir.«

»Wenn ich spüre, daß es mir schadet, höre ich auf. Nina hat recht: Gewohnheiten muß man annehmen und wieder ablegen, ganz wie es kommt. Na gut, ich sehe, daß du nicht abläßt. ›Die Ehefrau ließ nicht ab.‹ Ihr Anwälte habt wirklich eine lustige Sprache. Wenn man bedenkt, wie schnell du dein Examen gemacht hast.«

»Irgend etwas mußte ich ja machen.«

»Und du bist stolz und froh über deinen Beruf. Das sieht man. Das ist das Schöne am Leben. Die besten Dinge erwarten dich im dunkelsten Winkel, in den du nie hineingeschaut hast. Also, Sohn, kann ich nun dieses Bad nehmen, ja oder nein?«

»Ich lasse dich nicht weg, Mama.«

»Also gut, dann gehen wir hinein ... Oh, schau, Mattia ist zurück! Komm schon, laß meinen Arm los, ich werde ihn doch wohl begrüßen dürfen, oder? Mattia, da bist du ja endlich! Seit einem Jahr haben wir uns nicht gesehen, umarme mich, Alter! Dieses schlimme Wort macht dir zu schaffen, wie? Wer hätte gedacht, daß wir zusammen alt werden würden.«

»Ich habe es gedacht, Mody. Hallo, Prando. Stimmt es, daß du bei uns bleibst, Mody? Nina hat es mir gesagt, und ich bin unsäglich froh darüber. Stimmt es?«

»Sicher! Und du hast deine Reisen abgeschlossen?«

»Ja, es ist alles geregelt, ich habe die blockierten Häuser verkauft ... Bambú hat recht: wenig Erlös, aber dafür flüssige Mittel für Saatgut, Vieh und Maschinen, lieber das bißchen Land stärken, das wir haben. Ich habe ein wenig gezögert wegen der Mädchen. Aber Bambú hat recht. Sie werden ihr eigenes Leben führen. Glücklicherweise hat sich wenigstens das geändert, zwei Mädchen bringen nicht mehr automatisch die Sorgen von einst mit sich.«

»Wenigstens das, Mattia! ... Wie angenehm es im Schatten ist. Diese Glyzinie hat Beatrice pflanzen lassen. Der Maurermeister wollte erst nicht, er meinte, ihre Triebe seien gefräßig wie Tiere und würden mit der Zeit die Mauern der Terrasse und das Haus verschlingen, aber Beatrice wiederholte nur: ›Das Haus wird uns trotzdem überleben, und ich möchte eine Pflanze, die im Winter den Blick freigibt wie ein Theatervorhang und im Sommer Schatten spendet, violett-grünen Schatten.‹ Ihr werdet es nicht glauben, aber Beatrice hatte im Sommer violette Augen ... Danke, Nina, mittlerweile bereitest du den Tee ebenso gut wie Beatrice.«

»Tja, wenn man immer mit euch Reichen zu tun hat, wird

man genauso vornehm und degeneriert. Aber wie süß diese Degeneration doch ist!«

»Und wie kommt es, daß du noch hier bist? Ich dachte, du wolltest schon gestern in den Laden fahren.«

»Heute ist Sonntag, Mody! Menschenskinder, man merkt, daß du niemals gearbeitet hast!«

»Stimmt, aber du wirst es mir schon noch beibringen, nicht wahr, Nina?«

»Was denn beibringen, Mama? Mir reicht es allmählich, darf man endlich mal erfahren, was ihr vorhabt?«

»Was meinst du, Mody, sollen wir es ihm sagen? Deine Mutter macht ein Geschäft auf, direkt neben meinem, und da sie sich besser mit Büchern als mit Wolle auskennt, wird es ein Buchladen werden.«

»Ich möchte eine Buchhandlung eröffnen, die gleichzeitig als Treffpunkt dient, wie die in Rom auf der Via Veneto. Wenige, ausgewählte Bücher und jemand, den man um Rat fragen kann, so hat meine ganze Leserei wenigstens einen Sinn.«

»Du, hinter einer Ladentheke? Das ist doch verrückt!«

»Was ist schon dabei, Prando? Ich habe es ja gleich gesagt, Nina, wir hätten ihm lieber nichts sagen sollen.«

»Du, eine Brandiforti, als Verkäuferin?«

»Weißt du, Mattia, manchmal habe ich wirklich gute Lust, eigenhändig die häusliche Revolution anzuzetteln und diesem Jungen gehörig die Meinung zu geigen.«

»Laß gut sein, Prando, laß deine Mutter in Ruhe. Sie weiß schon, was sie tut.«

»Ihr haltet ja immer zusammen! Warum willst du das tun? Ich verdiene, Bambolina ist reich. Von dem Erlös …«

»Nein, Prando! Der Erlös der Villa wurde bereits in Bücher und in den kleinen Laden investiert.«

»Wo willst du wohnen?«

»Ich habe den Bruno eine Abfindung gezahlt und werde über dem Geschäft wohnen.«

»In diesem Rattenloch? In diesem verrufenen Viertel? Das ist doch verrückt!«

»Nina wohnt doch auch dort, oder? Und wenn sie da wohnt …«

»Nina, Nina! Das werde ich niemals zulassen! Ich werde niemals zulassen, daß du hinter einer Ladentheke stehst.«

»Ich muß mir meinen Lebensunterhalt verdienen, und zwar auf möglichst unschädliche Art und Weise. Grob geschätzt, stehen uns rund zwanzig Jahre weißer Faschismus ins Haus.«

»Was redest du da? Die schrittweise Revolution …«

»Der reformistische Mischmasch, meinst du? Wie der Witz mit der Agrarreform, was, Mattia?«

»Ich verstehe nicht viel von Politik, Prando, aber die Agrarreform war tatsächlich nur Augenwischerei, ein Trostpflaster: ein paar Handbreit undurchsichtig zugeteilten steinigen Bodens und kein Geld für Saatgut und Maschinen. So mußten die Bauern, um diese vier Handvoll Erde zu beakkern, sich verschulden und sind allerorts in die Hände von Wucherern geraten. Die ersten jungen Leute geben ihr Land schon wieder auf.«

»Ihr seid verrückt, Mattia! Wollt ihr denn alles von heute auf morgen? Ich habe es satt. Du mit deinem Land, die zwei da mit ihrer Frauenfrage!«

»Schon gut, Prando, Ich habe es dir gesagt und sage es noch einmal: Ich möchte unabhängig sein von Leuten wie Lucio! Und paßt nur auf, wenn die Frauen erst einmal merken, wie ihr linken Männer mit paternalistischer Überheblichkeit über ihre Diskurse lacht, wenn deine Amalia merkt, daß du ihr nicht zuhörst und sie sich an zwei Arbeitsplätzen abrackert, am Herd und im Labor – warum erzählst du nie von Amalias Arbeit, hm? Warum höre ich immer nur, wie süß, hübsch oder eifersüchtig sie ist? –, wenn sie das merken, wird ihre Rache fürchterlich sein, Prando, wie in Amerika. Sie werden sich euch verweigern und …«

»Hör schon auf!«

»Eben! Ich will dich nicht hassen, aber ich empfinde Liebe für Männer wie Jacopo, Mattia ...«

»Alles Schwächlinge, Mama!«

»Vorsicht, Prando! Denn ich werde dir den Hals umdrehen, wenn du das noch mal sagst.«

»Laß gut sein, Mattia, nimm es nicht persönlich, er kann nichts dafür, er ist in der Nachwuchsschmiede des Duce aufgewachsen.«

»Du siehst mich nie wieder, Mama, noch ein Wort, und du siehst mich niemals wieder!«

»Das war zu erwarten, Prando, auch letztes Mal haben die Brüder, die Söhne uns verlassen. Es ist Zeit, Entscheidungen zu fällen, denke daran. Und ich habe meine gefällt ... Was tat dein Malatesta, als der Faschismus begann, Nina? Er war einundsiebzig, im Vergleich zu ihm bin ich noch jung.«

»Er nahm seine Arbeit als Elektriker wieder auf in einem kleinen Geschäft in San Lorenzo.«

»Genau, ich werde die Zeit nutzen, um Bakunin und viele andere zu lesen. Wie sagte dein Arminio noch so richtig, Nina?«

»Er sagte, ein Leninist liest aus Selbstzensur nicht. Es ist unglaublich, aber so ist es.«

34

Vor dem kleinen, künstlichen See, der sich wie von Zauberhand gefüllt vor ihr auftut, bleibt Modesta stehen, um mit der Hand über das grüne Wasser zu streichen. Doch das kleine Wunder vermittelt ihr keinerlei Freude. Prando wendet sich zum Gehen. »Mich siehst du nie wieder, Mama, nie!« Gegen sein eigenes Kind zu rebellieren ... Das hatte sie nicht gewußt, wie unfaßbar weh es tat, gegen das eigene Kind zu rebellieren, stimmt's, Modesta? Warum nur? Denk scharf nach,

Modesta, gehe nicht in die Falle. Wenn du nachdenkst und einen klaren Kopf behältst – genau wie unter dem Bombenhagel –, wirst du die Antwort finden. Da, setz dich wieder auf den kleinen Hocker, wo schon deine Beatrice immer saß, während du im Badewasser geplanscht hast: »Ich stelle ihn hierher, Modesta. Ein hübscher Stuhl, antik in dieser modernen Umgebung … Er ist originell, und so können wir immer reden.« Also, setz dich auf den Hocker, und zünde dir eine Zigarette an, das Wasser kann warten. Zwischen Rauch und Tränen denkt Modesta: Gegen den Vater rebelliert man, wenn man jung ist und meint, man hat die Ewigkeit vor sich, aber gegen den Sohn zu rebellieren zu einem Zeitpunkt, da man sich höchstwahrscheinlich schon dem Ziel seiner Reise nähert, weckt ein Gefühl der Verlassenheit, das nach Tod riecht. Was also tun? Noch bin ich angekleidet. Ich kann hinauslaufen und ihn zurückrufen und mich damit zu Lebzeiten für tot erklären, ich kann mich Aussagen und Handlungsweisen unterwerfen, die nicht meine eigenen sind, kann der systematischen Zerstörung der armen Amalia zusehen, die vertrauensvoll ist wie alle Frauen, welche zwar intelligent, jedoch in der Kunst des Erwachsenseins noch unerfahren sind. Kann der entgegengesetzten Zerstörung Carluzzus zusehen, der er Tag für Tag ausgesetzt ist: »Du bist ein Mann, beweise, daß du ein Mann bist, Carluzzu! Kein halbes Mädchen wie die Jugendlichen von heute!«

Sie sind nicht einmal dreißig, und schon wettern sie wie alle über die Vierzehn- oder Zwanzigjährigen. Nein, Modesta, es wäre feige, das zu akzeptieren, noch feiger, als sich auf die Seite der Gefangenenaufseher zu schlagen, damals auf der Insel. Wenn du auf jenem Fleckchen Erde, auf der zu jeder Tageszeit windgepeitschten Felseninsel, der Versuchung widerstanden hast, darfst du das jetzt nicht zunichte machen, indem du vor Prando kapitulierst (oder vor der Angst vor dem Tod?) oder der Angst vor dem Alter, die sie dir eingeimpft haben, um die Gesellschaft nicht in Unordnung zu bringen, um die Festung an vorderster Front nicht zu beschädigen, welche die Familie, mit oder ohne Faschismus, immer noch darstellt, dieses Trainingslager für zukünftige Soldaten, Soldatenmütter, königlicher Großmütter. Und was soll die ewige Verherrlichung der Jugend? Die Jungen sind nützlich, sie schuften, pflanzen sich fort, ziehen in den Krieg, noch bevor sie sich ihrer selbst bewußt sind. Doch mit vierzig, fünfzig Jahren wird der Mensch gefährlich – wenn er nicht längst im immerwährenden Gesellschaftskrieg sein Leben gelassen hat –, beginnt zu zweifeln, fordert Freiheit, Ruhe, Vergnügen. Auch das Wort Alter lügt, Modesta, es wurde mit furchteinflößenden Gespenstern besetzt wie das Wort Tod, damit du stillhältst, dich bereitwillig allen bestehenden Gesetzen unterwirfst. Wer weiß schon, was das Alter ist? Wann es beginnt? Zu Stendhals Zeiten war eine Frau mit Dreißig schon alt. Ich habe mit Dreißig gerade erst begonnen, zu denken und zu leben. Wer wagt es schon, diese Schwelle zu überschreiten, ohne auf Vorurteile und Gemeinplätze zu hören? Vielleicht mehr Menschen, als man denkt, trifft man doch in so manchem Winkel auf heitere Gesichter, auf ruhige, wissende Blicke. Dennoch hat niemand je gewagt, darüber zu reden, aus Furcht – immer dieselbe, ewige Furcht –, das einmal errichtete, verlogene Gleichgewicht zu stören. Vor der verschlossenen Tür jenes furchteinflößenden Wortes überkommt dich die Lust, einzutreten, einfach hineinzuschauen, stimmt's, Modesta? Sicher, wenn du erst einmal drinnen bist, kannst du in jedem Winkel dem Tod begegnen. Aber warum draußen auf ihn warten, mit hängenden Schultern, die Hände untätig im Schoß vergraben? Warum ihm nicht entgegentreten und ihn jeden Tag neu herausfordern, jede einzelne Stunde, ihm soviel Leben entreißen wie möglich?

Die Zigarette zwischen den Fingern ist längst erloschen, und das Wasser lädt ein zur Schlacht. Duftende Seifen wie aus Tausendundeiner Nacht – wer hätte das damals gedacht, stimmt's, Beatrice? – schimmern rosa, grün und blau im Halbdunkel der Ablage. Bambú hat sie dort hingelegt, um mir eine Freude zu machen. Vielleicht hat sie meine Feigheit durchschaut? »Du bist abwesend, Tante, warum? Abwesend und zerstreut. Bitte, werde wieder wie früher!« Es ist angenehm, sich einzuseifen, man muß das kompakte Ding nur hin und her bewegen. Es ist Zeit für Bewegung, Zeit, mit Muskel- und Gedankenkraft diese Schachpartie gegen den wartenden Sensenmann auszutragen. Und jedes gestohlene, gewonnene Jahr, jede Stunde, die dem Schachspiel der Zeit entrissen ist, wird zur Ewigkeit in diesem letzten Kräftemessen. Vielleicht, Modesta, ist der Versuch, auf andere Art zu altern, ein letzter revolutionärer Akt ...

Revolutionär? Modesta lächelt und versucht, in dem beschränkten Raum des künstlichen Sees zu schweben.

»Du liegst in der Wanne, als seist du auf offener See, Mody!«

»Draußen regnet es, Beatrice. Es ist Winter, aber ich muß nur die Augen schließen, um mich zu erinnern ... Ich habe Angst, das Schwimmen verlernt zu haben. Was meinst du, kann ich noch schwimmen, wenn der Sommer kommt?«

»Wer einmal schwimmen gelernt hat, Mody, verlernt es nie mehr.«

»Wer einmal die Freude der Revolution gekostet hat, meinst du wohl.«

Vor jenem Wort scheint Beatrice wahre Angst zu haben, denn ihr Gesicht wird ganz klein und blaß, so blaß, daß es im aufsteigenden Wasserdampf verschwimmt. Ist sie schon weg? Keine Angst, Beatrice, auch das Wort Revolution lügt oder wird alt. Man müßte ein anderes finden. Wenn Carlo noch lebte, würde er eins finden. Er war gut darin, ein Quell neuer Worte ...

35

Wenige Züge nur, und meine Hand berührt den Bart des Propheten: lange, wellengekämmte Locken, wo Fischschwärme durch die grüne Stille der Algen gleiten. Zwischen Bart und Stirn kann man sich ausstrecken, ohne daß das große, hohle Auge des Riesen zuckt, das seit Jahrmillionen über das Meer wacht. Als Modesta noch nicht schwimmen konnte, jagte die Entfernung dieses Blicks ihr immer einen Schauer der Hoffnung und der Furcht über den Rücken. Heute durchströmt nur tiefer Frieden ihren für jede Empfindung der Haut, der Venen, der Gelenke reifen Körper. Ein Körper, der Herr seiner selbst ist, weise, weil er mit allen Fasern begreift. Ein profundes Verständnis der Materie … des Tastens, Sehens, Schmeckens. Rücklings auf dem Felsen liegend, beobachtet Modesta, wie ihre gereiften Sinne ohne die fragilen Kindheitsängste all das Blau, den Wind, die Weite fassen können. Staunend entdeckt sie die Bedeutung dieser Kunst, die sich ihr Körper auf der langen, kurzen Reise ihrer fünfzig Jahre erobert hat. Es gleicht einer zweiten Jugend, bei der das deutliche Wissen um das eigene Jungsein hinzukommt, die Fähigkeit, zu genießen, zu berühren, zu schauen. Fünfzig Jahre, das goldene Zeitalter der Entdekkungen, fünfzig Jahre, ein glückliches und zu Unrecht von Biographen und Dichtern verleumdetes Alter.

Wie kann ich jenen Sommernachmittag in Worte fassen, da ich hingebettet auf dem Felsen lag, umschmeichelt von den letzten Strahlen der untergehenden Sonne? Wie die Freude über meine Entdeckung? Wie den anderen davon erzählen? Von dem Glück jeder kleinsten Handlung, jedes Schrittes, jeder neuen Begegnung … von Gesichtern, Büchern, Sonnenauf- und -untergängen und Sonntagnachmittagen an einsamen Stränden? »Du Glückliche, Großmutter, ich beneide dich! Ich habe festgestellt, daß Neid die richtige Haltung ist, um Dinge zu wollen. Indem ich dich beneide, versuche ich dich zu imitieren und werde vielleicht irgendwann so sein wie du.« Wie kann ich von der Freude erzählen, die es bedeutet, diesem Jungen zuzuhören? Die Rührung, die aus seiner Stimme spricht, wenn er wiederholt: »Immer wenn ich mit dir, Modesta – darf ich dich so nennen? –, wenn ich mit dir zusammen bin, habe ich das Gefühl, einen Freund zu haben. Also, Freund, ich habe den Lohn von meinem Padrone, meinem Vater, bekommen. Wollen wir ins Kino gehen und uns ein wenig langweilen? Ich muß unbedingt ›Asphaltdschungel‹ sehen, von dem alle reden! Kino ist mittlerweile eine Pflichtveranstaltung. Komm mit, es dauert nur zwei Stunden, dann gehen wir ein wenig spazieren und unterhalten uns. Ich muß dir so viel von Julien erzählen, mit dem du mich bekannt gemacht hast …« Nach dem Kino kann es passieren, daß wir gar nicht reden, weder über den Film noch über Julien Sorel, sondern zu Nina gehen und lachen, zu Abend essen, während Carluzzu und Olimpia unermüdlich Gitarre spielen und sich das Instrument und den Wein hin und her reichen …

Hier aufhören, inmitten der prallen Freude von Sinn und Geist, um in mir, in euch für immer die zehn schönsten Jahre des Lebens zu bewahren, jene zwischen Fünfzig und Sechzig? Die Versuchung ist groß, aber das Leben hört nicht auf, und Carluzzu betritt die Buchhandlung. Er guckt verärgert, seine Augen blitzen vor Haß, und er wischt sich den Schweiß von der Stirn. Er sieht mich an, und einen Moment lang entspannt sich sein Blick. Er braucht mich.

»Was gibt's, Carluzzu, was ist passiert?«

»Passiert ist, daß ich dem Mann, der laut Meldeamt dein Sohn ist, also meinem Vater, aber nur den blöden Akten zufolge, eine Tracht Prügel erteilen mußte! Das wollte ich nicht, ich schwöre dir, ich wollte es nicht! Aber er hat mir eine Ohrfeige gegeben. Da sage ich mir: Ruhig, Carlo, es ist nur eine harmlose Ohrfeige. Aber dann fängt er an zu schreien, und Geschrei ertrage ich nun mal nicht, Großmutter, das weißt du, und so mußte ich ihn zum Schweigen bringen. Oh, ich hätte ihn umbringen können!«

»Und dann?«

»Dann bin ich zum Hafen gelaufen, um meinen Zorn abzukühlen, immer auf und ab zwischen den Rufen der Fischer. Ich bin eingekehrt und habe bestimmt hundert rohe Miesmuscheln gegessen! Dann habe ich ein Glas Wein hinterhergeschüttet, und der Ärger verflog langsam. O Mody – vielleicht wegen der Muscheln und des Weins am Mittag –, ich hatte das Gefühl, zur Sonne zu fliegen, leicht wie eine Möwe zwischen den weißen Mauern und den Schreien, die Sonne wärmte mir die Schultern, und der Wind kühlte mir die Stirn. Ich hab mir gesagt: ›Warum all das aufgeben für dieses Monster? Außerdem ist es sinnlos, darüber nachzudenken, den Zug oder Dampfer zu besteigen – das hast du oft genug getan –, du kehrst sowieso immer wieder zurück, wie Onkel 'Ntoni und Onkel Jacopo.‹ Dann denke ich wieder an dieses Tier von deinem Sohn, sehe, wie meine Fäuste ihn an die Mauer drängen, sein Löwenkopf müde herabhängt, und ein wenig tut er mir leid, und ich sage: ›Muß doch mal sehen, ob ihm auch kein Zahn abhanden gekommen ist ... Er hängt an seinen Zähnen, an dem strahlenden Lächeln, das er vor den Richtern aufsetzen kann.‹ Ich weiß, du brauchst nicht zu lächeln, wir waren ja alle auf der Abendschule, wie Nicola immer sagt. Ich weiß, daß das uralte Schuldgefühle sind, atavistisch. Wer wagt es schon, die Hand gegen das mehr oder weniger greise Haupt seines Vaters zu erheben, sei er nun gläubig oder Atheist? Gut, ich kehre also nach Hause zurück, öffne heimlich, still und leise die Tür, betrete das Vorzimmer, und was höre ich? Du wirst es nicht glauben, seine schwülstige und schmeichlerische Gerichtssaal-Stimme, mit der er in den Hörer spricht: ›Wenn ich's dir doch sage, Mattia, er hat mich geschlagen, da beißt die Maus keinen Faden ab! Bei einem Sohn von deinem eigen Fleisch und Blut kann selbst das passieren, wenn er keine Memme, sondern ein echter Mann ist. Sei froh, daß du nur Mädchen hast!‹«

»Und du?«

»Pff! O Mody, weißt du, das ist gerade ganz fürchterlich bei den Jugendlichen in Rom, dieses ›Pff‹. Hat mir Nicola erzählt, schlimm, aber das wird man gar nicht mehr los, wie einen Ohrwurm.«

»Also?«

»Pff! Oh, 'tschuldigung! Also habe ich ihm ein paar Oden im Stile Millers geflüstert, des großen blasphemischen Henry, und bin, hochzufrieden über mein kulturelles Rüstzeug, schnurstracks zu dir gekommen, der ich selbiges verdanke … Und jetzt los, ich führe dich zum Essen aus, dein Enkel ist heute reich.«

»Wie kommt's?«

»Ich habe Nicolas Examensarbeit beendet. Erinnerst du dich, daß ich bei dir Erkundigungen eingezogen habe? Ich klaue dir deine Ansichten zur angelsächsische Literatur, füge den einen oder anderen eigenen Gedanken hinzu und verkaufe das Ganze an Nicola, der reich ist, aber nicht bis drei zählen kann! Und er schindet zu Hause und bei seinem Professor Eindruck. Alles ein einziger Diebstahl, Großmutter, auf deine Kosten …«

»Was gibt es in so einem Fall Schöneres, als bestohlen zu werden? Wenn man bestohlen wird, heißt das doch, daß man reich ist, oder?«

»Also, kleine Göre, was bestellst du?«

»Spaghetti!«

»Ich auch! Hey, Freund, zweimal Spaghetti alle vongole und Ströme von Weißwein.«

»Diese Sonne, Carlo! Noch eine Woche, dann geht's hinunter zum Schwimmen bis Oktober.«

»Weißt du, daß du eine echte Traum-Großmutter bist?«

»Du hast mir dein Erlebnis von heute vormittag erzählt,

Carlo, aber du hast nicht erwähnt, warum du meinen Prando verprügelt hast.«

»Liebst du deinen Prando?«

»Wie eine Mutter ihr Kind liebt.«

»Deine Klarheit, Mody, kann einem angst machen, wie Nina ganz richtig sagt.«

»Also, was wollte dein alter Vater heute morgen?«

»Immer dasselbe Lied: ›Du bist jung ... du weißt nicht, was es heißt ...‹ Und immer zur gleichen Zeit, am Frühstückstisch, wenn du hungrig bist und noch nicht ganz da: ›Nicht jeder, mein Sohn, hat das Glück, einen Vater zu haben, der ihm den Weg ebnet. Warum nach Unmöglichem wie der Archäologie streben, wenn du eine gut laufende Anwaltskanzlei haben kannst, die sprudelt wie eine Ölquelle?‹ Das war vor fünf Jahren, weißt du noch? Und um des lieben Friedens willen habe ich mir gesagt: Tu ihm den Gefallen, er ist eh der Boß, und den Boß bringt man entweder gleich um, oder man hintergeht ihn. Und ich überspringe Klassen und zahle ihm zurück, was er ausgegeben hat, um mich großzuziehen. Denn das ist der Punkt: Sie wollen, daß das Geld, das sie für dich ausgeben, Früchte trägt. Von wegen Vaterliebe! Stimmt es eigentlich, daß er früher Antifaschist war, Mody?«

»Sicher, und Kommunist noch dazu.«

»Aber wenn er Kommunist war, wieso ist er dann nach dem 20. Parteitag aus der Partei ausgetreten? Dachte er etwa, die Revolution werde mit Bonbons gemacht? Onkel Jacopo ist nicht ausgetreten, im Gegenteil, damals in Mailand sagte er mir, nun müsse man erst recht kämpfen, dabeibleiben und endlich Gramscis Ideen voranbringen ... Ich weiß, entschuldige, wir haben oft darüber gesprochen, und es macht dich traurig. Aber für uns Junge ist das eben schwer zu verstehen. Nimm mal Nicola ... Draußen, in der Öffentlichkeit, spielt sein Vater den Kommunisten, und sonntags, husch, husch, in die Kirche. Und abends wird immer gebetet. Was für ein

Chaos, wie Nina immer sagt! Ich kann mit Nicola nicht mehr diskutieren, Mody, es ist schrecklich, aber ich werde ihn wohl verlieren! Er ist wie ausgepumpt, träge. An einem Tag scheint er klare Gedanken zu haben, dann wieder sagt er, daß alles sinnlos sei. Wußtest du, daß er jetzt indische Texte liest? ›Autobiographie eines Yogi‹ habe ich noch gelesen, um ihn zu verstehen, aber ich fand nichts als den gängigen aufgewärmten Mystizismus. Wieso verstehen sie nicht, daß auch dies nur ein weiteres Opium amerikanischer Machart ist? Was kann man bloß tun? Immerhin gibt es das bei uns zu Hause nicht, auch dank der werten Gattin, die so einer wie dein Sohn wirklich nicht verdient. Sie ist nämlich schwer in Ordnung! Ich weiß nicht, wie sie es schafft, sich den lieben langen Tag für Papa abzurackern und trotzdem immer noch gut informiert zu sein! Sie ist wirklich klug! Ich verstehe einfach nicht, wie eine solche Frau deinen Sohn erträgt, Großmutter, ich verstehe es nicht! Du erträgst ihn doch auch nicht.«

»Amalia fehlt das nötige Selbstvertrauen, Carluzzu. Sie weiß es nicht, aber es fehlt ihr, weil sie eine Frau ist.«

»Weißt du, daß ich mir manchmal einen Spaß daraus mache, sie zu necken? Ich umschmeichele sie und schlage ihr vor, mit mir abzuhauen. Sie tut dann immer ganz empört und sagt mit ihrer vollen, schönen Stimme: ›Aber Carlo, ich bin deine Mutter!‹ Und ich: ›Aber nein, Amalia, ich bin doch Stellas Sohn.‹ – ›Aber ich bin alt.‹ Und ich: ›Stella war auch alt, als sie mich mit deinem Ehemann gezeugt hat.‹ Dann läuft sie krebsrot an und sagt: ›Schrecklich, wenn man euch Kindern die Wahrheit sagt, nutzt ihr das schamlos aus!‹ Und lacht … einige der wenigen Male, die ich sie überhaupt lachen sehe. Sie tut mir so leid, daß ich manchmal fast das Gefühl habe, sie zu lieben. Stimmt es, Mody, daß Liebe sehr, sehr nahe am Mitleid liegt? Immerhin habe ich das Juraexamen auch für sie gemacht. Ich sage mir immer: ›Jetzt, wo du fertiger Jurist bist, Carlo, wird dein Erzeuger sich schon beruhigen, dir Geld geben, und du verziehst dich drei Monate nach Griechenland, bevor du in die Uniform schlüpfst.‹ Statt dessen kommt er mir heute so: ›Ab morgen kommst du mit mir ins Gericht und machst dich schon mal mit der Praxis vertraut.‹ Und ich: ›Aber Papa, in sechs Monaten trete ich meinen Militärdienst an!‹ Und er: ›Aber nein, wir lassen dich freistellen.‹ Ich klammere mich an die Offenkundigkeit der Natur und erwidere: ›Aber Papa, mit einer Größe von 1,86 und 120 Zentimeter Brustumfang ist das unmöglich!‹ Darauf er: ›Für einen Brandiforti ist nichts unmöglich.‹ Und mir vergeht der Appetit, und auf dem Teller sehe ich Schlachtfelder, Zwangseinberufungen, Kreuzzüge, und ich verstehe, warum es Kriege gibt ... Es ist nur eine Art unter vielen, von zu Hause zu flüchten. Aber verflucht noch mal, Mody! Wie kann er in seinem Alter so reden? Wie kann er sagen: ›Du wirst schon sehen, wie befriedigend es ist, einen Unschuldigen freizusprechen!‹ Für einen Freigesprochenen sitzen hundert andere im Gefängnis. ... Versteht er denn nicht, daß hier alles auf dem Prüfstand steht, angefangen bei seinen mindestens tausend Jahre alten Moralvorstellungen?«

»Vor vierzig Jahren redete Carlo genau wie du.«

»Welcher Carlo?«

»Bambolinas Vater.«

»Ach ja, den sie ermordet haben. Aber mich bringt niemand um, Mody! Uns bringt niemand um, dank dir und Jacopo. Oben in Trient habe ich seine Studenten kennengelernt, junge Leute mit offenem Blick, Leute, die wie ich beschlossen haben, sich von keinem falschen Idealismus einwickeln zu lassen. Es ist nur so ...«

»Was, Carluzzu?«

»Wir sind wenige, Großmutter, so wenige!«

»Das war immer so.«

»Und diese wenigen, die ich in Mailand, London oder Paris kennengelernt habe, sind traurig.«

»Das war immer so.«

»Ich möchte nicht so traurig sein wie sie.«

»Aber in dem Bewußtsein, anders zu sein, liegt auch eine Freude, Carluzzu, man muß sie nur aufspüren.«

»Das stimmt, das ist es, was sie nicht verstehen wollen! Als schämten sie sich, glücklich zu sein, als bedeute das Glück automatisch, wie die anderen zu sein: oberflächlich, eitel. Nehmen wir mal Onkel 'Ntoni oben in Rom, erfolgreich beim Publikum und bei der Kritik, Schlangen von Intellektuellen und feinen Leuten, die in seiner Garderobe warten, um ihm zu gratulieren. Doch kaum sind wir allein, legt sich eine tragische Maske über sein Gesicht!«

»'Ntoni ist ja auch ein Komiker, Carlo, vergiß das nicht.«

»Und was bedeutet das?«

»Es gibt auch so etwas wie Wesensart, du darfst um Himmels willen kein Fanatiker der Freude werden! Das Wesen des Komikers ist schrecklich traurig. In den Menschen, in den Berufen, die sie sich wählen, liegt immer auch etwas Geheimnisvolles, Unergründliches. Die Natur an sich ist unergründlich, mein lieber Enkel! Laß die anderen, wie sie sind oder sein wollen!«

»Du hast recht, Großmutter, ich bin fanatisch wie dein Prando, und bevor du sauer wirst, ich spüre das nämlich, reich mir die Hand zum Frieden! Ich zeige dir eine Bar voller Spiegel und Flitter, die sie vor kurzem in der Nähe der Fischhalle eröffnet haben.«

Hand in Hand gingen wir zum Hafen hinab, um die Gedanken dem weißen Flug der Möwen anzuvertrauen, die den Wolkenstreifen folgten.

»... Stimmt es, Mody, daß der Geist manchmal, wenn man ihn läßt, seine Flügel öffnet und über die Farben gleitet und sie aufsaugt wie ein bunter Schmetterling?«

Derselbe Gedanke im selben Moment, dort auf der Hafenbank im Schatten. Kann eine sechzigjährige Frau dieselben Gedanken haben wie ein zwanzig Jahre junger Mann?

Ich sehe ihn an, im Licht der untergehenden Sonne spielen grüne und violette Reflexe in seinen Augen.

»Tagsüber hast du helle Augen, Carluzzu.«

»Meine Mutter, ich meine Stella, hatte schwarze Augen, stimmt's?«

»Ja, schwarz wie eine sternlose Nacht.«

»Schade, daß ich mich nicht an sie erinnern kann.«

»Ich erinnere mich für dich, Carlo.«

Ja, eine sechzigjährige Frau kann dieselben Gedanken haben wie ein zwanzig Jahre junger Mann. Immer noch erstaunt und glücklich wie ein Kind, wirft sich Modesta ihm an den Hals, und der junge Mann umfaßt ihre Taille und wirbelt sie zwischen den Fischern, den Ständen und Rufen der Verkäufer herum. Carlo berichtete Nina und ihren Freunden später, daß einige Passanten sich überrascht, aber weder empört noch spöttisch umdrehten:

»Stellt euch eine seriöse, elegante Dame vor, die plötzlich von der Erde abhebt, als hätte sie Flügel, und mich umarmt und küßt! Sofort schreit der feiste Konformist in mir: ›Hör auf, sonst lynchen sie dich, Carlo!‹ Aber gleich entgegnet der andere Carlo: ›Feigling, tritt ihnen entgegen wie sie, besser noch, überbiete sie noch, indem du sie durch die Luft wirbelst und dir und dieser gnadenlos dünkelhaften Familie, von der du abstammst, eine Lektion erteilst.‹ Mein Herz zerspringt in tausend Stücke, während wir uns drehen, und ich warte, Sekunden wie Ewigkeiten, auf einen Spottruf, eine bissige Bemerkung. Aber nichts dergleichen ... Und als ich sie loslasse und mich umzuschauen wage, sehe ich zwei oder drei Leute, die sich fast furchtsam abwenden, und einen, der mich aus Augen ansieht, die von Klingen des Zweifels gespalten sind, ob dieses merkwürdige Paar vielleicht tatsächlich glücklich ist und den Mut hat, es zu zeigen. Das war dieser Alte vom Hafen, ein Schrank von Mann, dessen Brauen aussehen wie zwei struppige Besen. Und nach einem kurzen Moment beginnt dieser Faltenberg wirklich und wahrhaftig, mich anzulächeln. Das war der Sieg!«

Nina lacht und ist wunderschön, vielleicht noch schöner als gestern. Sie muß wieder verliebt sein. In wen diesmal? Vielleicht in den großen, dünnen Mann, der sie mit dem Blick eines Musikkenners ansieht, der mühelos auch den kompliziertesten Rhythmen zu folgen vermag? Oder ist Cesare mit dem trägen Körper und der übersprudelnden Phantasie ihre neue Liebe? Nein, es muß doch der Musiker sein, der Nina fasziniert ...

Und ich möchte für immer dort bleiben, doch Bambú ruft mich. Ich möchte bleiben, Carlo zuhören, der ein Erzähltalent hat, das dich von dir selbst entführt und in die Ferne trägt. Doch das Leben eilt dahin in dieser meiner bewußten Jugend, es ruft, und ich muß gehen. Das Leben kann man nicht festhalten. Pietro stirbt und braucht mich.

36

Hätte der Arzt uns beim Hinausgehen nicht kurz zugeraunt: »Ja, ja, er hat nicht mehr lange!«, hätte niemand von uns es geahnt. Dort sitzt er in dem großen Sessel, den Kopf leicht angelehnt, den Blick durch das geöffnete Fenster in die Ferne gerichtet.

»Pietro hat noch nie im Bett gelegen, wenn die Sonne hoch stand, und ganz sicher wird mich auch dieser kleine Wurm, der mich in der Brust kitzelt, nicht dazu bringen.«

»Hast du Schmerzen, Pietro?«

»Nein, Mody, ich warte auf meine Figghia. Danach, wenn ich sie gesehen habe, kann ich gehen ... Wie lange warte ich nun schon auf sie, Bambolina?«

»Seit zwei Tagen, Pietro. Aber jetzt kommt sie bestimmt gleich, sie ist schon auf dem Flughafen.«

»Amerika ist noch immer weit weg, was, Bambú?!«

»Aber Crispina ist ja schon in Palermo, und wenn nicht der Streik wäre …«

»Streik, Mody?«

»Ja, Pietro.«

»Das hat gedauert, was, Mody, bis man dieses Wort laut und am hellichten Tag aussprechen konnte! Du bist noch jung, Bambuccia, aber früher konnte man nur im Dunkeln reden, und nicht einmal in den eigenen vier Wänden war man sicher. Du erinnerst dich doch an Pasquale, was, Mody? Schlank und blond wie ein Erzengel, aber von Verrätereien und den vielen Kratzfüßen vor den Faschisten ganz aufgebläht, schwitzte wie ein Schwein, und wie ein Schwein habe ich ihn eigenhändig gepackt und abgestochen … Bambú, gibst du mir die Hand wie gestern? Bambolinas Hand sieht, pflegt und heilt. Und deswegen kann sie das, was sie berührt, in Gedichte fassen wie der *cantastorie**. Mein Vater hat immer gesagt, daß derjenige, der mit dem Talent geboren wird, Geschichten zu erzählen, auch heilen kann … Was macht mein gutes Spätzchen, Bambú? Meine Quecksilber wird doch nicht etwa weinen?«

»Nein, sie backt einen Kuchen … Crispina wird sicher hungrig sein.«

»Gut so, mein Spätzchen, sie hat auf mich gehört. Du kümmerst dich danach um sie, nicht wahr, Bambú? Du führst sie? Sie ist so, viele sind so. Sie sind nicht weniger tüchtig als andere, sie sind nur von Natur aus sanfte Wesen, die eine führende Hand brauchen.«

»Sicher, Pietro.«

»Ich wußte es, ich sage das nur, weil beim Reden die Zeit schneller vergeht …«

»Apropos reden, Tante, wenn du wüßtest, was Pietro mir in diesen Tagen für phantastische Geschichten erzählt hat! Ich werde sie alle aufschreiben, Pietro, das erlaubst du mir doch, oder?«

»Wenn sie deine Phantasie anregen, gehören sie dir.«

»Und ob! Wenn du wüßtet, was er alles über Großmutter Gaia weiß, und wie Onkel Jacopo euch von der Insel befreit hat. Erzähl der Tante von der Insel, Pietro.«

»Du hast ja schon alles gesagt, Bambuccia.«

»Aber von dem Deutschen, der so nett war ...«

»Tja, keine Ahnung, ob er nicht sehen wollte oder uns tatsächlich nicht sah, sicher ist nur, wenn er uns angehalten hätte, wären wir verloren gewesen.«

Timur! ... Dann hatte ich Timur getroffen? Eisige Angst ergreift mich bei diesem Namen, den ich selbst wachgerufen habe. Sie sprachen nur von einem Deutschen.

»Was ist los, Tante? Du bist ganz blaß geworden.«

»Wie sah der Deutsche aus, Pietro?«

»Woher soll ich das wissen, meine Mody! Mit diesen Helmen sahen sie doch alle gleich aus.«

»Laß uns lieber nicht von den Deutschen reden, die Tante macht immer ein Gesicht, wenn die Rede darauf kommt, das gefällt mir nicht. Erzähl lieber davon, wie du Inès besiegt hast ... Pietro hält es für sein Meisterstück, Tante.«

»Aber bestimmt! Ich kann mit der Kraft meiner Hände und Beine kämpfen, aber gegen eine Frau, tja, gegen eine Frau! Pietro mußte sich klein machen wie eine Schlange und sie ausspionieren ... Aber Mody weiß das, Bambú, ich hatte nichts gegen Inès, doch sie quälte meinen Ippolito, und da habe ich sie erpreßt. Sie hatte einen Süßholzraspler, konnte sich aber nicht entscheiden, mit ihm wegzugehen, häufte immer nur mehr Geld an, da habe ich sie eben zur Entscheidung gezwungen. Und sie war es dann auch zufrieden. Da verstehe einer die Frauen! Sie sagte, sie könne Jacopo, ihren Sohn, nicht verlassen, es sei ihre Pflicht, bei ihm zu bleiben. Aber da sind wir schon wieder beim Thema, Mody, ich sollte nicht ... doch zu meiner Beruhigung, kann ich mich darauf verlassen, daß Ihr für meinen Herrn Fürsten einen Gefährten zum Angeln und Spazierengehen findet?«

»Sicher, Pietro.«

»Mach bitte die Tür auf, Bambú, Crispina ist da! Gerade noch rechtzeitig. Ich bin müde, und selbst wenn ich so lustige Dinge erzähle, packt mich der Überdruß und zeigt mir, daß ich müde bin und schlafen muß.«

Pietro schläft tief und fest, und angesichts dieses ruhigen Schlafes wagt keiner zu weinen oder zu klagen. Sein großer, massiver Körper flößt Respekt ein wie sein Lächeln, das sich bei Crispinas Anblick für immer in seine Gesichtszüge eingegraben hat.

Bambolinas elegante, aber entschiedene Handschrift benachrichtigte alle anderen ... Wie damals auf Carmelo, als wir tun konnten, was wir wollten, nicht wahr, Cavallina? Allerdings nur in den Stunden, die diese Handschrift auf dem seidenglänzenden Papier festlegte. Jacopo drückt mir einen Moment den Arm. In seinen Kleidern hängt der ungewohnte Geruch nach antiseptischen Fluren, vermischt mit dem typischen Mief von Eisenbahnwaggons. Sie waren die ganze Nacht unterwegs, und wie um sie zu stützen, hat er seiner Olimpia den Arm um die Taille gelegt. Aber ja, ich hatte es fast vergessen, auch das Schönste vergißt man. Für ein Leben, das erlischt, wird ein neues geboren: Olimpia erwartet ein Kind von meinem Jacopo.

»Wie schön Crispina ist, Großmutter, jedesmal wenn sie zurückkehrt, ist sie noch schöner geworden! Stimmt es, daß ich als Kind in sie verliebt war? Das hat mir Pietro immer erzählt.«

»Ja, Carluzzu.«

»Ich kann mich nicht an diese Liebe erinnern, nur daran, wie sie sang. In mir habe ich zwei Crispinas: eine, die von 'Ntoni zum Singen in die Mitte des Zimmers geschoben werden mußte, und dann die stattliche und sicher auf der riesigen Bühne stehende Frau. Weißt du noch, wie Pietro schwitzte? Wo war das noch, Großmutter?«

»In Mailand, glaube ich, es ist so lange her. Pietro war

glücklich! Wenn man glücklich ist, fliegt das Leben nur so dahin.«

»Das stimmt. Wohin starrst du, Großmutter? Und warum wirst du so blaß?«

Dort hinten ist Prando, er steht neben 'Ntoni und lächelt mich an. Nach all den Jahren will er mit mir reden. Ich möchte hierbleiben, möchte den Geschichten über Pietro lauschen, möchte Wein trinken, aber Prando braucht mich. Ich muß gehen.

»Was ist los, Mama, warum starrst du mich so an? Dein Schweigen ist demütigend. Prando ist doch gekommen, und allein sein Kommen ist die Bitte um Verzeihung für sein früheres Verhalten. Laß uns alles vergessen.«

Warum redet er mit derselben Stimme wie damals als Kind, als ihn ein Gipsfuß quälte?

»Ich mußte zum Arzt, mit meinem Herzen stimmt etwas nicht. Ich soll mich entscheiden, entweder mein Leben ändern und noch dreißig Jahre haben oder ...«

Meine Hände greifen suchend in seine harten Locken: kein einziges weißes Haar, kein Schatten in seinen marmornen Gesichtszügen. Doch Prando lügt nicht, nur diese Warnung konnte seinen Stolz überwinden und ihn zu denen zurückführen, die ihn haben aufwachsen sehen.

»Aber weißt du, was ich diesem Trottel von einem Quacksalber gesagt habe? Daß ich ohne meine Arbeit, die berauschender ist als Wein, und ohne mein Motorrad nicht leben kann. Soll ich etwa enden wie dieser Schwächling Mattia, der sich wie ein Weib nur noch um seine Gesundheit sorgt?«

»Er ist glücklich.«

»Mag sein, aber mir ist es doch lieber ...«

»An wem willst du dich mit deinem Tod rächen, hm, alter Mann?«

»Alt nennst du mich, und zu Recht. Warum hast du mich auf die Welt gesetzt, wenn du doch wußtest, daß ich alt werden würde?«

»Dann willst du dich also an mir rächen?«

»Unter anderem. Wenn ein Sohn stirbt, dein Sohn, wird es dir leid tun, mich geboren zu haben. Und die Trauer wird dich alt machen, einsam und eingesperrt in die Erinnerung an mich.«

»So sehr hast du mich geliebt, Prando?«

»So sehr. Und du mich nicht.«

»Warum nicht?«

»Weil du immer für alle gelebt hast, immer unterwegs, Vermaledeite, hast mit allen geredet und warst mit allen vertraut.«

»Hätte ich mich für dich entscheiden und das Leben wegschicken sollen?«

»Ja.«

»Du, Prando, wolltest immer alles, schon als Kind. ›Prando hat zwei Mamas: Mama Stella und Mama Mody, und auch zwei Tanten.‹ Weißt du noch?«

»Ja.«

»Dann sage mir: Was hätte ich tun sollen, ich, die ich wie du bin und wie du alles will?«

»Auch das stimmt! Endlich lächelst du einmal, Mama. Wenn du lächelst, bist du wieder jung, wie damals, als ich ein Kind war. Prando ist ein Monster, aber er ist auch stolz, wenn du lächelst und wie ein Mädchen aussiehst ... Ich möchte dich umarmen, wehre dich nicht, denn ich bin krank! Hier, dicht bei mir, meine Mädchen-Mama, oder hast du mich belogen, und ich bin nicht mal aus dir herausgekrochen? Und du bist vielleicht nur meine Schwester? Bei dir ist alles möglich. Das macht mich ja so rasend. Selbst wenn ich tot bin, wird sie mich noch rasend machen!«

»Dabei weißt du genau, wenn ich ein treues Schaf gewesen wäre, wie deine Amalia, wärst du meiner genau wie ihrer überdrüssig geworden.«

»Das stimmt. Prando wird der Dinge, die er besitzt, überdrüssig. Jetzt, wo ich Geld habe, langweilt es mich, und selbst das Motorrad, ich tue zwar so, als hinge ich daran, aber es langweilt mich, seitdem jeder eins kaufen kann.«

»Ich kenne dich, Prando, wollen wir diese Partie mit offenen Karten spielen?«

»Mit offenen Karten, was meinst du damit?«

»Da ich deine Gier kannte, die nie zu stillen ist, hielt ich es für sinnlos, mich zu opfern.«

»Meinst du, du wußtest, daß du mich um so enger an dich bindest, je weniger du auf mich eingehst?«

»Vielleicht, wenn du es so empfindest, vielleicht ... Wer versteht seine Beweggründe schon immer so genau, vor allem in Liebesdingen? Nur gefällt eben niemandem die Vorstellung, stehengelassen zu werden, und du, du bist ein Mann, der sich nimmt, was er will, und es dann stehenläßt ... Von wem du das nur hast? Der Alte war nicht so, der verstand die Dinge zu lieben, die er für sich erobert hatte.«

»Rede nicht von der Vergangenheit, die Vergangenheit ödet mich an.«

»Siehst du? Du nimmst vom Leben, was du kriegen kannst. Mit vollen Händen hast du es an dich gerissen, gib es ruhig zu, und jetzt willst du es ablegen wie einen alten Hut.«

»Ja.«

»Und die Kinder helfen dir nicht?«

»Wenig! Carluzzu gefällt mir, er ist zäh, weiß was er will. Wußtest du, daß er mich einmal geschlagen hat?«

»Ja.«

»Und so ein kluger Kopf!«

»Wieso hast du ihm all die Zeit nicht verboten, mich zu sehen?«

»Als ob ich das nicht getan hätte! Aber weißt du, was er sagte? Hat er es nicht erzählt? Mit knappen, trockenen Worten: ›Du kannst an meiner Entscheidung nichts ändern. Du bist doch nur ein unnützer alter Faschist‹, genau das waren seine Worte. Unter uns gesagt, Mutter, ich mußte mir ein Lachen verkneifen. Du magst Carluzzu sehr, nicht wahr?«

»Mehr als jeden anderen.«

»Dann muß in deinen Augen ja doch etwas Gutes an mir sein, immerhin ist er mein Sohn, oder? Die Kraft, die der Kleine hat! Und eine Haltung! Die Sache mit dem Militärdienst, zum Beispiel … Nichts hätte es mich gekostet, ihn freistellen zu lassen, aber er … oh, er geht fort. In ein paar Monaten geht er fort, nichts zu machen. Warum nur?«

»Er hat recht, er sagt, wo er so privilegiert aufgewachsen ist, wird es ihm helfen, sein Land zu verstehen.«

»Ja, ja, das sagt er, aber … wenn er zurückkommt, muß er bei mir arbeiten! Wem soll ich sonst die Kanzlei übergeben?«

»Schlag dir das aus dem Kopf, Prando, du mußt ein für allemal einsehen, daß …«

»Ihr haltet wohl immer zusammen, wie? Das wußte ich, und wenn ich die Wahrheit sagen soll, ist es das einzige, was mich in den letzten Jahren getröstet hat und mir erlaubte, dir gegenüber hart zu bleiben. Über ihn folgte ich dir, eure Verbindung gab mir Kraft, wer weiß schon, warum? In solchen Liebesdingen sind wir uns doch meist selbst ein Rätsel … Wer hat das gesagt, du oder er?«

»Ich, gerade eben.«

»Natürlich, ich kann nicht zuhören, ich weiß. Bambuccia hat mir das auch immer vorgeworfen. Aber er kann zuhören, stimmt's?«

»Absolut, und wenn du wüßtest, wie er erzählen kann!«

»Schluß damit, sonst werde ich noch eifersüchtig! Sag mir lieber, alte Hexe, was du von Ignazio hältst?«

»Er ist dein Ebenbild, das weißt du. Warum fragst du?«

»Ja … mein Ebenbild.«

»Warum machst du jetzt so ein finsteres Gesicht? Warum gehst du ihm aus dem Weg? Das hat Bambú mir erzählt.«

»Was soll ich schon groß sagen zu einem, der ist wie ich? Ich bin meiner selbst doch seit Jahren überdrüssig! Oh, Mody, hör mal …«

»Warum nennst du mich jetzt Mody?«

»Ich erkläre dir jetzt, warum ich eigentlich zurückgekommen bin. Ich bin nicht zu meiner Mutter zurückgekommen, sondern zu meinem besten Freund. Denn du warst mir immer ein Freund, Mody, das muß ich dir sagen. Jetzt brauche ich einen Verbündeten, der von der Sache mit meinem Herzen weißt – das Geheimnis lastet schwer auf mir, und du, das weiß ich, wirst mich nicht mit Gejammer und guten Ratschlägen bedrängen, wie Amalia, Bambú oder sogar Mattia es tun würden.«

»Du kannst mir vertrauen.«

»Ich weiß. Aber du mußt hier bei Carluzzu schwören, daß niemand etwas davon erfährt.«

»Ich schwöre es.«

»Komm her, schau mich an. Du bist stark, alte Frau! Wie geht das an, daß ich keinerlei Bestürzung, nicht eine Träne in deinen Augen sehe?«

»Hättest du gerne, daß ich jetzt weine? Daß ich mir Sorgen mache?«

»Nein, du würdest in meiner Hochachtung sinken. Aber stehst du diese Haltung auch morgen durch oder in einem Monat?«

»Stell mich auf die Probe.«

»Sieh an, sieh an, nun fordert sie mich sogar heraus! Und dieser Herausforderung, meine Mody, füge ich eine weitere hinzu. Hör zu, mir ist eine Idee gekommen: Würdest du es schaffen, sobald die Trauer um Pietro vorüber ist, für mich und mein Herz ein Fest auszurichten? Ein Fest für uns zwei und unser Geheimnis? Ich will ein riesiges Fest. Auf der ganzen Insel soll man die Freude spüren. Du mußt es mit deinen Händen vorbereiten, und ich werde sehen, ob diese schönen Hände, die ich küsse, zittern. Schaffst du das? Wenn du diesen Zweikampf durchstehst – wer hätte auch jemals ein Fest für die Verlobung des eigenen Sohnes mit diesem Flittchen von Krankheit gefeiert, die sich auf sein Herz gelegt hat? –, wenn du es schaffst, wird Prando es dir mit seinem Lebenswillen vergelten, sei gewiß. Die Begeisterung für diese Wette läßt ihm schon jetzt das Blut in die Venen zurückschießen. Aber nimm dich in acht, alte Frau, es wird nicht leicht, und ich werde dir auf Schritt und Tritt folgen, werde jede deiner Bewegungen, jeden Gesichtsausdruck unter die Lupe nehmen. Und sobald du nur einmal zitterst oder dein Blick sich trübt, hast du verloren.«

37

Die Flucht von Orangen- und Zitronenbäumen, eben noch strahlend im Glanz unzähliger Lämpchen – mit Kerzen hätten wir das damals nicht geschafft, nicht wahr, Beatrice? –, verblaßt allmählich im ersten Morgenschein. Noch immer drehen eng umschlungene Paare ihre Kreise auf dem marmornen Platz, auf den die beiden Flügel der Freitreppe münden. Langsam steigt Prando die breiten Stufen des Carmelo hinauf, auf der Suche nach seiner Mutter. Die ganze Nacht hat er mich beobachtet, bald werden wir erfahren, wer den Wettstreit gewonnen hat. Ich habe nicht gezittert, wie befürchtet, und nun verstehe ich meine Heiterkeit trotz Pietros Tod, trotz Prandos Krankheit. Nicht etwa Gleichgültigkeit ist es, Abstumpfung der Sinne nach all den Jahren, wie ich geargwöhnt hatte, sondern im Gegenteil die bewußte Fülle der Empfindungen, die uneingeschränkte Wahrnehmung eines jeden kostbaren Moments, den das Leben dir als Preis zugesteht, wenn du ruhiges Blut und Mut beweist ... Langsam steigt Carmine die Stufen des Carmelo hinauf. Nun, Alter, verstehe ich den tieferen Sinn von Freiheit und Freude, den auch du vor dem Tod kanntest; ich beneide dich nicht länger, sondern habe mich deiner Kunst bemächtigt, und ab heute soll es für mich nur noch die Freude geben. Das sehe ich in meiner Zukunft und in deinem Blick, Prando.

»Was siehst du in meinem Blick, Alte?«

»Ich sehe, daß du nicht sterben wirst, bevor meine Augen sich geschlossen haben.«

»Und wie lange, glaubst du, hast du noch?«

»Wer weiß das schon? Lange, hoffe ich.«

»Dann hängt mein Leben also von deinem ab?«

»Wenn du es so willst. Wenn nicht, bring dich um! Aber tu es mit einem Revolver. Jammernd auf den Tod zu warten ist etwas für schwache Geister, und du warst ja so manches im Leben, aber niemals feige.«

»Du hast die Wette gewonnen, und Prando wird dich mit seinem Lebenswillen bezahlen. Ihm bleibt nichts anderes übrig. Worin liegt der Reiz des Sterbens, wenn die, die dich gezeugt hat, keine einzige Träne vergießen wird?«

'Ntoni: »Eine phantastische Idee, den Garten taghell zu beleuchten und drinnen, wo der größte Teil des Festes stattfindet, die Salons im Halbdunkel zu lassen. Die ganze Nacht bin ich wie im Traum umhergelaufen. Das ist es! Glückwunsch, Mody. Es ist ein Traumfest!«

Bambú: »Carluzzu, nimm mich in den Arm, ich fühle mich so einsam!«

'Ntoni: »Man fühlt sich immer einsam, wenn ein Fest oder eine Darbietung sich dem Ende neigt, etwas geht dahin und hinterläßt in dir drin viele kleine Tode, kleine, eisige rosa Perlen wie die, die du um den Hals trägst, Bambú.«

Carlo: »Immer *up to date*, unser 'Ntoni. Du hast es schon gespürt, was, alter Wolf, daß D'Annunzio wieder salonfähig wird?«

Bambú: »Nein, Carluzzu, laß 'Ntoni reden, ich mag das. Vielleicht ist er der einzige, der geblieben ist, wie er war.«

'Ntoni: »Wie war ich denn, Bambuccia?«

Bambú: »Am unterhaltsamsten und originellsten.«

'Ntoni: »Und weißt du auch, warum?«

Bambú: »Nein.«

'Ntoni: »Weil ich nicht geheiratet habe ... Warum weinst du nun, Bambú, das sollte ein Witz sein.«

Bambú: »Ich möchte Jacopo sehen! Er läßt fast nie von sich hören.«

Immer seltener läßt Jose von sich hören … Er kämpft in weiter Ferne, und Jacopo folgt ihm … Einen Moment fürchtet Modesta, ihn nie wieder zu sehen, und drückt Prandos Kopf eng an sich.

Prando: »Was ist, alte Frau?«

Modesta: »Ich habe Angst, Prando.«

Prando: »Um mich?«

Modesta: »Nein, um Jacopo. Immer kämpft er so allein!«

Prando: »Ich beneide ihn darum! Es ist ein wahres Glück, wenn das Schicksal dir einen Kopf schenkt, mit dem du kämpfen kannst. Ich verstehe nur mit meinen Armen zu kämpfen, aber die Zeiten sind vorbei. Vielleicht ist das der Grund, weshalb mein Körper mir allmählich schwer wird.«

Bambú: »Dein Körper wird dir schwer, weil du zuviel ißt und trinkst.«

Prando: »Auch das ist wahr, Bambú.«

Bambú: »So wie jetzt, anstatt in Modestas Schoß zu liegen, warum gehst du nicht und kümmerst dich um Ignazio? Er ist auf dem Teppich eingeschlafen, geh ihn holen, und bring ihn ins Bett, er ist doch dein Sohn, oder?«

Carlo: »O Tante, wie selig er schläft! Ich, ich weiß nicht …«

Bambú: »Was?«

Carlo: »Wenn ich Ignazio so daliegen sehe, kommt es mir vor, als hätte ich einen Moment lang mich selbst gesehen. Ja, als hätte auch ich …«

Bambú: »Ja sicher, wenn du wüßtest, wie oft du wie dein Bruder eingeschlafen bist!«

Carlo: »Und ich hatte immer Angst, nicht wahr, Bambú?«

Bambú: »Du hattest Angst, alle könnten weggehen und nicht mehr zurückkommen. Doch dann wurden viele Feste gefeiert, und alle umarmten sich, und … du wurdest geheilt. Wir mußten dich immer herumtragen.«

Carlo: »Sieh mal an! Jetzt, wo du es sagst, spüre ich die kräftigen Arme, die mich im Schlaf hochhoben.«

Bambú: »Ja, das war Pietro, der dich ganz leise und ohne ein Wort aufnahm und nach oben trug, weil er wußte, daß dein Vater es niemals tun würde.«

Carlo: »Pietro! Mir ist, als wäre er noch bei uns. Ich habe ihn so oft im Traum gesehen, wie er sich mit seinem ausdruckslosen Gesicht durch die Menschenmenge schiebt ... Ich gehe jetzt in Ignazio mich selbst holen und bringe ihn nach oben. Ich möchte wissen, wie es sich anfühlt, Vater zu sein. Denn Pietro war ein Vater, nicht wahr, Bambú?«

Bambú: »Ja, Vater und Mutter, Carluzzu ... Ich werde mich mal ein wenig umschauen, wer noch da ist. Diese Feste sind doch immer gleich. Solange die Sonne nicht die Lichter löscht, hat niemand Lust, die Fröhlichkeit zu beenden ... O Carlo, schau nur, wie schön! Alles ist ganz weiß und glänzend, und die Lämpchen im Grün sehen aus wie leuchtende Orangen ... Du auch, 'Ntoni, los, steh auf und sieh dir das an!«

'Ntoni: »Gerade war ich am Einschlafen, zum Glück hast du mich geweckt. Ich komme mit, so einen Tagesanbruch darf man nicht verpassen.«

Prando: »Sollen wir auch gehen, Mama?«

Modesta: »Sicher, Prando, so einen Tagesanbruch darf man niemals verpassen.«

»Solange die Sonne nicht aufgeht, wagt niemand die Fröhlichkeit zu beenden.« Verständlicherweise. Wer hat schon den Mut, ein solches Verbrechen zu begehen? ... Habe ich das gesagt oder Prando, der mir sinnloses Zeug ins Ohr flüstert? Oder Bambú, die leichtfüßig vor uns herläuft, die zarte Hand erhoben – ein Taubenflügel –, um uns den Weg zu weisen? Ihre zerbrechliche Taille schwingt in der Stille.

Bambú: »Wieso ist es plötzlich so still, Prando?«

Prando: »Die Musiker schlafen, sieh sie dir an: umgestürzt wie besiegte Paladine.«

Bambú: »Aber es wird noch getanzt ...«

Prando: »Sicher, jeder singt sich selbst etwas, einen Walzer, einen Tango, ganz nach Belieben.«

Bambú: »Man müßte Quecksilber sagen, daß sie etwas Warmes bringen soll. Sie dir die zwei an, die dort in der Nische kauern, sie sind ganz starr vor Kälte.«

Prando: »Schon geschehen. Da kommt sie und balanciert ihr Tablett. Wie dick und komisch Quecksilber geworden ist!«

'Ntoni: »Das Fett scheint sie zu befriedigen, denn sie redet weniger. Eines erwischt einen immer: entweder der Sex oder das Essen, oder die Geschwätzigkeit.«

Quecksilber: »Was meint Ihr, junger Herr?«

'Ntoni: »Ich sagte gerade, daß du so dick und stumm allerliebst bist, Quecksilber, ganz allerliebst.«

Quecksilber: »Zu freundlich, junger Herr.«

'Ntoni: »Für dich bleibe ich immer ein junger Herr, stimmt's, Quecksilber? Irgendwie tröstlich, wenigstens für eine Person immer jung zu bleiben! Komm, komm und tanz mit mir.«

Modesta: »Alle Zimmer des Carmelo bewohnt ... Wenn deine Großmutter das sähe, Prando, könntest du ihre Wutschreie hören! Vielleicht liegt es an der Müdigkeit, aber in dieser Stille fürchte ich jeden Moment, ihre Stimme losdonnern zu hören. Wer schreit denn da so?«

Prando: »Das ist Nina, Mama, aber sie schreit nicht. Sie singt in den Armen ihres Gecken. Der ist mir vielleicht unsympathisch! Guck, sie haben uns gesehen. Komm, laß uns hinter die Hecke flüchten. Vielleicht entgehen wir dann dem Getue dieses nichtsnutzigen *gentleman*.«

Nina: »O nein, Prandone! Jetzt mußt du damit aufhören, Modesta wie eine Geisel zu behandeln. Wir haben auch ein Recht, bei ihr zu sein. Oh, mit sicherer Distanz, keine Sorge. Wo willst du mit ihr hin?«

Prando: »Ich bringe sie ins Bett, Nina.«

Nina: »Ins Bett? Wo es gerade am schönsten ist? Bleib, Mody, bleib bei deiner Nina.«

Prando hält mich weiter fest. Die hundert Treppen und Vorhänge und Korridore des Hauses haben mich in eine toderfüllte Vergangenheit zurückversetzt, und Nina muß das gespürt haben, denn mit festem Griff schiebt sie Prandos Arme beiseite und sagt lachend:

»O nein, Schätzchen! Wir haben sie dir den ganzen Abend gelassen, dafür bleibt Mody jetzt bei uns.«

Prando: »Aber sie ist müde, Nina!«

Nina: »Das hättest du wohl gern, mein Schöner! Willst du meine Meinung hören? Sie ist es müde, von euren Problemen aufgefressen zu werden. Oh, diese Stillbabys, Marco! Je öfter du sie anlegst, um so gefräßiger werden sie.«

Prando: »Du bist ein Scheusal, Nina, ein Scheusal, bei Gott!«

Nina: »Warum gehst du nicht zu Amalia? Schau nur, wie sie dich ansieht ...«

Prando: »Das werde ich auch tun, kommst du, Mama?«

Ich möchte gehen, ich bin müde, aber nun umarmt mich Nina, und ich möchte ihrem Freund gegenüber nicht unhöflich sein. So wie Prando es mit Fremden immer ist. Um es wiedergutzumachen, reiche ich dem Herrn die Hand, komme aber nicht auf seinen Namen.

Modesta: »Wie sagtest du, Nina?«

Marco: »Marco Clayton, Signora. Nina, deine Modesta will mich einfach nicht kennen.«

Nina: »Ach komm, Mody, hundertmal habe ich ihn dir schon vorgestellt! Läßt dein Gedächtnis dich etwa im Stich? Erinnerst du dich nicht an den Abend bei mir zu Hause, als du mit Carlo kamst und wir ins Theater gegangen sind? Sieh es ihr nach, Marco. Wenn Mody mit Carluzzu zusammen ist, hat sie nur Augen für ihn.«

Stimmt, der Theaterabend ... als Pietro noch lebte und Olimpia noch da war. Nina hat recht, er war auch bei der

Totenwache und der Beerdigung dabei. Jetzt erinnere ich mich an dieses Gesicht neben Nina ... Ich bin müde, und Prandos Blicke rufen mich. Ich sollte ihnen folgen. Aber der Herr? »Denk immer daran, Mody, daß eine Fürstin, auch wenn sie keine ist, niemanden beleidigen darf, auch nicht den einfachsten Menschen.«

Marco: »Tja, Nina, hast du vielleicht Lust auf eine schöne Tasse Tee? Mir scheint, deine Mody ist äußerst müde, gehen wir lieber.«

Er ist gekränkt, trotz seines Lächelns sieht man, daß er gekränkt ist. Ich muß etwas sagen.

Modesta: »Verzeihen Sie mir, aber ich bin wirklich müde ...«

Und warum höre ich jetzt, wie meine Stimme fortfährt:

»Sie sind Musiker, nicht wahr? Und können Sie schwimmen?«

Nina: »Was soll das, Modesta? Ich sterbe vor Lachen! Hatte ich es dir nicht gesagt, Marco? Sie tut immer ganz ernst, und dann ...«

Modesta: »Dann laßt uns schwimmen gehen.«

Nina: »Aber das Meer ist weit, Mody!«

Modesta: »Mit der Kutsche kam es einem immer weit vor. Aber jetzt mit dem Auto ist man in weniger als einer Stunde ...«

Nina: »Was meinst du, Marco, tun wir ihr den Gefallen? Wir steigen ins Auto und bringen sie ans Meer? Sieh nur dieses Gesicht eines Unschuldsengels! So ist meine Mody immer, sogar im Knast hatte sie solche Einfälle, und vorbei war's mit der Ruhe.«

Marco: »Ist das wahr?«

Die beiden lachen, und es ist klar, daß sie nur aus Höflichkeit bei Modesta bleiben. Es ist klar, daß sie es kaum erwarten können, allein zu sein und zu lachen und sich zu necken. Ich bin zu ernst geworden! Ich bin so darauf konzentriert, Großmutter Gaia nachzueifern, um mir Respekt zu verschaffen, daß sie mich ganz in Besitz genommen und mich alt und hart gemacht hat. Oh, warum verliebe ich mich nicht mehr? Nina hatte nach mir eine große Liebe – à la »Grand Hotel«, wie sie es ausdrückte –, und dann noch jene andere, erhabene Liebe, eine Frühlingsliebe ... »Welchen Sinn hat das Leben, wenn du dich im Frühling nicht verliebst?« Doch gar so erhaben konnte sie nicht gewesen sein, wenn sie sich nur drei Monate später, mitten im August, von dem Musiker auf diese Weise anschauen läßt ...

Nina: »Was tun wir jetzt, Marco? Sie ist eingeschlafen.«

Modesta: »Ich schlafe nicht, ich habe nur die Augen geschlossen, weil ich keine Lust habe zu reden.«

Marco: »Das ist nicht schlimm, Nina, wir bringen sie hoch. Ich kümmere mich darum ... Sieh nur, sie hat die Schuhe ausgezogen und sich zusammengerollt, als läge sie schon im Bett. Bist du sicher, daß es ihr gutgeht?«

Nina: »Aber ja, so war sie immer schon! Sie kommt tagelang ohne Schlaf aus, auch damals im Gefängnis, und dann auf einmal schläft sie zwei Tage und Nächte am Stück.«

Marco: »Sehr merkwürdig!«

Nina: »Carluzzu hat mir erzählt, das sei die Kunst der großen Feldherren, ich weiß nicht, ob er mich verschaukeln wollte, Carluzzu ist selten ernst. Jedenfalls hat er mir erzählt, daß Julius Cäsar, wenn er mit seinem Latein am Ende war, einschlief.«

Marco: »Bring mich nicht zum Lachen, Nina, sie ist zwar nicht schwer, aber ich bin betrunken, glaube ich, und ich habe Angst, sie fallen zu lassen oder zu wecken.«

Nina: »Da mach dir mal keine Sorgen! Wenn sie so ist, würde nicht einmal Kanonendonner sie aufwecken.«

Ich schlafe nicht und kann ihre Worte hören. Mit einem Schrei oder einem Lachen könnte ich sie erschrecken. Aber ich habe keine Lust zu reden, schon gar nicht, wo sich jetzt auch Carluzzu der kleinen Prozession angeschlossen hat und sich einen Spaß daraus macht, Nina mit der Körperkraft ihres Musiker-Freundes aufzuziehen.

Carlo: »He, Nina, da hast du ja ausnahmsweise mal einen bärenstarken Freund, wie kommt's? Hast du etwa deine Ansichten über die Männlichkeit revidiert? Bisher habe ich bei dir immer nur Epheben und Nymphchen gesehen.«

Wenn Carluzzu so redet, ähnelt er 'Ntoni. Wieso wundert dich das, Modesta? Wohl oder übel sind sie nun mal Stellas Söhne, nur daß Carluzzu – was 'Ntoni nicht zu erfahren braucht, der sehr geknickt darüber wäre, armer Junge! – um einiges intelligenter ist als 'Ntoni.

38

»Guten Morgen, Tante.«

»Oh, Bambú, sind sie weg?«

»Allerdings, schon seit zwei Tagen.«

»Ach komm, ich habe doch alles mit angehört. Carluzzu hat Nina aufgezogen ...«

»Sicher, vor zwei Tagen!«

»Ich verstehe, ich habe geschlafen und geträumt, daß ich nicht schliefe. Ich habe aber auch einen richtigen Bärenhunger! Das ist mir schon lange nicht mehr passiert. Ich wollte vor etwas fliehen ... aber wovor?«

»Nina meint, vielleicht wolltest du vor unserem Gejammer fliehen. Deine Nina hat uns allen den Kopf gewaschen, aber gründlich, will ich meinen! Und zu Recht, auch ich war in letzter Zeit zu wenig zu gebrauchen. Selbst das Fest hast du weitgehend alleine vorbereiten müssen.«

»Es war ein schönes Fest, nicht wahr?«

»Genau wie Prando es wollte! Die ganze Insel spricht davon und wird noch lange Gesprächsstoff haben.«

»O Bambú, ein Déjà-vu! Diesen Moment habe ich schon einmal erlebt: Ich esse, du siehst mich an, das große Fenster, der Spiegel mit den vergoldeten Weinblättern und Früchten. Beim letzten Mal, als ich nach der Verbannung Typhus hatte, wachte ich auch in diesem Zimmer auf. Ich wollte dich etwas fragen und habe es wieder vergessen.«

»Was?«

»Vielleicht erinnerst du dich nicht …«

»Natürlich erinnere ich mich! Wie könnte ich das Ende des Faschismus vergessen und daß du beinahe gestorben wärst?«

»Der Spiegel, Bambú, wer hat ihn dorthin gehängt?«

»Das war ich.«

»Es war mein Zimmer zu der Zeit, als ich deine Mutter kennenlernte, wußtest du das?«

»Wirklich?«

»Wie kamst du darauf, gerade diesen Spiegel hierhin zu hängen?«

»Keine Ahnung, er lag auf dem Dachboden.«

»Jetzt weiß ich, warum ich eingeschlafen bin. Ich wollte hierbleiben, jetzt, wo die Toten weg sind und das Haus wieder bewohnt ist. Es ist schön hier. Die Mädchen sind aufgewacht, Bambú. Hörst du, wie sie unten auf der Treppe lachen? Wie viele sind es?«

»Beatrice, Gaia und zwei oder drei Freundinnen, die hier geschlafen haben. Sie reden nur noch vom Fest, auf ihre Art feiern sie weiter.«

»Ja, ich wollte hierbleiben.«

»Oh, das wäre schön. Dann bleib doch, Tante, bleib!«

»Ich möchte bei dir sein, Bambú, aber das Leben geht weiter, jemand klopft an die Tür, mal sehen, wer es ist …«

Carlo: »Oh, Großmutter, wir haben uns Sorgen gemacht, die ganze Insel ist in Sorge! Alle stehen sie in der Buchhandlung! Deine Sekretärin – ein hübsches Ding, Donnerwetter!, ich bin versucht, hierzubleiben und ihr den Hof zu machen –, deine Sekretärin also sagt, ohne dich habe sie Angst … Wie schön du bist! So mußt du immer bleiben.«

Modesta: »Das wäre ein wenig zu lang, was meinst du, Bambú?«

Carlo: »Na ja, wenigstens so lange, bis ich dein Ebenbild in einer eigenen Tochter nachgebildet habe, oder in einem großen Roman.«

Bambú: »Dafür werde ich schon sorgen!«

Carlo: »O nein, Bambú!«

Bambú: »O ja!«

Carlo: »Na gut, wir können ihn ja zusammen schreiben.«

Modesta: »Zusammen oder nicht, jedenfalls dürft ihr ihn nicht sofort schreiben, weil ich vorhabe, hundert Jahre alt zu werden. Über die Lebenden schreibt man nicht.«

Bambú: »Was für schöne Rosen, Carluzzu! Warum hast du sie dort auf den Tisch geworfen? Ich stelle sie in eine Vase, sie brauchen Wasser.«

Carlo: »O Bambú, nimm mich in die Arme, bevor du dich um die Rosen kümmerst, zum ersten Mal werden wir für eine lange Zeit getrennt sein.«

Bambú: »Hört euch das an! Und als du nach Amerika gegangen bist?«

Carlo: »Schau nur, Modesta, sie hat Tränen in den Augen!«

Bambú: »Nun reite nicht noch darauf herum, Carluzzu! Alle reist ihr ab, ich weiß ja, daß es richtig ist, aber es macht mich eben traurig.«

Carlo: »Ich komme doch zurück, Bambú, der Militärdienst dauert nicht ewig.«

Bambú: »Kommst du wirklich zurück?«

Carlo: »Natürlich! Und ich werde dir berichten, was ich alles erlebt habe. Was nützen schon die besten Erfahrungen, wenn du sie hinterher nicht deinen Leuten daheim erzählen kannst, auf der Piazza, in der Bar?«

Bambú: »Du mußt einen Hang zum Sadismus haben, Carluzzu, laß es dir gesagt sein. Ich wette, du reist nur ab, um uns ein wenig leiden zu sehen. Aber ich gehe dir nicht mehr auf den Leim, lieber lenke ich mich nebenan mit den Blumen ab.«

Carlo: »Wirst du mich denn nicht zum Bahnhof bringen?«

Bambú: »Natürlich, um zu sehen, wie du dich über meine Tränen freust. Er ist ein wahres Monster, dieser Bursche!«

Carlo: »Weißt du eigentlich, Tantchen Bambú, daß du genial bist?«

Bambú: »Warum? Ist das eine Finte, um mich noch ein wenig länger hier leiden zu lassen?«

Carlo: »Du hast recht, wahrscheinlich sehe ich es wirklich gerne, wenn ihr wegen mir leidet. Ich glaube, das ist, weil ich als Kind immer alle habe weggehen sehen und manche nicht zurückkamen. Es muß eine Art Rache sein: andere die Verlassenheit spüren lassen, die ich selbst gespürt habe.«

Bambú: »Könnte sein, Carluzzu, aber es kommt mir doch ein bißchen zu simpel vor, auch aus Sicht der Psychoanalyse ...«

Carlo: »Mody, warum hast du die Augen geschlossen, vor Rührung?«

Modesta: »Aber sicher, wenn du es so darauf anlegst.«

Carlo: »Mody, ich habe dir das Buch eines gewissen Pierre Daco mitgebracht, eines Scheißpriesters, wie Nina sagen würde. Schau: ›Psychologie für Jedermann‹. Habe ich gestern in einem Rutsch durchgelesen, dieser Bastard macht daraus eine christliche Angelegenheit, ich habe meinen Augen kaum getraut.«

Modesta: »Wundert dich das etwa? Bald werden wir auch einen christlichen Materialismus haben. Die sind ja nicht von gestern, wie Nina immer sagt.«

Carlo: »Da muß man doch etwas unternehmen!«

Modesta: »Das wirst du, Carluzzu.«

Carlo: »Aber ich habe Angst. Sie sind mächtig, Mody! Ach, beinahe hätte ich's vergessen, sieh dir dieses Titelbild an.«

Modesta: »Seit wann kaufst du denn den ›Economist‹?«

Carlo: »Schau da, hier neben Brandt ... Ist das nicht das männliche Ebenbild von Joyce?«

Auf dem Titelblatt ein perfekt geformter Kopf, kahl, mit zwei schwarzen, an den zarten Schläfen schmerzlich geneigten Augen, die mich aufmerksam ansehen. Timur lächelt ironisch und selbstsicher, als läge unser Frühstück auf der Terrasse des San Domenico in Taormina nur wenige Stunden zurück.

»Ihr seid immer noch dieselbe, Fürstin …«

Wer außer ihm würde mich noch so nennen? Ich wußte, daß ich ihn wiedersehen würde, doch niemals hatte ich erwartet, seine Stimme in diesem verlassenen Istanbuler Café wieder zu hören, umringt von Grabsteinen, die wie verfaulte Baumstümpfe in die Höhe ragen.

»Ich hatte nicht den mindesten Zweifel.«

»Auch Sie, Timur, haben sich nicht verändert.«

»Menschen mit hoher moralischer Spannung bleiben vom Alter unberührt wie der unsterbliche Marmor der Tempel. Nein, geht nicht, schenkt mir ein paar Momente Eurer kostbaren Zeit. Euer Lächeln ist Balsam für meine Sehnsucht.«

»Sehnsucht, Timur?«

»Ja, ich gebe es zu, die Sehnsucht nach euren Hängen aus Licht und Schatten, nach euren menschlichen und metaphysischen Räumen … De Chirico konnte nur Italiener sein.«

»Ihr Italienisch ist besser geworden, wenn das überhaupt möglich ist.«

»Die Ferne ist ein guter Lehrmeister. Nur was man verloren hat, vermag man ganz und gar zu durchdringen.«

»Sind Sie nicht mehr nach Sizilien zurückgekehrt?«

»Nein, mir genügten die Verwüstungen, die ich in Rom und Neapel gesehen habe. Ich fürchte, nicht mehr das Land vorzufinden, für das unser Goethe schwärmte, unser Land. Das Land und die Kunst sind nur für den, der sie versteht. Ist De Chirico Sizilianer, Fürstin?«

»Ich weiß es nicht.«

»Er muß es sein, denn Sizilien ist der Schlüssel zu allem ... Wir hätten aus eurer Insel einen Garten gemacht, und nicht eine Müllhalde – sagt man so? –, wie ich sie in Neapel gesehen habe. Aber warum von der Vergangenheit reden? Die strahlende Sonne vertreibt die Wolken und drängt uns in die Zukunft, und die Zukunft wird uns gehören. Schade nur um die dreißig verlorenen Jahre. Wir hätten schnelle Arbeit geleistet, sauber und wissenschaftlich und nicht mit diesem langsamen Aderlaß, der sich Demokratie nennt. Hitler wurde verraten, aber sein Traum wird trotzdem wahr werden: ein unter germanischem Geist vereintes Europa ... Müßt Ihr schon gehen, Fürstin?«

»Ja, ich muß jetzt wirklich gehen.«

»Ihr zittert ja, das ist meine Schuld, ich habe Euch zu lange aufgehalten. Hier am Bosporus habe ich manchmal das Gefühl, im lieblichen Palermo zu sein. Palermo ... lieblich und erhaben liegt es wie in einer Wiege zwischen den rosafarbenen Spitzen seiner Berge ... doch sobald die Sonne versinkt, fegt mich der kalte Barbarenwind der fernöstlichen Ebenen in die Wirklichkeit zurück.«

Mir ist kalt, und ich will ihm nicht länger zuhören, ihm nicht länger in die Augen schauen. Ich muß nach Catania zurück. Mir ist kalt, und ich verstehe nicht, warum ich diesem schleimigen Wesen mit den Schlangenaugen zuhöre.

Bambú: »Carluzzu, Carluzzu, was ist passiert?«

Carlo: »Ich weiß es nicht, sie ist plötzlich wieder in den Schlaf gefallen.«

Bambú: »Und du stehst einfach da und unternimmst nichts?«

Carlo: »Großmutter, Großmutter, um Himmels willen!«

Bambú: »Sie macht die Augen auf, Carlo, sie macht sie auf! Lauf und hol einen Arzt, schnell!«

Der »Economist« ist heruntergefallen. Sein Titelblatt, das mir einen Ausschnitt meiner Zukunft gezeigt hat, ist zum

Boden gekehrt, auf der Rückseite sieht man eine grelle Reklame für ein tropisches Getränk zwischen Sand und Palmen ... Die Begegnung folgte später, sehr viel später, als ich die Kunst zu reisen erlernte, glücklich zu sein in der Betrachtung einer Vase, einer Statue, einer Blume ... In meinem rastlosen Lebenshunger war ich immer mit dem Geist zu weit vorausgeeilt.

Bambú: »Modesta, Tante, was ist passiert?«

Modesta: »Nichts, Bambú, ein kleiner Schwächeanfall, ich habe zuviel geschlafen. Hilf mir hoch, du wirst sehen, mit einem schönen Bad und einem Espresso ...«

Bambú: »Ein Arzt, meine Liebe! Dieses eine Mal, entweder läßt du dich von einem Arzt untersuchen, oder ich werde ernsthaft böse, Tante! Warum bist du schon zurück, Carlo? Ich hatte dich doch gebeten, einen Arzt zu holen.«

Carlo: »Ruhig, Bambú, wir haben Glück! Ich wollte ja gerade einen suchen, aber wo nur? Seit Antonio tot ist, ist kaum mehr einer zu finden! Das war so beruhigend, einen Hausarzt zu haben, der jeden Abend vorbeischaute ... Wie schön das war, warum ist er nur gestorben?«

Bambú: »Wenn er doch nun mal achtzig war, Carlo, du treibst mich in den Wahnsinn! Ist das deine Art, dich zu kümmern?«

Nina: »Jetzt seht sie euch nur an, wie gut es ihr geht, sie lacht sogar ... Komm, Marco, da liegt sie, unser starkes Mädchen.«

Bambú: »Oh, Nina! Verzeih, wenn ich dich nicht begrüße, aber ich muß einen Arzt finden.«

Carlo: »Aber da ist er doch schon! Marco ist Arzt, das habe ich doch gesagt ...«

Bambú: »Hast du nicht, Carluzzu! Wann hörst du endlich auf zu glauben, du würdest etwas sagen, ohne es zu tun.«

Carlo: »Habe ich denn nicht gesagt, daß ich Nina und Marco am Tor getroffen habe und sie fragten: ›Wo rennst du hin?‹, und ich: ›Ich suche einen Arzt und blablabla‹? Komm schon, die Kurzversion, Bambú, sei nicht so altmodisch!«

Bambú: »Hören Sie, Marco, Sie müssen sie untersuchen.«

Carlo: »Aber sie hat nichts, Bambú, es ist doch nicht das erste Mal, daß sie abhebt und in ferne Gefilde entfleucht!«

Bambú: »Ich verlange trotzdem, daß sie untersucht wird.«

Modesta: »Aber ja, Carlo, wollen wir Bambú den Gefallen tun, um sie zu beruhigen. Wie schön du bist, Nina, was ist geschehen?«

Nina: »Das ist nur das weiße Kleid, meine Mody, weiß macht jung. Immer wenn ich dieses Kleid anziehe, findet sie mich schön. Laß uns gehen, Bambú, unsere Mody wird nie etwas von Mode verstehen. Niemand ist bekanntermaßen perfekt … O Carlo, ich habe noch einmal den Film ›Manche mögen's heiß‹ gesehen, je öfter ich ihn sehe, desto besser gefällt er mir.«

Nina hat recht, mein Kleid, das über dem Sessel hängt, hat eine grauenhafte Farbe. Im künstlichen Licht mag es noch irgendwie angehen, aber nun, in der Sonne, hat es die faulige Farbe eines Giftpilzes. Ich schäme mich und wage kaum, meinen Blick von diesem violetten Pilz abzuwenden. Und wer weiß, welchen Unterrock ich trage! Ich schäme mich vor diesem großen Fremden, der schweigend am Fußende meines Bettes steht. Ich ziehe mir die Decke bis ans Kinn und versuche mit den Händen die Farbe meines Unterrocks zu ertasten. Die einzige Hoffnung ist, daß Bambú mir wie damals, als ich festgenommen wurde, etwas von ihren Sachen angezogen hat. Es muß so sein, denn der Stoff ist leicht wie Seide. Es muß eines dieser exotischen Baumwollhemden sein, die man jetzt trägt.

»Wollen wir mit der Untersuchung beginnen?«

Dem Aussehen nach hatte ich geglaubt, der Musiker hätte eine gepreßte Stimme wie viele Engländer. Scheußlich, wenn sie mit ihrem *that, that, and, and* anfangen … Doch er scheint eine Ausnahme zu sein, denn nachdem er mir wie einem Kaninchen den ganzen Leib abgetastet hat, sagt er mit tiefer, ausdrucksvoller Stimme:

»Meiner Meinung nach sind Sie kerngesund, doch ich empfehle Ihnen, weitere Untersuchungen machen zu lassen. Das klinische Auge gibt es heute nicht mehr ... Sagen Sie mir: Litt ein Elternteil von Ihnen an Diabetes?«

»Dann sind Sie gar kein Musiker?«

»Musiker? Wieso das? Die Musik ist mir ein einziges Rätsel, sie scheint mir Lärm und nichts als Lärm zu sein. Aber Sie haben meine Frage nicht beantwortet.«

Aus der Ferne wirkte das Gesicht dieses Musikers zu glatt und vollkommen, aber aus der Nähe hat er Myriaden kleiner Fältchen, die seine Züge beleben und den Blick verzaubern.

»Ihr habt äußerst elegante Falten, Marco, solche Falten habe ich noch nie gesehen.«

»Das war auch harte Arbeit, Modesta. Achtundfünfzig Jahre unermüdlicher Arbeit! Aber Sie haben mir noch nicht geantwortet.«

»Meine Eltern?«

»Genau.«

»Wer weiß das schon! Mit meiner Mutter habe ich vielleicht vier Worte gewechselt, und sie war ein Wesen, das kaum wußte, ob sie lebte oder tot war. Meine Schwester war mongoloid. Hat das vielleicht etwas mit Diabetes zu tun? Warum lachen Sie? Hat es, oder hat es nicht?«

»Nein, überhaupt nicht. Und Ihr Vater?«

»Ich habe mal jemanden getroffen, der behauptete, mein Vater zu sein, aber ich hatte keine Zeit, ihn zu fragen, ob er Diabetes hat oder nicht.«

»Seid ihr fertig? Wenn ihr so lacht, ist die Visite wohl zu Ende, und ich kann hereinkommen. Großmutter, bitte, ich muß los, laut Protokoll kann ein Enkel nicht abreisen ohne den Segen seiner Großmutter.«

Warum schreien sie so? Sie war versucht gewesen, auf Carmelo zu bleiben, doch nun sah sie, daß es verrückt wäre: Sie sehnte sich nach der Stille ihres Zimmers, ihren einfachen Dinge und ihren Papieren. Das Hemd war zwar hübsch, aber es kniff unter den Armen. Und auch Carluzzu, warum war er so aufgekratzt? Ihre Fröhlichkeit erinnerte an Zugvögel, die in stürmischen Nächten gegen Leuchttürme fliegen ... Nein, das war ein Gedicht, ein Gedicht, das sie vor vielen Jahren gelernt hatte. Die Entdeckung der Poesie! Das war es, was sie tun mußte: in ihr Zimmer zurückkehren und wieder zu lesen anfangen. Neue Stimmen riefen von den Buchrücken nach ihr: Kerouac, Burroughs und dieser andere ... Sie war immer froh gewesen, daß sie Fremdsprachen gelernt hatte, und auch jetzt, wo die Welt zu einem kleinen Fleckchen zusammenzurücken schien, kamen die Übersetzungen doch immer noch zu spät heraus ... Auch ich bin zu spät, ich möchte aufstehen, aber Carluzzu umarmt mich, seine Stirnader pulsiert an meinem Hals. Immer wenn Carluzzu traurig ist, verbirgt er seine Traurigkeit hinter seinen Clownerien, die die anderen so zum Lachen bringen. Mir ist er lieber, wenn er ernst ist.

»Du hast recht, Mody, ich bin etwas aufgedreht wegen der Reise. Letztlich bin ich genauso neurotisch wie meine ganze Generation.«

»Auch wir waren neurotisch, Carlo, nur daß wir es noch nicht wußten.«

»Diese Zeitschrift, die die Ursache deines Unwohlseins war, nehme ich mit ... Nur ein Wort, Mody, was hat dich so verwirrt?«

»Lies das Titelblatt, Carlo, es ist offensichtlich.«

»Und was, Großmutter?«

»Ich finde, wir waren anmaßend. Ich halte den Moment für gekommen, sich einzugestehen, daß wir immer noch nicht mehr sind als ein kleines, zerstreutes Grüppchen Antifaschisten, genau wie vor vielen Jahren.«

Warum schweigen jetzt alle und blicken vor sich auf den Boden wie an Pietros Totenbett? Vielleicht bin ich krank, und sie verbergen es vor mir wie immer bei solchen Gelegenheiten? Dieser Fremde – Musiker oder Arzt oder was auch immer –, der ein wenig abseits steht und Bambolina ansieht, ist nett, aber zu groß und vollkommen, zu glatt, wie man bei uns sagt.

»Dann begleitest du mich also tatsächlich nicht zum Bahnhof, Großmutter?«

»Nein, Carlo.«

Endlich sind sie weg, und ich kann in Ruhe ein Bad nehmen, mich anziehen und – warum nicht? – eine Zigarette rauchen und dabei die schönen roten Rosen betrachten, die in der Sonne zittern. Die Zigarette schrumpft in meinen Fingern, und ich verharre zögernd zwischen einem Trauerfall, einem Fest, einem Abschied. Ich war versucht, auf Carmelo zu bleiben, doch nun läßt mir die Stille dieser Mauern das Blut in den Adern gefrieren. Selbst am Fenster kann mich die Sonne nicht wärmen, ebensowenig wie Pietros Gruß, der, ohne zu lächeln und festen Schrittes, um die Ecke der Villa biegt.

»Oh, Kätzchen, was machst du hier so allein? Komm, wir begleiten dich ... Marco, komm zurück, mein Kätzchen kommt jetzt runter, nicht wahr, Kätzchen?«

Einen Moment lang betrachte ich den Mann, der mitten in der Bewegung innehält. In seiner Unentschlossenheit liegt eine gewisse Komik.

»Wenn diese Villa nicht voller Menschen ist, wird sie einem geradezu unheimlich. Los, Mody, komm runter, wir hauen ab!«

Nina hat recht, für junge Leute gibt es hier Luft, Raum, Licht, aber für mich ist das Licht durch die Schatten der Vergangenheit getrübt. Außerdem spüre ich deutlich Ninas Sorge um mich; sie kennt das Gefühl der Verlassenheit, der Trauer, kennt die Stärke jeder Mauer. Ihr muß ich folgen.

»Endlich! Was hältst du davon, Mody, eine Runde schwimmen zu gehen, um all die Abschiede und Beerdigungen von uns abzuschütteln? Wie merkwürdig ist das Leben doch! Jahrelang sind alle zusammen, und dann verläßt uns auf einmal Olimpia, heiratet, bekommt ein Kind … und nun Carluzzu. Und im Kopf das ganze Geratter von anfahrenden Zügen und die schrillen Pfiffe der Stationsvorsteher!«

In der kurzen Zeitspanne der Autofahrt verwandelt sich der Mann am Steuer in jemanden, den ich schon seit Urzeiten zu kennen glaube. Doch vielleicht liegt es nur daran, daß ich ihn zuvor immer unter vielen Menschen gesehen habe. Oder ist es dieses »Marco«, das Nina mir zugeflüstert hat, was ihn so vertraut erscheinen läßt? Oder ist es nur, weil er jetzt lacht und Nina den Strand entlang hinterherläuft?

Sie lachen, und ich habe mittlerweile gelernt, einen Kopfsprung zu machen. Bambolina hat ihn mir beigebracht. Ich stelle mich auf die Zehenspitzen, stoße mich ab, und hinein ins Wasser. »Wenn du drin bist, schwimmst du einen Zug, du brauchst keine Angst zu haben, das Wasser trägt dich von selbst wieder nach oben.« Das kalte Wasser hat wohl die Bettschwere von mir abgewaschen, denn als ich die Augen öffne, bin ich wach und sehe endlich den Himmel, dessen Bläue mit der glatten Oberfläche des Meeres wetteifert.

Ohne Kleider wirkt der Mann kleiner und beweglicher. Auch Nina stürzt sich mit ihren langen Mädchenbeinen in gespielter Flucht vor diesem Mann in die Wellen wie damals mit Carluzzu und wie gestern noch mit dem kleinen Ignazio. Der einsame Strand verführt zu diesem Spiel, und hinter den Armen, Zähnen, Pfoten aus Lava, die sich weit über den Sand recken, kann man sich gut verstecken. »Los, Nina, laß uns Verstecken spielen! Zähl bis hundert, und du, Großmutter, paß auf, daß sie nicht guckt … Ich hab dich, Nina, du kannst rauskommen aus deinem Versteck …«

»O nein, Kätzchen, in der Sonne wird nicht geschlafen. Wie geht es dir?«

»Gut, Nina, aber warum machst du so ein trauriges Gesicht? Du wirst mir doch nicht etwa so ängstlich werden wie Bambú?«

»Aber was hat es denn bloß mit dieser Schläfrigkeit auf sich, Mody? Ich ...«

»Ich bitte dich, Nina, mir geht's gut. Das hat dein Freund uns doch bestätigt.«

»Also, als Freund vertraue ich Marco völlig, aber als Arzt schon etwas weniger.«

»Mach mich vor Mody nicht schlecht, Nina. Immerhin habe ich meinen Militärdienst als Arzt geleistet.«

»Ja, in Afrika, das will wirklich etwas heißen! Und außerdem war das ja nicht gerade gestern! Wahrscheinlich hast du längst alles vergessen.«

»Als Arzt wird man geboren, ebenso wie man beschränkt geboren wird, sagt ihr nicht so?«

»Ja, wie du weißt.«

»Beschränkt wie du.«

»Das kannst du so nicht sagen, was deine Physis betrifft, wie Carluzzu es nennt, so bewundere ich sie uneingeschränkt. O Mody, es ist immer ein tolles Erlebnis, mit Marco spazierenzugehen, alle drehen sich nach ihm um.«

»Tja, das ist eben Klasse, Nina, wahre Klasse setzt sich durch.«

Sie necken sich wie alte Freunde, und zu meiner Überraschung stelle ich fest, daß seine Stimme in meinem Ohr wie ein Refrain klingt, den ich einmal kannte und dann vergessen habe.

»Es kommt einem vor, als sei er einer von uns, stimmt's, Modesta?«

»Schon, aber wo hast du ihn kennengelernt?«

»Irgendwo bei den Sternen, Kätzchen ... Mist, es ist spät geworden! Beim Stichwort Sterne ist mir eingefallen, daß ich noch eine Verabredung habe. Ich muß mich umziehen gehen … Nein, Marco, warum stehst du auf? Bleib hier, ich lasse mir vom Gärtner ein Taxi rufen.«

Ich möchte mit Nina kommen, unter anderem weil sich dicke Wolken über die Stirn des Propheten gelegt haben, und sein Gesicht macht mir angst, wenn es zornig wird. Aber Marco schweigt, sein Schweigen klingt vertraut, und außerdem scheint er alles über uns zu wissen, wenn er jetzt ganz leise sagt:

»Ich teile Ninas Meinung. Diese Villa ist angenehmer als Carmelo. Es war richtig, daß Bambú sie zurückgekauft hat. Welche Freude in ihren Augen leuchtete, als sie mir sagte: ›Gehen Sie dorthin, Marco, und schauen Sie selbst, wie schön die Villa unserer Kindheit ist! Sie werden sehen, jedes Zimmer hallt wider von unseren Gesängen und Spielen.‹ Außerdem ist es eine Art, in dieser ganzen Zerstörungswut, die jedermann ergriffen zu haben scheint, wenigstens etwas zu bewahren. Ich möchte sie fotografieren, Bambú hat mir die Erlaubnis dazu gegeben.«

Ich habe keine Lust zu reden, vielleicht machen sich die anderen zu Recht Sorgen um mich, und ich höre, wie ich mühevoll sage:

»O Marco, haben Sie etwa auch Freude daran, der Vergangenheit nachzutrauern? Es scheint fast schon in Mode zu sein, dieses Nachtrauern, eine wahre Plage.«

»Nein, ich trauere der Vergangenheit nicht nach, aber ich glaube seit einiger Zeit die Lüge durchschaut zu haben, die sich hinter dem Wort Fortschritt verbirgt, und ich tröste mich, indem ich umhergehe und Dinge fotografiere, die bald nicht mehr dasein werden … die letzten Trattorien in Rom, die letzten kleinen Kneipen … Ich habe Hunderte von Fotos von der Civita, sie haben Gasse für Gasse abgerissen, Haus für Haus.«

»Wie kommt es, daß Sie so gut Italienisch sprechen?«

»Ganz einfach, meine Mutter war Sizilianerin, mein Vater

Engländer. Und den Kampf, den Eltern immer ausfechten, um ein Kind ganz für sich zu haben, hat meine Mutter gewonnen, das ist alles. Und das hat den Abbruch meiner Ausbildung mit sich gebracht, die mein Vater wünschte, in meinem Fall zum Arzt, und die Rückkehr in das mütterliche Eden.«

»Armer Marco, dieser Weg ist Sie wahrscheinlich teuer zu stehen gekommen.«

»Wie alle Außenseiter: Hunger, ein Beruf nach dem anderen, Abenteuer.«

»Jetzt weiß ich wieder, Nina wollte diesen Winter unbedingt, daß ich Sie kennenlerne, und als Lockmittel sagte sie immer: ›Mein Marco ist ein einziges Abenteuer!‹«

»Nina übertreibt gerne, letztlich bin ich nur ein Fotograf ... Aber Sie frieren, Modesta.«

Ja, ich friere, und aus Dankbarkeit für sein Schweigen lasse ich zu, daß er meine Hände nimmt und mir aus dem Sand aufhilft, der in meinem Rücken bereits feucht wird. Als ich stehe, ist mir schwindelig – ich scheine wirklich krank zu sein –, und es erstaunt mich nicht, daß er mich eng an seine Brust drückt, um mich zu stützen. Vielleicht wollte der Sensenmann genau hier eine Verabredung treffen, an unserem Strand, über dem noch der Widerhall von Kindergeschrei liegt, vom Flattern Beatrices weißer Röcke, von Carlos Stimme, von Pietros bedächtigen Schritten. Kann sein.

Ich öffne die Augen, um die Botschaft zu entziffern, doch ich begegne einem ruhigen Blick, wie nach innen gerichtet, als lausche er einer Melodie. Dieser Blick läßt mich meinen Kopf an seine Schulter legen und mit ihm zusammen lauschen.

»Du hast eine Lebensintensität, Modesta, die ich nun begreife, da ich dir das ganze Jahr gefolgt bin.«

»Du bist mir gefolgt, Marco?«

»Ja. Allerdings ohne es selbst zu wissen. Ich war fasziniert von deiner Art zu reden, deiner Art zu schweigen. Auch eben hast du geschwiegen, aber an deinem Gesicht sah man, daß du nachdachtest. Worüber, Modesta?«

»Mich hatte gerade eine große Neugier auf den Tod gepackt. Ja, so als verberge sich hinter diesem Wort ein weiteres biologisches Abenteuer, die ich weiß nicht wievielte Verwandlung, die uns erwartet, Marco, mich, dich, Nina.«

»Das macht mir angst ...«

»Sicher, aber es macht doch auch unendlich neugierig. Du bist ein Mann, Marco, du weißt nichts über die Verwandlungen deines Körpers, oder du wußtest es einst und hast es in der Eile des Tuns vergessen, und nun zitterst du angesichts dieses Wortes. Aber wenn du mich umarmst, werde ich, eine Frau, dir helfen, dich zu erinnern und das nicht zu fürchten, was sich ändern muß, um am Leben zu bleiben.«

Während er sich an mich preßt, verebbt sein Zittern, und die ewige elektrisch geladene Hitze steigt in Wellen zwischen seinem und meinen Körper auf, bis sich der Genuß von seinen in meine Augen ergießt. Endlich verstehe ich es, nachdem ich so viele Dinge im Leben gelernt habe, doch nie, die Liebe vorauszusehen ... Kann man die Liebe voraussehen, Mimmo? »Du kannst die Intelligenz deiner Mitmenschen einschätzen, die Wege der Geschichte vorausahnen, selbst das Schicksal – ich gestehe es dir zu, selbst das Schicksal –, doch niemals die Liebe!« Und wenn Carmine es mir nicht sagte, woher sollte ich wissen, daß die Gleichgültigkeit, die ich für diesen Mann zu empfinden glaubte, die Lustlosigkeit, der Überdruß nichts anderes waren als der Versuch, vor der geheimnisvollen Aufgabe zu fliehen, die uns immer in Furcht versetzt und die noch kein Skalpell der menschlichen Spekulation je hat sezieren können?

»Wie hätte ich es dir sagen sollen, Modesta, wenn ich es selbst nicht wußte? Aber nun, wo wir es entdeckt haben, können wir, wenn du möchtest, uns eine Weile lang begleiten. Ich bin seit vielen Jahren allein und bin es müde, allein durch die Welt zu gehen. Möchtest du mit mir kommen?«

Und so, mit einer einfachen Geste und Ninas Hilfe, machte das Leben mir das schönste Geschenk, das je ein kindliches Gehirn erdacht hat. Und an diesem Mann, den ich irrtümlicherweise für einen ehemaligen *golden boy* gehalten hatte, der in Wohlstand und Überdruß gealtert war, entdeckte ich Tag für Tag, Jahr für Jahr einen Reichtum an Erfahrung und Wissen, wie nur ein reifer Körper ihn besitzen kann.

Von ihm erfuhr ich, daß ich meine Insel nicht kannte, ihren mächtigen Leib, sichtbar und geheim, ihren warmen nächtlichen Atem, der Stein auf Stein fügt, bis die Seele der Trockenmauer zu einem einzigen festen Block gebrannt ist, den mystischen Atem, der die Säulen der Tempel am Leben erhält und sie bei Sonnenuntergang erschauern läßt: »Hier, Mody, hier, wo sich der Stein weitet, atmet die Säule, und es entsteht der visuelle Effekt des Schwebens«; das weiße Schweigen der verlassenen Thunfischhütten, vom Meer und den Menschen verstoßen, doch immer noch heimgesucht von den Geistern der Thunfische, die hier verweilen, um den Grund ihres Lebens und Sterbens zu begreifen; die ewigen Meeresströme, die um die Insel ineinanderfließen und sie mal umschließen, mal freigeben, nie gleich in Intensität und Farbe: »Der smaragdgrüne Streifen dort hinten ist das afrikanische Meer.«

Von ihm lernte ich die mir bis dahin unbekannte Kunst, mein Land zu betreten und hinter mir zu lassen, es für eine Weile zu vergessen, über Kontinente und Ozeane zu reisen, um es dann immer neu und immer reicher an Erinnerungen und Empfindungen wiederzuentdecken. Und was soll ich über unsere Abende und Nächte sagen? Könnte ich sie nur festhalten! Allein miteinander, die Hände verschränkt, die Blicke ineinander ruhend, tauschten wir Eindrücke, Empfindungen, Worte.

»Soviel Aufhebens wird um die erste Liebe gemacht, was, Marco? Es ist gelogen wie alles andere auch.«

»So ist es, Modesta, auch ich hätte das nie gedacht, und leider muß man so alt werden wie wir, um es zu begreifen. Hast du heute auf der Brücke bemerkt, wie die jungen Leute uns angeschaut haben? Ich war beinahe versucht, es ihnen zu sagen, aber sie hätten mir nicht geglaubt.«

Nein, sie läßt sich nicht einfach erzählen, diese lebendig erregte Freude, zu zweit die Zeit herauszufordern, sie als Gefährten in die Länge zu ziehen, sie so intensiv wie möglich zu erleben, bevor die Stunde des letzten Abenteuers schlägt. Und wenn mein Geliebter sich dann auf mich legt mit seinem schönen Körper, schwer und leicht zugleich, und mich nimmt wie jetzt, oder wenn er mich zwischen den Beinen küßt wie Tuzzu einst, ertappe ich mich bei dem merkwürdigen Gedanken, daß der Tod vielleicht nichts anderes ist als ein mit allen Sinnen ausgekosteter Orgasmus wie dieser.

»Schläfst du, Modesta?«

»Nein.«

»Denkst du nach?«

»Ja.«

»Erzähle, Modesta, erzähle.«

Rom, 1967–1976

Anmerkungen

Der Roman »In den Himmel stürzen« erzählt Modestas abenteuerliches Schicksal von der Kindheit bis zu ihrem dreißigsten Lebensjahr. An dieser Stelle nimmt »Die Signora« den Faden auf und führt Modestas Lebensgeschichte zu Ende. Obwohl beide Romane unabhängig voneinander gelesen werden können, seien die ersten Etappen in Modestas Leben an dieser Stelle noch einmal kurz erwähnt. Weitere Zusammenhänge erschließen sich aus den Anmerkungen zu den einzelnen Figuren.

Ein bettelarmes Dorf auf Sizilien, 1909. Durch ein Unglück zur Waise geworden, kommt die neunjährige Modesta in ein Kloster. Als Schützling der Oberin Leonora wird ihr dort die Ausbildung einer höheren Tochter zuteil. Satt, sauber und von Büchern umgeben, wähnt sich das ungewöhnlich begabte Mädchen im Paradies. Erst als ihr der Gefängnischarakter des Klosterlebens bewußt wird, überwirft sich die inzwischen Sechzehnjährige mit ihrer Mentorin. Aus Angst, für immer eingesperrt zu bleiben, sägt sie in einer stürmischen Nacht das Geländer des Turms an, auf dem Leonora die Sterne zu beobachten pflegt. Das Vermächtnis der »tragisch verstorbenen« Oberin sieht vor, daß Modesta für eine Zeit in den Sündenpfuhl der Welt außerhalb der Klostermauern geschickt werden soll, um dann demütig wieder zurückzukehren. So findet sich das einstige Tagelöhnerkind auf Carmelo wieder, dem Landgut einer dekadenten Adelsfamilie. Zwei Leidenschaften, eine Hochzeit und einen weiteren nicht ganz natürlichen Todesfall später ist Modesta, kaum achtzehnjährig, Herrin auf Carmelo und beginnt ihren ganz eigenen Traum von Freiheit zu verwirklichen. Dazu befreit sie sich erst einmal von Land und Villa und zieht mit ihren Schützlingen – ihrem geistig behinderten Ehemann Fürst Ippolito, ihrem Sohn Prando, ihrer Schwägerin und Freundin Beatrice, dem Diener Pietro und der Kammerfrau Quecksilber – nach Catania und schließlich in die Villa

Suvarita am Meer. Stand und Geld erlauben es ihr und den Ihren dort, ungestört nach ihren Vorstellungen zu leben, politische Bücher zu lesen und eine verkrustete Tradition nach der anderen abzulegen. Als der junge norditalienische Arzt Carlo in der Villa auftaucht, beginnt Modesta sich in lokalen sozialistischen Gruppen politisch zu engagieren. Doch der aufkommende Faschismus wirft seinen Schatten bald auch auf ihre kleine Welt.

avanguardisti – Massenorganisation des italienischen Faschismus für die 14- bis 18jährigen.

balilla – Massenorganisation des italienischen Faschismus für die 8- bis 14jährigen.

Bambolina – eigentlich Ida, genannt Bambolina oder Bambú, Tochter von Beatrice und Carlo.

Bambú – siehe Bambolina.

Beatrice Brandiforti – genannt Cavallina, Tochter Madre Leonoras und des Gutsverwalters Carmine Tudia. Etwa gleich alt wie Modesta, nahm sie diese bei ihrer Ankunft auf Carmelo unter ihre Fittiche. Zwischen den beiden Mädchen entspann sich eine zarte Liebesgeschichte, die in eine innige Freundschaft mündete. Später heiratete Beatrice Carlo. Gemeinsame Tochter: Ida, genannt Bambolina oder Bambú.

»Bedda p'amari a tia …« – »Meine Schöne, aus Liebe zu dir weint dies Herz. Aufrichtig und ohne Fehl … Beim Sammeln der Oliven auf den heiligen Bergen … Meine Schöne, aus Liebe zu dir weint dies Herz …«

cantastorie – Bänkelsänger, Liedermacher.

Carlo – große platonische Liebe und eine Art Mentor Modestas. Kam als Hausarzt zu Modesta und Beatrice in die Villa Suvarita. Verliebte sich erst in Modesta, dann in Beatrice, die er schließlich heiratete (gemeinsame Tochter: Ida, genannt Bambolina oder Bambú). Wurde von Faschisten überfallen und erlag seinen Verletzungen. Um seinen Tod zu rächen, ließ Modesta alle ihr bekannten Beteiligten an dem Überfall umbringen, darunter auch Vincenzo Tudia, Bruder von Mattia und Sohn von Carmine.

Carmine Tudia – große leidenschaftliche Liebe Modestas. Gutsverwalter auf Carmelo, Witwer, Vater von Vincenzo und Mattia (aus erster Ehe, beide etwas älter als Modesta), Beatrice (aus illegitimer Verbindung mit Madre Leonora) und Prando (aus illegitimer Verbindung mit Modesta).

Cavallina – siehe Beatrice.

Elena – lebte als Kinderfrau von Prando eine Zeitlang in der Villa Suvarita.

figghia – (siz.) Tochter.

fijetta – (röm. Dialekt) Töchterchen.

Gaia Brandiforti, Fürstin/Großmutter – Großmutter von Beatrice, führte auf Carmelo ein eisernes Regiment, verbarg den mongoloiden Ippolito und ließ sich von Beatrice mit »Maman« ansprechen, um Leonoras Schande zu verheimlichen. Bestand außerdem darauf, daß die Zimmer all ihrer verstorbenen Kinder unverändert belassen wurden, als könnten sie jederzeit zurückkehren. Als sie drohte, Modesta und Beatrice durch ihr Testament für immer an Carmelo zu binden, beschloß Modesta, die sie fürchtete und bewunderte, ihrem nahen Ende etwas nachzuhelfen.

Großmutter Valentina – Carlos furchteinflößende Großmutter.

Ida – siehe Bambolina

Ignazio Brandiforti – Onkel von Beatrice, der in »In den Himmel stürzen« bereits verstorben ist.

»Illusione dolce chimera …« – »Süße Schimäre Illusion, du läßt uns träumen und hoffen und lieben ein Leben lang.« Volkslied, das auch als Spottlied als Antwort auf Mussolinis Kampfruf »Vincere, e vinceremo« gesungen wurde.

Inès – Pflegerin, die Modesta für Ippolito einstellte, um selbst mehr Freiheit zu genießen. Wurde von Ippolito schwanger und erpreßte von Modesta eine Rente. Diese machte zur Bedingung, daß Inès ihr das Kind – den kleinen Jacopo – überließ.

Ippolito – mongoloider Sproß der Familie Brandiforti. Lebte auf Carmelo eingesperrt in ein Turmzimmer, von allen gefürchtet und nur »das Ding« genannt, hatte nur Kontakt zu Pietro und dem Hausarzt der Familie. Modesta, die selbst eine mongoloide Schwester hatte, trat ihm, als sie ihn eines Tages entdeckte, selbstverständlich und furchtlos entgegen und wurde fortan für eine Heilige gehalten. In der Ehe mit ihm sah sie die Chance, Armut und Kloster ein für allemal zu entkommen. Prando, das Kind aus ihrer leidenschaftlichen Affäre mit Carmine, gibt sie für Ippolitos Sohn aus. In Catania lebt er etwas abseits der Villa Suvarita mit Inès und Pietro in einem kleinen Häuschen. Den Kindern gegenüber wird seine Mongoloidität verschwiegen, und sie werden in dem Glauben gelassen, für seinen Zustand sei eine nicht näher benannte Krankheit (man munkelt, die Syphilis) verantwortlich.

Jacopo – Sohn von Inès und Ippolito, Milchbruder von 'Ntoni, lebt lange in dem Glauben, Modesta sei seine Mutter.

Jacopo Brandiforti, Fürst/Onkel – Onkel von Beatrice, der in »In den Himmel stürzen« bereits verstorben ist.

Leonora Brandiforti, Madre – Mutter Beatrices, der die gesellschaftlichen Zwänge nach der unehelichen Geburt ihrer Tochter nur den Weg ins Kloster offenließen. Madre Leonora war Modestas Mentorin im Kloster, bis diese begann, die Lebenslüge der Oberin zu durchschauen.

marranzano – eine Art Mundorgel, traditionelles sizilianisches Instrument.

Mattia Tudia – Sohn Carmines, von dem Modesta erst kurz vor dessen Tod erfuhr. Die beiden lernten sich am Totenbett Carmines kennen und erlebten eine kurze leidenschaftliche Beziehung, die jedoch an Mattias Besitzansprüchen zerbrach und in einem Schußwechsel endete, von dem Modesta ihre Stirnnarbe zurükkbehielt.

Mimmo – Gärtner des Klosters, in dem Modesta heranwuchs, und ihr väterlicher Freund. Rettete sie aus dem Brunnen, in den sie sich – wohl wissend, daß Mimmo in der Nähe war und ihr zu Hilfe eilen würde – stürzte, um dem Waisenhaus zu entgehen.

'Ntoni – Sohn von Stella, Milchbruder von Jacopo.

Nunzio – Gärtner in der Villa Suvarita.

padrone, padrona – (it.) Herr, Herrin.

picciriddu, -a, -i – (siz.) Kleiner, Kleine, Kleinen.

Pietro – Pfleger des Fürsten Ippolito, später in Catania eine Art Mädchen für alles. Ist der Familie Brandiforti bedingungslos ergeben.

Prando – eigentlich Eriprando, Sohn von Modesta und Carmine, lebt aber in dem Glauben, Modestas Gatte, Fürst Ippolito, sei sein Vater.

principessa – (it.) Fürstin.

Prophet, Kopf des Propheten – ein Felsen, der bei der Villa Suvarita in einiger Entfernung vom Strand aus dem Meer ragt.

»Quantu è laria …« – »Wie häßlich ist meine Verlobte, Unglück ihres Lebens … Oh, häßlich ist sie, Häßlichere hat man nie gesehen … Ihre hängenden Schultern sehen aus wie Kisten … Oh, häßlich ist sie, Häßlichere hat man nie gesehen …«

Quecksilber – Kammerfrau auf Carmelo, kam mit Modesta und Beatrice nach Catania.

»Sciccareddu di lu me cori …« – »Eselchen meines Herzens …«

sciuscià – (röm. Dialekt) Schuhputzer.

Stella – Mutter von 'Ntoni, kam als Amme für Jacopo in die Villa Suvarita und lebt seitdem bei Modesta und den Kindern.

Tuzzu – brüderlicher Freund Modestas in dem Dorf, in dem sie ihre ersten neun Lebensjahre verbrachte und ihr Schwarm aus Kindertagen.

vendeuse – (frz.) Verkäuferin.